U0573241

追寻彭加木

叶永烈——著

四川人民出版社

图书在版编目（CIP）数据

追寻彭加木/叶永烈著．—成都：四川人民出版社，2022.4

ISBN 978－7－220－12706－9

Ⅰ．①追…　Ⅱ．①叶…　Ⅲ．①纪实文学－中国－当代　Ⅳ．①I25

中国版本图书馆 CIP 数据核字（2022）第 021942 号

ZHUIXUN PENGJIAMU

追寻彭加木

叶永烈　著

出 版 人	黄立新
营销策划	张明辉
责任编辑	谢　寒
封面设计	象上设计
版式设计	戴雨虹
责任校对	舒晓利
责任印制	李　剑
出版发行	四川人民出版社（成都槐树街 2 号）
网　　址	http：//www. scpph. com
E-mail	scrmcbs@sina. com
新浪微博	@四川人民出版社
微信公众号	四川人民出版社
发行部业务电话	（028）86259624　86259453
防盗版举报电话	（028）86259624
照　　排	四川胜翔数码印务设计有限公司
印　　刷	自贡市华华广告印务有限公司
成品尺寸	170mm×240mm
印　　张	23. 75
插　　页	2
字　　数	310 千
版　　次	2022 年 4 月第 1 版
印　　次	2022 年 4 月第 1 次印刷
书　　号	ISBN 978－7－220－12706－9
定　　价	69. 90 元

本书若出现印装质量问题，请与我社发行部联系调换

电话：（028）86259453

向郝加木同志学习。学习他的革命乐观主义精神！学习他克服一切困难、埋头苦干的精神！学习他全心全意地为发展我国科学事业为社会主义建设服务的精神。

聂荣臻

△ 聂荣臻题词

我往东去找
水井

彭 17/6 10:30

△ 彭加木绝笔

内容提要

著名科学家彭加木于1980年6月17日在新疆罗布泊考察时失踪。30多年来，人们一直怀念着这位为科学而献身的科学家。彭加木在罗布泊失踪，一直被人们视为未解之谜。近年来，很多人在网上发表种种猜想，试图解开这一未解之谜。尽管这些猜想五花八门，并无可靠依据，但是从一个侧面表达了人们对于彭加木的关注。

当彭加木在新疆罗布泊库木库都克失踪之后，本书作者受命采访这一重要事件，当时匆匆离开上海，踏上飞往新疆乌鲁木齐的飞机。在乌鲁木齐只逗留了一天，便坐夜车南行，然后换乘直升机飞抵茫茫黄沙之中的库木库都克，加入搜索彭加木的行列……

作者当时在上海、乌鲁木齐、马兰核基地、720基地以及罗布泊库木库都克搜索现场，采访了50多位彭加木亲属、好友、领导以及相关人士。其中包括彭加木夫人夏叔芳以及儿子彭海、女儿彭荔，胞兄彭浙，导师王应睐院士、曹天钦院士，入党介绍人王芷涯，好友、同事陈善明、夏训诚，为彭加木治疗癌症的曹凤岗大夫，彭加木失踪时的科学考察队副队长及队员，中国科学院新疆分院副院长兼党委副书记王熙茂，搜索部队现场总指挥、中国人民解放军某部作战处处长周夫有等。可以说，作者当时采访了所有关于彭加木的关键性历史见证人。

在彭加木失踪之后不久，1980 年 11 月 11 日，香港《中报》头版头条，刊载了一则天下奇闻。据云，在 9 月 14 日，一个名叫周光磊的“中国留美学者”和中国驻美大使馆管理留学生的戴莲如等人，在华盛顿的一家饭馆里吃晚饭的时候，竟然看见了在中国新疆罗布泊失踪了的科学家——彭加木！报道写得有鼻子有眼，就像真的有那么一回事似的。可惜，缺少一张彭加木在华盛顿的照片！

笔者以丰富的第一手资料记述彭加木失踪始末，驳斥了海外谣传，歌颂了彭加木献身科学、献身边疆的可贵精神，写下这部经过重新修改、补充的关于彭加木的长篇报告文学《追寻彭加木》。

目　录

彭加木格言

“我想作一颗铺路的石子，让别人踏在自己的背上走过去，也是光荣的。我愿一辈子作这样的铺路石子。”

——彭加木，《人活着究竟为了什么?》

（1964 年 4 月 16 日上海《新民晚报》）

彭加木的简历和主要成就

彭加木，原名彭家睦，1925 年 5 月 15 日生于广东南海县（今广州市白云区）。1947 年毕业于南京中央大学。1950 年 7 月加入共青团。1953 年 10 月加入中国共产党。

1956 年，他在上海生物化学研究所工作，组织上要送他出国学习，但他主动要求到边疆去。他改名“彭加木”，表示要为祖国边疆“添草加木”，也表示要为边疆架桥铺路。

1957 年，他患纵膈障恶性肿瘤，他顽强地与疾病作斗争。大病初愈，又奔赴边疆，甘当铺路石子。

1964 年，彭加木受到中共上海市委的表彰，被树为全市党员学习的标兵。中国科学院也曾号召广大科技工作者向他学习。聂荣臻副总理为彭加木题词。中国科学院院长郭沫若为彭加木赋诗。

1965 年 1 月，彭加木被选为第三届全国人大代表，受到毛泽东主席和周恩来总理的亲切接见。

在“文革”中，彭加木受到残酷迫害，被打成“特务”，还被说成是特务组织“梅花党”的成员。粉碎“四人帮”以后，他仍把自己的心血献给边疆的科学事业。他是上海生物化学研究所研究员，兼任中国科学院新疆分院副院长。

彭加木曾先后 15 次前往新疆考察，3 次进入罗布泊地区调查自然资源和自然条件。他曾发表许多科学论文，在酶、纤维状蛋白质、动植物病毒等方面的研究工作中，作出了贡献。

1980 年 6 月 17 日，彭加木同志在新疆罗布泊地区进行科学考察时，不幸遇难。

1981 年 8 月 24 日，上海市人民政府授予彭加木同志“革命烈士”的光荣称号。中国科学院发出通知，号召全院向彭加木烈士学习。

2009 年，彭加木入选新中国成立 60 周年“感动中国 100 人物”之一。

2010 年 6 月 17 日，是彭加木失踪 30 周年忌日，广东、新疆都举行了纪念活动，缅怀这位为科学献身的科学家。

彭加木精神不朽

2010年6月17日，是著名科学家彭加木在新疆罗布泊遇难30周年忌日。6月10日，怀着对彭加木的深深敬意，在彭加木的故乡——广州举行了“在罗布泊库木库都克建立彭加木纪念塑像”新闻发布会。这一纪念活动的5位发起人是中国科学院院士、中国科学院原副院长叶笃正，中国科学院新疆罗布泊综合科学考察队队长（彭加木的后任）、著名罗布泊地理学家夏训诚，著名大气物理学家、中国科学探险协会主席高登义、广东省科学探险运动俱乐部CEO、青年探险家黎宇宇和作为《追寻彭加木》作者的我。

罗布泊彭加木纪念塑像发起人合影。左起：黎宇宇、高登义、夏训诚、叶永烈（2010年6月10日于广州华夏大厦）

彭加木纪念塑像高 3 米，用大理石雕刻，矗立在彭加木当年所率科学考察队在罗布泊库木库都克搭建帐篷的地方。彭加木正是从那里出走，消失在茫茫沙海之中。

我从上海专程飞往广州，在珠江之滨的华夏大厦出席新闻发布会，与彭加木挚友夏训诚先生再度相见，感慨万分。年已七十有六的夏训诚先生，专程从乌鲁木齐赶来。整整 30 年前，当彭加木在罗布泊库木库都克不幸失踪，我从上海赶往那里，参加搜救彭加木的队伍。正是在罗布泊库木库都克的帐篷里，我采访了夏训诚先生。我也正是在 30 年前采访了彭加木的 50 多位亲友，写出了本书。

为了永久纪念彭加木，广州市在白云区槎龙彭加木故居附近建立了彭加木公园，公园里矗立着彭加木铜像，设立彭加木事迹展览室。位于槎龙的广州第 65 中学，也即将改名为彭加木纪念中学。

在广州举行彭加木遇难 30 周年活动的同时，新疆也举行了一系列纪念彭加木的活动。中国科学院新疆分院在乌鲁木齐隆重举行纪念彭加木殉难 30 周年展览开展仪式，新疆维吾尔自治区有关领导、彭加木生前同事、广东方面代表、自治区党校部分学员及中央和疆内媒体参加了仪式。

彭加木遇难 30 周年的这许多纪念活动，表明彭加木烈士的献身科学、献身边疆的精神感人至深。

1980 年 6 月 17 日，彭加木在罗布泊失踪之后，在当时曾经引起海内外媒体广泛而强烈的关注。成千上万的读者通过报刊关注着在罗布泊搜救彭加木的进展情况，关注着能否找到彭加木。

然而一次又一次的搜救，一直没有发现彭加木的踪影。

彭加木在留下“我往东去找水井”的字条之后，消失在大漠之中，从此杳无音讯。

虽然彭加木踪迹全无，但是人们对于彭加木的关注度并没有随着时光的流逝而减退。

在彭加木失踪之后，曾经进行了一次又一次的搜索。无论是飞机地毯式搜索，还是地面拉网式搜索，毕竟疏而有漏！参加过库木库都克现场搜索的我，当时就深感地方太大，地形又复杂，因此疏而有漏是必然的。

彭加木毕竟已经牺牲多年。从某种意义上讲，能否找到彭加木遗骸，已经变得并不那么重要。

我们今日追寻彭加木，最为重要的是追寻彭加木精神。今日的年轻人，绝大多数已经不知道彭加木为何人。应当重新拾起人们对彭加木的记忆，重新唤起人们对彭加木的怀念，重新激起人们对彭加木精神的追寻。

什么是彭加木精神呢？

那就是甘当铺路石子的精神，那就是献身科学、献身边疆的精神。

诚如彭加木在1964年4月6日发表于上海《新民晚报》上的《人活着究竟为了什么?》一文中所言：

我想作一颗铺路的石子，让别人踏在自己的背上走过去，也是光荣的。我愿一辈子作这样的铺路石子。

在今日，在开发西部的热潮中，特别需要彭加木精神，特别需要千千万万像彭加木那样的年轻人。千千万万的彭加木，千千万万颗铺路石子，将铺就开发西部的闪光的康庄大道。

1980年盛暑，除了一位新华社新疆分社记者之外，我是唯一获准进入罗布泊搜索的作家。我在上海、乌鲁木齐、马兰核基地、720基地以及库木库都克搜索现场，采访了50多位彭加木亲属、好友、领导以及相关人士。其中包括彭加木夫人夏叔芳以及儿子彭海、女儿彭荔，胞兄彭浙，导师王应睐、曹天钦教授，入党介绍人王芷涯，好友、同事陈善明、夏训诚，为彭加木治疗癌症的曹凤岗大夫，彭加木失踪时的科学考察队同事，中国科学院新疆分院副院长兼党委副书记王熙茂，搜索部队现场总指挥、中国人民解放军某部作战处处长周夫有等，以丰富的第一手资料写出了《彭加木传奇》一书。由于种种原因，《彭加木传奇》一书在当时未能出版。

如今，当年接受过我采访的彭加木夫人夏叔芳、胞兄彭浙、导师王应睐及曹天钦教授等，已经离世。那些留在我的采访笔记本上的谈话记录，已经成为历史的绝响。在彭加木精神的鼓舞下，我重温当年的采访笔记，在《彭加木传奇》一书的基础上，进行大量的修改和补充，写成了这部报告文学《追寻彭加木》，奉献给广大读者，特别是广大年轻读者。

2009 年，彭加木入选新中国成立 60 周年“感动中国 100 人物”之一。

彭加木精神不朽。彭加木精神，将一代又一代继续下去。

序章

未解之谜

“建国以来最神秘的未解之谜”

2016年1月25日，猴年春节前夕，正在海南度假的我接到四川人民出版社老编辑汤万星先生发来微信，转来一篇老法医关于彭加木失踪情况的文章，并问：“此文有一点可信度吗?”

他的微信，引起我对于彭加木失踪事件的新关注。

随着时光的流逝，岁月的远去，纸，泛黄了；字，模糊了；记忆，淡忘了……然而1980年6月17日著名科学家彭加木在新疆罗布泊考察时失踪，虽然过去36个年头，却不仅没有被人们遗忘，反而时不时地被年轻人所关注、所提及、所议论、所猜测。

我轻点鼠标，网络上关于彭加木失踪的种种臆测，铺天盖地，不一而足，使我非常震惊。

对于彭加木失踪，有人这样评价：“彭加木失踪事件是建国以来最神秘的未解之谜。”

还有人以为：“著名科学家彭加木在罗布泊神秘失踪，入选20世纪世界十大未解之谜当之无愧，因为它最具悬念，最让人震惊，最不可思议!”

彭加木在新疆罗布泊考察时失踪，至今仍议论纷纷，究其原因，大约有：

其一，常言道，“活要见人，死要见尸”。彭加木在罗布泊失踪之后，有关部门曾经组织 4 次大规模搜索，没有找到。

其二，罗布泊本身就是神秘之地，加上那里又有核基地，所以给人以诸多想象的空间。

其三，彭加木在“文革”中曾有所谓“梅花党”成员的传言，彭加木失踪之后，香港《中报》又发表关于彭加木出现在美国华盛顿的所谓报道，也助长了种种臆想。

正因为彭加木失踪是未解之谜，所以年轻网友以各种各样的猜想，描述形形色色的谜底，有的近乎荒唐，有的为了增加可信度而编织从“爷爷”、从“老法医”那里听来的故事，内中甚至不乏心怀恶意而制造的谣言。

汤万星先生知道我是 1980 年彭加木失踪之后进入罗布泊现场参加搜索的唯一作家，著有长篇报告文学《追寻彭加木》。他建议修订《追寻彭加木》一书，重新出版。他的微信说：“我已经做了计划，马上着手!”

在汤万星先生的鼓励下，我乘猴年春节长假，着手修订《追寻彭加木》一书。

也就在这时候，我收到四川作家、老朋友王晓达的电子邮件：

永烈，猴年新春好！回上海没有？前一阵在网上看到一些关于彭加木“真相”的文稿，说得似是而非，很悬乎。

附上一篇下载的文稿，请辨真伪。还有类似的文稿更奇诡，说彭是队友集体加害……最有发言权的应该是进入现场的你了。

晓达　2016 年 2 月 18 日

另外，北京作家尹传红先生也给我用微信发来网上流传的《隐瞒35年！彭加木失踪真相终于曝光》一文。

由此可见，关于彭加木失踪的种种猜测，在最近流传相当广泛。

作为序章，我首先要罗列关于彭加木失踪的种种网上传言。且不论这些传言的真假如何，从中可以看出，年轻一代对于彭加木的关注度正在不断升高……

奇特的 “罗布泊病毒”

其一，所谓“植物病毒论”——

彭加木是一位植物病毒专家。关于他的死因，便联想到所谓的“罗布泊病毒”。

据称罗布泊有一种神秘的植物病毒，会使人变成僵尸。彭加木作为植物病毒学家，3 次深入罗布泊，就是为了寻找这种神秘的植物病毒标本。在 1980 年他第三次在罗布泊考察时，终于发现了这种神秘的植物病毒，但是他也因此中毒，终于死在罗布泊，失踪了。

这种神秘的植物病毒，据说来自罗布泊地下一个远古人类的遗址：

远古时期，那里的人类就是由于此病毒的爆发而突然全体死亡。由于罗布泊的地理特性，这些人在死亡后，尸体并不会完全腐化而是成为干尸，这样客观上就有让他们体内的病毒在低温干燥的情况下进入休眠期而得以保存至今。

在经过了漫长岁月后，相信在 20 世纪 50 年代就有人类（很可能是国民党残余军队）闯入了此遗址，并且使用了火把照明，导致遗址内温度升高而让病毒从休眠期苏醒，进而发生了类似诈尸的行为。

此遗址的入口应该只是个盗洞，入口的位置应该是位于盐碱地上。这样推论的原因是因为荒芜的罗布泊最多的就是墓地而且人烟稀少。

这个推论也验证了为什么最后彭加木的脚印是消失在盐碱地上的原因。找水的人跑到盐碱地上是多么奇怪的一件事情，所以真相只有一个，彭加木根本不是去找水，而是去找遗址的入口。

可以断定彭加木找到了此入口并且进入了里面。相信彭加木最后应该已经被找到，但是彭加木很可能已经被感染，所以作为机密的一部分没有让外界知道，但是彭加木的家属或许已经隐隐约约的知道消息。

他们说，一支科考队里为什么有彭加木和沈冠冕两位植物方面的专家，就是为了寻找这种神秘的植物病毒；又说“此病毒可以用来制造超级战士，所以此项目有军方背景，而且搜寻彭加木的规模如此之大也可以理解了”。

在网上，我还见到一篇文章，声称那“罗布泊病毒”不是来自远古人类的遗址，而是来自核试验。作者是一位年轻人，借助于他做情报工作的“少将爷爷”讲述的故事，以求显示内容的真实性与权威性：

我爷爷在新疆待了半辈子，当然也在新疆军区服役几十年，做情报工作，现在退休了，军衔是少将。像我爷爷这样搞情报工作退休的人，他那一届有10个人，军衔都是少将，但是我爷爷和那些人的一切资料在网上绝对搞不到，隶属于总参三处档案科。如果是搞一般情报的，个人资料都会被政府网上公开，所以能在网上查到谁谁谁是哪个军区的军官，军衔是多少，以及那个人的成长历程。出于保密原则，我爷爷在 2003 年退休后，身份、档案、履历等都被重新换了。

我必须承认，我们国家有调查灵异的机构，隶属于总参三处，至于哪个科我不太清楚，我爷爷是 1968 年加入的。前几天，我爷爷告诉我一些事。我也是从那些事中了解到彭加木事情的真相。

我爷爷在接到新疆军区情报科绝密电报后，立即从石河子赶往罗布泊，等我爷爷到达，已经是彭加木失踪第 10 天了。

我爷爷及他的同事和军区领导沟通以后，知道有位科学家身上携带重要病毒标本失踪了。

一开始也不知道是彭加木，我爷爷也从没听说过这个名字。还是后来他在报纸上看到一则消息：著名科学家彭加木失踪，我爷爷才知道他们搜索的是彭加木。

当年国家组织四次搜索，为了找到彭加木本人；我爷爷那些人则是为了找到病毒标本。结果就是，彭加木没找到，病毒标本也没找到。再后来，我爷爷和他同事们也撤了，根本就找不到彭加木了，没必要在罗布泊耗时间。

我问我爷爷，既然彭加木事件只是一起失踪事件，为什么你还参与调查了，你不是调查灵异事件的人吗？

我爷爷说，关键就在失踪的病毒标本。

在此我要证明一下，网络上关于罗布泊病毒的传闻是真的，但是，并不是古代的病毒，而是当年核试验后才出现的。

最初一名军人最先进入我国第一颗原子弹爆炸后的实验区，几个小时后身上起水泡并开始昏厥、神志不清、浑身颤抖，三天后双脚溃烂，然后伤口感染死亡。

尸检结果是核辐射严重超标，在脚踝裂口处发现未知病毒，这就是罗布泊病毒。

但是这病毒与人体接触后变异，所以医生不能直接判断原病毒。起初包括感染者在内的医护人员，只以为是普通的脚气，直到多例患者死亡，这才受到重视。

接着，罗布泊就被军管了，外部人员进不去。但是后来再也没有发生被感染事件，从原子弹爆炸后到1969年，只发生十几起，而且，从1970年到1980年，整整10年，没发生一起感染事件。

直到1980年和1981年，新疆地区出现大量被感染的人，新疆军区才重视，同时汇报党中央。

彭加木在那个时候正巧在罗布泊考察，他意外地发现60年代的核爆炸后产生的病毒竟然寄生在罗布泊植物上。同时，他获取了植物标本，因为上面有病毒，所以可以说是病毒标本。他当年确实把标本带在身上，然后出去找水失踪了。我个人猜测，可能是因为体力不支，晕倒在沙漠里，被风沙埋住，或者他无意中感染病毒，晕厥在沙漠里，照样被埋住。

彭加木在给军区发求水电报前，还发了一次电报，向军区报告找到原病毒标本了。正是因为那个病毒标本如此重要，所以国家才动用那么大力量、甚至调动我爷爷及他的同事来协助找。

彭加木的事情就这么简单，事情是真的，病毒也存在，但并不是网上说的感染后就成了僵尸。

我爷爷在参与这件事后，继续在新疆工作，直到1989年调到北京，2000年晋升少将，2003年退休，然后在家赋闲至今。

所谓“双鱼玉佩”与“外星人劫持”

其二，所谓“双鱼玉佩论”——

双鱼玉佩，即刻有两条形状对称的鱼的玉佩，是从内蒙古自治区哲里木盟（今内蒙古通辽市）奈曼旗辽陈国公主及驸马合葬墓出土。

可是，这双鱼玉佩在某些人的创作之下，被赋予特殊的功能：

研究人员在实验室里初次发现它的灵异功能时，是用一条鱼做实验的时候，玉佩突然启动，一条完全相同的鱼被复制出来！当复制出一条鱼后，科学家们感到很惊奇，为了证明复制的鱼和原始的鱼之间的关系，科学家在鱼的一侧作了标记，结果复制出的鱼也有这个标记，不过位置是相反，非常像中国的阴阳太极鱼的阴抱阳、阳负阴的耦合结构。两条鱼在同一时刻下的动作完全不同，就像是两条不相干的鱼在游动。为了证明鱼之间的关系，科学家把其中一条鱼注射了毒药，这条鱼很快死了，但奇怪的事出现了，另外一条鱼仍然活着！但在 7 小时后这条鱼也死了，于是证明了这两条鱼之间的关系仍然是同一条鱼，只是经过玉佩装置的功能，呈现了两条处在不同时空状态下的不同状态。从鱼都死亡的时间延续上说，这个装置往返另一个未知物质空间的时差在 7 小时，天知道那是个什么世界？

这个神秘的双鱼玉佩跟彭加木有什么关系？

传说新疆罗布泊是平行宇宙的交错点，存在神秘的双鱼玉佩。

传说 1956 年至 1960 年之间，新疆罗布泊出现了大量的镜像人（复制人），部队和百姓都被复制了。但是后来把原子弹的靶场选在那里，原子弹爆炸时直接、全部解决了那些镜像人（复制人）。

彭加木在新疆罗布泊考察时，发现了双鱼玉佩，而彭加木自己也被双鱼玉佩复制了。

双鱼玉佩论者宣称：

为什么彭加木失踪了？不是这个人找不到了，而是出现了两个彭加木！在此情况下只能对外宣布彭加木失踪。

其三，所谓“外星人劫持论”——

宣称彭加木是被外星人劫持、接走，其依据是以下两点：

一件事是：1999 年 7 月 17 日，新疆一些旅游者、探险者、户外运动爱好者说，他们这天深夜在罗布泊地区和巴音布鲁克草原，分别见到了 UFO。飞碟是圆圆的，亮亮的，飞行速度极快且自如，没有一点声音。库尔勒市喜欢越野探险的司机蒲新平说，那天夜里，他发现远处有个像月亮一样的东西停在一个高坡上，就开车去看，还用 DV 拍摄下这不明飞行物起飞的画面；巴州旅游局的杨峻也说，他也见过这个飞碟。一时间，罗布泊有飞碟出没，每年都要光顾这里，被人们传得神乎其神。

另一件事就是：有人说，彭加木出走后沿着他的足迹寻找，到最后，只有左脚脚印，没有看见右脚脚印，怀疑他从此登上了 UFO。

一篇题为《绝密！中国解放军在罗布泊发现外星人基地》的网文，则用小说笔法描写了彭加木在罗布泊如何被外星人接走。只是作者的文笔不甚通顺，姑且照录于下：

原子弹在罗布泊中心引爆是不是巧合？那时候卫星定位什么的都没有，为什么会那么精准，而且就在大耳朵眼里？经过这么多年那个神秘的地方一直被军管着。CCTV10 探秘罗布泊难道真的是去的那里？

据我朋友爷爷回忆说他是紧急从内地调入新疆执行作战任务，上面只是说是国民党残匪，他爷爷是侦察连的，在当时都是很有实力的，一般任务绝对不会派他们去，当时是坐飞机直接去的，到了一个飞机场后下车直接进入封闭军车，车走了很久……

新疆在50—60年代就有大量部队驻扎在很多莫名其妙的地方，依现在来看，他们似乎在防守什么。新疆不止罗布泊神秘，很多地方都有类似废弃的飞机跑道一样的线条，或者几个山头都好好的，其中一两个却是像切奶油一样，被很平滑地切去了山头，莫名其妙的车道痕迹，很多地方都有。

他们紧急从内地调到新疆，他们的任务是杀死见到的一切动的东西，配备的武器都是美制的最先进的，他们杀过的人，杀不死，没有血，他们没有武器，但是跑得很快，专门咬人，就是僵尸。而且越来越多，你们都知道那里当时去了很多坦克吧，因为坦克装甲好，那地带有建筑物，很古老，古老得很诡异，耳朵眼就是一个深渊。

他们当时决定下去看看，没有一个愿意，最后只有抽签。然后有一个战士拿着手电，被绑在绳子上，放下去，放了很长，放到绳子不够了，最后拉上来，人没有了，拴人的那头绳子好像有某种液体，而且深渊能听到某种声音，让人仔细听又听不清楚但是感觉很怕，汗毛直起，很诡异。那些不死的人就是僵尸，后来出现在周围，他们冲出来了几个。

他们进入的古墓非常具有特殊性。他们是怎么寻找到的呢？我们的科学家可不是风水家，他们有先进的探测仪器，包括探测金属、生命特征、信号源、电磁场，等等，而他们则是充分地利用了手中有限的资源做出了无限的事情。

他们探测出了微弱的信号源，某种未知微弱的磁场，在大范围的探索中锁定了目的地，并进行洞穴式地挖掘，在挖掘过程中发现了古墓，这种古墓现在只能这么叫，也算不上真正的古墓，因为里面根本没有发现任何人类的尸体。

完全的一个密闭石室，不要说地下 10000 米，这一个小小的石室里面的东西就完全叫人震惊，甚至不可想象，让他们觉得在他们已知的世界里完全无法认知，甚至颠覆了现有的科学理论。

政府封闭了那里。后来考察队中某人触摸了一个暂且叫机关吧，就是这个把他们带进了一个 10000 米深的地下世界。

这个地下工程在地下约 10000 米的深处，是近来被发现的有人工开发的工程痕迹，早期被科技考察人员发现的时候，里面很多设备呈停止状态，当时个别的设备仍然有运转的迹象，这个地下空间有好像光滑的石壁。为什么这么说？因为经化验确实是石头，但是却又特别的光滑，还有通道都是整体规则的圆形，UFO 的发现地在一个很大的空间里，估计直径有 50 米左右，圆形的飞行装置，其下面有一方形托盘。

把这个设备凌空顶起，更像两个磁场相反排斥的那种力，经仔细检查这个空间内部好像是个维修和存储的地方，因为其中很多设备确实不知道该做什么用，所以大多都封存保留，只把圆形飞行器弄了出去，进行研究，据说当时有很多物理方面的，航天方面的领军人物，但是却根本找不到如何进入这个地方的入口，甚至不知道这个东西的材质，轻薄——坚硬——柔软——光滑，是人类触觉的第一反应。

第二次进入的时候其他队员多是在不知道的情况下进行的，他和另外一个军队里的高级研究人员秘密地再次进入，在到达那个空间后发现了一个比较完整的智慧生命留下的工程设置，那里有完整的通道，四壁光滑得好像石制品的墙壁，没有潮湿的痕迹，只有寒冷，通道很发达，而且很完整，但是并没有完全发现到有生命的痕迹，虽然深埋地下，但是在他后来所叙述的资料里显示那里是有空气流动的细微痕迹，也就是所谓那个地下空间是跟地表有联系的。

那通道里有门，但是不是我们想象中的那种门，就好像有生命的水一样的液体，感觉在流动，但是又没有在流动，不知道他们用什么方法知道了打开门的方法，但是却知道那门打开的样子就像水一样的蒸发，走过去后，又自然的出现，PJM详细地描绘了空间的地图，还有发现圆形飞行器的地方。

最令他惊讶的是，蝶形飞行器是悬浮在空中，一丝不动，俨然是一个汽车被悬挂起来维修的样子，那里面有很多仪器，看不懂的文字，甚至一些有动力支持，还有一些不知道干什么的空间里就仿佛是星空一样，站在那里就好像宇宙的太空，还有的空间里完全失重状态，俨然是一个大型的试验基地，再后来具体发现了什么就没有说法了。

彭加木后来是出来了，但是据后来团队人的回忆，他精神恍惚，好像换了另外一个人，那时候已经有了先进的无线通话设备，只知道他单独和一号首长通了话，具体内容不知道，但大概意思是返回带回得到的东西，也许鉴于彭加木自己看到的东西太过于神秘或者危害到人类的生存和他自身的不知名因素，还有想得到他身上秘密的人太多，被逼才导致了他的出走。

据说他出走后留下过一封信，很简短，大意就是要我们远离这个未知的地方，他必须要带走本来就不属于人类的东西，要把他们物归原主，等等。

具体详细的我不可能知道，但是我相信他还活着在某个地方，虽然后来军方发现了那个工程设置，但是神秘的白色空间还有那个工程设置尽头的洞穴却怎么也找不到了，凭空消失一样，我们所得到的也只是存在于现实的东西吧。彭加木在罗布泊光天化日神秘失踪后，引来了社会上的种种议论、猜测，甚至是谣传。

危言耸听的老法医办案日记

其四，所谓“敌特论”——

据称，“彭加木率领考察队进入罗布泊，他们前期工作做得非常周密。但最后还是出事，其原因不在彭加木，而是考察队中出现敌特，且牵涉到高层博弈，所以最后只能放弃对彭加木的寻找。”

据称：

彭加木警惕到特务的潜入，而他对考察组的不信任导致要独立求援，找水是一个暗号而已。

考察队当时严重缺水，考察队向部队求救要求送水后，部队也答应了，但是彭加木却还是坚持一个人外出找水，并且没有和任何队员打招呼，只是在车里面留下一张纸条“我往东去找水井”，就一个人独自走进了茫茫大漠之中。

过了几个小时队员看见彭加木还没有回来，怕他出事，赶快开车沿着他的沿途的脚印去寻找，结果一直找到脚印最终消失的地方也没有找到，后来国家曾经动用军队进行了几次大规模寻找也一无所获，彭加木就这样莫名其妙的在大漠中人间蒸发一般消失得无影无踪，直到今天依然下落不明。

其随身携带的数据也随之湮灭，不过不知道这究竟是好事还是坏事。其实当时的很多问题，现在还没有搞清楚。只能说人心比灵异事件更复杂，有时候很难分清敌友。

彭加木所率领的考察队，总共 11 个人。究竟谁是“敌特”？不得而知。这“敌特”是哪一个国家的特务，不得而知。这“敌特”为什么潜伏在彭加木所率领的考察队中，目的是什么，任务是什么，也不得而知！

其五，所谓“队友杀害论”——

这与“敌特论”一样荒唐，声称彭加木是遭到“队友杀害”。

这一回，故事编造者的身份是一个小法医。他这样开始说起故事：

严格地来讲，我算是半路出家的法医，因为我是从卫生学校毕业的，所以在后来的法医生涯中，我都积极争取机会去进修。北京人才济济，我去那边进修过好多次，期间结识了一位老法医。那位老法医德高望重，不仅参与侦办过多起大案，还有机会接触到一些机密，其中就包括一件科考人员神秘失踪的奇案。

2012 年 11 月，我又去北京学习，当时才得知那位老法医去世半年了。老法医一直很低调，为了尊重这位前辈，他的名字我就不提了。

于是，小法医到了老法医家拜访，“经过老法医老伴的允许，我带走了一些资料和书籍，因为那些东西需要时间去消化，我不可能当场都记进脑子里”。当这个小法医回到广西，在资料中“发现老法医在不起眼的一页角落写了一个电邮地址和一串像是密码的数字与字母组合”。这样，他得以打开老法医的电子邮箱，“我整个人都惊呆了，因为那里存放的是他的办案日记”。

接着，这位小法医便开始引用老法医从未公布的办案日记，讲述彭加木失踪案件：

我是一名法医，大家都叫我老邓。

很多案子都有不能说的秘密，身为法医，看多了那样的事，实在是良心不安，我没有公布真相的勇气和能力，只好写下这些文字，但愿有一天那些悬案都能大白于天下。

我第一个要说的案子是罗布泊干尸案，这个案子有太多的诡异传闻了，可没有一个传闻接近真相。

老法医邓先生是怎样介入彭加木失踪案的调查的呢？老法医在办案日记中写及：

2005 年 4 月 11 日，敦煌市七里镇的一支沙漠考察队在库姆塔格沙漠西北部发现两具干尸，根据研究人员的初步鉴定，他们怀疑其中一具尸骸是某位神秘失踪的科学家，可由于技术原因，当时他们没有能完成 DNA 身份鉴定。之后，那两具干尸被运往甘肃省敦煌博物馆，可他们对外声称只发现了一具干尸。

为什么要那么说？

其实，这与阴谋论无关，我们的国家是值得信赖的。只不过，当发现干尸时，有人将消息传了出去，于是人们就开始猜测那会不会是多年前失踪的科学家。可要知道，那位科学家与一些科学技术有关，因为涉及到保密性，以及许多不确定因素，第二具干尸就顺理成章地成了秘密，人们都以为只发现了一具干尸。

2006 年 4 月 16 日，我接到了一通电话，有关方面对我说明了事情的经过，并要求我跟北京的另外一名法医赶赴敦煌。我深知这任务的重要性，大家都在关心干尸的身份，可如果鉴定结果证明干尸确实是那位科学家，那么他的死因就会是最大的悬念，我能将悬念揭晓吗？很快，我们赶到敦煌博物馆，从干尸身上取下头发、骨骼和皮肤带回北京的实验室，准备对样本进行分析。分析完成后，我们就通过渠道找到了那位科学家的亲人，希望其能提供 DNA 样本，但这过程并不顺利。

那位失踪的科学家叫彭加木，专攻农业化学，从 60 年代中期到 80 年代初，他三次进入罗布泊探险考察。1980 年 5 月，彭加木带领一支科考队深入罗布泊，采集土壤和多种生物标本，可是却于同年 6 月 17 日在罗布泊失踪了，从此留给后人无限的遐想。

我要如何鉴定干尸是不是彭加木呢？

若是在以前，我恐怕无法完成任务，可随着 DNA 鉴定技术的发展，法医已经能够通过 DNA 比对，得出死者是谁的答案了。

不过，彭加木的儿女起初并不配合，他们认定干尸不是父亲，而且有关部门隐瞒了第二具干尸的事，这让他们觉得不被尊重。在一些人的劝导下，彭加木的儿女才愿意提供 DNA 样本，供法医做比对。因为当时彭加木失踪，外界传闻他带走了一本很珍贵的科学考察日记，叛逃他国，可他儿女并不那么认为，如今有机会为父亲正名，他们才决定配合法医的鉴定工作。

经过仔细鉴定，我们最后得出结论，干尸的确是彭加木。这个结果出来后，没有一个人松了一口气，大家反而更好奇和紧张了，包括我在内，谁都想知道彭加木为什么会失踪，他的死因又是什么呢？

这位小法医借助于老法医的办案日记，声称找到了彭加木的干尸。接着，他又披露老法医的办案日记一段重要记载：

我检查过干尸，它身上有很明显的暴力作用痕迹，这就是为什么我判定彭加木是非正常死亡，而不是饥饿死，或者意外死亡的原因了。让我震惊的是，那些暴力作用痕迹太触目惊心了，是我那么多年法医生涯中罕见的。

由此老法医得出惊人结论：

如今，除了彭加木，科考队的 9 名队员仍在人世，如果算上背着发报设备的战士马大山，那就是 10 个人还活着（引者注：彭加木最后所率罗布泊科学考察队连同他本人在内是 11 人）。罗布泊就像是侦探小说中出现的孤岛环境，若有人杀害了彭加木，那凶手肯定就是 10 个人的某个人。要知道，当年要进入罗布泊，你没有军方的特殊通行证的话，根本不可能走进去。

老法医的办案日记强调说：

在这里，我就要说明干尸身上的暴力作用痕迹是怎样的了——干尸头部有 3 处钝器伤，四肢 11 处锐器伤，胸、腹、背部有 27 处锐器伤。若非人已经死了，尸体成了干尸，那么凶案现场一定极其血腥恐怖。

彭加木的伤口不是动物撕咬造成的，而罗布泊环境特殊，唯一有机会犯案的人就是科考队中的某个人了。

谁杀了彭加木？

科考队没有一个人承认，尽管他们知道，肯定是队伍中的一个人或者几个人干的，但他们都选择了沉默。

事发后，科考队挣扎了一晚上，最后决定隐瞒真相，编造一个谎言来欺骗世人。于是，他们埋掉了尸体，假说见到了脚印，等等。

一个谎言诞生，那就诞生更多的谎言，科考队没有办法，只好硬着头皮演下去。同时，他们在问自己，队伍中的哪一个人是凶手呢？彭加木身上有那么多伤，血溅了满地，行凶的人身上肯定会染上血迹才对。即使脸上、手上的血迹能抹去，衣服上的血迹在罗布泊中不可能马上洗干净，真要找凶手的话，科考队百分百能当场揪出来，但他们没有那么做。

应当说，在种种关于彭加木之死的猜测之中，这个小法医借助于老法医的办案日记所写的“队友杀害彭加木”，纯属谣言，性质最为恶劣。

网上还用种种耸人听闻的标题，“解读”彭加木失踪之谜：

《彭加木失踪案真相曝光　为何惊动中央?》；

《中央高层不敢说！彭加木失踪真相遭泄》；

《国人彻底炸锅！中央罕见曝光彭加木失踪真相》；

《隐瞒了整整35年　揭开彭加木失踪案的神秘真相》；

《彭加木失踪之谜——中国科学界最惊天的秘密》；

《揭开彭加木罗布泊考察失踪内幕　真相惊人!》；

《揭彭加木失踪之谜：七大疑点藏惊天秘密!》；

《失踪的彭加木，比两弹元勋还要神秘的科学家》；

《跨世纪的难解之谜：彭加木失踪之谜》；

《双鱼玉佩，彭加木失踪曝出中国惊天秘密》；

《还记得彭加木吗？法医揭露真相，怵目惊心!》；

《惊天秘密：科学家彭加木原来是被自己队友集体杀死的》；

《国家罕见重启彭加木计划：惊爆你所不知道的新疆神》；

……

这种种吸引眼球的标题之中，几乎都离不了一个“惊”字——“惊爆”、“惊人”、“惊天”、“惊心”。

面对关于彭加木失踪的种种臆测，作为1980年盛暑在罗布泊参加搜寻彭加木的亲历者，当时采访了50多位彭加木亲友以及现场搜索指挥官、公安人员，我愿把依据第一手采访所写长篇报告文学《追寻彭加木》奉献给广大读者……

记者深夜来电要我谈彭加木

写于1980年的《彭加木传奇》（即《追寻彭加木》初稿），当时已经由上海人民出版社作为重点书排出清样，却因当时香港《中报》的“彭加木出现在美国华盛顿”的报道而受到严重干扰，未能出版。

在雪藏了26年之后，在2006年4月13日才被记者的一通电话“唤醒”。我在《彭加木传奇》的基础上作了很多修改，补充了十几万字。2006年五一长假刚结束，5月8日上午我把完成《追寻彭加木》一书告知作家出版社编辑张亚丽。张亚丽知道我是在1980年唯一进入罗布泊现场参加搜寻彭加木的作家，知道《追寻彭加木》一书的独家性和权威性，所以张亚丽在当天下午就告知，作家出版社已经把《追寻彭加木》一书列为重点书，预定在40天后在新疆举行的全国书市推出。

我当即把《追寻彭加木》一书电子文本用电子邮件发给张亚丽。作家出版社把《追寻彭加木》作为急件，以20天的速度出书，于2006年6月17日在新疆乌鲁木齐举行的全国书市上亮相。那天正值彭加木失踪26周年纪念日，而全国书市又是在新疆举行，所以《追寻彭加木》一下子就成为全国书市最受关注的新书。我被媒体包围，一下子出现了轰动效应，全国几十家报刊报道、摘载、转载了《追寻彭加木》一书。其中，好几家报纸在 2006 年 6 月 17 日以整版篇幅报道《追寻彭加木》一书的采写经过。

那“唤醒”《追寻彭加木》一书的，是怎样的一通电话呢？

记者总是有着一根敏感的新闻神经。

2006 年 4 月 13 日晚，我应邀前往上海同济大学作题为《谈谈纪实文学创作》的讲座。讲座时，我把手机放在手提包中。结束讲座，回到家里，已经是夜里 10 时多，有点累。我把手提包放在书房，便到卧室休息。这时，上海《青年报》记者郭颖连续 4 次拨打我的手机，我都没有听见。

郭颖小姐是一个非常敬业而又能干的记者。记得 2003 年 10 月 16 日，当航天员杨利伟乘坐“神舟五号”从太空顺利返回的时候，郭颖在傍晚时分急匆匆赶到我家，采访我在 1979 年 4 月进入中国航天员训练基地拍摄影片《载人航天》的情况。第二天，上海《青年报》就以整版篇幅刊登我在 1979 年与中国航天员的合影，又以一整版刊登郭颖所写的关于我的报道。

这一回，郭颖为什么如此焦急地找我？

翌日清早，我尚未查看手机，一边吃早饭，一边从收音机里听到“在罗布泊发现疑似彭加木遗骸的干尸”的报道，一下子就引起我的注意。

早饭后，我打开电脑，见到郭颖的电子邮件，赶紧给她打电话。原来，她要采访我在 1980 年前往罗布泊寻找上海著名科学家彭加木的情况。郭颖告诉我，4 月 13 日夜 10 时，新华社发表了新闻报道：《在罗布泊发现疑似彭加木遗骸的干尸》。她迅速获知这一消息，原本是想在当天夜里通过电话进行采访，今早见报。

彭加木是在 1980 年 6 月 17 日在新疆罗布泊考察时失踪的。在当时，这是轰动全国的新闻。我从上海赶往新疆，进入罗布泊参加搜索彭加木的行动。经过多方寻找，未能找到彭加木。

“彭加木失踪”事件已经过去26个年头。如今，又因在罗布泊发现疑似彭加木遗骸的干尸，引起新闻轰动。我当即上网查阅了新华社的这一电讯，全文如下：

新华社北京4月13日电（记者俞铮） 中国科学探险队在神秘的罗布泊东缘发现一具干尸，他们怀疑有可能是26年前失踪的著名科学家彭加木的遗体。一支科学探险队13日在距罗布泊东缘最近的城市甘肃敦煌集结，14日一早将向彭加木失踪的区域进发，试图确认新的发现是否为彭加木的遗体。

世界知名的生物化学家彭加木曾发起并组织大规模罗布泊综合科学考察。

进入罗布泊地区次数最多的中国沙漠研究专家夏训诚是彭加木生前的科研伙伴。他13日在接受记者电话专访时说：“目前还不知道那具遗体是否就是彭加木同志。不过根据发现的地理位置分析，距当时彭加木同志失踪的地点不远。”

1980年6月17日，著名科学家、中国科学院新疆分院副院长彭加木率队在罗布泊地区进行科学考察时神秘失踪。当时由于缺水、断油，考察队在罗布泊东南的库木库都克以西8公里处受阻，安营扎寨。在向当地驻军发电报求援的同时，科考队长彭加木17日上午独自离开营地，并留下字条：“我往东去找水井。彭。6月17日10时30分。”

随后，解放军和中科院曾组织三次大型搜索行动，均未找到任何线索。

此次在彭加木失踪地附近发现干尸的是中国科学院寒区旱区环境与工程研究所的董治保研究员。他去年冬天在那里进行野外考察时，在一处偏僻的沙窝里发现这具干尸。根据国家关于科学考察的规定，科考队在发现人类尸体等遗迹时，必须维持原样，在原地妥善保护，不得随意移动。因此，科考队决定，做好位置标记，撤离发现地，等春天气候条件允许时再次进入。

夏训诚说："彭加木同志离开营地时随身携带两台相机、一只水壶，穿着一双翻毛皮鞋。这些物件是确定遗体身份的重要证据。"他说："我们这次还将对发现的遗体进行采样，在找不到其他证物的情况下，将通过DNA测定，比对彭加木同志亲属的DNA信息，从而确认遗体的身份。"

翌日，《人民日报》、《光明日报》、上海《文汇报》、《解放日报》以及诸多媒体都刊登了新华社的这一电讯。

由于郭颖要带着摄影记者赶到我家进行采访，我赶紧找出26年前的采访笔记、照片……

此后的几天，上海电视台新闻综合频道节目主持人訾力超、上海《劳动报》记者张伟强、《深圳商报》记者楼乘震等相继对我进行采访，报道我在26年前参加搜寻彭加木的回忆。香港凤凰卫视也邀请我专程前往北京，参加制作专题节目《寻找彭加木》。

彭加木何许人?

对于30岁以下、甚至40岁以下的年轻读者来说，彭加木是一个陌生的名字。在追述当年如何追寻彭加木之前，在这里先对彭加木作一简单介绍：

彭加木（1925.5.15—1980.6.17），原名彭家睦，汉族，1925年出生在广州近郊番禺县一个商人家庭，兄弟5人他排行第五，父亲希望阖家和睦，故为他取名“家睦”。1947 年毕业于南京中央大学农学院，毕业后进入国民党中央研究院医学研究所。新中国成立后先后担任北京大学农学院土壤系助教，中国科学院上海生物化学研究所助理员、助理研究员。彭加木 1950 年加入新民主主义青年团，1954 年加入中国共产党。1956 年，中国科学院准备组织一个综合科学考察委员会，分赴边疆各地调查资源，他主动放弃出国学习的机会，积极向组织提出要求，赴新疆考察。他在给郭沫若的信中说：“我志愿到边疆去，这是夙愿。……我具有从荒野中踏出一条道路的勇气！”1957 年，他身患纵膈障恶性肿瘤，回到上海治疗。他以顽强的意志同疾病作斗争，病情稍有好转就重返边疆。他先后踏遍云南、福建、甘肃、陕西、广东、新疆等 10 多个省区，曾帮助组建中国科学院新疆分院，每年到新疆工作一段时间。他改名彭加木，意即架起通往边疆的桥梁。1964 年，彭加木成为上海科技界的先进标兵，提升为副研究员，当选为全国人大代表；1979 年，彭加木提升为研究员，并担任中国科学院新疆科学院副院长。他先后 15 次到新疆进行科学考察，3 次进入罗布泊进行探险。1980 年 6 月 17 日上午 10 时 30 分，因科学考察中缺水，彭加木主动出去找水井，不幸失踪。1981 年 8 月 24 日，上海市人民政府授予他“革命烈士”的光荣称号。

彭加木曾经 3 次进行罗布泊科学考察：

第一次是 1964 年 3 月 5 日至 3 月 30 日，彭加木和几个科学工作者环罗布泊一周，采集了水样和矿物标本，对当时流入罗布泊的 3 条河流（塔里木河、孔雀河、车尔臣河）河水的钾含量作了初步的研究，认为罗布泊是块宝地，可能有重水等资源。重水是制造核能源不可缺少的物质，20 世纪 60 年代我国需花大量外汇购买。他不顾身患癌症的身体，主动请缨为国家找天然重水，由于时间短促，虽未找到天然重水，但是他的献身精神却令人感动。

第二次考察是 1979 年 11 月 15 日至 12 月 20 日，经国务院批准，中日两国电视台组成《丝绸之路》摄制组，到罗布泊实地拍摄，聘请彭加木为顾问，他先期到罗布泊进行了细致的科学考察。他说："我彭加木具有从荒野中踏出一条路来的勇气，我要为祖国和人民夺回对罗布泊的发言权。"此行取得了许多科研成果，纠正了外国探险者的一些谬误。科学考察结束后，又为中日两国摄制组找到了从古墓地、兴地山进入楼兰的道路，还重走了从楼兰环绕罗布泊到达若羌的丝绸之路中段。

第三次是 1980 年 5 月 8 日至 6 月 17 日，他率领科学考察队首次穿越了罗布泊湖盆，全长 450 公里，因罗布泊在 1972 年前是水乡泽国，谁也无法穿越。科学考察队在湖盆中采集了众多的生物和土壤标本，为我国综合开发罗布泊做了前瞻性的准备。1980 年 6 月 17 日，彭加木在考察中不幸失踪，有关部门在 1980 年先后组织了 4 次寻找，未能找到。

在库木库都克发现干尸

新华社 4 月 13 日的电讯披露了爆炸性的消息——虽说还只是"疑似"、"疑是"，使沉寂多年的彭加木失踪事件旧事重提。

中国大大小小的报纸、成千上万的网站都纷纷转载这一消息，引起了广泛的注意。各地记者寻找彭加木的亲属、同事、朋友，以及当年参加搜索的人员进行采访、报道，一时间，在中国形成了一轮"彭加木热"。

新华社的报道中提及："一支科学探险队 13 日在距罗布泊东缘最

近的城市甘肃敦煌集结，14 日一早将向彭加木失踪的区域进发，试图确认新的发现是否为彭加木的遗体。”

新华社电讯中提及的“疑似彭加木遗体的干尸”，成为新闻焦点。

新华社的电讯称，“此次在彭加木失踪地附近发现干尸的是中国科学院寒区旱区环境与工程研究所的董治宝研究员。他去年冬天在那里进行野外考察时，在一处偏僻的沙窝里发现这具干尸。”很快的，有人指出这段报道不实。

甘肃敦煌市七里镇政府指出，董治宝研究员是该镇委托的尸骨鉴定人，并不是干尸的第一发现人。另外，干尸的发现时间，不是“去年冬天”，而是 2005 年 4 月 12 日。

干尸的第一发现人是敦煌市七里镇的李春林镇长以及刘国汉、刘强、孙学虎等 8 人。

于是，这 8 个人便成为新闻媒体追访的对象。

在 8 人之中，刘国汉是关键性人物。

据报道[①]，刘国汉是甘肃敦煌市七里镇林业站站长，业余沙漠探险爱好者。“这个地方沙漠化了，没有公园，也没什么娱乐，附近只有个鸣沙山，没事时候我就和一些朋友去沙漠里转转，了解环境，散散心。”事实上，刘国汉和他的朋友们也有别的期待，“在古代传说中，附近沙漠里有一个叫‘贼窑’的地方是以前丝绸之路的必经之地。那里有一些山洞，里面有古老精美的壁画”。刘国汉他们希望能由此开发出一条旅游路线，发展旅游产业。

据刘国汉说，2005 年 4 月 8 日，七里镇政府派出 7 个人组成的一支考察队，由镇长李春林带领，他和孙学虎、王吉辉等 4 名干部及刘强、达浦、刘学仁等 3 名当地村民（其中有以前在这一带开金矿的矿

① 记者李翊，《寻找彭加木：真实与镜像之间》，《三联生活周刊》，2006 年 4 月 28 日。

无名干尸发现者之一，刘国汉（中央电视台视频）

主，熟悉地形），乘坐3辆车，在哈萨克族向导瓦里提的带领下，前往罗布泊腹地进行考察。

刘国汉说，那3辆车，一辆是丰田越野客货两用车，按5天的行程装备了生活用品，另外两辆是213吉普车。他们带了一张敦煌地区地图，一部卫星电话和一个GPS定位仪。

刘国汉说，“本来打算7日走，但是那天下大雪，就改到8日。”当时气温是零下3摄氏度。

2005年4月8日早上8时，这支业余探险队到达附近的阿克赛县，从这里上南疆公路，经阿尔金山的南坝乡向北，进入库木库都克沙漠。他们之所以选择这一路线，是因为金矿老板曾经为了寻找沙漠中的金矿来过这里。

刘国汉说，车子沿着阿尔金山融雪在沙漠中形成的土沟前进，颠簸很厉害，只能以每天20至30公里的速度前进，走了3天。到了4月11日中午12时，走出土沟，“前方没有路了，全部是茫茫沙漠”。

此时的行车格局改为，4 个人乘 1 辆吉普在前面开路，后面两辆车跟着标记。由于生活车装的东西多，一走就陷，因此车子开得很慢。到下午 1 时左右，才行进了两公里多。

刘国汉说，8 个人打算就地休息，就在这时，干尸被发现了。

刘国汉说："下车向南一望，40 米开外的红柳墩旁有一具干尸。干尸面部朝下趴着，背部、脚、胳膊这些露在沙漠外的部分被晒得干干的，后脑勺上还有头发。接触沙漠的地方全部腐烂。干尸旁边，有一个两米长的红柳棍，头前方有 3 块石头。"

他们给干尸拍了照片，用铁锹把干尸挖出来看了一下，打算回去报告。由于干尸所处位置都是移动的小沙丘，很难确定，于是，四人把干尸向前拉了 30 公里，放置在一个固定的大沙丘旁。

此时，坐在前面探路车里的镇政府主任刘学仁闻讯赶了过来，他突然说了一句："这是不是彭加木的遗体啊?"由于彭加木走失时身上带着照相机、水壶、望远镜，他便向刘国汉等人询问在干尸发现地周边有无这些东西。

刘国汉说，由于并不能确定干尸身份，而生活车上的食物和水也不多了，8 个人决定把干尸掩埋好，先走出沙漠再作打算。"我们把干尸埋进了沙子，在旁边的沙丘挖了个 40 厘米的坑，旁边栽了个红柳墩做标记，同时用 GPS 定位仪做了个定点。"此处距离敦煌市约 270 多公里。

2005 年 4 月 14 日，8 个人终于走出沙漠来到敦煌雅丹公园，此时只剩 1 桶水，生活车走不动被扔在了沙漠里。补充了生活用品之后，当天晚上 8 个人赶回了七里镇。

刘国汉说，由于他们怀疑那具干尸可能是彭加木遗骸，回去后，他们就给中国科学院上海分院以及新疆分院打了电话，讲述了在彭加木失踪地附近发现干尸的经历，希望派专家过来鉴定。得到的答复是，“那一带干尸很多，不太可能。要么就拉出来搞个鉴定”。他们觉得干尸掩埋的地方太远，不想再进沙漠，就没有再管。

“疑似彭加木遗骸的干尸” 引发争议

2005 年 9 月底，甘肃省沙漠研究所过来考察，8 个人又向他们说了有关情况，并带着科考人员进了沙漠。沙漠研究所的人把情况告诉了中国科学院寒区旱区环境与工程研究所研究员董治宝。刘国汉说：“他敏感性强，马上就到敦煌来了，进沙漠带了样品说回去做鉴定。但此后就没消息了。一直到最近一段时间才过来，然后我们就听到他发布消息，说他是第一个发现干尸的人。”

2006 年 4 月 11 日，董治宝与夏训诚相约到了敦煌，计划一起对库姆塔格沙漠中典型羽毛状沙丘进行测量采样，对干尸以及发现干尸的区域进行考察。但到 4 月 13 日，“他（董治宝）突然不辞而别，手机短信说他有急事已回兰州，此后联系他手机都在关机状态。”夏训诚说，“我只好按原计划与其他队员开始科学考察活动。”4 月 14 日，他率队离开敦煌，进入罗布泊地区。

然而，就在 4 月 14 日，董治宝在接受媒体记者采访时称：“这具干尸已于 4 月 14 日凌晨从库姆塔格沙漠中取出，移交至敦煌博物馆保存。”

这具干尸为什么会移交敦煌博物馆保存呢？据刘国汉说，董治宝当时是准备把干尸运回兰州中国科学院寒区旱区环境与工程研究所。但是，遭到刘国汉等人的坚决反对。刘国汉等人认为，他们 8 个人才是干尸的第一发现人，因此不同意董治宝把干尸带回中国科学院寒区旱区环境与工程研究所。为防止意外，他同时把情况反映到敦煌市，于是，干尸半路上被敦煌市截下来，运到敦煌博物馆暂时保存。

这具“疑似彭加木遗骸的干尸”，究竟是不是彭加木遗骸，最权威的判断当然是 DNA 鉴定。

2006 年 4 月 17 日，由中科院北京基因组研究所所长杨焕明、北京华大方瑞司法物证鉴定中心主任邓亚军、中科院古脊椎动物与古人类研究所博士研究员刘武及中科院寒区旱区环境与工程研究所有关专家组成的小组对干尸进行现场检验和 DNA 样品采集，以便作出 DNA 鉴定。

不过，DNA 鉴定需要几周的时间。

就在等待 DNA 鉴定结果的日子里，对于那具干尸是不是彭加木遗骸，引起激烈的争议，有人说可能是彭加木遗骸，有人断然否定。

否定的理由是：干尸身高只有 1.65 米（最初的报道），而彭加木身高 1.7 米。另外，彭加木失踪时，带有照相机、水壶等金属物品，穿一双翻毛皮鞋，而发现干尸的现场没有这些物品。还有，发现干尸的地点离彭加木当时出走的地点近 100 公里（最初的报道），距离太远了。

彭加木生前所在单位领导、中国科学院新疆分院党组书记傅春利看了干尸，以为最主要的疑点就是干尸面部结构与彭加木先生的面部特征不相近。他说：“干尸的眉骨到头顶的距离只有 3 厘米，这与彭加木有着极大的区别，彭加木为宽额头。另外，干尸的大拇指指甲也特别长，而彭生前没有留长指甲的习惯。”

持肯定的理由是：经专家对干尸牙齿、头皮等各部位骨骼进行测量和鉴定，初步判断，该具干尸对应的人的死亡时间距今 30 年左右，身高 1.7 米以上，足长 42 码，死亡时的年龄在 52 岁至 55 岁之间，系短发。彭加木 26 年前失踪时为 55 岁，身高 1.7 米，足长 42 码，出走时留短发，这些特征与干尸吻合。另外，据中央电视台新闻频道在 2006 年 4 月 17 日报道，发现无名干尸的地点距离彭加木脚印消失处——库姆塔格沙漠边缘的库木库都克，只有 20 公里。

曾经多次参与寻找彭加木的夏训诚研究员在接受中央电视台新闻频道采访时指出，当年的搜索活动一直局限在沙漠边缘，从没有走进过沙漠腹地。这两者之间还是有可能存在关联的。沙漠比较高，在比较高的地方可以看看有没有水的痕迹，而且在这个库姆塔格沙漠羽毛状沙丘的这一边可以看到一个干的湖泊，有流水的痕迹，所以他（彭加木）也有可能到这里。

不过，曾经多次穿越罗布泊的吴仕广指出，从地图上来看，从彭加木的脚印消失的地方到干尸的第一发现地虽然只有 23 公里的直线距离，但是这其中并未包括翻越十几座沙丘的路程。“试想，在地表温度达到 60 摄氏度以上的 6 月份，又有谁会到达那个地方？何况一个已经行走了七八公里的人。”

干尸险些被拿去展览创收

我关注着媒体对于罗布泊那具疑似彭加木遗骸的种种报道。我注意到 2006 年 4 月 21 日《中国青年报》所载报道《罗布泊疑似彭加木干尸险些被农民拿去展示创收》，透露了更多真实的信息：

4 月 13 日，“罗布泊发现了一具可能是彭加木的干尸”的消息，再度使寻找彭加木行动成为热点话题。

其实，那具被认为可能是彭加木的干尸早在 2005 年 4 月就被发现了。

据当时发现干尸的敦煌市七里镇南台堡村村主任刘学仁说，尸体是在库木库都克沙漠干涸河床西南方向的左岸发现的，当时干尸面部朝下，身体大部分被沙覆盖。

刘学仁说，发现尸体后，并没有意识到这具干尸会是彭加木的尸体。他把开出租车的儿子叫来，准备将尸体运回去展示，可以收些门票钱，搞创收。但车是儿子包租的，当时尸体有些味道，车主不愿意拉尸体。他和儿子只好找了个地方将干尸埋了，想等以后再说。

11 月，地处甘肃省兰州市的中国科学院寒区旱区环境与工程研究所研究员董治宝前往该地进行考察研究，正好搭乘刘学仁儿子的出租车，闲聊中无意提起这具干尸。

凭职业的习惯和对彭加木失踪的了解，他突然冒出个念头：这是不是彭加木的尸体？他把这个消息告诉了彭加木生前的科研伙伴、中国科学院新疆生态与地理研究所研究员夏训诚。

夏训诚说，这种报告太多了，几乎每年都会遇到。因为听董治宝说发现地在库木库都克，离彭加木失踪地比较近，因而他嘱咐董，先将干尸保存好；作好保密工作，不要对外扩散；现在天寒，等天暖些时组织小队去现场。

正当他们准备 4 月动身去罗布泊进行科考，并顺路前往现场验证干尸身份时，一些情况发生了变化。干尸被运往了敦煌，而且被媒体大肆炒作。夏训诚说，探险应以科学严谨的态度来对待，探险队应以科考为主，验证干尸身份是不是彭加木，不应是探险的主要目标。

据夏训诚介绍，他 11 日赶赴敦煌，并行进到发现干尸的第一地点进行了实地勘察，并走访了当时发现干尸的村民。

从形态上看，干尸身长 1.61 米，据夏训诚说，当年听彭加木自己说过，他身高为 1.72 米。专家说，尸体在沙漠中风干 20 多年，身体会有萎缩。

经过测量，这具干尸脚长 22.5 公分，照此推断死者生前应穿 41—42 码的鞋。此干尸从骨骼上看，生前是位身材比较苗条的人。干尸的头发为短发，稍有发黄。这些特征都与彭加木相似。

4 月 20 日，夏训诚从敦煌回到乌鲁木齐，召开新闻情况介绍会并出言谨慎。他说，发现的干尸现在不能说是彭的遗体，也不能说不是。一切都得等待 DNA 测定的结果。

中国科学院新疆分院办公室主任在接受记者采访时说，每年都会接到“发现彭加木遗体”的报告和信件，但有的距离彭加木失踪地太远，有的特征不对，有的去世时间太短，有的穿着太时尚……彭失踪时脚上穿着翻毛皮鞋，有一个在彭失踪地较近地方发现的尸体，我们去了一看，发现脚上穿着黄球鞋，这显然不是彭加木。

据夏训诚说，自己曾到发现尸体的第一地点看过，站在高处往发现尸体方向看，就像有一池水，这不排除彭当时也许看花眼，将这里当成水源，而前来此处。

夏训诚对没有按他意思保持干尸现场，以及敦煌方面抢先将干尸运走，影响到了他对这一方面的研究调查表示遗憾。他说，如果保持干尸的原始形态，可以更好确定尸体在死前的活动，可以对研究提供很多的资讯。

据夏训诚说，干尸的 DNA 鉴定可能还要待些时间，因为据中国科学院基因专家说，彭加木的 DNA 鉴定和其女儿比对，而不能和其儿子比对，目前彭的女儿在美国，要想尽早知道结果还得两个月左右。

应当说，在众多关于疑似彭加木干尸的报道中，《中国青年报》的报道提供了另一侧面的信息。

DNA 博士谈干尸的 DNA 鉴定

那具疑似彭加木干尸究竟是不是彭加木遗骸，要由科学作为“最高法官”作出判定。这一判定的方法，就是DNA鉴定。

2006年4月26日，DNA鉴定专家、北京华大方瑞司法物证鉴定中心邓亚军博士，做客人民网科技论坛，详细谈了疑似彭加木的干尸的DNA鉴定问题。

2004年，当印尼发生海啸时，邓亚军博士曾经作为中国专家领队赴印尼，对海啸受难者的遗体进行DNA鉴定。

她说，在电影《三滴血》中，用滴血验亲，看孩子和父亲的血液是否相溶，这是没有任何科学道理的。DNA鉴定，是根据经典遗传学原理，用专业语句解释是“利用分子生物学手段，对我们检查的数据，进行父权概率、亲权指数的运算得出准确结果”。DNA鉴定是目前国际公认的能够以99.99%的准确率进行亲子鉴定的唯一手段。

她说，DNA，也叫脱氧核糖核酸，简单地说就是人体的遗传物质。它存在于身体的每一个有核细胞中，除了血液中的红细胞，因为它没有细胞核，其他的细胞都含有DNA。因为DNA鉴定是通过遗传学的原理，而父代和子代的遗传都是遵循遗传规律的。所以它比较准。

罗布泊的那具疑似彭加木的尸体尚有残留的毛发，因为时间很长，我们在对尸体进行初步检验的时候，发现尸体的风化也很厉害，我们采样了大腿骨的骨头，在疑似彭加木的干尸上提取了毛发，还有一些变质的皮肤组织以及一块骨骼。

我们对超过一定年限的，用这种遗传标记检测不出来的样本，会换另外一种标记来做，那样准确度会稍微差一点。另外的标记我们一般采用的是线粒体，这是母系遗传的，如果辅以其他旁证或其他可以证实的资料，也可以鉴定出这个遗体是哪个人。我们这次提取的样本，我很有信心，也就是说通过我们这次的DNA鉴定，是能够非常准确地认定干尸是彭加木或者不是彭加木的。跟我同去的还有另外一个老师，我们俩对这个尸体检验的推断是一个中年男性，没有排除是彭加木的证据，我们倾向可能是彭加木。

我们希望得到彭加木的直系亲属样本，或者是兄弟姐妹，或者是孩子。我们听说彭加木的儿女都在，希望得到他们的支持，作出最终确认的结果。

她说，印尼海啸受难者的遗体是刚遇难的人的尸体，我们拿到的样本是死亡几天到几个月的时间内的，但是这次疑似彭加木遗骸的干尸，风化了20余年，鉴定难度要大一些。

她说，DNA鉴定可以应用到各个方面，和老百姓最密切的是DNA亲子鉴定，这是大家最关注的。对于社会和国家而言，DNA鉴定还可以做很多工作，比如说欧美国家已经建立起刑事犯罪的DNA数据库，这个数据库建成以后可以破获一些陈年旧案，也就是说在很多年前发现了一些证据，因为没有DNA技术不能作出鉴定，现在可以用DNA技术来认定，把十几年前的积案破获。DNA鉴定可以用到各行各业，除了用在人身上，还可以用在狗、猪的身上。

在2005年，华大方瑞司法鉴定中心大概做了3000例的DNA亲子鉴定，还有一些特殊的样本鉴定。通过我们这3000多例，我还有一个统计学数据，大概22.6%的结果是否定的，排除了父子关系或者是父母关系。现在我国的亲子鉴定量每年在10000到15000例左右。

邓亚军博士介绍说，进行DNA鉴定的机器，是用毛细管电泳的方法检测。我们现在用两种机器，一种是16根毛细管，另外一种是48根毛细管。一根毛细管对应一个样本，16根毛细管的机器可以走16个样本，48个毛细管可以走48个样本。对于一个家庭的亲子鉴定，一台机器一个小时就可以完成，让这个结果显示出来。

她说，按照比较传统、经典的DNA检测方法，从我取了当事人血液到DNA的提取、扩增到用机器显示结果到分析，一个流程做下来大概需要 24 个小时左右。但是，为了保证鉴定结果的准确和可靠，我们有不同的人分不同的批次，对每一份结果进行复核，这也是按照标准化程序来做的，之后还要进行计算，我们要出检验报告、附上相关的材料，这样下来就大概需要 7 个工作日左右了。常规的鉴定样本，比如说血液、血痕，一个样本的鉴定费用是 800—1000 元人民币。如果父子两个人要进行鉴定，大概需要 1600—2000 元人民币。

为了使 DNA 鉴定有一个确证的结果，必须和直系亲属进行比对，我们已经在积极与彭加木的亲属协调沟通。

她指出，常规 DNA 检测样本有很多种，比如说血液、口腔拭子（口腔细胞）、带毛囊的毛发（拔下来的毛发）、肌肉、骨骼、胎儿组织或者是绒毛组织都可以做，准确率都是一样的，只不过提取方法不同。个人可以在家采样，也可以到鉴定中心由工作人员专门负责采样。比如说在家里一种比较好的、无痛的采样方法，是拿根消毒棉签在口腔内侧靠脸颊处刮 20—40 下，取出后，阴干，装于纸质信封中邮寄即可。或者是拔自己的头发 3—5 根，要在头发的根部看到清晰的毛囊（发根部的小白点），装于纸质信封邮寄即可。DNA 鉴定根据选用标记的不同，准确率是不一样的。使用核 STR 这个标记准确率可以达到 99.99％以上。

邓亚军最后说，对于疑似彭加木尸体究竟是不是彭加木，DNA 鉴定可以给出一个准确的结果，我们会在合适的时间公布这一消息。

罗布泊又传车手失踪

罗布泊真是多事之地。就在疑似彭加木遗骸的 DNA 鉴定尚在进行的日子里，罗布泊再度引起新闻媒体的高度关注。那是在 2006 年五一长假期间，两名上海车手在环境恶劣的罗布泊失踪！

“上海·罗布泊·失踪”，这3组关键词，不由得使人们又记起在罗布泊失踪的上海科学家彭加木。

2006年4月29日，110多辆汽车、摩托车，浩浩荡荡驶出乌鲁木齐市，向罗布泊进军。

这支车队并不是前往罗布泊寻找彭加木，而是参加“2006中国·新疆汽车摩托车越野挑战赛”。本次比赛赛程达4000公里，其中竞赛路段分6个赛段总计1100公里，最长赛段为430公里。赛段复杂艰险，包括砂石路、沙漠公路、沙漠腹地和戈壁滩。其中最为险恶的是罗布泊地区，那里四处分布着雅丹群，气势宏大而诡异，而且罗布泊地区气候极其复杂恶劣，夏季最高地表温度记录为88摄氏度，并时有沙漠风暴发生。

就在越野赛紧张地进行的时候，5月3日晚上，“2006中国·新疆汽车摩托车越野挑战赛”组委会宣布令人不安的消息：上海奥林极限创佳车队一辆编号为B219的赛车在罗布泊失踪，已有30多个小时未与组委会联系。

“他们偏离了赛事预定的路线，车上没有GPS定位系统，只有无线电台，采用的是139.100频率，不能发射，只能接受组委会的信号。”组委会人员称，“而且，罗布泊没有手机信号，他们打不出电话。”

一时间，这一消息被全国大报小报和众多网络所转载。

据报道，这辆编号为B219的赛车上有两人，一名是车手浦永生，另一名是领航员赵力学。车上备有GPS定位系统和车载电台，并有沙漠救援工具等。该车于5月2日中午12时左右从第二赛段出发，准备穿越罗布泊赛段。从两人出发之后，至比赛组委会宣布失踪消息，在30多个小时中未发出任何信号，也没有经过赛段打卡点。这一期间，救援车曾一路开过，也未接到任何呼救信号。组委会估计这两名车手比赛中走错了路，陷在沙漠里了，也可能是车辆抛锚了。在前面的比赛中，这辆车曾抛锚过，组委会叮嘱过车手检修，对方表示已进行过检修。

据介绍，奥林极限创佳联合车队由 3 辆车组成，4 月 21 日从上海出发。比赛原计划 4 月 28 日开赛，但因天气等原因，推迟到 5 月 1 日。第一赛段中，奥林极限创佳联合车队有两辆车出现故障，耽误了到达时间。第二赛段从 5 月 2 日中午 12 点开始，从红柳井 3 号营地到 36 团团部 4 号营地，沿途多为盐碱地，车辆颠簸很厉害，容易损坏。按一般情况，晚上 6 点左右，比赛车辆应到达打卡地点，但浦永生和赵力学的赛车一直没有到达。

失踪的赛车驾驶员浦永生是奥林极限越野汽车俱乐部的总经理，导航员赵力学是经理。

消息传出，浦永生在上海的妻子黄美飞女士焦急万分。她说，最后一次和丈夫联系是 4 月 30 号，当时浦永生说那边是无人区，没有信号。她还说，丈夫浦永生此前曾去过新疆参加过两次比赛，2005 年的环塔赛也参加了，所以她相信比赛经验丰富的丈夫会没事的。

5 月 4 日凌晨，组委会已派出 4 辆丰田柴油越野车组成的救援车队，携带足够 2000 公里行程的燃料，展开新一轮更大范围的搜救工作，希望在天亮之前赶到可能失踪的地点开展搜救，但由于当地出现大范围沙尘天气，视线受阻，搜救行动并不顺利。

据估计，可能的失踪地为一片沼泽。由于这一赛段的路线途经罗布泊南缘、阿尔金山北麓，春季阿尔金山雪融导致洪水下泄，形成沼泽。赛车误入后可能深陷其中而无法自拔。

新疆传奇车队车手傅强说，他曾在比赛途中见到过 B219 车，该车并未按照组委会指定路线，而是试图沿直线走捷径到达赛段终点。傅强也欲跟进，但前进 20 米后，赛车便陷入泥中，经过两个小时才将车驶离泥沼，重回比赛规定道路。

按照比赛规定，为了避免意外，车上必须装有3天的饮用水和干粮。但是新疆赛车手车队的车手高铭举说，选手为取得好成绩往往会尽量减轻赛车重量，大多数选手车上只带两瓶矿泉水及少量干粮。失踪的两名上海车手是否带两瓶矿泉水及少量干粮，不得而知。

当记者采访B219失踪赛车的领航员赵力学的妻子时，传出令人担忧的消息。赵力学的妻子说："我知道他们只带了一天的食物。"

另外，罗布泊地区温差较大，失踪车手的衣物较为单薄，不知在夜间能否御寒。

若羌县罗布泊镇镇长郭高潮介绍说，若羌县城近日风力达七八级，沙尘弥漫，能见度在50—100米左右。人在风中感觉站立吃力，尤其是沙尘让人难以睁眼，张嘴说话时细细的沙尘即进入口腔，呼吸比较憋闷。在罗布泊，沙尘暴更加严重，能见度只有四五米。

若羌县位于新疆塔克拉玛干沙漠东南、罗布泊南缘，是中国面积最大的县级行政区，境内罗布泊镇是中国面积最大的乡镇级行政区。

两名在罗布泊失踪的上海车手的命运，牵动着新闻神经。

多次穿越罗布泊、深入塔克拉玛干沙漠腹地的新疆野驼伙伴俱乐部领队王涛说，在罗布泊地区几乎没有参照物，一旦发现迷失方向应立即停止行进，确定自己所在位置，判断出发地的方向。"罗布泊地区雅丹和地表盐壳久经风蚀基本呈西北至东南走向，迷失方向后可爬上雅丹台面，以自己行进路线和雅丹走向估算夹角，再以行进速度和出发后的时间计算与出发地间的距离，大致确定自己的方位，求救并等待救援。"

具有丰富越野赛车经验的新疆摩托车俱乐部领队刘建元说，参与越野拉力赛的车手一旦偏离比赛路线，切不可莽撞驾驶，给救援增加难度。

"迷失方向时最怕乱了阵脚、坏了心态、丧失信心。"已有近10年户外探险经验的马志军说，在绝地遇险又缺少导航设备的情况下，避免消耗体力最重要。“要计划用食和用水（包括车水箱中的水），节约饮食，平静心态，等待救援。”

比赛组委会表示，等沙尘暴过去，如果仍未找到失踪的上海车手，将展开第二套预案——直升机救援。

就在众人担心、两位车手失踪已 50 个小时的时候，在 5 月 4 日 15 时 50 分，从若羌县党委副书记杨银林那里传出好消息：失踪的上海籍赛车手已经找到，两人均安然无恙。

杨银林说：“两名赛车手因为电瓶故障，弃车步行 50 公里，遇到路过的一辆便车，就搭车前往 60 公里外的罗布泊镇镇政府驻地求救，罗布泊镇党委副书记赵惠安接待了他们，帮助购买了电瓶，并雇车将两人送到故障车处，等车修好后，再开出罗布泊。”他们预计在两天后跟大部队会合。

就在失踪的上海车手终于被找到的时候，按照比赛日程，5 月 4 日举行的从若羌到且末的 203 公里汽车、摩托车集结赛中又出了事故。由于当日出现沙尘暴天气，最低能见度仅有 4 米左右，一辆切诺基工作车在上午 10 时出发后，在距离若羌县城不到 70 公里的 315 国道翻车，两名新疆环塔汽摩运动俱乐部的工作人员受重伤，下午被送往若羌县人民医院。在翻车事故中一男性伤员是司机，在送往医院的途中死亡；一女性伤员头部受伤严重，但思维清晰，因医院设备简陋，经过 4 个小时观察，于下午 6 时半转往医疗条件相对较好的库尔勒市。

由于道路艰险，且加上大风和沙尘天气的影响，40 多辆汽车或摩托车退出比赛。

从“2006 中国·新疆汽车摩托车越野挑战赛”的种种报道中，众多读者能体会到罗布泊自然环境的险恶，这又勾起了对于 26 年前在那里为科学而献身的彭加木的无限怀念……

6 次寻找彭加木

在彭加木失踪之后，曾经有过 6 次大规模的寻找。

第一次寻找是在 1980 年 6 月 18 日、19 日，亦即从彭加木失踪的翌日开始。寻找者是彭加木所率领的科学考察队员和司机等 9 人，分坐 3 辆越野车分头找。沿着脚印连续找了两天，队员马仁文在离营地东北 10 公里处的一个芦苇包上发现有彭加木坐下休息的印记，一张椰子奶油糖纸夹在芦苇秆上，这正是他在米兰农场买的那种糖。当他们打算沿着彭加木脚印追寻的时候，遇到了坚硬的盐壳板，脚印消失，失去了追踪的线索。

第二次寻找是 1980 年 6 月 20 日至 26 日，在收到呼救讯号后，当地部队和科学考察队员出动 136 人次，在出事点东西 30 公里范围内反复寻找。空军还出动 9 架直升机、3 架安-2 型飞机，在出事点东西 50 公里范围内进行离地三四十米的耕耘式、地毯式低空搜索，未能找到彭加木。

第三次寻找是 1980 年 7 月 7 日至 8 月 2 日，出动 117 人，汽车 48 辆，飞机 29 架次，搜索飞行 100 多小时，搜索范围达 4000 多平方公里。公安部还派出公安人员，带着 6 条警犬赶往罗布泊。可是警犬来到这滚烫的罗布泊，失去了嗅觉，没有找到彭加木的踪迹。

第四次寻找是 1980 年 11 月 10 日至 12 月 20 日，69 人、18 辆越野车，总共搜索 41 天。寻找地区以彭加木失踪前的宿营地——库木库都克和脚印消失处为中心，沿疏勒河故道，西起吐牙以西 6 公里，东到科什库都克，南北宽 10—20 公里，总共寻找面积为 1011 平方公里，无功而返。

第五次是在彭加木失踪 24 年之后——2004 年 4 月 6 日，中国记者组成“寻找彭加木活动”探险团，一行10人，分乘两辆丰田越野车从乌鲁木齐市出发，进入罗布泊，未能找到彭加木。

第六次则是2006年4月，诚如前面引述的新华社报道中所说，“一支科学探险队13日在距罗布泊东缘最近的城市甘肃敦煌集结，14日一早将向彭加木失踪的区域进发，试图确认新的发现是否为彭加木的遗体。”这支科学探险队由专家、媒体记者和志愿者组成，共30余人。

除了这6次有组织的、有一定规模的搜索之外，民间的、个人的搜索也持续不断。

从2001年起，唐守业等人每年都到库木库都克附近搜寻，并且开始使用地下金属探测器等先进工具，不放过任何一个可疑线索。他的做法得到中国科学院新疆分院的理解和支持，同时得到了一些企业的热心捐赠。

唐守业说：“我们目前使用的探测器可以探到地下1.5米，下一次我可能用上能探测10米深度的探测器。也许某天我将在彭加木留下最后活动痕迹的地方住下来，以此为中心，用探测器对周边区域分片扫描，一个地方也不遗漏，搜索彭加木的遗物。”

当年在罗布泊综合科学考察队中担任行政总管的陈百禄，在2004年已经64岁了，仍然加入民间搜寻者行列。他说：“彭加木失踪时携带有两台铁壳的照相机、一个地质铁榔头、一个罗盘、一个水壶，目前这些都没有找到，但应该不会被金属探测器遗漏。”

人民没有忘记彭加木。

1981年10月16日，上海《文汇报》报道上海市人民政府批准彭加木为革命烈士，并举行追悼会：

市人民政府最近正式批准优秀共产党员、著名科学家、中国科学院上海生物化学研究所研究员、新疆分院副院长彭加木同志为革命烈士。

彭加木生前为发展我国科学事业献出了毕生精力，特别是从一九五六年以来，他先后到新疆、云南、甘肃、内蒙古、陕西、广东、福建等十多个省区，为发展我国科学事业积极努力工作。他对新疆更是怀着深厚的感情，把它看作是自己的“第二故乡”，先后十五次进疆考察和帮助工作。去年六月十七日，彭加木在新疆罗布泊进行科学考察时不幸遇难，以身殉职。在党中央、国务院的亲切关怀和有关部队、机关的大力支持下，中国科学院新疆分院对彭加木同志的遗体，曾组织了四次大规模的寻找，但未获结果。根据寻找的情况判明，彭加木是在给考察队找水过程中，体力不支，迷路昏倒，被狂风吹动的流沙所淹没，以致遗体未能暴露地面。

彭加木治丧委员会已组成，由中国科学院院长卢嘉锡为主任委员。追悼会将于本月十九日在上海举行。

1981 年 11 月，在彭加木失踪处——库木库都克，立起了一块纪念碑，上书“一九八〇年六月十七日，彭加木同志在此科学考察时不幸遇难，中国科学院新疆分院罗布泊考察队立，一九八一年十一月一日”。

2000 年 6 月 16 日，在彭加木失踪 20 周年的时候，中国科学院新疆分院在乌鲁木齐隆重举行“纪念彭加木烈士殉职二十周年大会”。彭加木烈士夫人夏叔芳、生前友好、同事以及中国科学院、新疆维吾尔自治区领导出席了大会。会后，举行了彭加木烈士塑像揭幕仪式，组织参观了彭加木同志生平事迹展。

青年探险家献身“神秘之地”

1996 年 6 月 18 日，45 岁的青年探险家余纯顺献身罗布泊的消息传出，使人们又一次记起了在那里失踪的彭加木。

余纯顺，1951 年 12 月出生于上海。他下过乡，当过工人，后来通过自学，取得了大学文凭。

从 1988 年 7 月 1 日起，余纯顺开始了徒步走遍全中国的艰难历程，成为一位“当代徐霞客”。

他一边徒步旅行，一边每天记下文学性日记——《壮士中华行》。

到 1996 年 6 月遇难前，他行程 85000 千里，到过 23 个省市，写下 400 多万字日记。

余纯顺原计划在 1996 年 10 月孤身徒步横穿罗布泊。当地传说，6 月份是不能穿越罗布泊的，因为 6 月份那里风沙很大，天气炎热。他闻言，偏要在 6 月穿越罗布泊。

1996 年 5 月 21 日，余纯顺到达新疆库尔勒市，准备穿越罗布泊。上海电视台的摄制组随他一起前往罗布泊。

6 月 11 日上午 8 时半，上海电视台摄制组拍摄了余纯顺出发的镜头：余纯顺一步一个脚印，走向茫茫无际的罗布泊。

摄制组驱车前往到前进桥，在那里迎候穿越罗布泊的壮士余纯顺。

预计余纯顺步行 3 天，可以穿越罗布泊。但是，6 月 13 日，罗布泊刮起了 8 级大风，而大风又卷起漫天黄沙。地表温度高达 60 摄氏度！

上海电视台摄制组在 3 天后，没有见到余纯顺。

6 月 14 日，摄制组分 3 路寻找余纯顺，没有找到。

6 月 17 日，1 架直升机从新疆乌鲁木齐飞至罗布泊上空，进行搜索，没有结果。

6 月 18 日上午 8 时，这架直升机再度飞往罗布泊上空。

10 时 20 分，直升机终于在一座沙丘背面，发现一个蓝色的帐篷。

直升机降落在帐篷附近。帐篷里毫无反应。

人们急切地奔向帐篷。在帐篷里，发现了壮士余纯顺的遗体！

余纯顺牺牲于罗布泊的消息传出，人们都为他惋惜万分。

人们在悼念余纯顺的时候，不由得记起了整整 16 年前，也是在 6 月，而且是在 6 月 17 日，上海著名科学家彭加木在罗布泊失踪……

这些年来，关于彭加木的回忆、纪念文章，也不时出现在报刊上。

1999 年 6 月初，我在上海书摊上见到一本杂志，封面上赫然印着 5 个大字："彭加木之谜"。我当即买了一本。

这是《今日文摘》杂志刚刚出版的增刊。刊头语中说，本期收入"著名作家叶永烈的追访实录"——其实，我在买到这本杂志之前，毫无所知。

他们在没有得到我的同意之前，便在这期杂志上转载了我 1980 年所写的《彭加木："文化大革命"中的坎坷历程》和《有关彭加木失踪的几种奇异传闻》。其实，这两篇文章均转载自我写的关于彭加木的长篇传记，而标题是他们另拟的。

这期杂志称我是"随队搜索记者"——其实，我当时的身份并不是记者，而是特约作家。

最有意思的是，这期杂志发表南京市公安局刑警大队侦察员李明的日记及回忆，第一段的小标题便是《被叶永烈"跟踪"》：

1980 年 7 月 3 日下午，李明正在基地训练警犬"小熊"，忽接公安部急电，命他带上小熊速赴上海，准备前往新疆执行寻找彭加木的任务。

彭加木曾是上海科技界的劳模。十多年来，他每年都在秋季去新疆进行为期两个月左右的考察（引者注："十多年来"不准确）。1980年，他将考察期改在夏季，而不幸恰恰就此发生。6月17日，他在罗布泊不慎一人失踪了。

李明带着警犬小熊启程了，专车直接送他到达机场。目的地：乌鲁木齐。

在李明前面的座位上，有位旅客，他留着小平头，戴副眼镜。

李明问："你出差？"

他郑重又幽默地说："跟踪你们！"

"什么？跟踪我们！"李明以为他开玩笑。

"那你是？"李明问。

"叶永烈。"

叶永烈告诉李明，他是去跟踪采访的……

我是在1980年7月4日从上海飞往乌鲁木齐的。当时，由于南京没有直飞乌鲁木齐的航班，所以南京市公安局刑警大队侦察员李明赶到上海乘飞机，正好与我同一航班。

根据我当时的采访笔记记载，与我同机飞往乌鲁木齐、参加搜索彭加木的公安人员共9人，警犬6只，其中南京2只、山东1只、上海3只。

夏训诚谈"疑似彭加木遗骸"

由于香港凤凰卫视《寻找彭加木》节目组的邀请，我和彭加木挚友夏训诚教授一起担任嘉宾。2006 年 5 月 12 日，我在北京与夏训诚教授久别重逢，分外高兴。

叶永烈与夏训诚（右）在 26 年后再度晤面 2006 年 5 月 12 日于北京

早在 26 年前，我在罗布泊参加搜索彭加木时，便在库木库都克炎热的搜索队帐篷里，采访了中国科学院新疆分院生物土壤沙漠研究所研究员夏训诚。他很详细地回忆了他与彭加木的交往、友谊以及彭加木的感人事迹。

这一次，我在北京再度采访了他。年已七十有一的他，身体很不错，如今仍很忙碌，忙于工作。他告诉我，他家在北京，而在乌鲁木齐也有住房，每年有一半时间在新疆。他不断往返于北京与新疆之间。过几天，他又要去乌鲁木齐，去马兰，在那里待个把星期，完成工作之后，返回北京。

夏训诚谈起不久前在罗布泊发现的疑似彭加木遗骸的干尸。他说，自从彭加木在库木库都克失踪之后，这些年来，不断有人报告，在罗布泊一带发现干尸，怀疑是彭加木遗骸。那些干尸，有的距离彭加木失踪处两百多公里，他一听就排除了是彭加木遗骸的可能性，因为根据失踪时彭加木的体力，不可能走到那么远的地方；还有一具干尸，脚穿阿迪达斯球鞋，凭这一点也就可以排除是彭加木遗骸的可能性，因为彭加木从来不穿这样的鞋，失踪时他穿的是翻皮皮鞋。

夏训诚说，这一次发现的干尸，引起他的注意，有几个原因：一是这具干尸距离彭加木失踪处只有 20 多公里，这么多年以来从未在如此近的范围内发现干尸；二是这具干尸经过中国科学院古脊椎古人类研究所的专家鉴定，身高 172 厘米，脚长 22.5 厘米（相当于 41—42 码），年龄中年以上，死亡时间 20 多年，这些都与彭加木相符；三是这具干尸的第一发现地在彭加木失踪处的东南，这一区域恰恰是多次搜索忽略了的地方。因为当年搜索的重点是放在东面和东北方向。东南方向的地势稍高，以为彭加木不可能往高处寻找水源。

夏训诚拿出一张照片给我看，那是他在干尸第一发现地拍摄的，可以看出，有一条河道的痕迹。

夏训诚说，当然，这具干尸也有许多地方与彭加木不符。目前，只能说可能性 50%。最后的结果，要待 DNA 鉴定。

夏训诚教授告诉我，邓亚军博士对于那具干尸的 DNA 测定已经全部完成。接下去，关键性的一步是从彭加木的儿子或者女儿身上提取对照样品。这一步，从技术上讲，很简单，只需要从彭加木子女的耳垂里取几滴血，就可以了。如果与干尸的 DNA 提取物呈阳性反应，就表明干尸确系彭加木遗骸；倘若呈阴性，就排除了这一可能性。

彭加木的儿子在上海，女儿在美国。最方便的，当然是从彭加木的儿子彭海那里取几滴血。邓亚军博士做好了飞往上海的准备。

目前的关键是彭加木之子彭海不愿意配合。作为长辈，作为彭加木的生前好友，夏训诚这几天跟彭海通电话，希望彭海能够配合鉴定。不过，夏训诚说，设身处地替彭海想想，他承受的压力太大。彭海在 26 年前失去了父亲，在 3 年前母亲夏叔芳又离开了人世。彭海当然期望能够有一天找到父亲的遗骸。正因为这样，在 26 年前，彭海参加了第四次搜索。那时候，夏训诚每天跟他在一起搜索彭加木，晚上彭海就睡在夏训诚旁边。彭海参加搜索前后达 1 个月，最后失望地离开了库木库都克，离开了罗布泊。此后那么多年，不时传出在罗布泊发现干尸的消息。这一次，又传出类似的消息，而在没有确认这具干尸的身份之前，“发现疑似彭加木遗骸”的新闻已经铺天盖地。何况又传出几家电视台要现场拍摄邓亚军从彭海耳垂取血样的镜头，这更使彭海感到压力。彭海在电话中对夏训诚说，如果那具干尸有 90%的可能性是父亲彭加木遗骸，他愿意抽血验证。夏训诚毕竟是科学家，他说，他只能说，现在的可能性是 50%。

夏训诚说，希望大家不要太着急，应该给彭海一个考虑的时间，要体谅他，要理解他的心情。媒体不要过分炒作这件事。

对于有人组织“寻找彭加木”探险队，要进入罗布泊，再度寻找彭加木遗骸，夏训诚表示既不支持，也不反对。他不支持，因为在他看来，重要的是继承彭加木精神，大可不必再花人力、物力去罗布泊寻找彭加木遗骸；他不反对，则因为这些探险者毕竟是怀着对彭加木的尊敬之情。

夏训诚说，纪念彭加木，主要是两个方面：一是继承他的事业，二是学习他的精神。

这些年，夏训诚致力于完成彭加木的未竟之业。当年，彭加木考察罗布泊有两个目的，即考察罗布泊的自然条件和查找罗布泊的资源。在彭加木失踪之后，夏训诚多次率队考察罗布泊的自然条件，发表了许多论文。往日，“罗布泊在中国，罗布泊研究在国外”。现在，中国科学家对罗布泊的研究，已经超过了国外。他告诉我，查找罗布泊的资源，这些年也取得了令人瞩目的成绩。他们在罗布泊发现大量的钾盐矿，储量达 120 万吨。国家已经准备开发罗布泊的钾盐。

夏训诚以为，当今应着重宣传彭加木献身精神。彭加木的献身精神是值得青年一代发扬光大的。正因为这样，媒体要多多宣传彭加木事迹。彭加木毕竟已经离开我们 26 年了，现在的许多年轻人连彭加木的名字都不知道。应该让年轻一代知道彭加木是什么样的一个人，他的精神是什么，这才是对彭加木的最好的纪念。

夏训诚前后 25 次进入罗布泊进行科学考察。他非常熟悉罗布泊。他说，当年有关部门在库木库都克建造彭加木纪念碑时，考虑到彭加木是往东北方向找水井而失踪的，打算把纪念碑的正面朝着东北方向。在征求夏训诚的意见时，他提出，纪念碑的正面，应该朝西南方向。他以为，罗布泊盛行东北风，倘若纪念碑朝东北方向，风沙很快就会侵蚀纪念碑的正面。正是听取了夏训诚的意见，彭加木纪念碑才改为面向西南，至今碑面上的字迹还清清楚楚。

夏训诚得知我不久之后又要前往新疆，非常高兴，希望我们能够在新疆见面。

2006 年 4 月 13 日，新华社关于发现“疑似彭加木遗骸”的新闻，在全国掀起“彭加木旋风”。读着方方面面的报道，尘封已久的记忆闸门忽然被打开，我仿佛又回到 26 年前在新疆罗布泊度过的难忘日子……

第一章

飞赴罗布泊

彭加木失踪新闻发布内幕

那一天，永远无法从我的记忆磁带中抹去。

那是 1980 年 6 月 24 日，热不可耐的一天。太阳刚刚露出地面，就用火一般的舌头舐着上海城。我用汗湿的手，拧开收音机的旋钮。突然，从中央人民广播电台的新闻节目传出令人震惊的消息：著名科学家彭加木在罗布泊考察时失踪!

这篇报道是新华社新疆分社记者赵全章写的，全文如下：

彭加木在罗布泊考察时失踪

新华社乌鲁木齐六月二十三日电 新华社记者赵全章报道：著名科学家、中国科学院新疆分院副院长彭加木在新疆的一次科学考察中失踪，已经第七天没有音讯。

彭加木于五月初率领一支二十多人的科学考察队考察罗布泊。考察队的大本营设在新疆农垦总局米兰农场。据初步了解，彭加木失踪的经过是：前不久他带领四名考察队员，乘坐由两名司机驾驶的两辆汽车，离开米兰出发工作，原计划绕行罗布泊一周返回米兰，结束考察。六月十七日凌晨，大本营的留守人员从无线电中突然收到他们发来的求救讯号，报告他们已迷失方向，汽车断油，人断饮水。留守人员将这一情况急电告人民解放军乌鲁木齐部队请求救援。十八日上午，乌鲁木齐部队派出两架飞机前往罗布泊地区寻找营救，其中一架在库木库都克附近找到了六个人，向他们空投了饮水和食物、汽油等物资。后来通过无线电话得知，这六个人就是彭加木带领的四名考察队员和两名司机。彭加木于十七日上午十时出去找水，曾给他们留下一张纸条，写着："我离此去东找水"，但一直未返回。

新疆维吾尔自治区党委、人民政府和中国科学院等单位对彭加木同志的安全极为关心。中国科学院新疆分院已于十八日派副院长陈善明带领一部分人员赶往出事地点。从十九日到今天，乌鲁木齐部队和人民解放军空军部队又派出十多架飞机和一支地面部队到罗布泊地区寻找，但到二十三日上午记者发电时止，还没有发现彭加木的下落。

我的心，一下子收紧了。我侧耳谛听着从收音机中吐出的每一个字。我的心已飞向千里之外的大漠之中。

这是关于彭加木失踪的第一篇报道。正是这篇报道，使刚刚失踪不久的彭加木引起了广泛关注。

后来，我在前往马兰核基地采访的时候，结识了赵全章。当时，我住在马兰核基地第一招待所底楼，赵全章就住在我隔壁的房间。

1980 年 7 月 13 日，在库木库都克的搜索队帐篷里，我对赵全章进行了采访。

据赵全章告诉我，他当时是在乌鲁木齐机场送客的时候，无意之中得知彭加木失踪的消息。他经过采访、证实之后，发表了《彭加木在罗布泊考察时失踪》这一新闻。

赵全章告诉我，那是1980年6月20上午10时许，他到乌鲁木齐机场送新疆八一农学院副教授张新时出国。送走张新时之后，在上汽车回去的时候，新疆八一农学院副教授徐鹏告诉他，刚才中国科学院新疆分院的哈林匆匆赶到机场。他无意中听见，哈林告诉即将登机的中国科学院新疆分院领导一个出乎意外的消息：彭加木在罗布泊考察时失踪了！这一消息，在当时是严格保密的。

出于记者的新闻敏感，赵全章在归途中，特地在中国科学院新疆分院门口下了车。他在值班室询问了情况，得知事情的经过：曾奇迹般地战胜癌症而知名全国的生物化学家彭加木所率领的10人科学考察队，在完成对罗布泊南部洼地的考察后，经过6天的跋涉，于6月16日抵达疏勒河古道南侧的库木库都克。宿营后检查水箱油罐，发现所剩的水只够维持3天的生活了，便于当晚急电某基地请求支援。6月17日午间，基地复电：18日送水，请原地待命。队员们准备向彭加木报告，发现彭加木不见了。只见在他经常休息的吉普车驾驶室里留着一张小纸条，上面用铅笔写道："我往东去找水井。彭 17/6　10：30"。大家赶紧急电中国科学院新疆分院领导，同时出动3部吉普车分头寻找，但直到天黑也不见彭先生的踪影。

赵全章还查阅了值班日记，证实了彭加木在罗布泊失踪。

赵全章告诉我，他从中国科学院新疆分院出来，乘坐公共汽车回到新华社新疆分社，当即写了新闻稿交给采编组。根据分社领导意见，改了一稿，便传真到北京新华社总社。这篇新闻稿，最初是作为内参。

由于是供领导看的内参，这篇新闻稿中谈及搜索彭加木工作中的困难：只有一两架飞机，地面搜索人员也很不够。

翌日——6月21日，新华社社长穆青看了内参上这一新闻，说："发公开稿！"

总社立即把社长穆青的意见转告新华社新疆分社。于是，赵全章又赶到新疆军区采访，查阅了科学考察队从罗布泊库木库都克发给军区的电报。回到新华社新疆分社之后，赵全章把新闻稿作了修改，改成公开发表用的稿子。

新华社新疆分社把新闻稿立即发给中国科学院新疆分院，请他们审阅。

赵全章告诉我①，中国科学院新疆分院不同意马上公开发表彭加木失踪的新闻。他们说，必须征得中国科学院上海分院的同意，因为彭加木既是中国科学院新疆分院的副院长，也是中国科学院上海分院的研究员。

6 月 22 日上午，中国科学院新疆分院把彭加木失踪的情况向中国科学院上海分院通报，并希望做好彭加木家属的工作。中国科学院上海分院领导立即赶去看望彭加木夫人夏叔芳，向她“吹风”。

主管科技工作的中共中央政治局委员、国务院副总理方毅，向来关注知识分子的工作和生活，他对新华社的内参作了批示，要求千方百计寻找彭加木。

这天晚上，新华社总社向新华社新疆分社催问彭加木失踪新闻稿的修改情况。

6 月 23 日，当时担任中共中央主席的华国锋在新华社国内动态清样的 673 期上，作了批示。我后来在新疆 720 基地值班室值班记录上抄录了华国锋的批示，全文如下：

方毅、李昌同志：

彭加木同志失踪尚未找到，他们要求中央下令派出飞机飞行十五

---

① 1980 年 7 月 13 日，叶永烈在新疆罗布泊库木库都克大本营帐篷采访新华社新疆分社记者赵全章。

架次。此事请和新疆取得联系，并和总参、空军研究如何派出飞机配合地面搜找。

华国锋　6 月 23 日

国务院副总理方毅根据华国锋的批示，要求加强对彭加木的搜索工作，调动更多的飞机和地面部队进行搜索，一定要找到失踪的科学家彭加木。

中国科学院上海分院得知华国锋的批示，立即表示同意发表彭加木失踪的新闻。中国科学院新疆分院也同意发表彭加木失踪的新闻。这样，在 23 日晚，新华社新疆分社发出了彭加木在罗布泊失踪的电讯。

6 月 24 日，全国许多报纸都刊登了新华社新疆分社关于彭加木在罗布泊进行科学考察时失踪的新闻。

消息传出，全国关心。

由于华国锋和方毅的重视，中国人民解放军空军出动飞机参加搜索，新疆驻军以及公安部都派出了搜索队，在罗布泊进行大规模的搜索。

就在新华社新疆分社第一次报道彭加木失踪的翌日，继续发表了《党中央关切彭加木的安全》的报道，原文如下：

新华社乌鲁木齐六月二十四日电　著名科学家、中国科学院新疆分院副院长彭加木，在罗布泊地区进行科学考察失踪后，党中央和有关方面极为关怀。现在搜寻进入第八天，仍无下落。

中共中央主席华国锋对彭加木的安全极为关切。六月二十三日，他就派出空军和地面部队配合搜寻作了具体批示。中共中央政治局委员、中国科学院院长方毅，多次询问彭加木同志的情况，具体过问寻找工作。

六月十七日考察队迷途和彭加木失踪后，罗布泊地区附近的驻军迅速投入搜寻、援救工作。十七日当天，附近驻军参谋长朱平即到达沙漠前沿，指挥援救工作。他们还派出领导干部率领部队向出事地点进发。驻疆空军部队连续出动飞机搜寻，对遇险人员空投了饮水、汽油、食物。现在除彭加木一人失踪仍然没有着落以外，其他六人安然无恙。

同日，新华社新疆分社又发出电讯《彭加木失踪前已率队穿越罗布泊》，全文如下：

新华社乌鲁木齐六月二十五日电 新华社记者赵全章报道：著名科学家、中国科学院新疆分院副院长彭加木在失踪前，已和他率领的考察队穿越罗布泊的湖盆。这是历史上科研人员第一次穿越湖盆。

有些中外学者过去也曾试图穿越罗布泊的湖盆，但都因道路艰难未能实现。彭加木带领的科学考察队最近从北到南，行程七十多公里，成功地穿越了湖盆。

彭加木率领的考察队，队员中包括化学、地理、地貌、水文地质、生物、土壤等方面的专家和学者。他们最近在罗布泊地区进行了一个多月的考察。考察队采集到的矿物资源标本和对这里自然条件的普查，将有助于揭开这个人迹罕至的地区的自然之谜，为开发利用这里的矿物资源提供科学依据。

在这以前，彭加木已先后两次进入罗布泊地区考察。一九六四年，他和几个科学工作者环罗布泊一周，采集到了水样和矿物标本，对当时流入罗布洼地的三条主要河流（塔里木河、孔雀河、车尔臣河）河水的钾含量做了初步研究。根据气象和河流携带钾元素情况估算，罗布泊每年可以集聚数十万吨的钾，可能还有稀有金属和重水等资源，是块宝地。一九七九年，他又进入罗布泊地区踏勘，为今年五月份第三次进入罗布泊地区作了充分准备。

彭加木一九四七年毕业于南京中央大学，专攻农业化学。一九五六年他在中国科学院上海分院工作时，不畏艰苦，要求来新疆参加资源考察工作，在植物病毒和新疆资源分布的研究方面作出了贡献。十年动乱中，他遭到林彪、"四人帮"的迫害，但仍然关怀着边疆地区的科研事业。一九七七年后，他每年都来新疆工作。一九七九年，他兼任中国科学院新疆分院副院长，在上海、新疆两地担任科研任务。

这天，新华社新疆分社还发出一篇电讯《彭加木失踪九天仍无音讯》：

新华社乌鲁木齐六月二十五日电　著名科学家彭加木在罗布泊地区考察失踪已经九天，各方面加紧搜寻，仍然未见踪迹。

连日来，驻疆空军部队派出的飞机频繁起落来往于库木库都克出事地点和考察队大本营之间，一边紧张搜寻，一边运送物资、人员，传递消息。空军还专门派出两架飞机，在大本营待命，随时执行救助任务。罗布泊地区附近的人民解放军派出的地面部队二十八人，冒着酷热，艰难地穿越了沙丘密布、流沙起伏的几百公里沙漠，于今天下午到达遇险地点。六月二十三日由直升飞机送到库木库都克附近驻军的一名干部和五名战士，正在和同彭加木一起遇险、仍坚持在原地的六名同志紧密配合，继续搜寻彭加木，但仍然没有发现彭加木的踪迹。

新华社是中国权威性的通讯社。全国各报都纷纷刊登新华社新疆分社关于彭加木失踪的电讯。由于新华社新疆分社接连报道搜索彭加木的动态，一时间，罗布泊成为中国的新闻焦点。

按照新华社往日的惯例，总是在事件结束之后、有了明确的结论，这才进行报道，而这一回则是打破惯例，事件尚在进行之中，便接连进行跟踪报道。这样的“现在进行时”的报道方式，产生了很好的新闻效应，受到新华社领导的褒扬。然而，后来由于没有找到彭加木，有人认为接二连三的关于寻找彭加木的报道在社会上产生了反效果，否定了这种“现在进行时”的新闻报道方式，又重新回到了过去的惯例。

我紧急受命飞赴新疆

当时正在上海的我，虽然忙于写作，但是一直关注着彭加木的命运，每天从报纸上阅读来自罗布泊的新闻。我当时担任上海市科学技术协会常委，关心上海科学家的动向是理所当然的。

1980年6月26日，上海《文汇报》发表报道《上海科技界十分关心彭加木安全》：

著名科学家、中国科学院新疆分院副院长、上海生物化学研究所研究员彭加木同志在罗布泊地区考察失踪的消息传出后，上海科技界的同志都十分关心他的安全。

中国科学院上海分院、上海生化研究所、上海植物生理研究所的领导同志，根据市委指示，看望了彭加木同志的爱人、上海植物生理研究所助理研究员夏叔芳同志。她对党和同志们对彭加木的无比关切，深表感谢。

彭加木同志热爱党，热爱社会主义，热爱科学研究事业，几十年来兢兢业业，努力工作，为发展我国的植物病毒学的研究做了大量工作。今年四月中旬，彭加木刚从海南岛归来，五月初又风尘仆仆地赶往新疆，率领科研人员对罗布泊地区进行综合考察。不少科研人员表示："彭加木同志不怕艰苦，不计报酬，一心一意搞科研，乐为四化作贡献，是我们学习的好榜样。"

1980年6月30日，我从上海《文汇报》上读到关于搜索彭加木的最新消息《寻找彭加木的部队发现线索》：

新华社乌鲁木齐六月二十九日电 新华社记者赵全章报道：参加指挥营救著名科学家彭加木的罗布泊附近驻军参谋长朱平对记者说，寻找彭加木的部队在离出事地点库木库都克以东十五公里处，发现了地上有人坐的印子和一双脚印，旁边有一张糖纸。

朱平说，这个情况表明，彭加木有可能在此休息过。彭加木十七日上午离开库木库都克时曾留下纸条说他"去东找水"。如果他在此处休息过，那就表明他确是往东走的。

朱平说，从考察队员那里得知，彭加木临走时，带有能装两公斤水的水壶，一袋饼干，两架照相机，还有毛衣和自卫用的匕首。

朱平认为，以彭加木的体质、经验和意志，是有可能在两天内走出那一带四十五公里的戈壁沙漠，到达有水草的疏勒河故道的。他说，故道那里有能食用的野生动植物。

目前，部队派出的人员正在上述地带加紧寻找。

就在这一天，上海人民出版社女编辑曹香秾突然来到我家。她曾经与我有过许多交往。这次来访，她告诉我，自从新华社发表彭加木在罗布泊失踪的消息以来，作为上海人民出版社，高度关注上海著名科学家彭加木的命运。尽管彭加木生死未卜，但是上海人民出版社都认为应该为他出版一本书，而社领导在物色作者时，想到的第一人选就是我！

曹香秾郑重其事地说，她代表上海人民出版社，聘请我作为上海人民出版社的特约作者，并在最短的时间里飞赴新疆，赶往罗布泊采访。

我二话没说，欣然接受了这一重要采访任务。

那时候，采访要凭介绍信。我前往上海人民出版社，开了许多张采访介绍信。

那时候，买飞机票则凭单位介绍信，而且上海飞往乌鲁木齐的飞机也不是每天都有。我一边开始办理购买机票的手续，一边赶往上海《解放日报》社。我知道，上海《解放日报》社的资料室里，有“人头档案”——即把重要的、著名的人物，按人剪贴剪报。这些剪报本原本只是供报纸记者内部使用。由于我跟《解放日报》社熟悉，就去资料室查阅，果真查到一大本彭加木的报道剪报集。这样，使我在前往新疆采访之前，对于彭加木的情况，有了一个概括的了解。

我赶到《文汇报》，从摄影记者臧志成那里查阅他拍摄的诸多彭加木的照片。

我来到彭加木所在单位——上海生物化学研究所，得到宣传科朱克华、李建平以及施建平的帮助，使我知道写作彭加木传记需要采访哪些人。

终于，我买到了最近的一班从上海飞往乌鲁木齐的航班机票——7 月 4 日起飞。

在离开上海的前夕，7 月 3 日，我前往中国科学院生物化学研究所采访了植物病毒研究组副组长、彭加木的助手陈作义。与彭加木共事多年的他，花了一上午的时间，向我介绍彭加木的人生历程，使我对彭加木有了深入、全面的了解。

陈作义给我看了彭加木在失踪前写给他的最后一封信：

我们在五月三日出发到南疆考察，五月九日开始进入湖区，一个七人的探路小分队带上四大桶水、二大桶汽油、一顶帐篷、粮食炊具等物，自北往南纵穿罗布泊湖底。

进入湖区的第三天，遇到盐碱皮（盐壳），汽车轮胎被锋利的盐晶块“啃”去一小块一小块的，无法继续前进。而所带的油、水又已消耗不少，只得原路返回。

在山里常常找不到路，在湖里则是一望无边，没有一个定位前进的目标。这两天正在准备，再度进入湖区，纵贯罗布泊，希望到达阿尔金山前。打算后天出发。我们将在六月底前结束这一阶段的考察工作。信是请人带到有居民点的地方发出的。

彭加木

一九八〇年．五．二十八于罗布泊西北部山前的一个营地

那天下午，我还采访了彭加木的另一位多年的同事朱本明，他也详尽地介绍了彭加木的感人事迹。

关键时刻我求助钱学森

7月4日，登上飞往乌鲁木齐的班机，前往采访彭加木事迹以及搜寻情况。

飞机是在早上7时一刻飞离上海虹桥机场的。记得，飞机上有好几位公安局的侦察员，李明便是其中一位。除了来自南京的侦察员之外，还有上海市和山东省烟台公安局的侦察员。他们所带的警犬，装

在铁笼里，作为“特殊行李”托运。当时，济南和南京没有直飞乌鲁木齐的航班，所以他们都来到上海，搭乘上海飞往乌鲁木齐的“三叉戟”客机。

上海市公安局的侦察员吴金泉告诉我，所带的三条警犬，分别叫“昆明”、“祖国”、“洋泾”。他带的是“昆明”，周路生带的是“祖国”，侯奎武带的是“洋泾”。上海公安人员的领队是上海市公安局周永良处长。另外，还有一位上海的痕迹专家程链明同往。

吴金泉向我说起了他的爱犬“昆明”，还是电影明星呢，曾经在电影《蓝光闪过以后》《一个美国飞行员》等有过出色的表演。

另外，南京市公安局的李明带着警犬“小熊”、于亮明带着警犬“小虎”；烟台市公安局的张杰带着警犬“板凳”。

上海公安局的侦察员吴金泉告诉我，警犬作为“行李”托运，每公斤 3 元。这些警犬是狼狗，又高又大，加上铁笼又很重，所以六条警犬光是运费就花了 1000 多元。

飞机中途在甘肃兰州降落。休息、加油之后，重新起飞。在休息时，侦察员们连忙进入行李舱，给警犬喂食，生怕饿了它们。

我采访了侦察员。据他们告诉我，警犬每天要吃 1 斤牛肉。上海的警犬只吃牛肉，而山东的警犬吃牛肉也吃羊肉。另外，警犬还吃大米饭。

侦察员说，经过训练的警犬，只吃主人给的食物，不吃陌生人给的食品。

侦察员还说，这次奉命前往罗布泊，是因为彭加木失踪时，走过一段坚硬的地表，没有留下脚印，无法沿着他的脚印继续进行搜寻，这就需要警犬来搜索。不过，他们担心的是，罗布泊气温很高，而警犬不会出汗，只靠张大嘴和吐出舌头散热，在高温下难以工作。

我问：“警犬能够忍耐的最高气温是多少度?”

侦察员回答说："只能在 38 摄氏度以下工作。气温高了，警犬不仅自身难以忍受，而且嗅觉也失灵，无法工作。"

经过漫长的飞行，机翼下出现天山山麓耀目的冰峰——博格达峰。机舱里响起空中小姐的播音声：系好安全带，乌鲁木齐就要到了。

从空中看乌鲁木齐，一片郁郁葱葱。当地朋友告诉我，"乌鲁木齐"的蒙古语原意，就是"优美的牧场"。哦，怪不得绿草如茵，绿树成林。

当天下午 2 时 10 分，飞机降落在乌鲁木齐机场。

一出机舱，我就发觉乌鲁木齐比兰州热多了。根据我当时采访笔记上的记录，兰州机场的气温是 16 摄氏度，而乌鲁木齐机场的气温则达 31 摄氏度。

乌鲁木齐的道路两侧，整整齐齐排列着又高又大的白杨树。

虽说乌鲁木齐用的也是北京时间，但是那里实际上比北京晚两个小时，所以当时乌鲁木齐机关的上下班时间颇为奇特：上午 9 时半上班，中午 1 时半下班；经过两个半小时午休之后，下午 4 时上班，晚上 8 时下班。

我刚到乌鲁木齐，就发觉一件怪事：在那里，我所住的昆仑宾馆算是乌鲁木齐首屈一指的大宾馆，可是，当我向过路人打听，却十问九不知！

后来，我才知道，昆仑宾馆俗称"八楼"。一问"八楼"，几乎家喻户晓。原来，乌鲁木齐地下多沙，房子不能造得太高，一般都是两三层。昆仑宾馆高达 8 层，在那里算是"羊群里的骆驼"，所以"八楼"这一名声便变得很响亮。

在八楼前面，引人注目的是一个椭圆形喷水池，直径有 10 来米。我初来乍到，漫步在喷水池畔，细细地观看着：那水清亮清亮的，像一颗颗无色透明的玻璃珠从池中心喷出，沿着抛物线落下，撒在那微微带点绿色的水面上，溅起无数细小的水波。

乌鲁木齐常年晴空万里，天空瓦蓝瓦蓝的，偶尔见到几小朵棉花般的白云。在金色的阳光下，喷水池那乳白色的水雾中，闪现一条美丽的彩虹，颜色鲜艳极了。可以毫不夸张地说，世界上任何画家的生花妙笔，都无法勾摹出如此艳丽夺目的人间仙虹！

时值盛暑，阳光火辣辣地照在我的脸上，我感到有点热，弯下腰来，把双手伸进水池，想捧起一把清水擦擦脸。出人意料的是，那水冰冷冰冷的，寒气入骨。擦在脸上，凉爽极了。

我弄不明白喷泉水为什么这般清凉。一位戴着小花帽的维族老大爷看出我那迷惑的神态，向远处一指，哦，青灰色的天山巍然耸立，高高的山尖上戴着一顶顶白皑皑的雪帽，在阳光下闪闪发亮。原来，从喷泉里喷出来的，是融化了的雪水，怪不得那样清澈、凉爽。

当地朋友告诉我，乌鲁木齐有苍蝇，但是没有蚊子，因为蚊子的幼虫无法在冰凉的雪水里生活。

乌鲁木齐市区，横亘着清冽的乌鲁木河。那水蓝得像宝石。我站在河边，清风徐徐，我把手伸进河水，捧起一把、擦了擦脸，仿佛擦了一脸清凉油。原来那淙淙河水，也是雪水。这雪水滋润了两岸，哺育了牛羊。湛蓝的水淌进黄色的沙漠，这才出现了绿洲——诚如画家把蓝、黄颜料相混合，才得到绿色。

我住进昆仑宾馆。开窗便见到远处的山，山顶闪耀着积雪那白色的光芒。

在昆仑宾馆，我遇到许多赶来报道搜寻彭加木情况的记者，光是从上海赶来的，就有《文汇报》记者张德宝，《解放日报》记者贾宝良，《青年报》记者钱维华，《上海科技报》记者郁群。他们有的比我早来好多天，却全被“堵”在乌鲁木齐，无法前往罗布泊。据告，只有一位新华社新疆分社的记者获准前往罗布泊。

不去罗布泊，怎么能够得到第一手的资料呢？我说，我一定要去罗布泊！

记者们告诉我内中的原因：罗布泊已经干涸，成了一片盐碱荒滩，本来谁都可以去。然而，罗布泊附近，却有一个代号叫“21基地”的军事要地，是必经之处。没有办理特殊的通行手续，是无法进入“21基地”这个神秘地方的，当然也就无法进入罗布泊。

这个“21基地”，原本属于高度军事机密。然而在中国停止核试验以后，随着岁月的流逝逐渐解密。从2005年4月10日起，那里敞开了大门，被确定为中国100个经典红色旅游景区之一，各地游客纷纷前去参观中国第一颗原子弹研发的原址。

这时，人们才知道，所谓21基地，其实也就是中国的核基地。

1964年10月，伴随着一声惊天动地的巨响，罗布泊上空升起了硕大无比的蘑菇云，中国第一颗原子弹试验成功了！这一消息使中国人民欣喜万分，也使全世界为之震惊。

中国的第一颗原子弹，就来自21基地。不言而喻，那里当然成为外人莫入的禁区。

21基地所在地，叫作马兰。尽管在当时马兰由于驻扎诸多部队以及许多科研机构，已经变成一个具有相当规模的城镇，但是由于涉及国防机密，所以在新疆地图上是查不到马兰的。

前往罗布泊，途径中国的核基地马兰，必须办理严格的审批手续，尤其是对于记者和作家。这一手续，要到北京办理。记者们一时无法到北京办理这一手续，也就不能进入罗布泊。

我问：“北京哪一部门主管？”

答：“国防科委。”

我一听，心中有底。

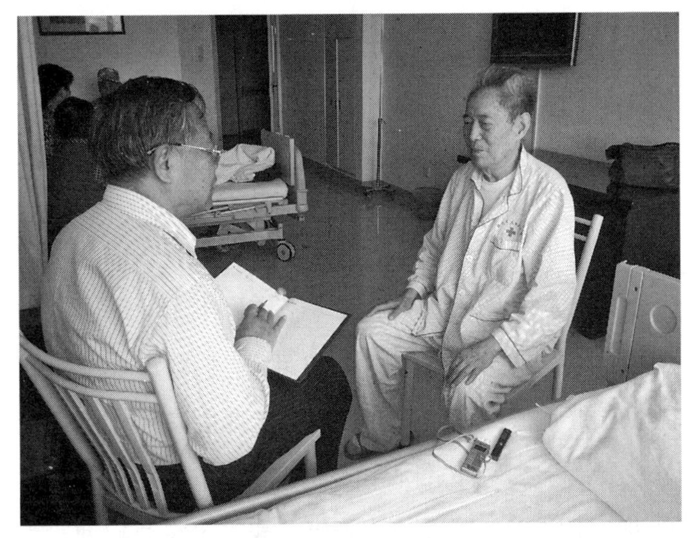

2010 年 5 月 20 日上午叶永烈在北京的总装备部 306 医院新楼 19 楼病房采访聂荣臻元帅秘书柳鸣（右）

我即通过中共新疆维吾尔自治区宣传部郭德溢先生，与新疆军区马申参谋长联系。我请马申参谋长致电北京国防科委科技部副主任柳鸣[①]。柳鸣曾任聂荣臻元帅秘书，也曾在钱学森身边工作。

当时，钱学森担任国防科委副主任，主管这一工作。

稍后，柳鸣电话通知新疆军区，经请示钱学森，同意叶永烈进入罗布泊。

马申参谋长接到柳鸣的电话之后，报告了新疆军区萧司令、谭政委。

马申参谋长致电中共新疆维吾尔自治区宣传部郭德溢先生，告知："同意叶永烈进入罗布泊。"

应当说，国防科委和新疆有关部门当时的工作效率是相当高的。

我获准进入罗布泊，是我能够完成这次采访任务的关键一步。倘

① 2010 年 5 月 20 日，叶永烈与柳鸣重逢于北京，谈起往事，非常高兴。

若我不能进入核基地、进入罗布泊，待在乌鲁木齐，是无法掌握大量的追寻彭加木的第一手资讯的。因为我担负的任务不是发短小的新闻稿，而是写作关于彭加木一生的纪实长篇，倘若不进入搜索现场，不进行深入地采访，是难以完成的。

其实，我能够获准进入核基地，是因为在1年多以前我曾获准进入绝密的中国载人航天基地采访，在那里工作了半个月。中国载人航天基地同样属于国防科委主管。那是在1979年2月23日，国防科委副主任钱学森从北京来到上海，通过国防科委科技部副主任柳鸣约见我，谈了一个晚上。由于钱学森的批准，我在办理了相关的政审手续之后，于1979年4月进入中国载人航天基地采访。我完全没有想到，当我来到新疆追寻彭加木，在办理进入核基地的手续的时候，1年多以前所办理的进入中国载人航天基地的手续起了重要作用。因为我能够进入绝密的中国载人航天基地，也就可以进入绝密的核基地。柳鸣知道我的情况，所以在请示钱学森之后，迅速通知新疆军区，给我开启了绿灯。

我在办理进入核基地的相关手续的时候，还采访了新疆军区副政委康立泽，他告诉我从各地调集公安人员前往罗布泊侦察的情况。

在接到中共新疆维吾尔自治区宣传部郭德溢先生的电话通知之后，我马上作好前往罗布泊的准备。

这样，我在乌鲁木齐昆仑宾馆只住了一天，就要向罗布泊进发——那些被“堵”在乌鲁木齐的记者们知道了，都非常吃惊，不知我有何“法宝”！他们委托我，到了现场之后，通过军用电话打电话给他们，报告动态，便于他们发稿。这么一来，我成了他们的“第一线记者”！

我到达乌鲁木齐的翌日，即1980年7月5日上午，新疆军区副政委康立泽在我的中学同学、当时担任新疆人民广播电台新闻部主任邵强的陪同下，前来昆仑宾馆看我。康立泽副政委通知我，有一辆军用越野车要出发，送我前往马兰。他还告诉我这辆越野车司机的电话。

当时，乌鲁木齐的电话号码是 4 位数。

我给司机打电话，询问何时出发。

电话里传来司机的声音："白天不开车！"

奇怪，大白天不开车？我只得在宾馆闷等着。嚯，这里的太阳的火舌比上海更长，仿佛从窗口伸了进来，把屋里的桌、椅、床、柜都烤炙得滚烫。

7 月 5 日下午，我抓住空隙之机，前往中国科学院新疆分院进行采访。在彭加木失踪时，与彭加木同在一个科学考察队的马仁文（中国科学院新疆分院化学研究所助理研究员）以及汽车司机等的讲述，使我对彭加木失踪前后的情况有了第一手的详细了解。我写下几千字的采访笔记。

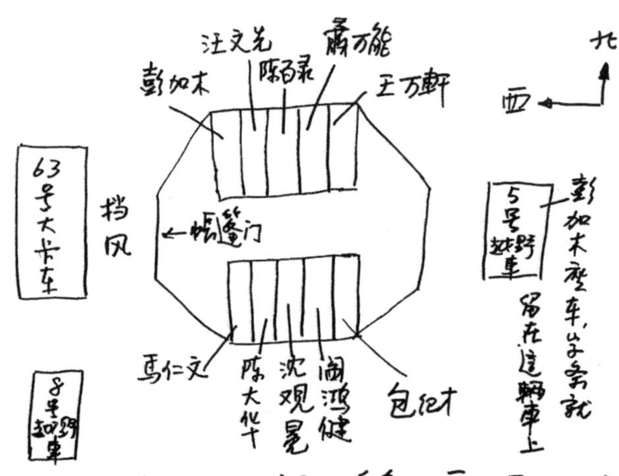

1980 年 6 月 17 日，彭加木外出找水时帐篷示意图

马仁文瘦瘦的个子，戴一副近视眼镜，典型的知识分子。他很细心，还在我的采访笔记本上画了彭加木外出找水井前的帐篷示意图，

标出 10 个人在帐篷中睡的床位，以及帐篷附近 3 辆汽车的位置，使我对彭加木出走时的情形有了更加清晰的了解。这张示意图成了非常珍贵的资料，因为事隔多年之后，当事人恐怕很难回忆起在帐篷里谁睡在哪个床位了。

连夜赶往大漠深处的核基地

直到晚上 8 点半，一辆草绿色的越野车，才来到我下榻的昆仑宾馆门口。司机是个二十五六岁的战士，矮墩墩、黑黝黝，冲我一笑，却不吭声。乘客只有我一个。这时，在上海该是明月当空了，而这里的天依旧碧蓝，太阳还在施展它的余威。

司机穿着一身“的确良”绿军装。太热，他捋起袖子。手臂上满是油泥。

“白天睡够了吗？”我问道。

“没睡。”

“睡不着？”

“没工夫。”

“没工夫？夜里开车，白天不休息？”

“连里的一辆车坏了，修！”

他只说了一个“修”字，就没有往下说了。

我明白，他是一个不爱多说话的人，也就没有问下去。他手臂上的油泥，正是他修车留下的标志。

车子驶出乌鲁木齐，黄色便吞噬了绿色。举目四望，一片黄沙。

罗布泊在乌鲁木齐东南方向，然而车子却沿南疆公路向西南方向的库尔勒前进。这是因为在乌鲁木齐东南是一大片沙漠，没有公路，无法通过。马兰在离库尔勒不远的地方。我在到达马兰之后，再从那里前往罗布泊。

虽然是晚上 8 点半，新疆的天空依旧一片碧蓝，太阳灼热地照着。那里开长途的汽车司机大都喜欢夜间行车，因为白天实在太热——那时候，车子里没有安装空调。

汽车在柏油马路上飞驶，我经常看到路面上的柏油被晒化了，汽车的车轮上沾满乌亮的柏油。公路两侧，高高的白杨夹道而立。

汽车时而上坡，时而下坡。坡上，长着一丛丛红柳。

深夜 11 点，天才渐渐黑下来，稍稍凉爽了一些。我舒了一口气。然而，令人惊诧的是，将近午夜时分，车里变得滚烫滚烫——一股火辣辣的热风从车窗外扑了进来。在凌晨 1 点左右，我感到越来越热。我把手伸到车外，迎面吹来的风是热呼呼的，仿佛有一股巨大的热浪不断扑来。我用手摸摸，汽车表面烫手。我的嘴皮发硬，不得不时用舌头舐着。

“怎么那样热?”

“前面就是火炉——吐鲁番!”

我和他都热得透不过气来，汗水不停地涌出，全身在出汗，但奇怪的是衣衫却始终不沾身——刚一出汗，就被干旱的热风吹干了。

司机告诉我，汽车正经过吐鲁番附近。那热浪，来自大名鼎鼎的“火洲”——吐鲁番。在 7 月份，吐鲁番的最高气温可达 48 摄氏度，月平均温度为 23 摄氏度。吐鲁番是全国海拔最低的盆地。据说，《西游记》里的火焰山，便在吐鲁番。

半途，我们在路旁的一间小店略微休息了一下。这家小店既是旅馆，又是饭店、茶馆，工作人员总共才五六个。我看到旅客们都睡在屋外的地铺上，不停地摇着扇子。这里的夜点心是用羊油、羊肉作佐料的“揪面片”——用手把面片揪入汤中，烧滚即可食。我不习惯于羊膻味，对“揪面片”不敢问津。我感到嗓子冒烟，喝了点茶，这才觉得舒畅了，仿佛久旱的禾苗得到了甘霖。

过了吐鲁番，才渐渐凉快了一点。

越野车在通往南疆的公路上飞驶。从挡风玻璃望出去，四周黑得像锅底。没有一丝灯光，不见一个人影。偶尔从对面驶来一辆车，明晃晃的车灯像闪电般一扫而过。

汽车在颠簸着。发动机发出单调的轰鸣声。我渐渐打起瞌睡来。每当汽车猛然一颠的时候，我睁开眼皮，朦胧中总是看见那绿衣战士目视正前方，手把方向盘，正襟危坐着。

我竟睡着了。

当我醒来，天已放亮。一瞧手表，快 6 点了。我看了看司机，他依旧端坐着，双眼射出明亮的光芒。他已经一连开了 9 个多小时了，还是那样精神抖擞。

我感到嘴唇干硬，伸出舌头舐了一下，马上被他从反光镜中看见。他从座椅下拿出绿色的军用水壶，递给我："累了吧！喝点水，醒醒！"

开车的人，反而问坐车的人"累了吧"，这使我很过意不去。唉，可惜我不会开车。不然，我应当跟他换一下，让他休息。

我朝车外望去，景色在变：公路两侧，满目黄沙！没有绿树，也不见小草。

"进罗布泊啦？"

"早哩！"

他，依然正襟危坐，目视正前方。我蓦地觉得，他像一座塑像似的，神情是那般严肃。他的绿军服的背脊上，泛着白色的汗霜。他的眼皮浮肿，眼白布满红丝。

破晓，我开始看清楚公路两边的景色，发现展现在眼前的是另一幅画卷：满目黄沙，而绿色的斑斑点点则夹杂在黄沙之中。

我不认识那新奇的绿色植物。司机告诉我，那红根、红枝、红果的柳树般的植物，叫“红柳”；那一丛丛低矮的则是“骆驼刺”。这些植物特别耐旱，所以能在这缺水的地方顽强地生长。它们的根很深，从深深的地下吮吸那稀少的水分；它们的叶子变成棒状，以尽可能减少水分的蒸发。

早上 7 点多，正前方出现了奇迹——一大片蓊郁葱茏的绿树林！在这广袤无垠的黄色荒漠之中，唯有“落日圆”，不见“孤烟直”，除了沙，还是沙，沙，沙。

如今，陡地冒出这么个“绿岛”来，顿时精神为之一爽。这沙漠绿洲，便是核基地马兰。

司机把汽车驶进林荫道，停在一排营房前。下车时我发觉他像个龙钟老者般慢手慢脚——双腿都已经麻木不灵了。他熟门熟路，领我进食堂。

司机揉了揉眼，伸了伸懒腰，打了个呵欠，坐了下来。我们一起喝着稀饭，嚼着馒头。他狼吞虎咽，风卷残云，扫光了盘子里的馒头。

“吃饱了，好好睡一觉。”我说。

“嗯。”他点了点头。

谁知，就在这个时候，调度员来了，说是前面的搜索部队急需一辆车……

“我去！”司机二话没说，拿起灌足开水的军壶，走了。

我望着那泛着白霜的军衣，望着他远去的背影，不知该说什么好。没一会儿，外面响起了汽车发动机的声音，汽车远去了……

当时驻扎在核基地马兰的是中国人民解放军 89800 部队。我到达之前，89800 部队就已经接到中国人民解放军乌鲁木齐 39089 部队政治部宣传处张友贵的通知，这样，我就被安排在核基地马兰第一招待所3号楼1层5号房住了下来。

89800部队政治部接待人员告诉我，从乌鲁木齐到罗布泊有1000多公里，相当于上海到北京的距离。乘坐汽车到罗布泊，道路漫长而又崎岖。近日会有直升机路过这里，可以安排乘坐直升机飞往罗布泊，比坐汽车快多了。

于是，我有机会领略这块位于沙海之中的绿洲。这儿，是绿色的世界：绿树成荫，青菜成片。一排排高高的白杨树，挺拔而整齐。

马兰原本是一片荒漠，生长着马兰花。马兰花是兰科植物，茎叶像剑麻叶，开出的花有紫色、嫩黄色。马兰花具有顽强的生命力，能够在戈壁滩上生长。这样，当把这里开辟为中国核基地时，就把基地命名为马兰。

维吾尔语把马兰叫作“乌什塔拉”。与马兰紧紧相拥的一个小镇，就叫作乌什塔拉小镇。

马兰位于罗布泊的西端，属于新疆巴音郭楞蒙古自治州。巴音郭楞蒙古自治州号称“天下第一州”，因为在全世界所有的州中，巴音郭楞蒙古自治州的面积最大。乌什塔拉是巴音郭楞蒙古自治州和硕县的一个回族乡。

马兰的驻军和核试验科学工作者用双手建成了一幢幢楼房，一条条马路，使马兰成为罗布泊附近一座颇具规模的城镇。学校、医院、邮局、银行、商店，在马兰应有尽有。这里道路两侧，绿树成荫。

在那翡翠般的菜地里，我看见穿着绿军装的战士在松土、施肥。

浅蓝色的地下水从深井中喷涌而出，给沙漠带来青春活力。马兰以自己一片生机盎然的绿色，醒目地镶嵌在大戈壁的黄色浊浪之上。

在20世纪60年代，中国核试验的先驱们聚集在大漠深处的马兰，把自己的青春和生命奉献给祖国，“艰苦奋斗、无私奉献”成为“马兰精神”的象征。正因为这样，如今马兰成为新疆红色旅游的景点。

马兰和西昌，一个是中国核基地，一个是中国人造卫星基地，是中国西部的“红色双城”。

在马兰与彭加木夫人长谈

7月6日清晨，我刚刚住进马兰核基地第一招待所，就得知彭加木的夫人、儿子、女儿以及许多相关人物，都住在这里！

彭加木的夫人夏叔芳和儿子、女儿，是在6月27日，从上海来到乌鲁木齐。彭加木失踪的消息传开之后，来自全国各地的记者们涌向乌鲁木齐。为了避开众多的记者，正处于牵挂、焦急、沉痛之中的彭加木亲属被送到了马兰基地第一招待所。由于进入马兰核基地必须办理严格的报审手续，记者们无法来到此地。真是天赐良机，“一网打尽”！在马兰核基地，除了新华社新疆分社的记者赵全章之外，我成了唯一的采访者！这里是那样的安静，我可以进行一系列采访。

彭加木夫人夏叔芳致函叶永烈

当时，我住在马兰核基地第一招待所 3 号楼 1 层 5 号房间。隔壁的 6 号房住着新华社新疆分社记者赵全章。再过去，7 号房便住着彭加木夫人夏叔芳和女儿彭荔，而 8 号房则住着彭加木夫人的哥哥夏镇澳和彭加木的儿子彭海。我与彭加木亲属不仅同住一层楼，而且在同一个食堂吃饭。

7 月 6 日上午，我不顾一夜没有休息，采访了彭加木夫人的哥哥夏镇澳。夏镇澳是中国科学院上海植物生理研究所研究员。他出生于 1923 年，当时已经 57 岁。他向我介绍了彭加木的情况以及夏家的背景。

夏镇澳教授说，夏家是一个大家庭。祖父生活在绍兴。他和夏叔芳的父亲叫夏仁斋，排行老四。

夏仁斋有 5 个儿子、4 个女儿，其中最小的儿子夏镇远是继室所生。

夏仁斋曾任国民政府交通部电政司的科长。后来到南京金陵大学做行政工作，然后到上海电信总局工作。在解放初病逝。

夏镇澳说，在新中国成立前，中央大学是名牌大学。夏叔芳和彭加木是中央大学同班同学，而他当时也在中央大学上学，比他们高一年级。

接着，我采访了彭加木的儿子彭海。

彭海当时 28 岁，已成为中国共产党党员。他在吉林农场插队 9 年，担任过生产队队长。后来考入吉林农业大学农化系。

彭海告诉我[①]，听父亲说，在中央大学上学的时候，母亲夏叔芳的成绩在班上不是第一名，便是第二名。就读书而言，女生比男生好，是大学中常有的现象。

---

① 1980 年 7 月 6 日，叶永烈在新疆马兰核基地第一招待所采访了彭加木的儿子彭海。

彭海说，毕业之后，走上工作岗位，论工作能力，则是父亲胜过母亲。

彭海记得，父亲喜欢旅行。父亲曾经带他到浙江镇海观钱塘江潮，也曾经带他去过苏州。

彭海还记得，那时候，父亲有一辆自行车，是辆“老坦克”，很结实、很重，母亲则有一辆凤凰牌女式自行车。父亲、母亲在星期天喜欢骑自行车出去。

彭海说，即便是在“文化大革命”中，父亲被下放到“五七干校”，在空闲时仍喜欢骑自行车出去，借此锻炼身体。

彭海回忆说，平时在家中，父亲总是很早就起床，要么跑步、要么跳绳，进行早锻炼。早饭也往往是父亲做的。父亲喜欢吃面食。每天晚上，父亲总是工作到很晚才睡。

彭海说，家里最艰难的日子是在“文化大革命”时期。父亲遭到批斗，母亲则进了“抗大学习班”。“上海造反派的头头戴立清带着一批人闯进他家，进行大抄家，连地板都挖开来，查看地板下面有没有藏匿着什么东西。”

彭海说，他在“文化大革命”中从上海插队落户到东北四平地区。那时候，他给家中写信，一般是母亲写回信。

彭海说，他非常敬重父亲献身边疆、献身科学的革命精神。受父亲的影响，1976 年 12 月，他在吉林加入了中国共产党。这一次，父亲在罗布泊考察中失踪，他日夜想念着父亲，期望着奇迹能够出现——父亲回到考察队，回到亲人中间。

在吃午饭的时候，我在餐厅遇见了彭加木夫人夏叔芳以及女儿彭荔。我知道夏叔芳此时此刻正处于悲伤之中。我尝试着向她提出采访要求。大约是夏镇澳和彭海已经把我的情况告诉她，出乎我的意料，她同意接受我的采访。

由于她就住在我楼上的房间，采访非常方便，所以在马兰的那些日子里，我得以多次采访彭加木夫人夏叔芳以及儿子彭海、女儿彭荔。

彭加木的女儿彭荔，当时 25 岁，是共青团员。她中学毕业以后，在工厂当过几年工人，后来考入上海化工学院化工机械系。

夏叔芳比彭加木大 1 岁，当时 56 岁。夏叔芳是彭加木的大学同学。她从彭加木的青少年时代谈起，谈他们在大学里如何认识，她和彭加木的恋爱、婚姻、家庭……

夏叔芳告诉我[①]，在 1980 年 6 月 22 日，中国科学院上海分院领导来看望她，只是透露了一点点风声，但是没有说彭加木失踪。直到 6 月 24 日上海报纸发表了新华社新疆分社的报道，她这才第一次得知丈夫彭加木在罗布泊失踪的消息，顿时陷入了极度的痛苦与关切之中。

夏叔芳于 2003 年 5 月 10 日病逝。在她去世之后，2003 年 6 月，《植物生理学通讯》第 39 卷第 3 期曾发表施教耐、沈允钢两位院士（中国科学院上海生命科学研究院植物生理生态研究所）的《深切怀念夏叔芳同志》一文，详细介绍了她的生平，全文如下：

2003 年 5 月 10 日，一生从事植物生物化学研究的夏叔芳同志因病不幸逝世，我们深感悲痛。

夏叔芳同志，1924 年 11 月 8 日生，1947 年毕业于南京中央大学农化系，先后在山东大学医学院生理生化科、中央大学（1949 年改名为南京大学）生物系任助教，1950 年 8 月调入中国科学院实验生物研究所植物生理研究室任助理员。该室于 1953 年独立成为中国科学院植物生理研究所，她是该所建立时就参加工作的研究人员之一。她历任

---

① 1980 年 7 月 7 日、8 日、9 日、16 日，叶永烈在新疆马兰核基地第一招待所采访了彭加木夫人夏叔芳。

助理研究员、副研究员、研究员，于 1988 年 11 月退休。后来，由于新中国成立前她在中央大学参加过中国共产党的地下秘密外围组织，1991 年改为离休。

夏叔芳同志在 40 余年的科教生涯中，在植物生物化学的许多方面进行了研究。1950—1952 年，跟随汤玉玮先生从事植物激素的研究，1953 年转到汤佩松、殷宏章先生领导的生化组工作，调研大豆和小麦籽粒品质的改良。分析过早稻早割对产量和品质的影响，从事过小麦叶片中硝酸盐还原作用的研究。另外，她还与别人合作翻译了普里亚尼什尼科夫的《在植物生命和苏联农业中的氮素》（俄文）和希尔等著的《光合作用》（英文）两本书。

1960—1962 年，她服从工作需要，积极参加华南橡胶的发展工作，研究橡胶树产胶、排胶生理规律和生化分析，并协助中国科学院华南植物研究所建立有关的实验室。

1963 年回所后，参加物质转化组工作，从事水稻和小麦籽粒成熟期间呼吸代谢、糖转化和各部位籽粒干物质积累规律的研究，发表论文多篇。

1965—1977 年期间，她参加纤维素酶应用研究的工作，先后集体获得上海市 1977 年重大科技成果奖和 1978 年全国科学大会奖。

1976—1977 年，她到环境保护组工作，调研石油化工厂排出的乙烯对作物和树木的影响，并研究了乙烯对不同植物的生理效应。

1979 年后，她转入光合作用研究室光合碳代谢组，从事光合产物转化与利用的探讨，对稻麦叶片和籽粒成熟过程中淀粉和蔗糖的合成与转化进行了较系统的研究，发表了一系列论文。包括：叶片中光合产物输出的抑制与淀粉和蔗糖的积累、玉米叶片中淀粉和蔗糖的昼夜变化与光合产物的输出、玉米叶肉细胞和维管束鞘细胞中光合产物的分析、无机磷对叶片中淀粉和蔗糖积累的影响、大豆叶片中蔗糖酶的分离纯化及其特性、大豆叶片中淀粉酶的特性、大豆叶片中淀粉的降解和淀粉解酶、水稻叶片中蔗糖磷酸合成酶的一些特性、水稻叶片的蔗糖合成酶、菠菜叶片中蔗糖磷酸合成酶的纯化、菠菜叶片中蔗糖磷酸合成酶的调节、红豆草和苜蓿根瘤固氮活性试验、红豆草和苜蓿根瘤菌的分离与回接、红豆草和苜蓿的光合效率比较研究、红豆草和苜蓿的光合特性比较及其限制因素试析、红豆草和苜蓿根瘤的固氮作用、红豆草根瘤的细微结构观察等。其中关于红豆草的工作曾获得甘肃省畜牧厅1991年科技进步一等奖。

20世纪80年代初，夏叔芳的爱人彭加木同志在新疆考察时遇难。噩耗传来，她虽然心碎，但很快地化悲痛为力量，继承她爱人的遗志，赴新疆分院化学研究所积极协助他们做实验并作学术报告，为支持边疆尽力。

夏叔芳同志现在虽然离开了我们，但她热爱祖国，积极工作，严谨治学，关心边疆科研的精神永远值得我们学习。

新华社新疆分社记者赵全章就住在我隔壁的房间。在7月7日，我采访了赵全章，请他谈发出第一篇关于彭加木失踪的新闻以及搜索彭加木的情况。

马兰又热又干燥。我测试了一下，洗了衬衫之后，晾在阳光下，5分钟就干了——除了领子还稍稍有点未干。晾在室内，1个多小时就干了。

从飞机上俯瞰大沙漠

当我在马兰核基地采访彭加木夫人夏叔芳的时候，部队集结在马兰，第三次搜索彭加木的行动开始了。7月8日，新华社新疆分社发出电讯《人民解放军分东西两路　二进罗布泊寻找彭加木》：

新华社乌鲁木齐7月8日电　人民解放军分东西两路第二次进入罗布泊地区，继续寻找彭加木。

这次寻找行动，有两支队伍参加。东路从甘肃敦煌出发西进罗布泊洼地；西路从罗布泊地区附近部队驻地出发向东寻找。今天上午九时半，以罗布泊地区附近驻军为主组成的寻找彭加木的队伍，已经从部队驻地出发。寻找队伍临行前召开了动员会，驻军部队司令员张志善、政委胡若古在会上作了动员报告。彭加木的亲属和这支队伍的同志们一一握手送行。彭加木的夫人夏叔芳，对党和政府以及人民解放军千方百计寻找彭加木，表示十分感激。

东路将于7日从敦煌启程。

新华社电讯中所说的“西路从罗布泊地区附近部队驻地出发”，这“罗布泊地区附近部队驻地”其实就是马兰核基地。

我有幸参加了这次搜索彭加木的行动。

7月9日，我接到89800部队政治部通知：明天上午有一架飞机要从马兰飞往720基地，你可以乘坐这架飞机，先到720基地，再从那里再乘飞机，转往彭加木的失踪地——库木库都克。

720基地当然是一个代号。后来，我在采访马兰基地作战处处长周夫有的时候①，他道出了720基地这一名字的来历：当时，从马兰基地铺设电话线到这个基地，把电话线拉到那里时，正好用了720根电话杆，于是便给这个新的军事基地取名720基地。

---

①　1980年7月13日、14日，叶永烈在新疆720基地采访21基地作战处处长周夫有。他是营救、搜索彭加木的现场总指挥。

7 月 10 日上午，89800 部队政治部派车送我到基地的永红机场。

永红机场是小型的军用机场，只有一条飞机跑道。那里见不到民用机场上那种大型喷气式客机，只有螺旋桨小型飞机以及直升机。好在我曾经在东北加格达奇深入生活，那里的林场机场跟这里差不多，我乘坐过各种各样护林用的螺旋桨小飞机，尤其是多次乘坐双翼的安-2 型飞机（又叫“运五”型飞机）。乘坐这些小飞机，噪音非常大。我一看机场上停着一架安-2 型飞机，就向机场要了一点棉花——我知道，乘坐这种飞机必须用棉花塞住耳朵，以防那震耳欲聋的噪音。

我注意到，永红机场还停放着几架战斗机。

在永红机场乘坐飞机，不用买机票，也不用登机牌。

上午 9 时半，我登上一架草绿色的安-2 型飞机。机舱里弥漫着一股浓烈的汽油味。机舱很小，只能乘坐五六个乘客。那座椅非常简陋，不是通常客机上的软座，而是在铁架上钉着木条的硬座，相当于长板凳。客舱两侧各有一条这样的长板凳，乘客面对面坐着。

发动机发出刺耳的喧嚣，飞机起飞了。

如今的喷气式大型客机的飞行高度都在 10000 公尺以上。我那次飞行，高度只有 1000 公尺左右，所以能够十分清晰地看见地面。

我是乘汽车进入马兰核基地的，只见到公路两边的房屋和树木。然而，在飞机上，我却见到了核基地的全貌。我发现，马兰的街道不像北京那样方方正正，倒是像上海的街道那样有许多是斜着的。我见到一大群方形的建筑物，不像居民住房，也不像普通的厂房。我猜测，那里也许是研制核武器实验室。我明白，国防科委对于进入马兰基地的人员，尤其是对记者严加限制，原因就在于进入这里，便可以知道许多核机密。我恪守保密纪律，在此后多年之中，从不谈及我在那里的所见所闻，仅以“新疆驻军某部”代替，直至完全解密之后，才把马兰核基地写入作品。

随着飞机向前飞行，马兰核基地迅速从我的视野中消失。一离开浓绿色的马兰，机翼下出现的便是一望无际的沙漠。

我从金鱼眼般凸出的舷舱玻璃朝下俯瞰，忽然，一个碧绿的大湖出现在飞机下方。湖面平静如镜，像一块硕大无朋的美玉，镶嵌在大漠之中。在戈壁滩上，难得见到这样的大湖。我大声地问同行的新疆朋友，才得知这是博斯腾湖。我当即在采访笔记上写下“博斯腾湖”这四个字。

博斯腾湖古称“西海”，唐谓“鱼海”，直到清代中期才定名为博斯腾湖。博斯腾是蒙古语，意即“站立”，因湖心屹立着三座小山而得名。

博斯腾湖东西长55公里，南北宽25公里，略呈三角形。博斯腾湖是新疆最大的湖泊，也是我国最大的内陆淡水湖。博斯腾湖位于天山东段南坡焉耆盆地东南侧最低洼处。

当飞机掠过博斯腾湖之后，往东飞行，从此便是千篇一律的库鲁克塔格黄色沙漠。沙漠上空万里无云，阳光强烈地照射着，我可以清晰地看见飞机黑色的影子在沙漠上移动。

从空中俯瞰沙漠，像一张无边无涯的砂纸，像一块无比巨大的黄色地毯，像一匹硕大无朋的黄卡其布。沙漠并非一马平川，而是有着波浪般起伏的沙丘，看上去像木板上的木纹。有的沙丘相当高、相当大，仿佛是一座沙山。

沙漠只有浅黄、灰黄、土黄、姜黄的区别，没有别的色彩。偶然在两座黄色小山之间的夹沟里，有一星半点的绿色。据说，下雨时，在夹沟里渗进一丁点儿水分，非常耐旱的野生植物骆驼刺或者红柳便在那里扎根。

忽然，我看见“黄卡其布”上有几块方形的绿斑。细细一瞧，哦，是越野车！

奇怪的是，它们全都抛锚了，掀起了车头盖板。

“汽车坏啦?”我大声地问坐在身边的一位战士。

“准是‘开锅’!”

“什么‘开锅’?”

“白天在这儿开车，开一会儿，水箱里的水就会沸腾——开锅，汽车只好停下来，打开车盖。不过，沙漠里的风，也是热的！汽车开20分钟，就得歇10分钟！如果不是任务紧急，他们用不着白天也赶路，光是夜里开车就行了。司机们说这叫‘日以继夜’……”

我听了，眼前便浮现那位司机的“塑像”。此刻，也许他正闷坐在“开锅”的越野车里——他已是两天两夜未合一眼了!

记得，在大兴安岭上空飞行的时候，我乘坐的也是这样的小飞机，飞机波动很大，很多人都呕吐了，而在沙漠上空飞行，飞机却很平稳。这是因为森林上空气流对流大，所以飞机颠簸。在沙漠上空，气流平稳，飞机也就平稳。

我偶尔也见到几个小湖。据说这几天下过一场雨，低凹处积了一点水，在阳光下闪闪发亮。不过，这些小湖（其实是积水坑而已）一两天也就蒸发了。

飞机在单调、荒芜的大漠上空飞行，仿佛一切都凝固了似的。一味是黄色、是沙漠，渐渐的使我感到视觉疲劳。尽管两耳塞着棉花，嘈杂的嗡嗡声仍使我感到听觉疲劳。唯一具有“动感”的是飞机落在沙漠上的影子，一直紧跟紧追着。

螺旋桨双翼飞机的飞行速度，远不如当今的喷气式大型客机。飞了两小时，前面出现绿色。我明白，720基地到了。从空中俯瞰720基地，规模远比马兰小。

上午11时，飞机降落在720基地的军用小机场。

在720基地，我被安排住在那里的部队招待所。

我得知中国科学院新疆分院副院长陈善明先生也住在招待所，便在当天下午采访了他。陈善明是彭加木的多年老朋友。陈善明毕业于浙江大学生物化学专业。在 1958 年至 1960 年这 3 年间，陈善明与彭加木共同主持中科院新疆分院的筹备和建立工作。他的谈话，使我对彭加木热情支援边疆科研工作，有了具体的了解。

飞越罗布泊上空

在 720 基地，我得到通知，第二天有一架直升机要飞往库木库都克。这样，我在 720 基地招待所只住了一个晚上。

翌日——7 月 11 日，我吃过早饭，就前往 720 基地军用机场，一架苏制米-6 直升机已经停在那里。

库木库都克是一片荒漠，没有机场，所以只能乘坐直升机飞往那里。

上午 8 时半，直升机的巨大的螺旋桨转动起来的时候，卷起漫天黄沙。

直升机的飞行高度也只有 1000 米左右，透过圆形的小窗，我可以清楚地观察大地：

脚下，依然是一片又一片沙漠，有的看上去像一大张平整的砂纸，有的像木纹，有的则像翻皮的皮鞋表面。

沿途没有看到一个有水的湖泊。河道倒是常可看见，但是全都干涸了，没有一滴水。

起初，绿色的斑点像大饼上的芝麻依稀可见，渐渐的越来越少，是晨星般寥寥无几。有时，脚下群山起伏，但都是光秃秃的，偶尔在两山之间的夹沟里可看到星星点点的绿斑。

飞机飞越过罗布泊上空，绿斑消失了。

据说，10多年前，那里还湖水澹澹，像块蓝宝石。如今，“泊”已名存实亡，不见半滴水，唯见白茫茫的盐碱、鱼鳞般的盐壳。罗布泊看上去是一片米灰色。在这里，寸草不生，连寥若晨星的骆驼刺也无影无踪。

飞入罗布泊的中心了，米灰色变成灰白色，“皱纹”加深，仿佛湖中心有一道道深沟似的。

机舱里变得越来越热。

由于直升机的飞行高度很低，我清晰地看见罗布泊上汽车的轮迹。

罗布泊，向来被视为神秘之地。

罗布泊，古称“泑泽”，早在两千多年前的《山海经》中，便有记载：“东望泑泽，河水之所潜也。”所谓“泑”，即“水色黑也”。

在《史记》中，称之为“盐泽”，因为它是一个咸水湖，“地广千里，皆为盐而刚坚也”。在蒙古语中，称为“罗布淖尔”。“淖尔”，即蒙语“海”的意思。

罗布泊地区，地处塔里木盆地东部，东接河西走廊西端，西至塔里木河下游，南起阿尔金山，北到库鲁克山。它在古代是丝绸之路经过的地方。

罗布泊畔的古城楼兰，地居那时东西交通的咽喉。《史记》中记载：“楼兰姑师邑有城郭，临盐泽。盐泽去长安可五千里。”也正因为这样，罗布泊还曾被称为“楼兰海”、“牢兰海”。

清朝乾隆时的《河源纪略》一书中，曾对罗布泊作了这样的描述：

罗布淖尔为西域巨泽，在西域近东偏北，合受偏众山水，共六大支。绵地五千里，经流四千五百里。其余沙碛阻隔，潜伏不见者不算。以山势揆之，回环行折，无不趋归淖尔。淖尔东西二百余里，南北百余里，冬夏不盈不缩。

这许许多多历史记载，都说明罗布泊一直是湖泊。

罗布泊在干涸前，曾是我国第二大咸水湖，面积仅次于青海湖，达 3000 平方公里左右。

1956 年，中国科学院综合考察队来新疆时，曾经到达罗布泊畔，见湖水浩荡，进湖要坐橡皮船。

1964 年，那时，罗布泊已经开始干涸，但还有湖水。

到了 1972 年，罗布泊完全干涸了，变成一片坚硬的盐泽。

我乘直升机至罗布泊，曾经中途降落在湖底，见到那里是一片白色的盐碱，连直升机停在上面，都不会陷下去。

罗布泊那浩荡的湖水，到哪里去了？

原来，罗布泊之水，来自我国最大的内陆河——塔里木河，以及孔雀河、车尔臣河。自从五六十年代以来，新疆兴起许多农场，纷纷截断河水。于是，原来流入罗布泊的河流，全被切断。罗布泊地区白天烈日炎炎，气温很高。罗布泊水在烈日下大量蒸发，只出不进，湖水越来越少，以至全都干涸。

由于罗布泊本来是个咸水湖，湖水干涸时便析出大量的盐，形成了坚硬的盐泽。于是，罗布泊成了“聚宝盆”，也成了神秘之地。

直升机中途在罗布泊降落。我走出机舱，双脚踩在坚硬的盐壳上。那些白花花的盐的结晶，像一把把刺刀插在地面上，给我留下深刻的印象。

直升机再度起飞。罗布泊虽然干涸，但是从飞机上仍能清楚看见当年的湖岸：一条明显的曲线。过了这曲线，就从米灰色变成了淡黄色，又重新进入沙漠了。

从人造卫星上拍摄的罗布泊全貌，像只大耳朵。不过，从直升机上，只能看到这“大耳朵”的局部。

彭加木的老同事夏训诚曾说[①]，“1980 年访问美国期间，我去华盛顿遥感专家艾尔·巴兹家中做客，发现他的家中竟挂着罗布泊的‘大耳朵’地图（从卫星上看，罗布泊的形状酷似大耳朵）。当时他问我‘耳轮’、‘耳孔’和‘耳垂’等表示什么，我没能答上来。”

夏训诚感叹，“罗布泊、楼兰在中国，但其研究却在国外”！从 19 世纪中叶以来，罗布泊和楼兰古国一直是科学探险和考察的热点区域。许多国外的科学家，都来到罗布泊进行科考。夏训诚是国内进入罗布泊科学考察次数最多的科学家。

夏训诚说，后来，中国科学考察队通过水准测量、光谱测定、分段采样、分析和对 1958 年航空图像的判读及有关文献的综合分析后，得出对“大耳朵”的新认识——“耳轮”是湖水退缩盐壳形成过程中的年、季韵律线，不是湖岸阶地和湖岸堤；“耳孔”是伸入湖中的半岛，将罗布泊分成东西两湖；“耳垂”是喀拉和顺湖注入罗布泊形成的三角洲，在卫星照片上有 4 个不同时期的三角洲。据介绍，“大耳朵”是 20 世纪 60 年代初期湖水退缩迅速形成的。

夏训诚还说，中国的沙漠分为 13 种类型，而罗布泊的羽毛状沙丘是我国特有的。“发现地点位于库姆塔格沙漠内，罗布泊内的八一泉南侧方向，那里距彭加木失踪地不是特别远，彭加木正是在沙漠北侧边缘失踪的。”夏训诚以为，这种羽毛状沙丘的形成比较独特，可能是盐碱和风沙共同作用下形成的。

直升机的速度也不快，飞行了两个小时，在上午 10 时半，降落在

---

① 1980 年 7 月 12 日，叶永烈在新疆罗布泊库木库都克大本营帐篷采访中国科学院新疆生物土壤沙漠研究所研究员夏训诚。

离罗布泊不远的库木库都克。

事先，我查阅过新疆地图，在罗布泊之东，画着一个圆圈，标明“库木库都克”的大名。通常，在地图上，圆圈是城市的标志。我以为大约是个小镇，起码是个小村。飞机降落之后，我才知道，那里什么都没有——没有一间房屋，没有一个居民！彭加木，就是在这里失踪的。库木库都克，只有一口干枯的井，算是那里的地标！

在采访中，我得知在蒙语中，“库都克”即“井”的意思，“库木库都克”即“沙井”。不过，库木库都克所谓的“井”，只不过是一个两米宽、两三米深的土坑而已！

库木库都克东北，有一个“羊达克库都克”。“羊达克”在蒙语中是“骆驼刺”。“羊达克库都克”就是“骆驼刺旁的井”。其实，那口“骆驼刺旁的井”如今同样是一口枯井。

水是生命之源。对于沙漠来说，有“库都克”——“井”，就能维持生命。彭加木“往东去找水井”，也就是找“库都克”。他是为寻找“库都克”而失踪而献身的。

当我了解了库木库都克的含义之后，用深情的目光注视着那口干枯的沙井，仿佛在期望从井里涌出清泉。

库木库都克的地形是南高北低，东高西低。

库木库都克南面，是库姆塔格大沙漠，东面是甘肃敦煌，北面是库鲁克塔格沙漠，西面则是罗布泊。

从720基地到库木库都克的距离是210公里，从库木库都克到敦煌的距离也是210公里。

库姆塔格大沙漠是中国第八大沙漠，地跨甘肃河西和新疆两地。在维吾尔语中，“库姆”是沙子的意思，“塔格”是山的意思，顾名思义，就是沙子山。

据科学家考证，库木库都克曾经是水草肥美的地方。在古代，疏勒河流经库木库都克，注入罗布泊。

疏勒河发源于青海省，古称“南籍端水”，为河西走廊三大内陆河之一。

著名诗人闻捷曾写过《疏勒河》一诗：

你啊，蓝色的疏勒河，
终于盼来了最好的年月；
看，那是农人的足迹，
听，这是牧人的山歌。
你呵，蓝色的疏勒河，
今天也欢欣地唱着歌；
托起你那乳白的花朵，
呈献给东来的开拓者！

闻捷所写的“蓝色的疏勒河”，是祁连山一带的疏勒河。

中国的河流，通常是从西往东流，即所谓“一江春水向东流”。然而，疏勒河却相反，从东流向西，经过甘肃敦煌地区之后，继续向西延伸，经过库木库都克，流入罗布泊。那时候，不仅流经库木库都克的疏勒河是蓝色的，罗布泊也是蓝色的。

疏勒河沿岸曾是丝绸之路的重要路段之一，其中玉门关遗址就在疏勒河南岸。

然而，后来疏勒河西段逐渐干涸。库木库都克四周变成了沙漠。

眼下，搜索队的大本营驻扎在那里，搭起了几顶帆布帐篷。帐篷旁停着好几辆大卡车。这便是库木库都克的全貌。

直升机降落时，卷起漫天飞舞的黄沙。我看见一大群绿衣战士冲进“黄旋风”。飞机刚刚停稳，战士们就争着上来卸货了。

从直升机上俯拍库木库都克以及搜索队帐篷（李广宽摄）

在热浪滚滚中搜寻彭加木

时值中午，我刚刚走出机舱，差一点被扑面而来的热浪所掀倒。我的双脚像踩在滚烫的糖炒栗子的锅子里，我的头上是火炉一般的骄阳，我的鼻子吸着热烘烘的空气。

我朝帐篷走去。战士们让我坐在驼毛毡上休息。不料，帐篷里像蒸笼一般，比外边更热，初来乍到的我连气都喘不过来。驼毛毡通常是用来防寒的，而在这热浪滚滚的库木库都克却用来隔热。

我和搜索队员们一起，住在临时搭建的帆布帐篷里。

沙漠里没有水。我曾试着把沙扒开 1 米来深，也不见半滴水。我们在库木库都克大本营里喝的水，是用大卡车从 720 基地运来的。水是装在装汽油的那种大铁桶里。汽车在沙海中前进，颠颠簸簸，铁桶在车上左右晃摇，桶里的水成了黄褐色的“酱油”，还带有浓烈的汽油味儿。然而，在库木库都克，只要能够喝到这种水，我也如同饮甘露似的，得到莫大的快慰。

用这样的水做饭，那饭也是黄褐色的，而且一口米饭一口沙。

我刚到，搜索队长就向我宣布了纪律：不准用水洗脸，不准用水洗脚、洗衣服。除了饮水之外，水不准他用。因为这里没有水，水要从几百公里之外运来！

就这样，脸脏了，用干毛巾擦擦；脚臭了，光着脚在沙地里走走；衣服脏了、臭了——由它去！

每当我吃完饭，就在碗里倒点开水，洗净饭碗之后，便喝进肚子，一举两得。

在沙漠里，水壶成为不可须臾离身的命根子。甚至比贾宝玉脖子上挂着的通灵宝玉还珍贵。每当离开大本营出去探索时，头一桩事情就是往水壶里灌满水，左一个水壶，右一个水壶，像双枪老太婆似的背了起来。人们常说黄金宝贵，珍珠宝贵，不，在沙漠里，水才是最可贵的。

沙漠里是如此炎热：最高地表温度达 60 摄氏度左右，气温高达 50 摄氏度左右。我曾把一小段蜡烛放在沙漠上，没一会儿，蜡烛就熔化了。据炊事员告诉我，把鸡蛋放在沙中，一个小时就熟了。

我的嘴唇经常感到干硬，脚后跟皮肤皲裂了。水壶，成了生活中必不可缺的东西，甚至在睡觉时也把水壶放在枕边，渴了就得喝几口。很奇怪，尽管喝水量比平时大得多，却很少小便，因为水分大部分透过皮肤蒸发了。

我发觉在帐篷的一角，一位战士正在用双手使劲地摇着什么。我热得坐不住，便走了过去。我一看，明白了：他是通讯兵，用的是手摇式收发报机。在收发电报之前，要使劲地摇，把力气“转换”为电能，供收发报机使用。

他不断地摇着，衣服上只见汗霜，不见汗珠——汗刚一流出来，马上就蒸发了！

我不好意思旁观，试着帮他摇。十几分钟全身就像热炸了似的，双手发软。他从我的手中抢过摇手柄，又不住地摇了下去……

在那些紧张而艰辛的搜寻彭加木的日子里，通讯兵给我留下了不可磨灭的印象：他总是在帐篷的那个角落工作着，一会儿摇着发电机，一会儿呼喊着，一会儿记录着，一会儿把密码译成中文，一会儿又把中文译成密码，而那密码又是几天一换。大清早，他就开始呼喊。中午骄阳似火的时候，他在那里按电键。夜深，当别人发出鼾声，他还在那里摇着、记录着。他在收发电报的时候，头戴耳机，双腿盘坐，全神贯注，亦如雕像，只有右手在按电键或握笔记录。他的脸色那般严峻。唯有无线电波传来好消息时，他才微微笑了。他的军装上的汗霜如同罗布泊的盐碱一般——沙漠深处，水比油贵，洗衣服是不允许的奢望……

大漠深处，无法架设电话线，当时除了用收发报机与外界联系之外，便是用无线电台联络。

“01，我是05！”

“05，我是01！”

“请回答！请回答！”

“请稍等！请稍等！”

“01明白！01明白！”

“请复诵！请复诵！”

“复诵完毕！复诵完毕”

“复诵无误！复诵无误！”

“再见！再见！”

“再见！再见！”

在火热的帐篷里，我不断听见这样的呼叫声。

在库木库都克，我随公安人员一起，带着警犬，参加了搜索彭加木的行动。

公安人员用警犬在罗布泊搜索彭加木（张友贵摄）

在出发搜寻时，我们的打扮十分有趣：头戴白卡其布遮阳帽或草帽，胸前交叉背着两个水壶，腰间吊着一袋干粮。尽管暑热逼人，却依旧必须穿长袖上衣和长裤。因为这里骄阳似火，不穿长袖上衣和长裤，皮肤很快就会被强烈的紫外线伤害。

在广袤无际的沙漠里，连迎面吹来的风都是热烘烘的。天上没有一丝云霓。地上没有一寸树荫。嘴唇干得翘了起来，脚后跟皮肤皲裂了。

在沙地上，每踏上一脚，都要溅起一股烟尘。我的头发里、耳朵里、衣袋里，全是细沙。

我们的搜索地区，当时主要是在疏勒河故道。因为彭加木出走前留下字条，说是往东去找水井。疏勒河故道南北都是沙漠，彭加木不可能到沙漠中去找水井。疏勒河干涸之后，故道之下仍有地下水。当时估计彭加木是沿着疏勒河故道找水井。我们寻找彭加木，理所当然沿着疏勒河故道寻找。

我进入疏勒河故道，看到白花花的盐碱。我弯腰拿起一块拳头大的盐碱，它就像从商店里买回的细盐一样洁白无瑕。我用舌尖舐了一下，又咸又苦。盐碱，正是缺水的象征。如果不是火炉般的赤日把河水、湖水烤干，哪来这大块大块的盐碱？

也正因为疏勒河故道之下有水，所以故道上长着一丛丛红柳。风沙吹打着红柳，在红柳四周形成一个个沙丘。

在搜索的时候，公安人员把一大把小红旗交给我。沿途，我不断插下小红旗。这是因为在沙漠之中行进，如果不随时随地做好标志，有时候就找不到归路。后来，小红旗用光了，就改为撒小饼干，作为“路标”。因为我们带着六条警犬，警犬闻着饼干的气味，也能找到回去的路。不过，由于那里天气太热，警犬也无法正常工作。

走着走着，口干难熬。我咕嘟咕嘟地喝起水来。没一会儿，就把一个水壶里的水全部消灭了。

一位老考察队员见了，笑着拍拍自己的水壶。

我摇摇他的水壶，沉甸甸的，一点声音也没有。原来，他一口水也没喝过！他告诉我，在沙漠中，水就是生命。非到极渴的时候，不可轻易喝水。即使渴，也只能喝一两口，绝不允许咕嘟咕嘟喝个精光。

他是彭加木的战友。一个多月前，他们一起穿越了罗布泊，创造有史以来第一次纵跨罗布泊的奇迹。他一边走，一边告诉我：6 月 16

日，当他们来到库木库都克的时候，差不多水尽油绝了。他们的水是装在汽油桶里的。汽车强烈地晃动着汽油桶，剩下来的一丁点儿水已成了酱油般的颜色了。他们不得不用电报向附近的驻军求援。解放军马上伸出支援的手，答应派直升机送水来。然而，彭加木心中却又感激，又不安。他担心用飞机运水，付出的代价太大了。他从地图上查出附近可能有水的地点。为了节约国家的开支，他，迈开双脚，顶着烈日，在茫茫戈壁滩上找水去了。他，临走留下的字条上写着——“我往东去找水井”。从此，他消失在广袤无垠的沙海之中……

听了这位老考察队员的话，我的心潮久久不能平静。我的脑海中，时时浮现一个这样的形象：他，年已花甲，白发爬上了双鬓，风霜在脸上刻下了皱纹，头戴遮阳白布帽，近视眼镜片上贴着胶卷（是他自制的“遮阳镜”），身穿蓝色劳动布衣裤，脚穿一双翻皮旧鞋。他，拖着疲倦不堪的身体，正在沙漠中一步一步向前迈去。他的口中不住地叨念着“水，水，水”……

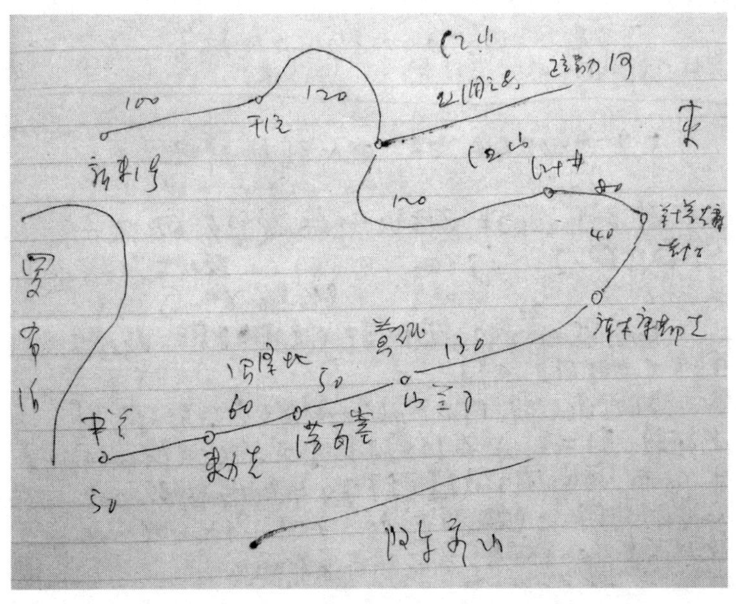

叶永烈当时手绘彭加木东进路线示意图

从此，我很珍爱水。一路上，只有在口渴难熬时，才打开水壶，微微地呷上一小口，润一润干裂的嘴唇，润一润“着火”的喉咙。

在库木库都克，我一边参加搜索彭加木，一边进行着采访。

搜索在每天清早进行，那时候气温略微低一些，警犬能够恢复嗅觉。另外，清早通常不刮风，也有利于搜寻。

7 月 11 日下午，我在库木库都克大本营的帐篷里，冒着热浪，采访了中国科学院新疆分院的阎鸿建。彭加木失踪前，他就在彭加木率领的科学考察队。他谈了关于彭加木失踪前的详细情况，而且在我的采访笔记本上画了彭加木的科学考察队的行进路线图。他还拿出他的工作笔记，让我摘抄有关记录。

7 月 12 日上午，在库木库都克大本营的帐篷里，我采访了彭加木的老同事、中国科学院新疆生物土壤沙漠研究所研究员夏训诚。此前，夏训诚参加中科院沙漠考察团访问美国。在彭加木失踪时，他刚从美国回来。他是在回乌鲁木齐的火车上得知彭加木的消息，立即要求参加搜寻彭加木的工作。他赶到库木库都克搜寻第一线。

夏训诚是彭加木多年的老朋友，他的回忆非常重要。

7 月 12 日下午，我在库木库都克大本营的帐篷里，采访了中国科学院新疆分院生物化学研究所的刘铭庭，请他回忆彭加木。

7 月 12 日夜间，在库木库都克大本营昏暗的灯光下，我采访了彭加木所率领的科学考察队的副队长汪文先。汪文先告诉我，他于 1957 年毕业于四川大学地理系，最初在四川工作，后来调到中国科学院新疆分院。在谈及彭加木失踪时，他非常沉痛。他很感慨地对我说：“彭先生向来忘我地工作。他在‘文革’中遭受了巨大的打击。在‘文革’之后才得以重返边疆。这时的他，年已五旬，有一种时间的紧迫感。他很想干一番事业。”

7 月 13 日上午，我继续对新华社新疆分社记者赵全章进行采访。

在乌鲁木齐采访彭加木胞兄

7月13日中午，有一架直升机要从库木库都克返回720基地。我搭这架直升机，回到了720基地。

7月13日下午，我在720基地对21基地的作战处处长周夫有以及21基地调度室主任乔文鹤进行采访，请他们谈中国人民解放军营救、搜寻彭加木的历程，作了数千字的记录。在彭加木所率科学考察队进入罗布泊之前，周夫有就奉新疆军区之命，负责联络科学考察队，给予帮助和支持。在彭加木所率科学考察队纵穿罗布泊的时候，周夫有每天都关注着来自科学考察队的电报。当周夫有在第一时间里获知彭加木失踪时，他就成了部队方面营救、搜索彭加木的现场总指挥。正因为这样，周夫有处长花了一下午的时间向我介绍营救彭加木始末，使我获得极为重要的第一手资料。

在征得周夫有处长的同意之后，7月13日晚，我来到720基地值班室，抄录了中国人民解放军营救、搜寻彭加木的工作记录以及720基地与彭加木所率科学考察队之间的往返电报。

7月14日上午，我在720基地采访了搜索彭加木的46561机组，其中有机长黄先清、驾驶员坎哈尔曼·土尼牙孜（维族）。

7月14日下午，我再度对21基地的作战处处长周夫有以及21基地调度室主任乔文鹤进行采访。

7月14日晚7时，我乘坐飞机从720基地返回马兰核基地。到达那里的永红机场时，已经是晚上9时，天还亮着。

当天夜里，我在马兰核基地采访了中国科学院新疆分院副院长、党委副书记王熙茂。

7月15日，我在马兰基地采访了中国科学院新疆分院化学研究所政工组的郭新言以及中国科学院新疆分院化学研究所彭加木的助手李维奇，他们都是彭加木多年的同事。另外，还在马兰基地摘抄了在彭加木失踪之后许多写给彭加木夫人的信件。

7 月 16 日，在马兰，我继续对彭加木夫人夏叔芳进行采访。

这一系列的采访，使我获得了大量第一手的资料。

7 月 17 日上午，我乘飞机从马兰核基地返回乌鲁木齐。到达乌鲁木齐的时候，已经是中午了。

我又住进“八楼”。当我再度漫步在“八楼”前的喷泉之畔，不禁感触万分。因为在这半个多月之中，我深切地懂得了水的价值……

由于真正进入搜寻现场的文字作者只有新华社新疆分社的记者赵全章和我，因此我也成了众所关注的人物。这样，一回到乌鲁木齐，一进入昆仑宾馆，我成了众多记者的采访对象。

新疆维吾尔自治区科协主席阿巴斯·包尔汉（维族）是我的好朋友，曾经把我的多部作品翻译成维吾尔文出版。应他的邀请，我在乌鲁木齐科技系统作了关于搜寻彭加木现场情况的报告。

在乌鲁木齐，我多次前往中国科学院新疆分院进行采访。

我再度访问了中国科学院新疆分院副院长陈善明。在他那里，我见到彭加木出走前夕所写的字条“我往东去找水井”的原件，当即用复印机复印。

在中国科学院新疆分院，我采访了彭加木的维族助手吾尔尼沙。

7 月 18 日，我得知彭加木的二哥彭浙（原名彭家泰），在下午从广州飞抵乌鲁木齐。他是当时健在的唯一最了解彭加木童年时代、少年时代的人。

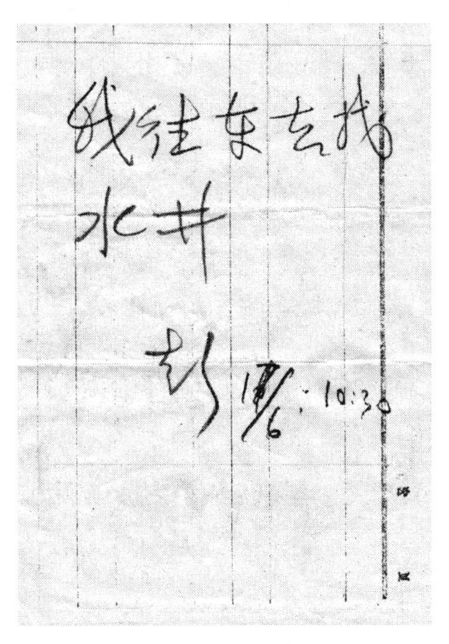

我往东去找
水井
彭 17/6 10:30

彭加木绝笔

彭浙已是66岁的老人了。当他飞抵乌鲁木齐，我前往机场接他。他一到昆仑宾馆，刚放好行李，就不顾路途劳累，开始同我畅谈，当天竟一口气谈到夜里11点多。彭浙的女儿彭泥，也帮助回忆了一些情况。

彭浙对我说：

我是在1980年6月25日那天，从隔壁邻居的收音机广播里，突然听见弟弟彭加木在罗布泊考察时失踪的消息，非常震惊。26日，我从报纸上看到了关于弟弟彭加木在罗布泊考察时失踪的报道。

我非常挂念弟弟彭加木，巴不得马上来到新疆。感谢广东省省委、省政府的关心，让我来到乌鲁木齐。

彭加木原名彭家睦，家庭和睦的意思，我总叫他“阿睦”，这“睦”有时候发“摸”音。我原名彭家泰，因为我命中缺水。后来，我很喜欢浙江，喜欢西湖，从1933年起改名彭浙，“浙”字也有三点水。这次陪我到新疆的女儿叫彭泥，同样有三点水。我有两女一子。

我比加木大11岁，今年66岁。我身体还很不错，不久前到广东博罗县的罗浮山考察，那是当年葛洪炼丹之处，我徒步上山又下山，采集了一百二十种药材标本。

我住在广州。加木到我家里，曾经放幻灯给我看。我看到了新疆的楼兰、罗布泊，这些景象在南方是一点也没有看到的。

加木这次在科学考察中失踪了。其实，做什么工作，都会有牺牲。为科学事业而牺牲，重如泰山。过去，为了解放祖国，多少人牺牲了。现在要实现四化，也要有牺牲。彭加木是为了祖国的科学事业牺牲了。我们要学习和继承他的精神。他鼓舞着我们继续前进，前赴后继。中国科学院还要搞冰山考察，同样是有很大的危险。

后来的人，要认真进行总结。要继续攀登科学高峰。不能因为彭加木牺牲了，就被吓住了。年轻一代应该完成彭加木未竟之业。

加木在工作的时候，常常是做完了才吃饭，这与居里夫人很相似。他说，在新疆，买了一个火油炉，饭冷了，就自己烧一下吃。

加木这次是对困难估计不足。他自己宣布过考察纪律，不能一个人外出。这次，他是为了节省经费，相信可以找到水井，为了不影响别人休息，他一个人出去找水井了。

他的失踪，被劫持的可能性很小，被野兽伤害的可能性也很小，估计是身体不适，倒下去了。

彭加木失踪之后，中共新疆维吾尔自治区党委给中共中央办公厅发了特急电报。华国锋主席非常关心，作了两次批示。由于中央领导同志的关心，最近两次大规模的搜索，调动部队，调动飞机，都是经过中国人民解放军总参批准的。

虽然我已经年逾花甲，如果可能，我仍希望出一点力，参加搜索。加木和我是亲兄弟，他的想法，他的心理活动，我都清楚。我到了现场，我会知道他会往哪里走，可以为搜索提供线索。

我从小与他在一起。虽然后来相聚的时间不多，但是兄弟间总有许多相同之点。来到同样的环境，会产生同样的想法。我的身体状况跟加木差不多。加木能够去的地方，我也一定能够去。我住在乌鲁木齐，心中不安。我总想到罗布泊，到搜索的现场去。

第二天一早，彭浙又找我长时间地谈话。我劝他先休息一会，他却说："在这最悲痛的时刻，回忆童年的欢乐，会减轻我的痛苦!"

他应我的要求，详尽地讲述彭家的历史。他说："现在，加木走了，也就算我知道的彭家的历史多一点。"倘若没有他的帮助，我几乎无法写好本书的《童年》一章。

26 年之后的 2006 年，当库木库都克发现干尸的消息传出之后，80 多岁的彭浙的夫人李丽明在广州接受记者采访时说，彭加木失踪后，社会上很多传言，尤其是其中的叛逃之说，给家人带来很大压力。李丽明说：“现在若找到的真是加木的尸体，谣言不攻自破了，我们心上的疙瘩也解开了。”

做科学的 “铺路石子”

回到乌鲁木齐之后，是那么的忙碌。1980 年 7 月 21 日，我应《新疆日报》之约，在乌鲁木齐昆仑宾馆连夜赶写了一篇《做科学的“铺路石子”》，宣传彭加木精神。这篇文章后来全文发表于 1980 年 8 月 5 日《新疆日报》：

在新疆科普创作协会召开的一次座谈会上，我听到一位科技工作者谈到这样的例子：他在写完一篇关于液氨的论文之后，为《新疆日报》写了一篇关于液氨的科普短文。这两篇文章都发表了。那篇论文，只有几位专家读了，没有多大反应。出乎意料，那篇科普短文却赢得许多读者。特别是广大农村读者从中懂得了液氨与氨水的区别，液氨的原理、优点和使用方法，对农业生产起了一定的促进作用。

这件事生动说明了科普工作的作用。有人常以为科普文章“不登大雅之堂”，是“小玩艺儿”，堂堂教授、工程师不屑于写这类“低三下四”的东西，甚至还有人认为科技工作者业余从事科普创作是“不务正业”。其实，向广大人民群众普及科学知识，提高全民族的科学文化水平，是堂堂正业，是很值得提倡的工作。任何科学技术，只有通过普及，为广大人民群众所掌握，才能充分发挥它的作用。

许多著名科学家，都十分重视科普工作。科学巨匠爱因斯坦曾到世界各国作了近百次的科普演讲，通俗解说相对论，还写了许多普及相对论的书籍。华罗庚教授来新疆时，曾多次作过关于优选法的通俗讲演。彭加木同志制作了一套普及植物病毒知识的幻灯，一边在新疆各地考察，一边沿途给群众放映幻灯，亲自解说，进行科普工作。此外，像钱学森、竺可桢、李四光、茅以升、林巧稚、苏步青、朱洗等，都不愧为堂堂科学家，也曾亲笔写下许多科普作品。凡是深知科学的人，同时也都深知科学普及工作的重要性。

特别应该提到的是，向广大青少年普及科学知识，更是一项具有战略意义的重大任务。青少年们今天是科学的客人，明天是科学的主人；今天是科学的后备军，明天是科学的主力军；今天上课堂，明天上战场。只有培养千千万万的科学的登山队员，才能把胜利的旗帜插上科学之巅。

最近，北京大学中文系王力教授的文集出版了，他给文集取了一个颇为奇怪的名字——《龙虫并雕斋文集》。这是因为人们常把科学论文誉为"雕龙工作"，把普及短文贬为"雕虫小技"，而王力教授则力主"龙虫并雕"，他既写洋洋几十万言的学术专著，也写千把字的普及文章。王力教授虽然谈的是文学理论的研究与普及问题，其实，也适用于自然科学。科技工作者（包括教育工作者）应当像王力教授那样，来个"龙虫并雕"，既"雕龙"——从事科研，又"雕虫"——从事科普。

彭加木同志说过这样的话："我想作一颗铺路的石子，让别人踏在自己的背上走过去。"从某种意义上讲，科普工作也是"铺路的石子"，铺出一条引导人们走向科学高峰的道路。愿更多的同志加入铺路的行列，愿科普之花在新疆盛开。

1980 年 7 月 21 日深夜于乌鲁木齐昆仑宾馆

采访彭加木导师和入党介绍人

在新疆我进行了紧张的 20 天采访，于 7 月 24 日乘飞机从乌鲁木齐返回上海。

一回到上海，我陷入了新一轮的忙碌之中。

彭加木是上海的科学家，他的失踪牵动着上海科技界朋友们的心。我应邀在上海市科学技术协会、中国科学院上海分院作了关于搜寻彭加木现场情况的汇报。我也应邀向上海人民出版社的编辑们作了一次同样的报告。

我继续在上海进行采访。

我拜访了中国科学院上海分院的王应睐院士。他在1955年当选为中国科学院学部委员（即院士），是彭加木的启蒙老师，指导过他写作毕业论文和一系列科学研究。

我采访了中国科学院上海分院生物化学研究所副所长曹天钦教授①。他也曾指导过彭加木的科学研究工作，与他共事多年。

我特别仔细地访问中国科学院上海分院党委委员兼办公室主任王芷涯。她是彭加木的入党介绍人，并多年担任彭加木所在支部的支部书记。她非常深入地向我叙述了彭加木的感人事迹和高尚品格。

我还前往上海中山医院，访问当年为彭加木治好癌症的主治医师曹凤岗。她回忆了当年为彭加木治病的经过。在谈话中，她5次重复说："他是个很机灵、很聪明的人，他会回来的。"当年护理过彭加木的两位护士韩继文和郑幼明，也向我提供了许多宝贵材料。

前前后后，我采访了彭加木的亲朋好友和相关人员达50多人，其中很多人是关于彭加木身世的关键性知情人，我因此获得了极其丰富的资料。

---

① 1980年曹天钦当选为中国科学院生物学部的学部委员，即院士。他的夫人为谢希德院士。

第二章

失踪前后

香港《中报》刊登天下奇闻

1980年10月11日，香港《中报》在头版头条位置，以大字标题和整版篇幅，刊载了一则天下奇闻：

在罗布泊失踪名科学家彭加木突在美出现

熟人见面拒绝相认

周光磊致函本报报道经过

据云，在1980年9月14日下午7时许，一个名叫周光磊的“中国留美学者”和中国驻美大使馆管理留学生的工作人员戴莲如、中国赴美留学的邓质方，在华盛顿的一家饭馆里吃晚饭的时候，竟然看见了中国失踪了的科学家——彭加木!

报道写得有鼻子有眼，就像真的有那么一回事似的。

（中报特讯） 三个多月前被中共宣布在新疆罗布泊失踪的大陆有

名的科学家中国科学院新疆分院副院长彭加木已在美国华盛顿出现。

发现彭加木的是中国留美学者周光磊和中共在美留学生管理组之戴莲如女士以及不久前赴美留学之邓小平的儿子邓梓（质）方。时间是一九八零年九月十四日下午七时许，地点是华盛顿一家饭馆内。周光磊为彭加木三十年前的老友，去年春周返大陆时且与彭会晤。而邓梓（质）方在大陆时曾是彭的学生。令人大惑不解的是，当周、邓等在华盛顿一家饭馆进晚餐时，突见彭随同二美国人步入馆内，既惊又喜，当即趋前问候，未料彭加木竟当面不认，自称并非彭加木，随即与二美国人匆匆离去。

周面对此种匪夷所思的情况，乃一面专函现在大陆的彭加木夫人夏淑芳女士，详告见到彭加木的情况，一面致函中国科学院副院长、北京大学校长周培源，告知此事。同时，将致周函之影本寄给本报编辑部，表示希望借本报一角澄清此一问题。其中有可疑费解之处，亦盼本报给予辨明真相。

兹将周光磊致函周培源及致函本报编者函分别照刊如下：

周光磊致周培源函

培源学长大鉴：

九月十二日去信已谈及，倘一切安排顺利，弟定当于年底返国，作为期一年之研究。今又急急修书，乃因有一要事相告。九月十四日，弟与留管组之戴莲如女士及不久前来美研究之邓梓（质）方君于华盛顿一家饭馆晚餐。约七时许，突见彭加木兄随同二美国人步入馆内，弟等殊为惊奇。七月中曾见报纸及国内亲友来函谓：彭兄六月下旬考察罗布泊时失踪，有说为俄谍挟持。何以会在此地出现？弟等既惑又喜，当即趋前问候，未料彭兄竟当面不认，谓其并非彭加木，随即与二美国人匆匆离去，不在该馆用餐。弟三十年前与彭兄交往甚密，去春返国亦曾晤面，邓君更是彭兄学生，岂有认错人之理？唯彭兄若无苦衷，当不致如斯否认，这是否是美国中情局搞的鬼？令人费解。有关是日见到彭兄详况，弟有专函禀告淑芳嫂。现将该信影印存本寄上，因事关重大，请转方院长查个水落石出。顺颂

钧祺！

学弟周光磊

一九八〇．九．二十

可惜，缺少一张彭加木在华盛顿的照片！

虽说拿不出照片，《中报》唯恐读者不信，还登出了周光磊为此事写给北京大学校长周培源的一封信的影印件。在信中，周光磊自称是彭加木 30 年前的老朋友，交往甚密。

在 1979 年春天，周光磊回国时，还见过彭加木……

周光磊既然是彭加木的老朋友，在美国华盛顿绝对不会看错人。

周光磊在写给周培源的信中说，“突见彭加木随同二美国人步入馆内……当即趋前问候，未料彭兄竟当面不认……随即与二美国人匆匆离去。”

周光磊信中注明，邓质方“曾是彭加木的学生”。信中还说，他已把在华盛顿见到彭加木的“详况”“专函禀告淑芳嫂（彭加木夫人），现将该信影印存本寄上”。

香港《中报》不仅披露了周光磊给周培源的信件全文，而且加了“编者按语”，还配发了社论《彭加木失踪之谜》。

另外，香港《中报》配发了彭加木简历和在罗布泊失踪的经过，还刊登了一篇题为《第一大新闻》的短文，声称《中报》这条“独家新闻”是该报“创刊以来所获得的最大新闻”。

《中报》的奇闻刊出之后，海外一片哗然。美国合众国际社立刻转发。日本《产经新闻》马上予以转载。美国之音广播了，台湾的广播电台也立即播出……

在这场沸沸扬扬的新闻闹剧之中，仿佛彭加木成了一个神秘人物。

为了澄清事实，新华社记者进行了调查。

奇闻中提及的邓质方倒确有其人，乃是邓小平之次子，而且在美国。但是，邓质方明确地告诉新华社记者：9 月 14 日前后，他在美国罗彻斯特，根本不在华盛顿。他从未在美国见到过彭加木。他不认识周光磊其人。

奇闻中提及的戴莲如也确系中国驻美大使馆工作人员。她说，“9 月 14 日这天，我除了到大使馆附近的一家商店买了点东西外，全天都待在大使馆内。我根本不认识周光磊。邓质方也不认识周光磊，又不在华盛顿。说我们二人同周光磊在华盛顿的饭店里吃饭，见到彭加木，岂不荒唐!”

在 3 人之中，邓质方和戴莲如都否认了在华盛顿见到彭加木。那么，剩下的唯一见证人，便是那位周光磊了。

周光磊寄给香港《中报》的信件上注明：“寄自美国西弗吉尼亚州惠林市”。

新华社记者向该市电话局查询，据答：“本市电话册上没有周光磊其人。”

另据查，1979 年春的归国人员名单上，也没有周光磊其人。中国科学院要求院外事局和上海分院核查，结果都不曾接待过周光磊其人。

周培源说：“我从不认识周光磊。”

彭加木夫人夏叔芳对新华社记者发表了谈话：“我们从来就不认

识周光磊这个人，彭加木也从来没有谈起过这个人。周光磊既然自称30年前就同老彭交往甚深，还称呼我什么‘淑芳嫂’，把我的名字都写错了（把‘叔’错成‘淑’），这怎么可能是老彭‘交往甚密’的老友？至于‘周函’中提及的‘去春返国曾（同彭加木）晤面’，这也是胡诌。我们没有接待过这个人。”

关于夏叔芳名字的来历，据1980年7月6日我在新疆马兰采访夏叔芳之兄夏镇澳教授时，他告诉我，夏家兄弟姐妹颇多，兄弟以夏镇欧、夏镇美、夏镇澳、夏镇英、夏镇远命名，而姐姐则以伯仲叔季命名，即夏伯芳、夏仲芳、夏叔芳、夏季芳。夏叔芳在姐妹之中排行第三。正因为这样，把她的名字写成“夏淑芳”，表明对她完全不了解。

新华社记者的调查，以铁的事实戳穿了那个所谓“周光磊”编造的谎言。

1980年11月6日，中国驻美大使馆官员对新华社驻华盛顿记者发表谈话，断然驳斥香港《中报》刊载的离奇谣言。这位官员说：中国大使馆不知道有“周光磊”其人，更谈不上有“周光磊”所谓在华盛顿见到彭加木一事。

1980年11月18日，《人民日报》刊登新华社消息，正式辟谣。中央人民广播电台也广播了新华社辟谣的消息。

彭加木究竟怎样失踪的？彭加木是一个什么样的人？

“长江” 发出紧急电报

1980年6月16日夜10点10分，新疆罗布泊附近中国人民解放军马兰核基地的电台，突然收到代号为“长江”的一份求援电报：

我们今天二十点到达库鲁库多克地区西大约十公里地方。我们缺油和水。请紧急支援油和水各五百公斤。在18日运送到这里。请示作战处办理，请转告乌鲁木齐。另，捕获一头野骆驼。

长　江

电报很快就被送到马兰核基地驻军作战处处长周夫有手中。

周夫有，中等个子，50来岁，办事一向干脆利落。然而，这一次他看到电报，眉宇间却皱起了深深的皱纹。他明白，“长江”就是中国科学院新疆分院科学考察队的代号。据周夫有告诉笔者[①]，他在这个地区工作20多年了，只消一听地名，不用查地图，就知道它在什么位置。这一地区的有些地名，还是周夫有和同事一起取的呢。比如，20多年前，他们来到这里，第一次见到黄羊，便把那个地方取名“黄羊沟”；有一个地方位于孔雀河畔，他们对“孔雀开屏”中取义，命名为“开屏”……

尽管周夫有对罗布泊地区如此熟悉，可是，他还是第一次听说“库鲁库多克”这一地名。

周夫有打开50万分之一的地图，细细寻找着，依旧查不到“库鲁库多克”，而只有“库木库都克”。

周夫有除把这一求援急电转告上级领导及中国科学院新疆分院之外，立即请报务员复电考察队：“报告宿营点座标”。

很快地，上级领导通知周夫有，同意用飞机调运急救物资。

然而，考察队究竟在哪里？直到翌日9点30分，“长江”复电了：

我们无法前进，请飞机前来支援。标志：一杆红旗。地点：东经

① 1980年7月13日、14日，叶永烈在新疆720基地采访21基地作战处处长周夫有。他是营救、搜索彭加木的现场总指挥。

91°50′，北纬 40°17′。

周夫有赶紧查看地图，原来，正是在库木库都克附近。这表明，他们在电报中把库木库都克误打为“库鲁库多克”。

经过请示、联系之后，周夫有于当天 11 点 30 分，复电“长江”：

飞机 18 日到达库木库都克。你们不要动，待命。

从乌鲁木齐到库木库都克，空中距离近千公里，库木库都克附近是一片沙漠，一般飞机无法着陆，只有直升机才能担负起救援工作。不过，直升机的飞行速度不快，又不能远航，需要在途中加油。

当天下午，一架直升机从乌鲁木齐飞到了罗布泊附近驻军基地马兰。

加足汽油之后，周夫有坐上直升机，飞到一个前沿阵地 720。飞机到达那里，已经是晚上 10 点 20 分了。

前沿阵地 720 的战士们一听说考察队求援，立即投入了紧张的战斗。本来，那里的水都是用汽油铁桶装的，战士们怕水有汽油味，不好喝，便到处寻找塑料桶。炊事员赶紧腾出装酱油的塑料桶，用它装足了清水，运上了飞机。至于汽油，按照规定是不能用飞机运输的。因为汽油易燃，万一在途中燃烧，会造成严重事故。720 基地用电报告知科学考察队，只能用飞机运水。

17 日晚 9 时 30 分，720 基地驻军的电台收到“长江”的紧急电报：

你们的电报没有提到空运汽油。这里缺汽油 500 公斤。18 日凌晨 2：00 联络，有重要情况报告。

有什么重要情况呢？为什么在这份紧急电报中，对“重要情况”不透露一个字，一定要等到凌晨2时才报告呢？

周夫有赶到720基地之后，心里非常焦急，猜测不到究竟发生了什么重大事情。

这时，时间仿佛过得特别慢。手表上的秒针，在按部就班地渐渐移动着，一点也不理会那一双双紧盯着它的焦灼的目光。

好不容易到了凌晨两点，无线电波终于传来了“长江”发出的惊人消息：

彭副院长17日10时一人外出未回。我们正在继续寻找。请作战处立即（将此事）告诉新疆分院常委。请派飞机寻找并告知飞机起飞时间。

作战处长回忆事件经过

“彭副院长”是谁？

他，就是本书的主人公——中国科学院新疆分院副院长、中国科学院上海分院生物化学研究所研究员、植物病毒专家彭加木。

周夫有认识彭加木[①]。记得，在1979年5月，彭加木曾经到过马兰，与周夫有见过面，谈罗布泊考察问题。

周夫有明白，直到凌晨2时，考察队把这一重要情况电告，这意味着考察队经过多方查找，未能找到彭加木，这才郑重地请部队“派飞机寻找”。

---

① 1980年7月13日、14日，叶永烈在新疆720基地采访21基地作战处处长周夫有。他是营救、搜索彭加木的现场总指挥。

中国科学院新疆分院的考察队，是在当地驻军的支持下进行科学考察的。部队派出了无线一连分队长萧万能，在考察队里负责通讯联络工作。周夫有为了详细了解情况，当即用无线电话与萧万能通话，但是话音不清。周夫有只听清楚了几句，即彭加木出走时留下纸条，说是往东找水井。

18 日凌晨 2 时半，周夫有发出电报给考察队，要求他们原地待命，等待部队派飞机送水、找人。

由于这一突发情况紧急而重要，周夫有在凌晨 4 时向马兰基地部队参谋长报告。参谋长指示："找人为主！"显然，参谋长以为，迅速出动飞机寻找彭加木，比运水给考察队更加紧迫。

周夫有通宵未眠，忙于调动飞机，寻找彭加木……

周夫有处长告诉笔者，1980 年 1 月 9 日，中国科学院新疆分院给新疆维吾尔自治区打了关于在罗布泊进行科学考察的报告，希望得到中国人民解放军新疆驻军的支持。

1980 年 2 月初，中共新疆维吾尔自治区党委书记汪锋在中国科学院新疆分院的报告上作了批示，表示同意。报告转给了新疆军区萧司令、谭政委，他们也都批示同意，并指定由新疆军区张副司令主管这一工作。

2 月 5 日，新疆军区作战处给马兰基地参谋长发了电报，告知有关情况。参谋长把任务交给了周夫有，要他主办。

周夫有召集马兰基地相关部门开会，提出两条意见：一是有几个地区，由于涉及重要军事机密，考察队不能进入；二是考察队需要部队支持做哪些工作，请说明。

周夫有写了报告给新疆科委，转给中国科学院新疆分院。

2 月 13 日，周夫有与中国科学院新疆分院科学考察队见面。他记得，考察队只是提出，希望部队能够派出通讯人员携电台与他们一起工作。另外，在紧急情况下，给予帮助。

4 月 23 日，周夫有因心脏病住院。中国科学院新疆分院副院长陈善明来马兰，到医院看望他，周夫有告诉陈善明，有 3 个地区涉及保密问题，希望他转告科学考察队，不要进入这 3 个地区。周夫有还说，所有参加科学考察的人员要进行政审。

周夫有回忆说，5 月 3 日，彭加木率 11 人[①]科学考察队从乌鲁木齐来到马兰。5 月 5 日下午，周夫有从医院里出来，跟彭加木见面。彭加木说，科学考察要分两期进行。当时商定第一期在 5 月进行。关于第二期，彭加木提出在 10 月进行，周夫有没有同意，因为 10 月罗布泊地区另有任务，所以商定第二期在 11 月或者 12 月进行。

彭加木的计划是从北向南穿过罗布泊，到达米兰，再回到马兰。

周夫有问彭加木，有没有把握穿过罗布泊?

彭加木的回答非常坚定："能！一定能够穿过去!"

本来，彭加木计划从 43 号基地走的。他听取了陈善明的意见，改为从 720 基地走，因为 720 基地离罗布泊不远，并决定把电台设立在 720 基地，不放在红山。

周夫有问彭加木："给养有无困难？是否需要部队帮助?"

彭加木回答说："生活上的事，问题不大。考察队需要电台，以便与部队保持联系。"

周夫有派出报务员小萧和小刘给彭加木。小萧随考察队进入罗布泊，小刘在 720 基地。每天晚上，小萧都和小刘联络一次。小刘再向

---

① 关于科学考察队的人数，很多书刊弄错，有的称 10 人，有的称 1980 年 6 月 17 日彭加木失踪时全队 11 人。其实，彭加木率领的科学考察队从乌鲁木齐出发时为 11 人。到达罗布泊地区之后，由于第一次纵穿罗布泊失败。彭加木为了使队伍更加精锐，留下 5 人在罗布泊北面营地。彭加木等 6 人再度纵穿罗布泊，获得成功，于 1980 年 6 月 7 日到达罗布泊南面的米兰。在米兰，有中国科学院新疆分院另外 4 人加入科学考察队，全队为 10 人，重返罗布泊，直至 6 月 17 日彭加木在罗布泊失踪。

马兰基地作战处值班室汇报。

周夫有拿出作战处值班室的记录给笔者看，彭加木所率科学考察队进展顺利，平安无事。

周夫有指着6月8日的记录说，这是科学考察队穿过罗布泊之后，从米兰发出的电报："我们已安全抵达米兰农场，请院党委复示。"

接下去的记录是："院党委复示，按原计划行动。"

此后的电报记录，都是平安无事，没有发生特殊情况，直至6月16日夜10点10分发出请求部队支援汽油和水的电报。

周夫有说，科学考察队除了向我们求援之外，还请小刘通过邮电局发明码电报给中国科学院新疆分院，汇报因汽油和水用尽、请求部队给予支援的情况。

周夫有接到科学考察队的求援电报之后，马上着手准备飞机、水和汽油。他准备调动500公斤的水和500公斤的汽油。他调了1辆军用大卡车运油、1台越野车同行，前往720基地，给考察队送油。周夫有用飞机送水，但是调动飞机运水，必须经军区首长同意。由于库木库都克没有机场，只能派直升机送水。

6月17日上午，周夫有向新疆军区请示，调动直升机为科学考察队送水。军区首长马上批复同意。

当时，马兰基地的永红机场没有直升机，要从乌鲁木齐调来。乌鲁木齐空军指挥部派出了4641号直-5型直升机从乌鲁木齐飞往马兰。这架直升机的机长兼驾驶为于瑞棋，副驾驶为佟青智（锡伯族），领航员周怀修。

周夫有估计，把水送到库木库都克，要到18日。

于是，周夫有给科学考察队复电："飞机18日到达库木库都克。你们不要动，待命。"

当天下午，当4641号直-5型直升机从乌鲁木齐飞抵马兰基地的永红机场之后，周夫有乘坐直升机赶往 720 基地，在那里指挥给考察队送水与送油。

不料，就在当天深夜，周夫有在 720 基地收到考察队的电报，得知情况有了急剧的变化。翌日凌晨，周夫有获悉，彭加木失踪！

考察古代丝绸之路

彭加木，55 岁，稍高的个子，不胖，脸形上方下尖，仿佛是一个正方形下边装着一个等边三角形，前额宽广，朝前凸出。他的头发朝后梳，白发并不太多，皮肤白皙，略微带点病态的黄色，脸上皱纹不多。他讲话声音不大，带有广东口音，讲话缓慢。然而，一旦激动起来，话也讲得很快，头颈上的青筋明显地怒张。他戴着一副茶褐色边框的近视眼镜，度数不深。

“彭加木”这个名字，对于上了年纪的读者来说，大都是很熟悉的。在 1964 年，全国各报刊曾以这样的标题，显著报道过他的感人事迹：

《特殊材料制成的人》

《让青春放射出最瑰丽的光采》

《无畏的战士》

《科学战线的硬骨头》

《活着就为闹革命》

《生活中的萧继业》

《有限的生命无限的生命力》

……

在 1964 年，彭加木被提升为副研究员。

在那场“史无前例”的政治大风暴中，彭加木这名字也曾传遍全国。不过，它是出现在“坚决打倒彭加木”的大字标语中，出现在“揪出老特务彭加木”的大字报中，出现在关于“梅花党”的神秘传单中……

然而，如今他为什么“外出未归”？出了什么事？

事情是这样的：

1980 年 5 月 3 日，彭加木率领一支 11 人科学考察队，共 1 辆大卡车、2 辆越野车，从乌鲁木齐出发到南疆罗布泊地区考察。5 月 8 日，科学考察队途经马兰核基地，前往 720 基地。

据笔者当时从考察队队员阎鸿建的笔记本上的记录所见[①]，5 月 8 日上午 11 时，彭加木率队离开马兰，在当天下午 5 时到达 720 基地，行程 290 多公里。

5 月 9 日上午 9 时，彭加木率队离开 720 基地，进入雅丹。

“雅丹”，按维吾尔语的原意，是“险峻的大丘”。在雅丹，道路崎岖，汽车颠簸。沿途有大量的盐的结晶体，其中不少是芒硝（硫酸钠）结晶体。

克服了重重困难之后，5 月 30 日清晨，彭加木这才率队进入罗布泊湖区。

经过 7 天奋战，彭加木率领的考察队终于从北到南，成功地穿过了罗布泊——这在历史上还是第一次穿越这个神秘的干涸盐湖。

在罗布泊，见不到一滴湖水。湖底有鸟的尸体，羽毛非常完整，而尸体只剩下骨架。

---

① 1980 年 7 月 11 日，叶永烈在新疆罗布泊库木库都克大本营帐篷采访中国科学院新疆分院的阎鸿建。

他们在6月5日到达罗布泊南岸的小城镇米兰，彭加木宣布休整。队员们洗澡的洗澡，洗衣服的洗衣服，有的上街，有的抓紧机会睡个安稳觉。按原计划，考察工作到此结束，全队沿南疆公路北上，回到乌鲁木齐。

然而，就在这个时候，彭加木却放着笔直平坦的南疆柏油公路不走，建议在归途中进行一次新的罗布泊东线考察：由米兰东进，经过东力克、落瓦塞、山兰子、库木库都克、羊塔克库都克、红十井、开元、新东一号，然后取道吐尔逊北上，返回乌鲁木齐。这样，往东绕了一个大圈，路途当然远了，然而这一带正是古代丝绸之路经过的地方，很值得考察一下。

彭加木考虑到有的队员已很劳累，建议他们沿南疆公路先回去，留下一部分队员随他东进。尽管不少同志确实已经疲惫不堪，有的归心似箭，但经过讨论，一致同意彭加木的意见——全队东进！

于是，考察队员们紧张地在米兰采购物资，准备东进：买了50斤面粉，30斤大米，还有汽油……

彭加木买了1斤青岛食品厂出品的椰子奶油糖——这是他的习惯，外出时常买点糖果，当胜利归来或半途休息时，拿出来“请客”。

据马仁文告诉笔者[①]，彭加木所率的科学考察队离开米兰的时间，是1980年6月11日清晨7点半。当时全队10人分乘1辆越野车、1辆8座中吉普车和1辆大卡车。汽车离开了平坦的柏油马路，朝东进发了。

这时，天已大亮。在新疆，当地时间要比内地晚两个小时。北京时间7点半，相当于新疆当地时间5点半。

---

① 1980年7月5日，叶永烈在乌鲁木齐中国科学院新疆分院采访中国科学院新疆分院化学研究所助理研究员马仁文。

我在库木库都克采访时，抄录了这支 10 人考察队名单：

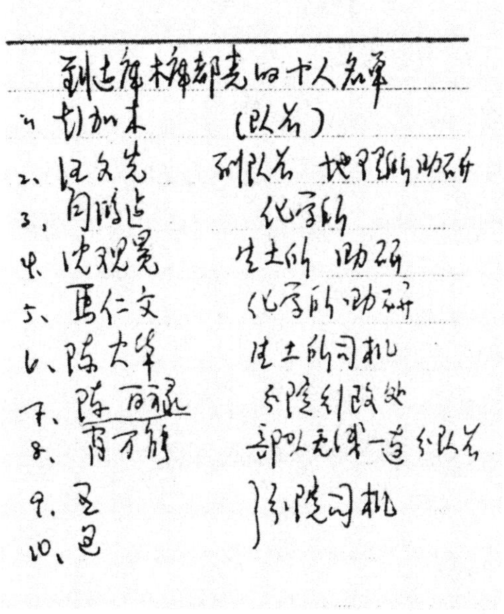

到达库木库都克的十人名单
1、彭加木 （队长）
2、汪文先 副队长 地理所助研
3、阎鸿建 化学所
4、沈观冕 生土所 助研
5、马仁文 化学所助研
6、陈大华 生土所司机
7、陈百禄 分院行政处
8、萧万能 部队无线一连分队长
9、王
10、包 分院司机

叶永烈笔记本上当时所载彭加木考察队 10 人名单

彭加木　队长，中国科学院新疆分院副院长

汪文先　副队长，中国科学院新疆分院地理研究所助理研究员

阎鸿建　中国科学院新疆分院化学研究所助理研究员

沈观冕　中国科学院新疆分院生物土壤沙漠研究所助理研究员

马仁文　中国科学院新疆分院化学研究所助理研究员

陈百禄　中国科学院新疆分院行政处保卫干事

陈大华　中国科学院新疆分院生物土壤沙漠研究所司机

王万轩　中国科学院新疆分院司机

包纪才　中国科学院新疆分院司机

萧万能　中国人民解放军某部无线一连分队长、报务员

其中，沈观冕被如今众多媒体误为“沈观星”。

也有的文章称彭加木当时所率的科学考察队队员为“穆舜英、王炳华、侯灿、沙比提、夏训诚、樊自立、汪文先、李荣健”，除了汪文先属实之外，其余均为误传。

彭加木所率的科学考察队的3辆车是：

其一，5座越野车，王万轩驾驶，彭加木乘坐；

其二，8座吉普车，陈大华驾驶，汪文先、阎鸿建、沈观冕、马仁文、陈百禄和报务员萧万能6人乘坐，还装有电台设备；

其三，苏联生产的嘎斯63军用大卡车，载重1.5吨，包纪才驾驶，装水、汽油、粮食以及帐篷等生活用品。在抗美援朝战争中，中国人民志愿军曾大量使用这种嘎斯63军用大卡车。

遭遇“吹屁股风”

东进，是在荒野中前进。

东进，没有路。

东进，沿途不见人烟。

汽车时而在盐渍地上行驶，白花花的，犹如冰天雪地。盐壳非常坚硬，车轮下不时发出嚓嚓的响声。

汽车时而在沙漠中驶过，那里的库姆塔格沙漠一望无际，满目黄沙。古诗中形容沙漠“大漠孤烟直，长河落日圆”，这里连“孤烟”都看不到。太阳像火球般烤热沙漠，暑气逼人。

本来，彭加木计划每天前进80至100公里，然而，他常常太乐观了点，把困难估计得太少了点。头一天，考察队就遇见了“吹屁股风”，大大减慢了他们的前进速度。

所谓“吹屁股风”，就是指跟汽车前进方向一致的顺风，老是使劲地吹着汽车屁股。也许你会感到奇怪，顺风推车犹如顺水推舟，怎么反而会减慢汽车的前进速度呢？原来，那时沙漠之中酷暑难当，汽车的水箱位于车头，行车一二十分钟就会沸腾起来，用司机们的行话来说叫作“开锅”。如果逆风行车，风不时吹进车头，可以促进水箱的散热。然而，遇上“吹屁股风”，那就麻烦了，汽车的水箱没一会儿就“开锅”，司机不得不把车子停下来，打开车头盖子，等水箱的温度降低之后再前进。特别是几辆车编队前进的时候，更加麻烦，有一辆车的水箱“开锅”，另外几辆也得陪它“休息”。

就这样，开开停停，停停开开，头一天只前进了46公里！如果在柏油马路上，这么一段路，汽车只用半个多小时就足够了！

真是“好事多磨”，当天晚上，正当考察队员们搭好帐篷，准备睡觉的时候，刮起了大风。风呼啸着、咆哮着，把帐篷掀翻了，把副队长汪文先压在底下[①]！

没办法，大家只好躲在汽车底下过夜。疾风夹着沙粒，吹打在考察队员的脸上，好疼好疼。那一夜，大家似睡似醒，在恍惚朦胧中度过了一夜。

第二天比第一天更糟，“吹屁股风”仍旧使劲地吹着，那天只前进了40公里。

夜里11时开始，又刮起了大风，仿佛老天爷跟考察队作对似的，弄得大家没法睡觉。有人泄气了，想取消东进计划，回米兰去。为了统一大家的思想，在深夜两点，彭加木召集全队开会。狂风怒号着，飞沙走石，考察队员即使大声吼叫着发言，别人依旧很难听清楚……

“疾风知劲草”。在彭加木的率领下，考察队员们跟狂风斗，艰难地向东挺进。由于风沙很大，一路上汽车开得很慢。

---

① 1980年7月12日，叶永烈在新疆罗布泊库木库都克大本营帐篷采访彭加木所率领的科学考察队的副队长汪文先。

据马仁文回忆[①]，直到第六天——6 月 16 日，考察队这才终于来到了疏勒河故道。

疏勒河是一条发源于甘肃西部的内流河。在古代，疏勒河一带水草繁茂，丝绸之路便途经这里。然而，如今这一带的疏勒河干涸了，故道成为一片盐碱荒滩。故道最宽处有几十公里，狭窄的地方只有六七公里，在故道里，长着稀稀落落的骆驼刺、齐膝的芦苇、开着紫花的甘草。另外，还生长着一丝丝红根、红茎、红花的柳树，叫作“红柳”。在刮风时，红柳遮挡着风沙，沙就在红柳附近沉积下来，渐渐形成一个沙丘，在故道中举目四望，到处是这种一两米高的红柳沙丘。

这天下午 2 时，考察队在疏勒河南岸的库木库都克扎营。

在东进日子里，考察队“打一枪换一个地方”——每天都在一个新地方宿营，从未在同一地点睡过两次觉，每夜平均只睡三四个小时。当他们到达库木库都克时，已经非常疲乏。在疏勒河故道南边是广阔的库姆塔格沙漠，考察队选中了沙漠中的一个地方，准备安营扎寨——在故道中常有苍蝇以及叮人的小虫子“小咬”和“草鳖子”，所以考察队宁可在沙漠中过夜。

正在这时，一件意外的事情发生了！

他留下的字条成了绝笔

一群野骆驼出现在眼前！

骆驼，号称“沙漠之舟”，耐饥耐渴，喝足一次水可以在一个星

① 1980 年 7 月 5 日，叶永烈在乌鲁木齐中国科学院新疆分院采访中国科学院新疆分院化学研究所助理研究员马仁文。

期内不再喝水，它食粗草及灌木，能在不毛之地——沙漠中往来自如。在国际上，野骆驼是十分罕见的，英国皇家动物园便曾以高价征购野骆驼。

彭加木数了一下，呵，整整 17 头野骆驼。

“追!”彭加木一下达命令，两辆汽车便向野骆驼群开去。

于是，一场汽车与骆驼的赛跑开始了。

尽管野骆驼撒开 4 条腿，一阵风似地朝前疾奔，但是，跑了一阵，速度就渐渐慢了下来。古老的“沙漠之舟”，终究不如现代化的汽车。

一只小骆驼的脚有点瘸，很快就落伍了。彭加木吩咐另一辆车上的考察队员“活捉它”，便驾车继续追赶野骆驼群。

追了 3 公里，小骆驼被活捉了。

那只母骆驼见小骆驼被抓住，不时回首观看，也渐渐离群了。又追了 3 公里，汽车追上了母骆驼，考察队的保卫干事陈百禄从怀里掏出了手枪，“砰”!“砰”!接连放了七枪，母骆驼终于倒下去了。

母骆驼倒在地上，挣扎着。彭加木第一个跳下车，朝母骆驼奔去。

“当心!”老陈高喊着。

彭加木勇敢地冲上去，按住了野骆驼。

这下子，全队兴高采烈，庆祝胜利，决定把小骆驼作为活标本运回去，把母骆驼剥皮制成死标本。这，也是考察中的莫大收获。

彭加木手舞足蹈，像个孩子一样高兴，忙着剥母骆驼的皮。他从母骆驼的乳房中挤出奶，请大家解渴。他说，这是沙漠中最富有营养的饮料!然而，队员们居然不领情，不敢喝这平生从未喝过的“高级饮料”，彭加木却没有那么多顾忌，见别人不喝，便带头咕嘟咕嘟喝了起来。彭加木向来以胆大著称，他甚至把“四脚蛇”——蜥蜴剥皮吃掉，说它可以抗癌，还说万一沙漠中没有食物，可以抓“四脚蛇”吃，然而，除了彭加木之外，谁也不敢吃一口!

正当彭加木忙着解剖母骆驼的时候，考察队员们支起了帐篷，准备烧饭。这时发觉水已经所剩无几，汽油也不多了。这是因为东进时原计划每天前进80至100公里，实际上只达到一半，路上的时间差不多延长了一倍，原先所带的水当然不够用了。至于汽油，由于这一带是荒野，崎岖不平，油车耗油量比平时增加了约一倍，所以也不够用了。经检查，汽油和水，各剩一桶。

在这里，没有水，就无法生活！考察队员们从米兰带来的一点水，原是装在旧的汽油铁桶中，经过一路上摇摇晃晃，已成了酱油一般的深褐色了，水中满是铁锈。

怎么办呢？经过全队讨论，决定向附近驻军告急求援。大家都曾深深记得，在出发时，附近驻军首长一再叮嘱："需要什么，尽管说，我们大力支援！"

彭加木虽然也同意大家的意见，但是，他提出了新建议：用直升机运水，太贵了！直升机飞行一小时，就要花两千多元人民币（注：这是当时的价格）。从附近驻军基地飞到这里，来回要好几个小时，运一趟水得花费国家上万元资金，我们能不能自力更生，就近找水呢？

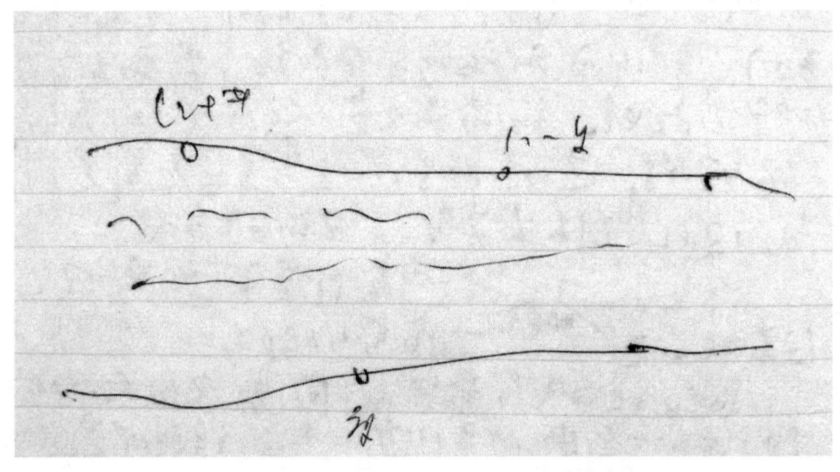

叶永烈所绘当时库木库都克、八一泉、红十井位置概图

附近哪里有水呢？彭加木是一个有心人。

不久前，他在与马兰基地的参谋张占民闲谈之中，听说这样一件事：1980年1月，中央电视台与日本联合拍摄电视纪录片《丝绸之路》，曾在一个叫“八一泉”的地方加过水。八一泉位于疏勒河故道北岸，在库木库都克东北约30多公里处。

张占民告诉彭加木关于八一泉这名字的由来，颇为有趣：

在20世纪50年代，兰州部队的战士经过那里，发现地下有水，便挖了个坑取水。据说，当时坑里的水过膝。为了纪念解放军的功绩，人们用“八一”命名它，叫作“八一泉”，又称“八一井”。

彭加木拿出地图细细研究：在库木库都克以东的疏勒河南岸，在羊达克库都克附近，还标着4个井位。在蒙语中，“库都克”就是“井”的意思。

正因为这样，彭加木坚信，东面有水井，一定能找到水！

据陈百禄告诉笔者①，在6月16日下午，他与副队长汪文先曾经往东去找过水。他们当时是想找到库木库都克的那口井，没有找到。

马仁文也回忆说②，那天下午，汪文先曾经去找过水。

6月16日晚9时，考察队支好帐篷，安营扎寨完毕。帐篷是八角形的，帐篷的门朝西。在帐篷门外，停着由司机包纪才驾驶的大卡车，这样可以挡风。在大卡车南面，停着8座中吉普。在帐篷东侧，则停着彭加木的座车——越野车。帐篷里北面放着的驼毛毡，由西向东，分别是彭加木、汪文先、陈百禄、萧万能、王万轩的床位；帐篷里南面放着的驼毛毡上，由西向东，分别是马仁文、陈大华、沈观

① 1980年7月20日，叶永烈在乌鲁木齐采访彭加木领导的10人科学考察队成员之一、中国科学院新疆分院行政处后勤人员陈百禄。

② 1980年7月5日，叶永烈在乌鲁木齐中国科学院新疆分院采访中国科学院新疆分院化学研究所助理研究员马仁文。

冕、阎鸿建、包纪才的床位。

在架好天线之后，6 月 16 日夜 10 点 10 分，考察队向 720 基地驻军发出了求援电报。请他们把电报转交新疆军区红山司令部。电报稿是彭加木拟的。

马仁文记得，彭加木当时对大家说，我们尽量自己去找水，这样可以节省国家费用。飞机支援的架次越少越好，我们要自力更生。

那天夜里，彭加木忙着剥下骆驼皮。当大家进入梦乡的时候，彭加木正在把骆驼的一条腿放在锅里煮着，想给多日劳累的队员们送上一顿美餐。

17 日凌晨 2 点，一位考察队员起来小便时，还看到彭加木正在往灶里添红柳根烧肉……

17 日上午 9 时，在吃早饭的时候，彭加木再一次提出，要向东去找水井。他提议开车往东去找水井，从库木库都克到羊塔库都克再到克孜勒塔格。当时计算了一下，这一路线单程为一百二十公里，要用掉半桶汽油。

队员们劝他，等与部队联系之后，再做决定。

彭加木说，一边与部队联系，一边向东去找水井。如果找到了水井，就通知部队不要再派飞机运水了。

彭加木说完，离开了帐篷，坐到他自己平时乘坐的越野车里，查阅地图。

在帐篷内，有人在打扑克，有人在看书，有人在睡觉，还有人在 63 号大卡车下乘凉。大家等待着驻军的回电。

11 时 30 分，开始收到驻军的复电。当把密电码转译出来，快 12 点了。

副队长汪文先收看了电文[①]，便想送去给彭加木看。汪文先走出帐篷，到彭加木的车内看了一下，没人！

汪文先以为彭加木出去大小便了，回帐篷等了一会儿，仍未见彭加木。

12 点 30 分，原在 63 号大卡车下休息的司机王万轩，去越野车拿衣服。他在越野车的驾驶室里，发现彭加木的那本地图册中夹着一张纸条，纸条有一半露出外边。

王万轩打开纸条，见上面用铅笔写着：

我往东去找水井

彭 17/6，10：30

彭加木留下纸条，往东去了！

彭加木，穿着一身蓝色劳动布的工作服，戴着白色遮阳帽，眼镜片上贴着蓝滤色片（从电视机滤色片上剪下[②]），脚穿一双 42 码的翻皮半高统工作鞋。

他随身背着一个铝水壶，装着 2 公斤水。胸前像双枪老太婆似的，交叉背着水壶和照相机。

他平时外出考察总是带着 2 部照相机，1 部拍彩色，另 1 部拍黑白。这次，大约他不打算走远，只带了 1 部海鸥牌照相机。他还背着 1 个可背可拎的灰色人造革包，包里有 1 只罗盘，1 个钢笔式手电筒，

---

① 1980 年 7 月 12 日，叶永烈在新疆罗布泊库木库都克大本营帐篷采访彭加木所率领的科学考察队的副队长汪文先。

② 当时中国的电视机大都是黑白的。为了给黑白电视机增加一点色彩，那时候生产了一种塑料薄片，上端是蓝色的，下端是绿色的。贴在电视机的屏幕上之后，黑白电视的画面也仿佛是上面蓝天、下面草地。彭加木当时从这样的薄片上剪下一块，粘在眼镜上。因为他戴的是近视眼镜，在当时买不到近视墨镜，而沙漠中阳光强烈，只得用这种土办法解决。

1柄地质锤，1把护身匕首，1本随时要记录用的蓝色硬面笔记本，扉页上题着“罗布洼地科学考察记录本”11个字，1小包糖果。这个人造革包，他总是随身带着。

据说，在人造革包里还有一只崭新的打火机。彭加木并不抽烟，这只打火机是他不久前在附近驻军基地的商店里买的。当别人问他为什么买打火机时，他笑道：“在野外，用得着……”

彭加木往东去了，往东找水井去了。

彭加木充满自信地迈开双脚，他确信东边会有水。

彭加木走了，走了，走了。

在这一次出发考察前，人们曾提醒过他：“当心，戈壁滩上常死人!”

彭加木摇头答道：“我就不信，戈壁滩上会死人?”

从此，人们再也没有见到他。

为了寻找水井，他独自往东，失踪了!

他留下的字条，成为他最后的绝笔!

找到彭加木遗弃的糖果纸

在彭加木出走之后，考察队员们等了一会儿，看他是否会马上回来。

这时，据马仁文记录[①]：当时地表温度为64摄氏度，气温为52摄氏度，帐篷内温度为44摄氏度。

等了一会儿，不见彭加木回来。于是他们开始一边烧开水，一边

---

① 1980年7月5日，叶永烈在乌鲁木齐中国科学院新疆分院采访中国科学院新疆分院化学研究所助理研究员马仁文。

等待彭加木。在沙漠里外出之前，必须往水壶里灌满水。队员们烧好4锅水，装进水壶。

据马仁文记录，从下午3时起，库木库都克刮起了大风，漫天黄沙。

到了下午4时，仍不见彭加木回来，考察队员们开始冒着风沙寻找彭加木。

他们开着越野车，开始往东寻找彭加木。

越野车开了1公里多，考察队员发现一行脚印，认定是彭加木的脚印。于是沿着脚印继续寻找。

在6公里左右的沙包上，依然清楚地看见彭加木的脚印。

考察队员继续开车向前，往东开了十几公里。天渐渐黑下来，考察队员们看不清楚地面，无可奈何，只得返回库木库都克宿营地。

9时30分，考察队给720基地驻军的电台发去紧急电报："18日凌晨2：00联络，有重要情况报告。"

他们没有马上把彭加木失踪的消息报告驻军，其原因是仍对彭加木归来抱一线希望。

当天夜里10时，考察队员在附近的沙丘上用红柳的枯根烧了两堆火，每隔1小时打3发信号弹，第一颗是红色的，第二颗是绿色的，第三颗是白色的。信号弹可以打到100米高，估计周围15公里范围内都能看到。

王万轩则把越野车开上沙丘，朝东北方向开亮大灯。他们期望，迷失方向的彭加木见到火光、灯光，见到信号弹，会朝宿营地方向走来。

一直没有彭加木的信息，看来彭加木可能遭遇意外。考察队在帐篷里召开紧急会议，作出几项决定：

一、成立临时领导小组，由陈百禄、汪文先两人负责。

二、陈百禄分担与基地部队的联络。要求部队派飞机来。

三、全队留在库木库都克，继续寻找彭加木。

直到深夜2时，仍不见彭加木回来。于是，他们不得不把“彭副院长17日10时一人外出未回”这一重要情况用电报报告驻军，并请驻军立即转告中国科学院新疆分院。

考察队队员们焦急万分，轮流值班，不断给火堆添柴。陈百禄通宵未眠，每隔1小时往漆黑的夜空发射3颗信号弹。一夜过去了，彭加木没有回来！

第二天——6月18日，考察队员在清晨6时就出发寻找彭加木。考察队留3人在帐篷值班，6人分乘两辆汽车往东寻找彭加木。8时多，他们下了疏勒河故道河床，在那里寻找。然后，又上了山，用望远镜四下搜寻，仍不见彭加木的踪影。

考察队一无所获，不得不退回库木库都克宿营地。

根据笔者查到的720基地值班记录记载[①]，在彭加木失踪还不到24小时，6月18日上午9时56分，4641号直-5型直升机从720基地起飞。除了机组人员3人之外，直升机上还有720基地的张占民、王方欣两人同往。张占民是基地参谋，也是熟悉罗布泊地形的测绘工程师，王方欣也对那一带极为熟悉。周夫有派出张占民，还在于张占民曾经接待过彭加木，并告诉过彭加木在八一井那里有水[②]。

直升机装载250公斤的水，这些水分别装在2个大塑料桶和3个小塑料桶内。

18日中午12时零五分，4641号直-5型直升机在罗布泊以东发现了中国科学院新疆分院科学考察队的宿营地。经过领航员周怀修的准确测定，科学考察队宿营地的实际位置与电报中所说的经纬度坐标位

---

① 1980年7月13日，叶永烈在新疆720基地值班室，抄录了中国人民解放军营救、搜寻彭加木的工作记录以及720基地与彭加木所率科学考察队之间的往返电报。

② 1980年7月13日、14日，叶永烈在新疆720基地采访21基地作战处处长周夫有。他是营救、搜索彭加木的现场总指挥。

置相差 10 公里。

4641 号直-5 型直升机在空中一出现，科学考察队的 9 名成员都奔出来欢呼、招手、热泪盈眶。对于他们来说，这时候中国人民解放军确实是最亲的亲人。

直升机在库木库都克降落，卷起漫天沙尘。科学考察队队员们冲进沙尘，奔向直升机。在热烈握手之后，张占民和王方欣向科学考察队详细询问了彭加木失踪的情况。这时，由于队长彭加木失踪，陈百禄任代队长，副队长仍为汪文先。

根据笔者查到的 720 基地值班记录的原始记载，当时汪文先副队长汇报的情况如下[①]：

> 17 日 9 时以后，彭要求出车外出找水，其他的同志意见等基地 12:00 答复后再行动。12:00 基地电告，决定派飞机救援，请原地待命。汪副队长持电文找彭，未找到，在彭乘坐的小车内发现纸条："我往东去找水井。"

这可以说是关于彭加木失踪的最早的档案记载。

这段原始记载表明，彭加木最初并不是打算独自外出找水，而是"要求出车外出找水"。只是由于"其他的同志意见等基地 12:00 答复后再行动"，彭加木才决定独自步行外出找水。

在张占民、王方欣询问了情况之后，请科学考察队陈百禄代队长和包纪才二人登上直升机，往东飞行，在大约 3 公里处盘旋搜索。直升机搜索了 40 分钟左右，无所发现，返回考察队宿营地。

---

① 1980 年 7 月 13 日，叶永烈在新疆 720 基地值班室，抄录了中国人民解放军营救、搜寻彭加木的工作记录以及 720 基地与彭加木所率科学考察队之间的往返电报。

中国人民解放军空军出动直升机搜索彭加木（张友贵摄）

陈百禄代队长和包纪才下了直升机。考虑到考察队队员、中国科学院新疆分院生物土壤研究所助理研究员沈观冕生病，考察队决定让直升机带沈观冕回720基地。这样，考察队只剩8名队员在库木库都克宿营地。

18日下午，考察队决定分两队继续寻找彭加木。第一队是在下午2时30分出发，找到8时30分；第二队从下午8时30分找到天黑。

第一队出发不久，就接到720基地首长喊话，要求第一队马上返回，第二队不要出发。720基地首长主要是担心考察队总共只有8人，除去通讯兵必须在宿营地工作之外，只剩7人，再分成两队，很容易走失。不能在寻找彭加木时，再发生失踪事件。

可是，第一队已经出发，无法召回。他们寻找了4个多小时，不见彭加木踪影，在晚上 9 时才返回库木库都克宿营地。

在 18 日下午，720 基地首长决定 4641 号直-5 型直升机再度从 720 基地起飞，往东寻找彭加木，仍然无果而返。

这时，科学考察队的发报员萧万能给 720 基地发报，说科学考察队吃的东西也快不够了，只有两袋面粉和一箱罐头。

4641 号直-5 型直升机原本打算第三次起飞，寻找彭加木。正要准备起飞，发现漏油。机械师经过检查，发现直升机的 8 号汽缸坏了，不能再飞。

于是，4641 号直-5 型直升机机组给 720 基地发电报，要求从乌鲁木齐再派 1 架直升机。

救人如救火。周夫有处长经过新疆军区上报中国人民解放军总参谋部，经总参同意，乌鲁木齐空军指挥部增派 1 架直升机，从乌鲁木齐经马兰、720 基地，飞往库木库都克。

19 日，直升机给库木库都克科学考察队送来两桶汽油（紧急情况下的措施），解决了考察队的燃眉之急。

这时，中国科学院新疆分院科学考察队经过 17 日、18 日两天的寻找，未能找到彭加木，心情焦急。到了 19 日，科学考察队有了补给的汽油，便提出往东更远处寻找彭加木。由于要在稍远的地方寻找，当天无法回到库木库都克宿营地。周夫有处长接到科学考察队电报，表示不同意，要求他们务必当天返回库木库都克宿营地，以免在寻找过程中发生新的意外。

19 日下午，中国科学院新疆分院科学考察队再度要求，往东更远处寻找彭加木，当夜不返回库木库都克宿营地。周夫有处长以安全为重，仍不同意。

就在这时，从中国科学院新疆分院科学考察队传出重要消息：在库木库都克东北方向，发现一行脚印！

彭加木失踪前曾经在这里坐下休息，吃了一颗青岛椰子糖

一九八〇年六月十九日下午，搜索队在库木库都克東北十公里處找到這張糖紙。彭加木曾在米蘭買過這種糖。在荒無人跡的沙漠中找到這張糖紙，被認為彭加木失蹤時留下的最後蹤跡。本書作者從公安人員手中借了這張糖紙，途經烏魯木齊時用複印機複印。

寻找彭加木时找到的椰子糖纸

那是19日下午1时，考察队6人驱车外出寻找，在疏勒河故道中发现一行向东的脚印。他们赶紧下车观看。脚印经过鉴定，查明是皮鞋鞋印，大小正好与彭加木一样。彭加木出走时，正是穿着一双翻皮皮鞋。

考察队队员们欣喜万分，沿着脚印追踪到一个1米多高的土丘，上面长着芦苇。芦苇根部，找到被撕成两半的糖纸。这米黄色的糖纸印着“椰子奶糖　青岛食品厂”字样。彭加木在米兰时买过几斤糖，正是这种糖。接着，又在土丘上找到一个明显的人坐过的痕迹。

1980年7月20日上午，我在乌鲁木齐采访了糖果纸的第一个发现者马仁文。他告诉我，当时他见到芦苇根部有一团黄色的东西，就弯下腰看。他捡起来一看，是糖果纸，就兴奋地大喊起来。大家一看，马上认出这是彭加木吃过的糖果。于是，就在四周细细寻找，发现了坐印和脚印。

这坐印和糖果纸在库木库都克东北10公里处[①]（据马仁文当时记录，在汽车累计公里数9045—9055处）。

考察队员们下车步行，汽车在后面跟着，继续沿着脚印寻找，脚印时而偏东，时而偏西。他们缓慢前进了5公里。下午5时，考察队来到疏勒河故道中部，在汽车公里数9157处，土质渐渐变硬，脚印也消失了。据考察队队员们估计，彭加木是朝八一井的方向走了。

脚印、糖果纸、坐印，是寻找彭加木时找到的最重要的线索。

由于找到这么重要的线索，科学考察队第三次提出要向东远处追寻。这时，周夫有处长终于同意了。他复电考察队，要求他们无论如何不能迷失方向，要采取有力措施保证自身安全。

考察队在20日清晨5时，开着两辆车出发。两车平行，相隔500

① 后来经过精确测定，为7.8公里。

米。他们连续两天在疏勒河故道寻找。由于彭加木说“我往东找水井”，考察队把寻找的重点放在水井上，他们到了红十井，到了八一井。21日下午1时50分，他们返回库木库都克宿营地。这次搜索，仍一无所获。

在6月19日至21日，驻疆空军派出的直升机以及运-5型飞机在库木库都克附近低空搜索。直升机搜索了2个架次，运-5型飞机搜索了3个架次。由于那一带是平坦的沙漠，所以飞机的飞行高度可以低到离地面只有20至50米，像耕地似的在那里来回分区寻找。周夫有处长告诉笔者①，库木库都克南面是沙漠，彭加木不可能往南行。库木库都克北面是山区，彭加木不可能到山上找水井。库木库都克西面是罗布泊，干涸的罗布泊没有水。所以，飞机搜索的重点是东面，疏勒河故道一带。除了反复搜索库木库都克以东地区之外，其他方向也曾一一找过。搜索了3个架次，仍是毫无收获。

6月20日，新疆军区决定派出地面部队参加搜索。

6月21日，新疆军区参谋长决定派出40名战士，乘坐8辆汽车，执行搜索任务。

6月22日，40名战士和8辆汽车在马兰集中。

6月23日，搜索部队到达720基地，在那里进行编组、动员，成立临时党支部。这支队伍的队长为马兰基地作战处金允朝，副队长为张占民。40名战士分为3个班。然后，把帐篷、给养、水，装上车。

搜索部队派出参谋张占民带领6名战士乘直升机来到库木库都克，跟科学考察队一起进行搜索。这样，库木库都克宿营地增至15人。

6月24日下午2点，新疆部队派出的地面搜索部队从马兰出发。不

① 1980年7月13日、14日，叶永烈在新疆720基地采访21基地作战处处长周夫有。他是营救、搜索彭加木的现场总指挥。

过，他们不是前往库木库都克，而是前往八一井，要把大本营安在八一井。因为当时估计彭加木很可能是朝八一井的方向找水，所以要加强在八一井四周的搜索。

周夫有处长说，沙漠中没有路，这支地面搜索队在半途中迷失了方向，找不到八一井。直至27日派出直升机，在搜索部队那里降落，帮助他们确定方向，这才终于找到八一井，并在那里安营扎寨。

考察队和张占民参谋、战士等15人也奉命从库木库都克赶往八一井，与地面搜索队汇合，一起搜索。

也就在6月27日这一天，中国人民解放军兰州部队也派出地面搜索队——防化连，自甘肃敦煌向西朝库木库都克方向寻找。

另外，敦煌公安局还发动牧民，在低石湖一带寻找。周夫有以为，低石湖虽然在库木库都克之东，但是与库木库都克之间隔着50公里的沙漠，凭彭加木当时的体力是很难穿过这50公里的沙漠到达低石湖的。

周夫有处长对笔者说，在酷热的沙漠中进行搜索，非常艰苦。战士们的工作时间，每天都在12小时以上。汽油也消耗得很厉害。

马仁文则对笔者说①，从彭加木失踪的那天起，考察队队员们每天的睡眠时间不足两小时。再说，他们从5月3日离开乌鲁木齐开始进行罗布泊科学考察，已经连续在野外生活了50多天，非常疲劳。虽然如此，为了寻找彭加木，他们仍日夜坚持工作。

地面搜索部队曾经在羊达库都克附近的沙漠里发现一行持续了250米的脚印。这一发现使搜索部队兴奋了好一阵子。不过，那脚印——鞋子的花纹不清晰，难以确定是不是彭加木那双翻皮皮鞋的鞋

---

① 1980年7月5日，叶永烈在乌鲁木齐中国科学院新疆分院采访中国科学院新疆分院化学研究所助理研究员马仁文。

印。另外，脚印是一脚重，一脚轻，不符合彭加木脚印的特点，彭加木的脚印是左、右脚均衡的。这脚印在持续了 250 米之后，遇上较硬的地表，消失了。

周夫有处长对笔者说[①]，后来，在彭加木遗留在库木库都克宿营地的地图上，发现彭加木误将红十井标成八一井。这表明，彭加木当时很可能是朝红十井的方向找水，而不是朝八一井的方向前进。周夫有说，如果早一点知道这一情况，地面搜索部队的大本营，应当放在红十井。

警犬在高温下无能为力

多日的搜索，唯一的成果就是找到彭加木的坐印、遗弃的糖果纸以及从那里延伸的脚印。那行脚印在地表坚硬处消失了。能不能从那里继续寻找，是成功的关键。于是，有人建议，用警犬凭借气味向前寻找。

这一建议得到了部队首长的支持。于是，将情况向公安部通报。公安部紧急从上海、南京、烟台调集侦察员和警犬。

这样，也就出现了序章中所描述的一幕：7 月 4 日，当我从上海登上飞往乌鲁木齐的班机时，正好与上海、南京、烟台公安局的侦察员和警犬同行。

从 7 月 6 日起，开始调集各路人员，进行第三次大规模搜索。我当时在马兰见到的集结队伍，就是这支搜索队伍。参加搜索的人数总共为 117 人，分为三队：

---

① 1980 年 7 月 13 日、14 日，叶永烈在新疆 720 基地采访 21 基地作战处处长周夫有。他是营救、搜索彭加木的现场总指挥。

一队是由科学院干部组成，负责人为新疆分院的夏训诚，总共27 人；

二队是由部队官兵组成，来自马兰基地和 720 基地，总共 64 人；

三队是公安侦察员的警犬队，包括我和新华社新疆分社记者在内，总共 26 人。领队是上海市公安局周永良处长。

除了各搜索队乘坐的越野车之外，当时出动的大卡车为 13 辆，其中包括运输物资的卡车 3 辆，水车 6 辆，油罐车 4 辆。

据我当时的记录，最高地表温度为 60 摄氏度，最高气温达 50 摄氏度，夜间最低温度为 22 摄氏度。

另外，我在 720 基地值班室值班记录中查到，在彭加木失踪后的 3 天，即 6 月 18 日、19 日、20 日，库木库都克都有大风，风力 8—9 级。

当新疆方面出动 3 支队伍进行搜索的时候，甘肃方面也派出 1 支队伍朝着库木库都克方向搜索。我曾采访了这支队伍的随队记者——新华社新疆分社记者宋政厚。他告诉我，他是 7 月 5 日随队出发，过

寻找彭加木的车队穿越雅丹

了玉门关。第二天进入疏勒河故道。当时搜索的重点是断崖与沙梁之间的地方。这支队伍总共 28 人，搜索时人与人之间的距离为 50 米。搜索了 5 天。沿途发现过 3 个火堆残迹，还找到过麻绳头，野骆驼的下肢，都与彭加木无关。

这次大规模搜索，最大的希望寄托于警犬。然而，警犬怕热不怕冷。它浑身无汗腺，只靠舌头散热。到了现场，气温甚高，警犬连连喘气。公安战士不畏艰辛，趁早晚比较凉快的时候，带着警犬去搜索。常常在清晨 5 点（即当地时间凌晨 3 点）便摸黑出发。

然而，在彭加木脚印消失处，警犬未能找出他的行进轨迹。据分析，原因有二：一是警犬到来太晚，当时彭加木失踪已经 20 多天。沙漠里气温高、风大，彭加木的气味早已消失；二是由于气温太高，警犬失去嗅觉，无法正常工作。

7 月 13 日上午，从搜索前方传出消息：在离彭加木脚印消失 7 公里处芦苇丛中，发现一个药瓶。在离药瓶 3 米处，发现有人坐过的明显印迹。

我从 720 基地值班室值班记录上，查到来自搜索队的电报，原文如下①：

二队报告，他们派出三十一人、六台小车、二台卡车，前去寻找。12：30，在羊达克库都克以东无名井西南四百米处的芦苇中，发现一个深褐色的药瓶，没有商标，没有盖，直径四公分，高七公分，在离药瓶三米处，有一明显的人坐过的痕迹，并铺有芦苇叶。面对这个地方，有一条明显向东的脚印。我们已指示他们跟随脚印继续搜索

① 1980 年 7 月 13 日，叶永烈在新疆 720 基地值班室，抄录了中国人民解放军营救、搜寻彭加木的工作记录以及 720 基地与彭加木所率科学考察队之间的往返电报。

前进，有更大的困难也要寻找下去。

这一消息，当时曾经使3支搜索队的士气大振。

据当时代替彭加木担任考察队队长的陈百禄告诉笔者①，彭加木每天早上、晚上都有吃药的习惯，但是他见到过的彭加木的药瓶都比较小。

另外，那药瓶当时是平放着，瓶里有沙。经过仔细观察，瓶中的细沙有的粘结在一起。这表明，瓶子躺在那里有些日子了，不大像刚刚丢弃的。

正因为这样，这药瓶是否系彭加木遗弃物，无法确认。

第二搜索队继续寻找，没有发现新线索。

另外，陈百禄所在的中国科学院搜索队曾经在疏勒河故道上发现一枚纽扣，还见到一丛芦苇有被刀削过的痕迹，但无法确认这是彭加木留下的痕迹。

搜索队二队还在八一井南面发现长达150米的脚印。不过，这是两行平行的脚印，显然是两人同行留下来的，而彭加木是独自去找水井，也就排除了是彭加木脚印的可能性。

在7月14日，一架直-5型直升机在沙漠中发现一个可疑物。随即降落，发现那是一把伞，有一半埋在沙中。彭加木出走时没有打伞，所以这一线索与彭加木无关。

在那些日子里，驻疆空军出动了29架次飞机，飞行时间达100小时以上。地面搜索队也在那里艰难搜寻。

虽说这次搜索找到若干线索，最后仍无功而返。

1个月过去了，仍未发现彭加木的下落。彭加木生还的可能性，已

① 1980年7月20日，叶永烈在乌鲁木齐采访彭加木领导的十人科学考察队成员之一、中国科学院新疆分院行政处后勤人员陈百禄。

几乎没有了。现场气温太高，供水又极困难，东西两路搜索队伍，不得不撤出现场。

第四次搜索无功而返

在 1980 年 8 月 2 日结束了第三次寻找彭加木之后，照理是不会再进行新的搜寻了。因为这时距离彭加木失踪已经 1 个半月，此后即便找到彭加木，他也早已牺牲。

然而，在 1980 年 11 月 10 日至 12 月 20 日，再一次组织了大规模的寻找彭加木行动。不论是参加的人数、出动的飞机和汽车、持续的时间，都远远超过前 3 次。

应当说，前 3 次搜寻彭加木是完全必要的，因为当时彭加木有可能还活着，是一场抢救生命的紧急行动。然而，在彭加木失踪半年之后，为什么要组织了这样空前的大规模搜索？

内中的原因，就是 1980 年 10 月 11 日香港《中报》刊登了造谣新闻——彭加木外逃美国。

为了以事实驳斥香港《中报》的谣言，于是由中国科学院组织了第四次最大规模的寻找彭加木的行动。尽管组织者明白，即便找到彭加木，也只是遗体而已。

新华社记者是这样报道第四次大规模寻找彭加木的情况：

1980 年 11 月初，根据中国科学院党组的指示，为了平息社会上的谣言风波，要再一次寻找彭加木同志。第四次进入罗布泊的队伍，由中国科学院新疆分院、新疆军区独立 5 团、通讯兵部队、汽车 56 团和兰州 407 部队等八个单位共 69 人组成，配备大小越野汽车 18 辆。新疆分院副院长、党委副书记王熙茂同志任现场总指挥。彭加木的夫人夏叔芳随队住在敦煌指挥部。彭加木的儿子彭海以及上海生物化学研究所办公室主任朱相清随队前往现场帮助寻找。为了保障寻找队伍绝对安全，第四次寻找队在敦煌建立指挥所，敦煌指挥所与寻找分队保持无线电联系；发生紧急情况时的救援，由军区空指临时派出飞机担任；有关空地联络信号等也作了明确规定。队伍由 14 名科技人员、15 名解放军战士、7 名通讯报务人员、20 名司机、4 名测工、9 名后勤联络人员共 69 人组成。军区和分院抽调水罐车、油罐车、电台车、物资装备车、吉普车共 18 辆，携带电台 3 部、帐篷 6 顶、行军锅 2 口、信号枪 2 支、信号弹 4 个基数和大量生活用品。

队伍从 11 月 10 日由敦煌进入罗布泊地区到 12 月 20 日撤出，前后共计 41 天。寻找地区以彭加木同志失踪前的宿营地——库木库都克和脚印消失处为中心，沿疏勒河故道，西起吐牙以西 6 公里，东到科什库都克，南北宽 10—20 公里，总共寻找面积为 1011 平方公里，直接参加这次寻找的有 1029 人次，平均每人每天寻找近 1 平方公里。

第四次寻找工作分为四个阶段进行：第一阶段是从彭加木脚印消失处的东北面开始到“八一井”以西地区，寻找 3 天；第二阶段是脚印消失处的北面和西北面，即从“红八井”到“红十井”地区，寻找 7 天；第三阶段是脚印消失处的南面和西南面，即从库木库都克到吐牙以西 6 公里和以东 10 公里的地方，寻找 9 天；第四阶段是脚印消失处的东面和东南面，即从羊塔克库都克到科什库都克，寻找 12 天。

在寻找方法上，我们考虑到夏季的三次寻找，因受气候条件和油水供应等问题的限制，为了抢救活人，采取的是以线为主，点、线结合的方法，面上没有来得及仔细寻找。这次我们拟定了拉网战术，点、线、面结合，以面为主的方法，步步为营，全面寻找。

我们把直接参加地面寻找的 35 人，分为四个小组，每天每组按划分地段排成一线，中间有一个人携带罗盘或手持红旗，掌握寻找方向；人与人保持50—80米的间距，齐头并进，找完一片再找第二片；遇上沙丘、芦苇包、雅丹包，绕上一圈，不留空白；遇到低凹地和流沙地，用钉耙进行扒寻；每天都在找过的地段插上小红旗作为标志，防止遗漏和重复。除用拉网方法对疏勒河谷地进行全面寻找外，对脚印消失处周围的20—30公里，加大了寻找密度，进行了重点寻找。最后阶段还组织了7人小分队，乘两部汽车，以“八一泉”为中心，沿克孜勒塔格山边沿，向东西方各寻找20多公里，找了几十条大大小小的山沟，有的大山沟汽车开进去10多公里进行寻找，也没有什么结果。寻找中遇见了两副骆驼骨架，捡到了几百年前的四个驼鞍子和清乾隆时代的铜钱、串珠、海贝、马掌和两件陈腐的民族式皮大衣。

第四次寻找，毕竟时隔5个多月，彭加木留的脚印早已模糊不清，原来的现场早已被风沙和前三次寻找时人们留下的脚印破坏得面目全非。进行搜索的1000多平方公里范围内，到处是芦苇包和盐碱包，大小沙丘星罗棋布，还有几百个雅丹包；复杂的地形影响了人们寻找的视线。供应基地设在300公里以外的敦煌，汽车运油、水、粮、煤，往返一次要6天；不得不抽很多人搞后勤供应，直接参加寻找的人，每天平均只有35人。这一带，夏季酷热，冬季却是严寒。11月住帐篷，人们天不亮就给冻醒。12月中旬，水罐车里的水全部结冰，要做饭烧水就得钻进水罐车里敲冰化水。寻找的人白天回不来，只好在外边啃冷馍、喝凉水。寻找后期，有10多位同志病倒。12月20日，队伍撤出，一共找了41天。结果依旧：下落不明。

彭加木在哪里?

彭加木究竟去哪里了呢?

会被野兽伤害了吗?

那一带只有骆驼、黄羊、野兔，都不会伤人。在敦煌一带，搜索队曾发现地上有白色的狼粪，可是那离库木库都克远着呢！

会陷入沼泽地吗？在库木库都克一带，干旱缺水，就连偌大的罗布泊也干涸了，结成坚硬的盐壳，哪里会有沼泽吗？搜索队在现场，从未遇到过沼泽地。况且彭加木是一个富有野外经验的人，他曾对新队员说过："如果你陷入沼泽，切莫乱挣扎，越挣扎陷得越深。你应当马上卧倒，然后用游泳的姿势游出来！"

会被风沙埋掉吗？

如果在沙漠里，是可能被沙埋起来的，因为那里常刮大风，飞沙走石。

据 1960 年到 1970 年这 10 年间平均统计，罗布泊地区每年风速大于每秒 10 米（即 3 至 6 级）的刮风时间为 150 天，风速大于每秒 14 米（7 至 8 级）的刮风时间为 80 天，而最大的风则可达每秒 30 米（10 级）以上。以那只被彭加木活捉的小骆驼为例，捉住之后，由于没有喂奶，加上大家正忙于寻找彭加木，无心照料它，便于 6 月 23 日死去。半个月后，人们发现小骆驼已有五分之四被埋在沙中。不过，小骆驼是死于沙漠之中，而且正好处于一个沙丘的背风面，那里容易积沙。彭加木是找水井去的，他不大可能到沙漠中找水，主要是在疏勒河故道中找。在疏勒河故道，是不大有风沙，不会埋人的。正因为这样，在彭加木失踪后的两天内，尽管刮过大风，但是那张塞在芦苇根部的糖纸依旧在那里。

会被坏人暗害吗？

当然并不排斥这种可能。不过，那里荒无人烟，飞机在上空搜索，除能看到搜索队员之外，并未看见过还有别的人。那里干旱无水，人要去那里生活，一定要带充足的水，必须从几百里以外运水。那么，彭加木外出之后，命运究竟如何呢？

据搜索队员们估计，他牺牲了。他经过长途跋涉，已很劳累，在失踪前又接连5天没睡过安稳觉，每天只睡三四个小时。外出时，可能半途中暑或昏倒。

如果他牺牲了，为什么搜索队没有找到他的尸体呢？

据马兰驻军现场指挥周夫有对笔者说①，有以下4大原因：

1. 范围大，搜索面积达400平方公里左右，只能找点，不能找面；

2. 地形复杂，疏勒河故道内沙丘起伏，一个个一两米高的沙丘星罗棋布。在搜索时，每遇到一个沙丘，搜索队员要沿沙丘转一圈才行。不然的话，站在这边，看不到那边，很易疏忽；

3. 条件艰难，气温高，缺水。现场的人少了不行，多了又无力供应水与粮食；

4. 飞机离地近，可以看清地面，但是搜索面积小。飞得高，搜索面积大了，但不易看清地面。动的东西易被发现，不动的东西，特别是倒在红柳之外，不易发现。

在那一带，发生过多起失踪案件，有的被救，有的死去，有的下落不明。

例如：

1979年，云南第九地质队28人因汽车故障，在半途遇险，水很快喝光了。幸亏队长镇定，要全队团结，绝不可各自走散。附近驻军在3天后闻讯，立即出动飞机，终于找到。当时队员们濒于死亡，靠喝小便维持生命。空军用直升机把28人全部救回，地质队员含着热泪高呼："解放军万岁！"

---

① 1980年7月13日、14日，叶永烈在新疆720基地采访21基地作战处处长周夫有。他是营救、搜索彭加木的现场总指挥。

1976年7月3日，新疆地矿局第一区调大队的1辆汽车在罗布泊以北运送物资时失踪。后来查明，当时发现汽车水箱漏水。这3人不知，以为水箱的水不够，便把水壶中的水都倒入水箱。水全部漏光，3人渴死。空军在7天后闻讯赶到现场，找到3人尸体（因为汽车，目标较大），从遗书中获知出事经过。

有一年，一名副班长带着一名战士出外打柴。打满了一挑，他叫战士挑着先回营地，而他还要再打一挑。入夜，副班长没回来，风沙却越刮越紧。副班长失踪的消息报告到团部，团里出动1个营去寻找，一直没有下落。出动直升机来回“耕地”三四架次，也未找到。几年后，发现了这位副班长背的冲锋枪。

除了周夫有处长向我介绍的情况之外，据2006年报道，在罗布泊曾经发生过多次死亡事故：

1949年，从重庆飞往迪化（乌鲁木齐旧称）的一架飞机，在新疆鄯善县上空失踪。9年以后，人们在罗布泊东部发现一架坠毁的飞机，据推测很可能是那架在鄯善失踪的飞机，机上人员全部遇难。

1950年，解放军剿匪部队一警卫员骑马走失。32年后的1982年，地质队员在罗布泊南岸发现他的尸体，死因不明。

1990年，新疆哈密市7人乘一辆客货小汽车去罗布泊找水晶矿失踪，两年后地质队员在一雅丹下发现3具干尸。距死者30公里有一辆汽车，另外4人下落不明。

好几年以前，当地驻军丢失了一名副班长。他出去割芦苇，到夜晚还没有回来。四处寻找，一直没有下落。3年以后，部队执行任务时路过一片沼泽地，沼泽里站着一副人的尸骨，大部分陷下去了，尸骨旁平放着一根扁担和一把小镰刀。显然，这就是那位失踪的副班长。

又有一次，部队丢失过一名战士，他受命外出打猎，再也没有回来。隔了很久，战士们出去打柴时发现了他，已经成了一具木乃伊。

1980 年 6 月，就在彭加木失踪的时候，在新疆吐鲁番盆地也发生一件事：一天早晨新疆石油管理局在鄯善县的一个野外队，包括驾驶员和考察人员共 3 人，开了 1 辆吉普车去沙漠中调查，车行 100 多公里后，汽车零件损坏无法前进，他们 3 个人沿着来的路，步行回营地报信。但由于当时天气太热，体力不支，一位年轻的同志先倒下，再往前走 10 多公里，中年人倒下，最后年老的同志也倒下了。出事后，直升机驾驶员奉命参加寻找，很快在一条线上找到了 3 位同志的遗体……

1995 年夏，新疆米兰农场一职工带领两人去罗布泊探宝失踪。出事地点在距楼兰 17 公里处，两具尸体完好，另一人下落不明。奇怪的是出事的北京吉普车完好，汽车油箱里有汽油，车上也有水，出事的原因让人百思不得其解。

彭加木究竟在哪里？

彭加木失踪之谜，多年来一直是人们关注的问题。如今，有人开列彭加木失踪的 9 种可能：

第一种：彭加木被外星人接走

第二种：彭加木逃往美国

第三种：彭加木被直升机接到苏联

第四种：被与彭加木有分歧的同行人员杀害

第五种：迷失方向找不到宿营地

第六种：不幸陷入沼泽被吞没

第七种：被突然坍塌的雅丹砸死

第八种：被狼群吃掉

第九种：芦苇丛中躲避炎热晕倒后被风沙掩埋

在我看来，这9种可能性之中，第一、第二、第三种乃天方夜谭；第四种、第六种、第七种、第八种，不可信；“第五种：迷失方向找不到宿营地”加上“第九种：芦苇丛中躲避炎热晕倒后被风沙掩埋”，可能性最大。

我参加过罗布泊的搜索，亲眼见到疏勒河故道上的一个个沙包。这些沙包是因为那里长着红柳，风沙袭来时黄沙在红柳四周形成沙包。在炎热的罗布泊，倘若彭加木在体力不支时坐在红柳丛中歇脚，从此一坐不起，不仅天上的飞机无法发现，而且地面人员如果不是对沙包逐一绕圈进行搜索，也将无法发现。再说，罗布泊实在太大，几十个人、上百个人参加搜索，远远不够。这就是4次搜索彭加木而并未找到彭加木的缘由。

在我采访新疆军区朱参谋长时[①]，他特别着重批判了第二、第三种，即“彭加木逃往美国”、“彭加木被直升机接到苏联”。朱参谋长严肃地指出：

姑且不讲彭加木同志政治上一贯表现很好，就拿地理环境来说吧，库木库都克地处新疆腹心地带，离中蒙边境直线距离470公里，离中苏边境直线距离大约700公里，离中印边境直线距离1100多公里，中间隔着戈壁、沙漠和大山，怎么走得出去？说彭加木同志可能坐间谍飞机飞走啦，那简直是神话！他没有电台，连地图也没有，怎么联络？直升机续航能力小，从国境线飞不到这个地区。运输机吧，那里一无机场，二无导航设备，怎么降落？再说，我们那么多雷达，6月17日前后都没有发现过这类目标，因此说，彭加木“外逃”是绝对不可能的。所以，

① 1980年7月14日，叶永烈在新疆720基地采访新疆军区朱参谋长。

同志们把“彭加木外逃”的谣言当作一桩十足的笑料。

反思彭加木的失误

彭加木为了节省国家资金，独自外出找水井，因此失踪于茫茫大漠。他的这种公而忘私的精神，永远值得后人学习，永远值得人们世代敬仰。

然而，彭加木的失踪，却也应当引起人们的反思。

人无完人。我在采访中，也听到许多朋友为他惋惜：他曾多次在极其恶劣的自然环境中探险，尽管他深知孤身一人独自外出的危险性。尤其是他作为科学考察队队长，明确宣布过纪律：“探险时外出必须两人以上。”为什么他违反了自己制定的科学考察纪律呢？他的失踪、他的牺牲，失误就在于独自外出。另外，他还强调过，在陌生的、容易迷失方向的地方考察，应该沿路插上路标。这一回，他往东去找水井，走的是陌生的路，却没有插路标。

我不由得记起，考察队的副队长汪文先对我说的那句充满感叹的话[①]：

“彭先生向来忘我地工作。他在‘文革’中遭受了巨大的打击。在‘文革’之后才得以重返边疆。这时的他，年已五旬，有一种时间的紧迫感。他很想干一番事业。”

汪文先的话，说得很婉转。

比如，我在采访中，有人向我反映，考察队从乌鲁木齐出发的日子，彭加木定为 1980 年 5 月 3 日。在彭加木看来，到了这一天，考察

---

① 1980 年 7 月 12 日，叶永烈在新疆罗布泊库木库都克大本营帐篷采访彭加木所率领的科学考察队的副队长汪文先。

的准备工作已经完成，那就应该出发，抓紧时间工作是第一位的。可是，5 月 3 日是星期六。考察队很多队员的家在乌鲁木齐，希望改在 5 月 5 日星期一出发，这样可以在乌鲁木齐跟家人一起度过星期天。尤其是这次外出考察，一走就是一两个月，很多人期望在星期天安排好家里的事情。彭加木的家，不在乌鲁木齐。他没有考虑队员们的合理要求，还是坚持在 5 月 3 日早上出发。他是队长，又是中国科学院新疆分院副院长，队员们也就服从了他的决定。

还有，在完成纵穿罗布泊之后，到达马兰，彭加木提出要东进，这是原科学考察计划中所没有的。彭加木的出发点当然是很好的，可以借归途顺道考察罗布泊东线。然而，考察队从 5 月 3 日离开乌鲁木齐，到 6 月 7 日纵穿罗布泊，已经在野外生活一个多月，队员们已非常疲劳，急于回乌鲁木齐休整。再说，原先没有东进考察计划，许多队员未跟家中打招呼，有的已经安排了其他工作。队员们又一次考虑到彭加木是队长，又是中国科学院新疆分院副院长，还是服从了他的决定。

也正因为东进是彭加木在马兰临时做出的决定，所以准备工作十分仓促，而对东进路线上的困难又估计不足，所以才会发生到达库木库都克之后缺水、缺油的情况，才会发生彭加木为解决缺水问题而独自往东去找水井，因而失踪的悲剧。

又如，司机们跟我说，中国科学院新疆分院当时有一条很不合理的规定，汽车的油耗以及轮胎、机械损耗，是按行驶的公里数计算的。然而，在崎岖的罗布泊行驶 100 公里，怎么能跟在平直的柏油马路上行驶 100 公里同等对待呢？汽车的油耗以及轮胎、机械损耗，显然完全不同。尤其是罗布泊湖底有许多盐的结晶块，坚硬、尖锐、锋利，使汽车轮胎的损耗很大。司机们曾经向彭加木反映，而彭加木却因为他这个副院长并不主管行政工作没有予以解决。

还有，与彭加木在考察队一起工作的科研人员以为，彭加木的知识面很广，这是他的优点，但是他毕竟只是主要研究植物病毒的专家，对于罗布泊综合科学考察中的方方面面，他并不样样在行。作为这一科学考察队的领导者，他应该尽量倾听各方面研究人员的意见，而彭加木做得不够。

所以，彭加木的失误，在于过分自信，倾听别人意见不够。他往往对困难估计不足。先进人物如果脱离了群众，就像火车头脱离了长长的列车。

彭加木的失踪，从技术上讲，失误在于没有穿野外工作所必须穿的特殊颜色的工作服。

在彭加木失踪5年之后，发生了首漂长江的勇士尧茂书在长江漂流探险中失事的事件。我从上海飞往四川进行采访。后来，我在《万绿丛中一点红》一文中，把尧茂书之死与彭加木失踪加以比较：

1980年盛暑，当彭加木在新疆罗布泊失踪的消息传来后，我马上赶往那里参加了搜索工作。当我坐在直升机上，飞行在出事地点库木库都克上空，唯见黄沙漫漫，无际无涯，就连“大漠孤烟直”那“孤烟”也从未出现在我的眼帘之中。

一次又一次飞行搜索，毫无所获。空军出动了三十多架次飞机，飞行时间达一百多个小时，未见彭加木踪迹。记得，在飞机上，一位空军战士感叹地对我说：“彭加木穿的是一件洗得发白的蓝劳动布工作服，在沙漠里不容易被发现。按规定，进沙漠考察，应当穿红色工作服。如果他穿红色工作服，飞机就用不着这样一次次寻找了……”他的话，给我留下很深的印象。

1985年7月24日，首漂长江的勇士尧茂书牺牲于通天河。我奔赴四川采访。据公安部门告知，就在7月24日下午两点多，青海省玉树县巴塘乡的藏族牧民便看见了顺流而下的“龙的传人号”橡皮艇及尧茂书的尸体。当天太阳快落山时，四川省石渠县罗须区奔达乡的两位藏民，也看见顺江漂流的尧茂书的尸体。25 日、26 日，同样都有人目击……短短几天，这么多沿江的藏民都在无意中发现遇难的尧茂书，是因为尧茂书身穿一件特制的 BJ-1 型保温救生服，能够漂于水面，而且色彩鲜红。“万绿丛中一点红”，极易引起人们的注意。

“红”虽“一点”，为什么在“万绿丛中”显得格外醒目呢?

这因为红、绿、蓝是光的三原色，而原色给人眼的感觉最为鲜明——大自然中五彩缤纷，都是三原色以不同比例混合而形成的。人眼能够辨别颜色，是由于具有红、绿、蓝三种感色单元。不同的颜色给这三种感色单元以不同程度的刺激，于是人眼能分辨五光十色。三原色只是使人眼中的一种感色单元受到刺激，而这种刺激又格外强烈，所以产生的视感最为鲜明。

仅仅本身色彩鲜明还不够。一点红落入“红海洋”便难以寻觅。必须加大与背景色彩之间的色反差。美国人卢基，是一位广告专家，他为了突出广告中的主要形象和文字，曾做了一系列色反差实验。他发觉，就红色而言，白底红色的色反差最为强烈，其次为黄底红色、绿底红色、蓝底红色。

正因为这样，攀登珠峰、南极探险，人们身穿红衣。白色的救护车上，漆着红十字——白底红色。

也正因为这样，沙漠考察、江河探险，要穿红色衣服——黄底红色、绿底红色。

至于我国人造地球卫星的回收舱漆成橘红色，那同样是为了在落入海洋中便于识别——蓝底红色。

倘若彭加木叫上一位队员跟他一起往东去找水井，倘若彭加木外出时穿了红色的工作服，那么悲剧就不会发生。即便一时走失，也很容易找寻，也就不必花费那么多人力、物力去一次次寻找了。

当然，彭加木的悲剧已经凝固成为历史，无法改变。彭加木的悲剧提醒人们，在科学探险的时候，千万不能独自外出；在科学考察中，必须身穿规定的工作服。

第三章

童年时代

早产儿

1925年初夏，在广东广州附近的南海县槎头村（今广州市白云区槎龙村，槎念“茶”），一艘像橄榄一样两头尖的“玛浪艇”（玛浪艇，广东语，一种小船）正在珠江划行，船里一对男女焦急地坐着。女的40岁，瘦瘦的，眉目清秀，梳着髻，小脚，肚子稍大。

他们为什么如此行色匆匆呢？

原来，那男的叫彭炳忠，是广东韶关一家杂货店里的伙计。

那女的是他的妻子，叫严秀和，比彭炳忠大两岁。妻子怀孕了，此时只有7个月，照理离分娩的日子还早着呢，今天突然感到临产的征兆，于是急急忙忙雇了船，送往广州。

船夫是本乡人，他也心急如焚，不顾汗流浃背，飞快地划船。只划了两个多钟头，“玛浪艇”就靠在广州荔枝湾码头。柔济医院就在离码头不远的地方。

产妇很快被送进柔济医院。刚到那里，就分娩了，生了个男孩，才不足3斤重！这一天是农历乙丑年4月23日（公历1925年5月15

日），属牛。

大家都很担心这个又瘦又小的早产儿能否哺养大。彭炳忠也不敢给孩子取名字，想过几个月看看，如果能够养活，再取名字不晚。

很巧，柔济医院刚刚进口了一只保温箱，这个早产儿便成为保温箱里的第一位居民。

算起来，这个早产儿该是第 5 胎了。按照当时人们重男轻女的眼光看来，彭炳忠的福气是很不错的，一连 5 胎竟然都是男孩：

老大因为算命先生说他“命中缺木”，取名“家模”。他在两岁时夭折了。

老二因为算命先生说他“命中缺水”，取名“家泰”。“泰”字由“三、人、水”组成，一人有“三人水”，便不缺水了。后来，他改名彭浙[①]，也是水字旁。

老三生下不久便夭折了，没取过名字。

老四生性聪颖，取名“家颖”。

老五精瘦如猴，以惊人的生命力，居然在保温箱中活了下来。

他满月了。

彭炳忠和妻子抱着瘦小的老五，坐着“玛浪艇”，回到了槎头。

乡亲们见到这个早产儿平安长大，都来贺喜，纷纷问起孩子叫什么名字。

直到这时，彭炳忠才决定给老五取个名字。取什么名字好呢？

按照彭家“荣作炳家宪，祖枝宜恒敏”[②]，老五属“家”字辈。彭家的“家”字辈先后多达 70 多人。

彭炳忠意味深长地给老五取名“家睦”，即“家庭和睦”之意。

---

① 1980 年 7 月 18 日、22 日，叶永烈在乌鲁木齐采访彭加木胞兄彭浙。

② 2010 年 6 月 10 日在广州采访彭加木堂弟彭加鼎。

为什么要取这样的名字呢？

原来彭炳忠的父亲叫彭作演，祖父叫彭荣华，彭荣华家境贫寒。用广东的话来说，出生的时候家里只有一条裤带！彭荣华在广东韶关一带做点小生意过活。后来，他把儿子彭作演托人荐到韶关一家杂货店里做“火头军”——伙夫。在兴建粤汉铁路之后，韶关是终点站，顿时生意兴隆起来。彭作演除了当伙夫之外，还做起小生意来，家境小康。

彭作演的妻子王氏死后，娶过填房。填房难产而死，又娶过一个江西女人。彭作演共有 11 个儿子，8 个女儿，彭炳忠是老大。在这样一个大家庭，子女同父异母，矛盾重重，经常争吵不休。彭炳忠作为长兄，吃够了家庭不睦之苦。正因为这样，彭炳忠给儿子取名“家睦”，以此祈求“家庭和睦”。

1956 年，当彭家睦积极报名参加考察队去边疆工作时，改名彭加木，意即为社会主义建设事业“添草加木”，也意味着跳出小家庭圈子。加木两字合起来是“架”，也意味着为建设边疆铺路架桥。

在大自然的怀抱中

槎头，是彭家睦的故乡。

槎头，安谧而又秀美的水乡。这里有“涌”——广东人把小河叫作“涌”，这里有乡间小道，这里有田园，这里有一座小山——叫作“后山”。

彭家睦两三岁的时候，还是那样又瘦又小，但是非常机灵。由于瘦弱，那双眼睛反而显得又大又明亮。

人们都喜欢这个顽强活下来的早产儿，一看见他，总是亲热地叫他“阿睦”，或者拖长声音喊声“睦——”，把他抱了过来。

广州槎头村彭加木故居

阿大（即母亲）格外疼爱这个最小的孩子。特别是在家睦之后，阿大又生了个女儿，这个女孩子生下不久便离开了人世，阿大便更加细心照料阿睦，生怕他再有三长两短。这时候，阿睦不大看见“爸”（即父亲，广东人用一个字“爸”——念作“把”）。爸到哪里去了呢？他在韶关，不常回家。

他的爸彭炳忠，又名彭中蕴，是一个精明强干的人。起初，他在韶关杂货店里当后生（即学徒），给老板倒痰盂，看孩子，扫地，奉茶敬客。他在空闲时跟人学文化，渐渐粗识几个字，会记账算账。

杂货店里的生意越来越兴隆，老板决定派一个人到广州去负责采购海味、津果、山货、红枣、片糖之类的南北货。然而，老板为了选择合适的人而绞尽脑汁，派去的人要灵活能干，又要忠实可靠。因为此人每天经手大批钱货，若人品不可靠，后果不堪设想。

权衡再三，老板决定派彭炳忠。

彭炳忠到了广州，果然不负众望，为杂货店立下了汗马功劳。就这样，他受到了老板的器重，手头渐宽，于是彭家的家境也慢慢好起来。

彭炳忠收入多了，就在家乡买了房子、买了地。为此，彭家睦的家庭成分也就变成工商业兼地主。如今的槎头村，属于广州市白云区，已经成了新楼林立之地，但是彭家那幢二层楼房作为彭加木故居，仍保留下来，可以依稀看出彭加木童年的成长环境。

在彭加木故居斜对面的一幢房子大门上方，还保留着当年的“弼廷家塾”4个大字。2010年6月我在那里参观时，问陪同参观的彭加木堂弟彭加鼎老先生，彭加木是否在这家私塾上过学，他说自己比彭加木小，不清楚，但是这家私塾表明槎头村当时很重视文化教育。

彭炳忠尝到了没有文化的苦头，就把孩子送进私塾，然后送孩子上小学、中学、大学。家睦兄弟几个能够大学毕业，得益于父亲的培养。

彭炳忠爱种花，在屋后的小花园里，种了兰花、茶花、桂花、瑞香花、四季花、菊花，彭家睦从小就在这个花的世界中长大，他不仅能随口叫出各种花的名字，而且也爱上了花，爱上了种花。

彭家睦虽然瘦小，胆子却不小。有一次在花园里看到一条浑身长刺的虫，别的孩子都吓跑了，他却把虫子抓起来，放在手心细细端详。他笑着对小朋友说：“人那么大，虫这么小，只有虫子怕人，哪有人怕虫子的道理。”

在花园的旁边，有条小河，叫作石井河，河水清澈。在5岁的时候，彭家睦就学会了游泳。夏天，他差不多每天有半天光着屁股泡在小河里，浑身晒得黑不溜秋。他从小便成了一条水中蛟龙，有着一身好水性。小河里的小鱼、小虾也使彭家睦着迷。他常常趴在河边，把头伸出来，观看着小鱼、小虾们怎样“吃饭”、“散步”、“睡觉”。有时，他从花园里挖来了蚯蚓，挂在鱼钩上钓鱼、钓蟛蜞（蟛蜞，螃蟹的一种，体小，生长在水边），钓着了，马上三步并成两步，跑到“阿大”跟前要她放在锅里烧。

自从哥哥给家睦做了一副“弹叉”（广东话，即弹弓）之后，彭加睦又对鸟儿发生了莫大的兴趣。他常常屏着呼吸，等候小鸟的光临。最初，他总是没有打中，眼巴巴看着鸟儿飞走了——他的性子太急了，没等小鸟停稳就射出了石子。后来，他沉住了气，瞄了又瞄，总算打中了一只小鸟，那股高兴劲就不用提了，连连欢呼“胜利了，胜利了”。

有一次，“阿大”给家睦猜谜：“树上有10只小鸟，用弹叉打中了1只，还剩几只?”

家睦扳一下指头，很快就回答：“还剩9只!”

自从学会了用弹叉打鸟之后，家睦明白了：“树上的鸟等于零——全吓跑了!”

彭家睦也喜欢捞鱼虫，养金鱼。看着黑色的鱼变成红艳艳的，单尾的变成四叉尾的，他感到有趣极了。

本来，彭家睦听别人说，被毒蛇咬了之后，走不到7步就会倒下去，使他对毒蛇有点儿害怕。有一次，彭家睦吃一盆炒菜，觉得味道格外鲜美，一问才知道那菜竟是蛇肉！于是，他兴致勃勃地跑去看人家剖蛇、炒蛇。从此之后，他对蛇也不怎么怕了。他曾抓住一只四脚蛇，用小刀把它剖开。他一边剖，一边对小伙伴们说：“你认识了它，就不怕它了!”后来，他还学会了捉蛇、剖蛇。

彭家睦的手很灵巧，他糊的风筝能够高高地在蓝天中飘荡，样子也很漂亮，有的小伙伴做的风筝飞不上天，就来请他帮助做，他总是很乐意助人的。

彭家睦练就了一套跳绳技术。一跳起来，绳子呼呼直响，一口气跳两三百下。

至于那后山，虽然是一座不起眼的小山，但在彭家睦小小的心灵中却是一座高峰。他常常与小伙伴们一起向山顶攀登。谁捷足先登，谁就是冠军。彭家睦虽然很少夺得冠军，但是每一次他都气喘吁吁地爬上了山顶，从不半途而废。

就这样，彭家睦从小在大自然的怀抱中成长，爱上了小动物，爱上了花花草草，变得心灵手巧。

就这样，彭家睦瘦削的身体在运动中得到了锻炼，变得瘦而不弱，瘦而无病。

“读书味道长”

1932 年，彭家睦 7 岁了，阿大送他到村里的私塾读书。一个潦倒的老秀才，成了他的启蒙老师。

在私塾里，彭家睦开始念这样颇有趣的课文：

摇，摇，摇，
摇到卖鱼桥，
买条鱼来烧，
头未熟，
尾巴焦
落在锅里吱吱叫，
跳三跳，
还是跳到卖鱼桥。

彭家睦颇为用功，一回到家里就摇头晃脑地大声背诵“摇，摇，摇”，很快就背得滚瓜烂熟了。这些通俗而有趣的课文，使他从小对文学产生了莫大的兴趣。

村里的私塾只有一、二年级，1933 年，彭家睦考上了广东省佛山市私立有恒小学，要到那里念三年级。那时候，彭家睦才 8 岁，要离乡背井，到佛山住校，爸和阿大都很不放心。可是，彭家睦倒满不在乎，他很想到远处去，到新的环境中去。就这样，他 8 岁就离家，开始独立生活。

阿大时时惦记着这个早产的小儿子，连做梦都梦见他。每隔十天半个月，阿大总是托熟人去佛山看看彭家睦，给他带去一点好吃的东西。

有一次，熟人回来了，笑眯眯地掏出一张纸给阿大看。阿大不识字，经别人解释，这才明白因为彭家睦成绩优秀，老师亲笔题字奖励他。纸上写着：

赠家睦学弟：读书味道长

阿大虽然不懂“读书味道长”是什么意思，但是她知道老师在夸奖家睦，眼角皱起了鱼尾纹，喜得合不拢嘴。从此，每逢亲友来家问起家睦的情况，阿大就指着挂在墙上的“读书味道长”5 个大字，亲友们一看就明白了。

彭家睦 10 岁的时候，转到佛山市私立英华中学学习。这是一家在佛山市首屈一指的教会学校，设有中学及高小部。彭家睦在那里读完高小五、六年级，然后升入初中。

不愿做亡国奴

正当彭家睦在佛山英华中学埋头读书的时候，1937 年 7 月 7 日，在北京城西南的卢沟桥响起了日本帝国主义者大举侵略中国的枪声，“七七事变”发生了。

这年8月13日，日本侵略者突然袭击上海，“八一三事变”发生了。

不久，广州也被日本帝国主义占领。佛山也沦陷了。

英华中学的师生不愿做亡国奴，全校迁到香港，初中部设在东涌，高中部设在沙田。彭家睦那时只有13岁，也毫不犹豫地远离故乡，来到香港求学。他在东涌读完初中，转到香港沙田上高中。这时，他已渐渐懂事。尽管在那里举目无亲，但学习很自觉。

在香港，彭家睦喜欢游泳，每天坚持跳绳，跳1000多下，还喜欢玩单杠、双杠。晚上临睡前以及清晨起床之后，他总是要举哑铃。他那细瘦的手臂渐渐变粗，还经常喜欢跟别人比手劲呢！

1941年圣诞节的前一天，日军占领了香港。

彭家睦随着逃难的人群，离开香港，回到了故乡。

正在这时，他的父亲彭炳忠因心脏病而逝世了，终年54岁。彭家睦失学在家，万分苦闷，又面临着日军抓壮丁的危险。

就在彭家睦痛苦万分、走投无路的时候，一天，忽然有人来敲门。彭家睦从门缝里一看，门外站着一个身穿长衫、商人打扮的人，不由吃了一惊。仔细一看，又觉得来人十分面熟。喔，来者不是别人，正是阔别多年的二哥彭家泰。

彭家泰已经改名彭浙，在中央大学农学院园艺系毕业不久，便接到父亲病逝的消息。他担心弟弟年幼，家中无人照料，就匆匆从重庆赶回来。

此时兄弟相逢，分外高兴，不过，彭家睦对哥哥的那番打扮，有点不解。经彭浙解释，他才明白了，原来，那时广州处于日军占领之下，对外来人检查很严。彭浙为了遮人耳目，先是西装革履，装扮成富商来到广州，然后再打扮成小商人回到槎头。

彭家睦求学心切，又不愿在沦陷区受那奴化教育，彭浙便把他也打扮成小商人，穿上一件对襟、布纽、高领的白上衣，一条蓝长裤，离开故乡。他们请熟人领路，总算通过封锁区，来到没有沦陷的韶关。

韶关仲元中学的校长知道彭家睦是一个有志气的学生，尽管当时已经开学，还是答应把他收留下来。

在仲元中学，最使彭家睦敬佩的，是一位国语教师。

此人瘦瘦的、高高的，常穿一身“唐装”，年近古稀，神态严肃，双目总是傲视一切，为人清高。他叫廖平子（1880—1943），字苹庵，广东顺德人，1902 年被聘为香港《中国日报》副刊主笔，宣传革命，曾追随孙中山先生参加辛亥革命，是国民党元老。据说广东军阀陈炯明曾拉他当“省府委员”，廖平子摇头道：“不当，不当，省府委员不当，国府委员才当!”他不愿当官，宁可离开宦途，到仲元中学做一名国语教师。

廖先生擅长国画，独具一格，而且对书法也深有研究。他在教书之余，就画画写字，借以遣闷。当地的大官们听说廖老先生有此绝技，纷纷前来拜访，愿以重金求其书画，廖老先生拂袖而起，不置一词。

然而，廖老先生却很喜欢勤奋好学的彭家睦，教他练字画画。有一次，廖老先生挥毫作画，亲笔题词，赠给彭家睦：

家睦学弟清玩

千章古木　一片秋声

悠悠客思　天末危亭

彭家睦得到老师的这份厚礼，不胜欣喜，更加用功。在廖老先生的影响下，彭家睦爱上了《唐诗》《宋词》《元曲》《楚辞》《诗经》。那时候，彭家睦身穿白色对襟“唐装”，蓝色土布长裤，剃着小平头，瘦瘦的个子，双眼不时射出明亮的目光。

廖老先生治学颇严，对学生要求甚高。每次考试，彭家睦的答卷都使廖老先生深为满意，常常称赞他是“好后生”。

由于他亲身经历了一番周折，深知求学不易，学习也就更加刻苦了。

1943 年，彭家睦 18 岁，在这年暑假毕业于仲元中学。也就在这一年，廖平子先生病逝于广东曲江。

千里求学

高中毕业了，在当时“毕业即失业”。彭家睦面临着这样的抉择：要么就在家乡闲住，要么考大学，继续求学。彭家睦非常向往两位哥哥走过的道路：二哥彭浙毕业于中央大学农学院园艺系，四哥彭家颖当时正在中央大学农学院农化系攻读。彭家睦喜欢农业，也喜欢化学，便想投考中央大学农学院农化系。

一打听，使彭家睦吃了一惊：当时，正处于抗战时期，中央大学招生不多。中央大学农学院农化系在整个中南地区，只招一名新生！彭家睦决心前往一试。

当时，中央大学已迁到四川重庆，而考场设在湖南郴州。阿大对家睦独自到那么遥远而又陌生的地方去投考，很不放心。彭浙决定亲自陪弟弟去应试。

一路上，彭浙现身说法，教弟弟应当怎样温习功课，怎样考试。

彭家睦细心地听着，觉得这些话都是哥哥的多年经验之谈[①]。

兄弟俩乘火车到郴州，在那里住了几天，高考就开始了。

彭浙有点为弟弟担心。每次弟弟从考场出来，彭浙总要让弟弟把试题和他的答案告知，以便知道弟弟考得如何。

等到考试结束，彭浙已经放心了，知道弟弟成绩不错，十有八九可以考取。

果然不出所料，当兄弟俩回家不久，彭家睦就从报上刊登的新生名单中，找到了自己的名字。

正当彭家睦兴高采烈地准备行装的时候，彭浙听说了这样一件触目惊心的命案[②]：

从湖南到四川的路上，很不安全。那时，一个年轻人上路，有人托他带一封信去。年轻人热情地答应了。到了目的地，一看信上地址，是在市郊。年轻人按地址来到市郊一个荒僻的地方，总算找到那座房子。年轻人把信送上，收信人一看信上写着"送上肥猪一头"这样的黑话，便把年轻人弄死了。他们除了抢走年轻人的随身财物之外，还把年轻人开膛剖肚，取出内脏，放进鸦片，把尸体用寿衣包好，放进棺材，找个女人哭哭啼啼，装着死了丈夫的模样，用火车把棺材托运到内地，高价出售毒品……

彭浙生怕弟弟听了这令人毛骨悚然的传闻会胆怯，就瞒着他，决心亲自送弟弟入川。

就在这时，一个在韶关念书的老同学，拿了一包东西托彭家睦带到重庆去。彭浙一听，心惊肉跳，连忙对老同学说，家睦的行李已经很多了，加上初次出远门，不便多带东西。那老同学倒也知趣，经彭

---

① 1980 年 7 月 18 日、22 日，叶永烈在乌鲁木齐采访彭加木胞兄彭浙。

② 1980 年 7 月 18 日、22 日，叶永烈在乌鲁木齐采访彭加木胞兄彭浙。

浙一说，便把东西收回。

谁知这事被彭家睦知道了，硬要把东西留下，说自己行李并不多，替老同学做点事是应该的。

这时，彭浙在一旁，又急又气，可是又不能直说。

彭浙要陪弟弟上路，弟弟却不愿麻烦哥哥相送。彭浙送他到了湖南衡山，才依依不舍地让他独自入川。一路上，彭浙一再叮嘱弟弟，到了重庆，写封信叫收件人来学校取东西就行了，切不可亲自送去。谁知彭家睦是个热心肠的人，到了重庆，还是亲自登门把东西送到收件人手中。

当彭浙看了弟弟的来信，真为这位年幼无知的弟弟担心受惊呢！

第四章

大学岁月

穿长袍的 “大孩子”

1943 年底，中央大学农学院里，曾流传着一桩笑闻：

那天，院长先生正在办公室里伏案批改公文。突然，砰的一声，办公室的窗户玻璃破碎了。

院长连忙奔出办公室，只见外面站着一个男学生，穿着蓝灰色的长袍，围着米黄色的长围巾，一副乡下人的打扮。他见到院长不好意思地低下了头。院长一看，他的手中正拿着弹弓！

此人是谁？

他便是农学院农化系新生彭家睦。他，虽然已经是大学生了，可是依旧保持着小学生时代的兴趣爱好，考上大学时连弹弓也带来了。那天他正在校园里打鸟，谁知弹弓“走火”，竟把石子打到院长办公室的窗玻璃上去了。

从此，同学们都把彭家睦称为“大孩子”，意即上了大学还是保持小孩子脾气。

说他怪，也确实有点怪：这个人不大合群，常喜欢独来独往。那时候，中央大学农学院的新生们住重庆远郊的北碚，附近山峦起伏，树木繁茂。星期天，彭家睦常爱独自外出远游，爬上山巅，举目四望。饿了，就吃点野果；倦了，就爬到黄果树上，躺在树杈之间美美地睡一觉。回到学校后，他就从衣袋里掏出各式各样的野果子，送给同学们尝尝味道。

有时，他背着一串用弹弓打死的小鸟，煮了一大锅，举行“鸟尾酒会”。

到了夏天，不大往山上跑了，而是往水里钻。学校面临湍急清澈的嘉陵江，真是个游泳的好地方。彭家睦喜欢独个儿去游泳，而且游泳的方式也与众不同。每次游泳，他总是带着个小网线袋。来到江边，脱去外衣，把外衣装到网袋里，塞在岩石缝中。下水前，常在短裤的小口袋里放一角钱，用别针别好袋口。一跳到江水里，他简直如鱼得水，舒服极了。他游着，游着，向江中心的一块岩石游去，然后以岩石为床，面对蓝天，耳听流水。这时，他得意地吟诵起唐朝诗人韦应物的诗句——“独怜幽草涧边生，上有黄鹂深树鸣。春潮带雨晚来急，野渡无人舟自横。”

他在岩石上静静躺着，任凭疾风吹，浪花溅，烈日晒。憩息了一会儿，他又跃入水中，向对岸破浪奋进。

踏上对岸，他光着脚，穿着短裤，来到附近一家小面店。用不着开口，小店的伙计就给他送上一碗担担面。他便从短裤的小口袋里掏出一角钱交给伙计。他是这里的常客，伙计们都知道他叫彭家睦。火红的夕阳映照水面，他开始往回游了。他始终不忘记自己是一个早产儿，虽然身体还是那样精瘦，可是常在大自然中搏风击雨，体质越练越强了。他浑身晒成古铜色，眼白和牙齿显得格外突出。

最为古怪的，要算是这个人的脾气。

说实在的，在当时农学院学生的心目中，学园艺是最有出息的。

很多报考农化系，其实是想把农化系当作跳板而已。这是因为农学院规定，农化系的学生可以转系。转到园艺系学习。偏偏农化系的化学教师又是一个非常严厉的人，三天两头进行化学考试，不及格的要留级。这样，到了二年级，大部分农化系的学生都纷纷转系，班上所剩无几了。

其实，彭家睦也很喜欢园艺，可是，他却坚持学农化，不想转系。其中的原因，说来颇为有趣。原来，他刚一进校，上第一堂化学课，那位严厉的化学教师便来了个突然袭击，对学生进行化学考试。他的本意是想借此摸一下每个新生的化学水平。这一次，彭家睦考得相当糟糕，使他深深感到惭愧。

彭家睦素来不惧怕困难。他暗自说道："我就不相信学不好化学。"教师越严，他倒越要学。本来，他在中学时代就喜欢化学。经过刻苦攻读，他更深深地爱上了这门学科。尽管别人纷纷转系，他却对农化充满信心和兴趣。

同班的"书迷"夏叔芳

在开学的头一天，学校里总是要举行新生与学长（新生们对高年级同学的尊称）的见面会。会上，学长代表致欢迎词，而新生则逐一自报家门，自我介绍。

就在这次会上，一个带有南方口音的女同学，个子不高，头发颇长，脸上有一颗显眼的痣，文静而显得有点胆怯，细声细气地自我介绍道："我姓夏，叫夏叔芳，祖籍浙江绍兴，出生在南京，19岁。"

她说完，便坐了下去。刚坐下，又站了起来，补充说道："我要特别说明一下，我的叔芳的'叔'字，没有三点水，不是'淑芳'。我排行第三，父亲按'伯、仲、叔、季'取名，所以我叫'叔芳'。"

这个女同学给他的最初印象是淡淡的。她脸上那颗醒目的痣，使他记住了她的特征；她反复说明别把“叔芳”误为“淑芳”，使他记住了她的名字。

不久，同学们给这位女同学取了个绰号，叫“书迷”，这才进一步加深了彭家睦对她的印象。

原来，夏叔芳自幼体弱多病，可是，好胜心、自尊心颇强。她读书，不是争个第一，总要争个第二。正因为这样，她成天钻在书中，清早读书，下午读书，晚上读书，星期天也读书。于是，便得了一个“书迷”的雅号①。

那时候，男女同学之间隔膜颇深。女生住女生宿舍，男生住男生宿舍，上课时才在一起，几乎很少讲话。

一个夏天的傍晚，一个女同学拉夏叔芳作饭后散步，走到嘉陵江边。这时，迎面走来一个男同学，手里拎着一只网袋。夏叔芳一看，是同班同学彭家睦。由于面对面，不得不打个招呼，问他从哪里来。

这时，彭家睦答道：“游泳回来。”说完，就走了。

夏叔芳感到奇怪，学校里功课那么紧张，这个男同学怎么有闲工夫去游泳呢？

同去的那位女同学告诉她，彭家睦差不多天天都去游泳哩！这件事使夏叔芳大为震惊。她几乎很难理解这个瘦黑的男同学，哪来那么多的时间？

在一年级的时候，班上总共有30个同学。然而，到了二年级，大部分男同学转系了，全班只剩下8个同学（6男2女），夏叔芳跟彭家睦经常碰面了。

---

① 1980年7月7日、8日、9日、16日，叶永烈在新疆马兰核基地第一招待所采访了彭加木的夫人夏叔芳。

有一次，夏叔芳问起彭家睦："你天天去游泳，功课怎么办？"

彭家睦笑道："夜里补回来呗！"

直到这时，夏叔芳才知道，彭家睦有个"小房间"。

说起这个"小房间"，倒颇为有趣：原来，当时中央大学因南京沦入日寇手中，匆匆迁往重庆，校舍相当紧张。当时，全校的女同学睡在一个像仓库一样的大房间里，双层床，几百个同学住在一起。男生呢？也跟女生差不多，住在另几个大房间里。在这些大房间门口，都盖了一间只有4平方米左右的小房子，给军训的教官住。小房子正对着大房间的大门，便于监视学生们的行动。

谁知军训教官们嫌屋太小，不愿住。于是，小房子就空在那里。那时，彭家睦的二哥彭浙在园艺系就读，颇有点胆量，竟敢独自住进小房子，校方也未加干涉。彭浙毕业之后，正在农化系攻读的四哥彭家颖搬了进去。接着，彭家睦又接替了彭家颖。就这样，彭家睦算是有了个独自的小房间。尽管小房间里夏热冬冷，但好在可以有点独立性，所以彭家睦还是很喜欢独自住在那里，独自生活、独自学习，有着自己的一套学习方法与生活习惯。他每天睡得很晚，功课大部分是在夜间做完的，所以白天才有工夫去游泳。

顺便提一句，彭家颖后来去了台湾，在台中溪州糖厂[①]工作。

说不清楚 "为的啥"

彭家睦是个用功的学生。他沉醉在读书之中，埋头于科学之中。他非常痛恨日本帝国主义，他想，小小的日本居然如此欺侮堂堂的中华民族，那是因为日本科学发达。只有科学才能救中国。正因为这

---

① 在1954年，溪州、彰化、溪湖三家糖厂合并为溪湖糖厂。

样，他拼命读书，以便读书救国，科学救国。

中央大学是当时的最高学府，国民党的势力很强，但是也有地下党员的活动，他们团结了一批进步学生。彭家睦是一个“中间派”，他不愿把时间花费在政治斗争上。

彭家睦不关心政治斗争，然而，政治斗争却主动来找他了。

1945 年 8 月 14 日，日本宣布无条件投降。

1945 年 10 月 10 日，毛泽东和周恩来率领的中国共产党代表团，在重庆与蒋介石签订了《双十协定》。

签字的墨迹未干，第三天，蒋介石就密令国民党军队进攻解放区。紧接着，战火越烧越旺。

重庆的人民愤怒了。11 月 9 日，重庆各界民主人士成立了“反内战大同盟”，把斗争的矛头直指蒋介石。

昆明的西南联大、云南大学学生也纷纷响应，通电全国要为和平民主而斗争。

12 月 1 日上午，昆明爆发了震惊全国的“一二·一惨案”：云南昆明警备司令关麟征和特务头子李宗藩接到蒋介石的密令，血腥镇压进行罢课的学生，打死了联大师院的潘琰（女）、李鲁连，昆华工校的张华昌，南菁中学的青年教师于再，打伤 26 人。

消息传到重庆，整个陪都鼎沸了。当时正在重庆的郭沫若、李公朴，都纷纷公开发表文章，谴责国民党反动派的暴行。

平静的中央大学不平静了。在地下党的领导下，中央大学的学生们组成浩浩荡荡的游行队伍，朝着重庆市中心前进。彭家睦看到班上的同学都去参加游行，他也加入了示威者的队伍。同学们高举着“声援‘12·1’烈士”、“四烈士的鲜血不会白流”、“我们反内战、我们要和平”的标语，呼喊着口号。沿途，越来越多的人参加了游行队伍。彭家睦平生第一次参加这样的游行，感到非常新鲜。他觉得自己的体力不错，因为自己平素常到野外旅行、游泳，到底把脚板练出来了。

游行队伍走着走着，忽然前面停了下来。不久，传来了话："马上散开，到广场上去，原地休息。"

彭家睦一听休息，便在台阶上坐下，吃着干粮。

猛地，人们骚动起来，站了起来，都朝着彭家睦这儿看。

正在彭家睦感到惊讶的时候，只见一个面目清瘦、浓眉大眼的人出现在台阶上。他用略带苏北口音的话，向同学们发表演说，赞扬同学们的精神，支持同学们的行动。

彭家睦离这个人很近，觉得他讲话很有条理，很热情，爽朗而和蔼。当这个人在一片掌声中结束演讲之后，彭家睦轻声问旁边一个同学："他是谁?"

同学有点惊讶："你不知道?"

彭家睦摇了摇头。

那位同学用十分尊敬的口气向他说道："共产党领导人之一周恩来!"

彭家睦一听，才知道共产党的领导人原来是这般平易和气。

彭家睦自从参加了这次游行，长了不少见识，对游行之类的政治活动有了一点小小的兴趣。不久，彭家睦又参加了另一次游行。不过，这次游行似乎跟上一次不同：上一次是同学们自己组织的，这一次是学校当局组织的。上一次完全是自愿的，这一次却规定全校学生必须参加，凡是请病假的一定要持有校医务室的证明。

彭家睦是很"忌讳"与医生打交道的。他常常用有没有到医务室看病，来衡量自己的身体健康情况。如果他在一个学期中没有去过医务室，病历卡上一片空白，他就很高兴。因此，他宁可保持自己的"不败纪录"，也不愿去医务室弄张病假条以躲避游行。

他把游行当成了一次远足。

这一次游行并没有喊“反内战，要和平”之类的口号，而是喊另外一些口号：“打倒赤色帝国主义！”“俄国佬滚出东三省！”

彭家睦虽然参加了游行，但是并不知道这次游行的背景。

直到好几年以后，他才知道，这是国民党组织的一次反苏大游行，矛头指向斯大林领导的苏联。当时，苏联出兵东北，一举消灭了日本的关东军。在日本投降之后，蒋介石曾电吁苏联，希望红军暂留东北，以维持当地的秩序。然而，蒋介石是一个反复无常、不讲信义的人，随时会翻脸不认账。这次国民党举行反苏游行，正是想借以抵消“一二·一”学生运动的影响。

当时，彭家睦是糊涂的，他随波逐流，既参加共产党领导的声援“一二·一”烈士的游行，又参加国民党组织的“二·二二”反苏大游行。

当时中央大学农学院畜牧系的一个学生，编了一个顺口溜：

一二·一，
二·二二，
为的啥？
为的啥？

彭家睦听了直摇头，他实在说不清楚“为的啥”？

与夏叔芳渐渐走近

连彭家睦自己也未曾想到，在四年级的时候，竟会爱上了那位“书迷”夏叔芳。

夏叔芳呢，她同样没想到竟会爱上彭家睦。

在大学里，夏叔芳成天“啃”书，见男同学连话都不说一句。

彭家睦呢，除了埋头学科学之外，就是远足、游泳。他喜欢独来独往，不仅跟女同学很少接触，就是跟男同学也来往不多。

一件很偶然的事情，促使书迷跟彭家睦在科学王国里结识，播下了爱情的种子：那是在三年级的时候，有一天下午做化学实验，彭家睦很快就做好了，离开了实验室。

彭加木与妻子夏叔芳合影

与彭家睦的实验桌紧挨着的，是夏叔芳。这一次，她的实验不大顺利，一直没有做好。她是一个不把事做完不罢休的人，在吃完晚饭之后，一个人继续在实验室里埋头做实验。

渐渐地，夏叔芳感到有点害怕起来——偌大的一个实验室里，只剩下她一个女同学，怎能不害怕呢？正在这时，彭家睦从门口走过，看到她还在做实验，便进来了。他坐在实验室的一角，一言不发，一门心思看他的书。

有了彭家睦坐一旁，夏叔芳的胆子也大了。

彭家睦等她把实验做完，便合上书本，一声不响地走了。整整一个晚上，他俩一句话都没讲。

这件事，使夏叔芳第一次感到：彭家睦有着一副乐于助人的热心肠呢！

夏叔芳的成绩在班上名列前茅，她在学习上比较轻松。

她从小喜欢读古诗词，所以一有空余时间，就到中文系旁听诗词课。她感到非常惊讶，“怪人”彭家睦竟然早就选修此课，坐在那里专心听老师解释平声、仄声和诗词格律。

后来，夏叔芳对美学课也发生了兴趣。她一走进课堂，咦，彭家睦竟然也早就坐在那里！

夏叔芳在微积分、物理化学这些选修课的课堂里，同样看到了彭家睦！

直到这时，夏叔芳才明白：彭家睦并不是一个整天爱用弹弓打鸟、爱爬到树上睡觉的“大孩子”，而是一个兴趣广泛、刻苦好学、富于进取心的青年，使她暗暗佩服。

在四年级的时候，中央大学从重庆迁回南京丁家桥，又一件不谋而合的巧事发生了。

一天，在学校的布告栏里，贴出一张布告：

新近自英国回国的中央大学南京医学院教授王应睐，开设维生素和酶学课程，欢迎选修。

中央大学农学院农化系总共只有3个学生选了这门崭新的课程，其中一个是彭家睦，一个是夏叔芳，还有一个与他们同班的女同学。就这样，他们每天跑到医学院去听课。

渐渐的，他们3个同学对王应睐教授的课程深感兴趣，便要求王应睐教授指导他们写毕业论文。王应睐教授答应作他们的导师，[1] 带领他们做实验，写作毕业论文《黄豆发芽期间 Phyticacid 含量 phytase 活动力之改变》。

直到这时，夏叔芳经常跟彭家睦在一起，有着共同的科学爱好，有着共同的志向，这才渐渐熟悉起来。

直到这时，夏叔芳才发现，原来彭家睦并不孤僻，倒是十分风趣、幽默的呢。

有一次，在聊天之中，彭家睦翻“老账”，数落起夏叔芳来[2]。

彭家睦的记性不错，他用长辈回忆往事似的口气说道：“你还记得吗？在刚进大学的时候，做化学实验，两个人一组，老师把你跟一位山东大汉编在一个组。你一见到那位山东大汉，吓得连头都不敢抬。嘿，你到老师那儿吵，一定要跟女同学编成一个组，不愿跟男同学一个组。可是，别的女同学都已编了组，弄得老师没办法，只好让你一个人一个组！哼，你满脑袋的封建思想，一个十足的书呆子！”

夏叔芳听了，不好意思地哈哈大笑起来。这件事，她早就忘了，想不到彭家睦居然记得那么清楚。

接着，彭家睦又奚落起她来：“还有，你那时候只喜欢化学课，不爱上农业课。有一次，上农业课的时候，趁老师转过身在黑板上写字，你就像个猴子一样，从我的桌子上踩过去，从窗口逃走。哼，一个逃学生！到了农业课考试时，你没办法了，找我借笔记本，死命地背，像条书虫！”

夏叔芳咯咯笑了，她也不示弱：“如果说我是书虫，那你也是虫！”

---

① 1980 年 7 月 26 日，叶永烈在中国科学院上海生物化学研究所采访彭加木导师王应睐教授。

② 1980 年 7 月 7 日、8 日、9 日、16 日，叶永烈在新疆马兰核基地第一招待所采访了彭加木的夫人夏叔芳。

彭家睦有点惊讶，他似乎从来没听说过别人喊他是书虫。

夏叔芳数落起他来："你不是书虫，你是刺毛虫，专门刺别人！"

这下子，俩人都笑得前仰后合的。

彭家睦补充说道："如果说我们都是虫的话，我们不是别的虫，是糊涂虫！我们参加了'一二·一'，又参加了'二·二二'，却说不出为的啥！"

"糊涂虫" 慢慢清醒

"糊涂虫"开始清醒过来，那是因为一件突如其来的事情，像一盆冷水似的，泼醒了彭家睦。

1947 年 5 月 20 日，南京发生了著名的"五·二〇血案"……

事情是从 5 月 4 日开始的，上海各学校的学生举行反内战游行，8000 多个示威者包围了国民党的警察局。这一爱国热潮，迅速波及南京、北平、沈阳、杭州、青岛、开封等城市。5 月 20 日，南京的学生们高举"反饥饿、反内战、反迫害"的大旗，上街游行。

这天，中央大学的许多同学都参加了游行。

彭家睦忙于他的毕业论文，以为"黄豆芽"比游行更加重要，成天泡在实验室里。夏叔芳也没去。与他们同做毕业论文实验的另一位女同学却去参加游行了。

过了约莫两三个小时，那位女同学气喘吁吁地跑回实验室。她的头发、衣服都湿了，激动地告诉彭家睦和夏叔芳：游行队伍遇上了国民党的警察，他们用消防水龙头浇学生，用木棍打学生！正在这时，彭家睦的一个同班同学跑回来了。他的手里拿着一副破眼镜，连镜片都碎了。他说，这是被警察打碎的，好多同学现在正挨警察打，鲜血洒在大街上。

“我去!”彭家睦在实验室里实在待不下去了。夏叔芳拉了拉他，叫他别去，彭家睦气呼呼地说道：“本来我不想去的。警察打同学，太不像话！这下子，我倒一定要去!”

彭家睦撒腿便朝大街跑去。这时，游行队伍被警察冲散了，街上满是水迹和血迹，几十名学生被捕。同学们硬是把血气方刚的彭家睦拉回来了，劝告他别与警察硬拼，否则会吃亏的。

“五·二〇血案”之后，彭家睦在实验室里常常一边做实验，一边骂起国民党和警察来了。他觉得，警察打手无寸铁的学生，太不讲理，他要打抱不平。

跟彭家睦、夏叔芳同做论文实验的那位女同学，是一位出身豪门的小姐，令人意想不到，她竟是一位地下党员[①]（直到解放之后，彭家睦才知道她的政治身份）。她知道彭家睦是一个有正义感的青年，但是并不认识国民党的反动本质。她旁敲侧击，点明真相，使这位打抱不平的青年渐渐觉醒过来。

不久，夏叔芳发现一件惊人的事：彭家睦正在很神秘地看一本书。见她来了，赶紧收了起来。夏叔芳夺来一看，竟是艾思奇的《大众哲学》。

夏叔芳感到很奇怪，他怎么会看起这样的禁书？他从哪儿弄来的？彭家睦在夏叔芳面前，说了实话。

原来，那是中央大学从重庆搬回南京的时候，彭家睦的哥哥托他带一只小箱子回去。哥哥告诉他，箱子里不是平常的东西，在船上要防备有人检查……

经哥哥这么一说，他倒疑心起来，打开箱子一看，里面有20多本

---

① 1980年7月7日、8日、9日、16日，叶永烈在新疆马兰核基地第一招待所采访了彭加木的夫人夏叔芳。

书，其中有恩格斯、列宁、毛泽东的著作，还有艾思奇的书。当时，这些书全属于“禁书”。

哥哥告诉他，这是一个老同学从“那边”捎来的。尽管彭家睦并不懂得这些“禁书”中所讲的“主义”，可是，他觉得把这些“禁书”交给他带回去，是对他的一种信任。彭家睦马上拍了拍胸脯说道：“你放心好了，我一定会把它带回去。如果在船上有人要检查，我就拎着箱子往江里跳。我一钻进水里，他们就休想抓住我！”

彭家睦真的做了跳水的准备，把那些“禁书”用油纸包好放在箱中，以免跳入江中时被水浸湿。

幸亏一路太平，彭家睦顺利地带着那只神秘的小箱子来到南京。

在南京，彭家睦忙着做“黄豆芽”实验，没有闲工夫去读那些“禁书”，况且他对政治问题没有多大兴趣，所以无心旁顾。

然而，自从“五二·〇血案”之后，彭家睦开始想弄清楚共产党究竟是怎么回事，“那边”是什么样的世界，于是忙里偷闲，悄悄地看起小箱子里的“禁书”来。谁知这些“禁书”有一股无形的魅力，使他越看越爱看，读了第一本便想读第二本。这些“禁书”像一把打开思想之锁的钥匙，使彭家睦脑袋瓜开了窍……彭家睦的心中，暗暗向往“山那边呀好地方”。

毕业与择业

王应睐教授是一位严师。他对自己的三位学生颇为满意，然而，从未在学生面前夸过半句。他对三位学生的印象是这样的[①]：

① 1980年7月26日，叶永烈在上海中国科学院上海生物化学研究所采访彭加木导师王应睐教授。

彭家睦功课中等水平，可是头脑灵活，手也很巧，做起实验来比两位女同学要能干得多；

夏叔芳论读书是班上第一名，可是做起实验不怎样；

另一位女同学在三个人之中天资最聪明，学习成绩也不错，只是似乎不太专心，经常忙于别的杂事。

王应睐教授是国内知名的生物化学专家。他手把手，把科学研究的一套方法教给了3位学生：先是确定论文题目，然后查阅有关文献，写出“文献综述”，再确定自己的实验步骤，着手实验，最后总结，写出论文。

彭加木（左）与导师王应睐（右）（夏叔芳生前供稿）

当时只有一间大实验室，许多人在里面做实验。他们3个人挤在一个小小的角落里，每天埋头从“黄豆芽”中提取植酸酶。实验任务是很重的，他们常常从早干到晚。不过，每到晚上，另一位女同学就不来了，只剩下彭家睦和夏叔芳在那里忙碌着。他们曾问过这位女同学，为什么晚上不来做实验？她有点不大好意思地答道：“我晚上要去做家庭教师。”

彭家睦和夏叔芳感到奇怪，这位女同学出自巨富之家，为什么还要去当家庭教师？他们想，也许她晚上有“幽会”，不便明说罢了。

直到几年后，他们才明白，这位女同学每天晚上忙于地下党的活动，所以不能来做实验。

旧中国流传着这样一句话：毕业即失业。1947 年夏天，当彭家睦和夏叔芳即将毕业于中央大学农化系的时候，他们一边做毕业论文，一边开始为未来担忧，四处托人寻找毕业后的出路。

彭家睦请熟人帮忙，好不容易获知北京大学农学院土壤系需要一名助教。彭家睦把自己的学历寄去之后，对方答应了，可以发给他为期 1 年的聘书。

这时，夏叔芳没有找到工作，终日惶惶。有一天，王应睐教授忽然告诉她一个好消息[1]：他要到青岛的山东大学医学院开设生物化学课，需要两名助教。自然，彭家睦和她是最合适不过的人选。

夏叔芳兴高采烈地跑去找彭家睦。彭家睦一听，又高兴又懊悔：高兴的是，这样一来，他可以跟夏叔芳一起，继续得到王应睐教授的教益；懊悔的是，他已经与北京大学农学院订了约。

夏叔芳劝他把情况向北京大学农学院说明一下，解除聘约。谁知彭家睦把头摇得像货郎鼓似的。叹了口气：“人，总是讲信用吧！一言既出，驷马难追！我已经答应了人家，不便再改口。”

夏叔芳知道彭家睦一向很讲信用，也就不再勉强。在暑假之后，夏叔芳和彭家睦一起来到上海。夏叔芳从上海坐船到青岛，而彭家睦则从上海前往北京。他们俩分道扬镳，各奔前程。

---

① 1980 年 7 月 26 日，叶永烈在上海中国科学院上海生物化学研究所采访彭加木导师王应睐教授。

谢绝去美国留学

1947 年 8 月底，彭家睦来到北京。他在北京大学农学院土壤系，担任了土壤调查及土壤物理学助教。在那里，他工作了 1 年，独力编写了《土壤物理实验讲义》，带领学生们进行实验。

另外，他还进行了关于中国土壤的化学分析方面的研究。夏叔芳则在山东医学院当了 1 年助教。他们之间保持着密切的书信来往。

1948 年暑假，夏叔芳回到南京。这时，她家里托人在南京给她找到了工作，于是，她便转到南京中央大学物理学院生物系担任助教。

彭家睦在这年暑假从北京回到广东探亲。经过上海时，正好王应睐教授已调到上海的中央研究院科学研究所筹备处工作，便去看望王老师。王应睐缺少助手，劝彭家睦到上海工作。这时，彭家睦的一位同学因失业而万分痛苦。彭家睦便把北大农学院土壤系的工作让给了他。自己应王应睐之邀，到上海的中央研究院科学研究所筹备处工作，当时的职务是“技佐”。由于那篇关于“黄豆芽”的毕业论文还没有做完，彭家睦在王应睐的指导下，继续进行这项科学研究工作。

彭加木在电子显微镜前工作（臧志成摄）

不久，彭家睦收到了两封来信。

一封信来自美国加利福尼亚大学，是彭浙写来的[①]。当时，彭浙在美国学习，知道芝加哥大学招考生物化学研究生，想让彭家睦到那里去深造。信中说，美国对于中央大学的毕业生是优待的，只要有一个名教授介绍，就很容易考取。彭浙建议彭家睦请王应睐教授写封介绍信，手续很快便可办妥。

另一封信来自于南京，是夏叔芳写来的。夏叔芳用暗语告诉他[②]，这里有人要北上，到“山那边”的“好地方”去。她征得他们的同意，可以一起北上。夏叔芳在信中问彭家睦，是否愿意北上？

如果愿意，就结伴同行。

这两封信，犹如两颗石子投入彭家睦的脑海，激起了波澜。他犹豫，彷徨。

到美国留学去，这是他曾经向往过的，并对二哥谈起过。正因为这样，彭浙尽力在美国为他办好了手续。

到“山那边”的“好地方”去，这也是他向往的，并且对夏叔芳说起过。正因为这样，夏叔芳一有线索可以到那里去，立即写信告知。彭家睦从地下党员那里知道，“山那边”的天是“明朗的天”，那里的人民“好喜欢”。

彭家睦究竟到哪里去了呢？

他什么地方都没去，依旧在上海。

为什么呢？

原来，他先是决定到“山那边”去。写信给二哥彭浙，告知不准备去美国了，因为目前祖国更需要他。

在回绝了去美国之后，彭家睦准备好行装，打算北上。正在这

---

① 1980年7月18日、22日，叶永烈在乌鲁木齐采访彭加木胞兄彭浙。

② 1980年7月7日、8日、9日、16日，叶永烈在新疆马兰核基地第一招待所采访了彭加木夫人夏叔芳。

时，夏叔芳来信，由于情况发生了突然变化，原先说好要随同北上的那个人，匆匆带领全家走了，来不及跟夏叔芳、彭家睦同行。

线断了。彭家睦失去了北上的机会，只好仍滞留在上海。

这时“山那边”的捷报如同雪花飘来：

1948 年 10 月 14 日，锦州解放。

11 月 2 日，沈阳解放。

1949 年 1 日 31 日，古都北平和平解放。

4 月 23 日，百万雄师过大江，一举攻克南京。

为了保护中央研究院里的仪器、设备，迎接解放，彭家睦在地下党的领导下，参加了保护工作。

5 月 27 日，红旗终于飘扬在中国最大的城市——上海的上空。彭家睦欣喜地迎接中国人民解放军的代表前来接收中央研究院。

这年，彭家睦 24 岁。在他的成长史上，揭开了崭新的篇章。

第五章

日渐进步

第一批入团

变了，彭家睦变了，彭家睦明显地变了！

本来，彭家睦孤不合群，沉默寡言。如今变成热心于社会工作，热情奔放了。

本来彭家睦对政治漠不关心，埋头科学。如今变成了一个积极要求进步的青年。这是因为解放了，全国都变成“山那边”的“好地方”，彭家睦怎么会不热情沸腾！新中国成立后给彭家睦上政治课的第一位“教授”，便是上海市市长陈毅。

解放不久，上海的原中央研究院便改组为中国科学院上海分院[①]，彭家睦在生理生化研究所[②]担任助理员，继续研究黄豆芽中的植酸酶问题。一天，彭家睦接到通知，说是上海分院要开大会，请首长作报告。

---

① 一度称为中国科学院华东分院。

② 后分为生理研究所与生物化学研究所。彭加睦在生物化学研究所。

上海分院全体人员都到齐了，总共两百多人。

正在这时，一个穿着灰布军装的中年人来到会场。他身体壮实，前额宽阔，落落大方，边走边跟熟人点头打招呼，身边只跟着一个警卫员。彭家睦一问，才知道这位中年人原来是大名鼎鼎的陈毅市长。

陈毅走上讲台，手中没有稿子，却口若悬河，侃侃而谈，按照那时候的习惯，作报告的人总是站着讲，听报告的人倒是坐着听。陈毅一讲，总是三四个小时，站在那里毫无倦意。有时讲到一半，警卫员附在耳边请示什么急事，他处理了又继续演说。

彭家睦从未想到，这位共产党的领导干部的讲话竟是那么风趣、那么幽默："共产党跟国民党打仗，哪个赢？当然共产党赢！你不相信的话，只要找一个共产党的县长跟一个国民党的县长考一考，共产党的县长肯定比国民党的县长考得好！这是因为共产党的县长是干实事的，大多是从普通士兵慢慢提拔上来，有着丰富的工作经验。国民党的县长官僚，是上边靠裙带关系派下来的，是绣花枕头稻草芯，办不了什么事儿，只会抽鸦片。"陈毅谈笑风生地说。

谈到招研究生的问题，陈毅说："我们的炮兵打得准，三角、几何都不错，哪位数学教授有兴趣，可以招他们当研究生嘛……"

尽管上海分院的人并不多，陈毅市长的工作又那么繁忙，但差不多每个月都要去一次，给大家讲形势，讲党的知识分子政策。

那时，上海分院的党员很少，整个分院只有一个党支部。在生理化学研究所，只有两个半党员——两个正式党员，一个预备党员。他们看到彭家睦的思想在转变之中，就经常关心他、帮助他。

1950 年 2 月 6 日，上海的上空突然出现了蒋介石派遣的飞机。这些飞机扔下了燃烧弹和炸弹，许多住宅化为焦土，弄得上海市民人心惶惶，这便是轰动上海的"二・六轰炸"。

为了对付敌机的袭击，各单位都组织消防队。彭家睦自告奋勇，参加了消防队，被选为队长。

彭家睦是一个说干就干的人。他带领队员练习爬梯、高楼救人等消防技术，总是身先士卒，抢在头里。在一次消防表演时，他顺着绳子，唰的一下便从四楼滑到地面，活像一个杂技演员，博得了观众热烈的掌声。彭家睦对消防队员们的要求也很严格，强调组织纪律性。他一吹口哨，队员们在两分钟内便戴好消防帽，穿好消防靴，从各处跑到他的跟前，排成一列整齐的横队。

在空袭时，自来水管被炸断，整座大楼就要断水了。为了在意外的情况下仍能供水，上海全市开展了水井大检查。有的水井多年不用了，井水又脏又臭。彭家睦参加了“洗井队”，一边用水泵把臭水抽走，一边下井洗刷。那是在春寒料峭的日子里，彭家睦把棉衣一甩，把粗麻绳往腰间一勒，便下井去了。他认认真真地在井里洗呀，刷呀，出井时全身湿透，分不清楚究竟是井水还是汗水湿透了衣裳。经过他和同事们的几次洗井，井水终于清澈干净了。

也就在这些解放初期动乱的日子里，彭家睦除了忙于消防、洗井之外，对于自己的正业——科学研究工作，依旧抓得很紧。在王应睐教授的指导下，他终于完成了当年与夏叔芳及另一位同学未做完的实验，由他执笔写出了生平第一篇科学论文——《黄豆芽植酸酶的研究》，署名“彭家睦、王应睐”，最初发表于《生理学报》1954 年第 2 期。后来，这篇论文经专家们审阅，认为具有一定的科学水平，又被推荐到当时中国最有影响的杂志——《中国科学》上发表。这是彭家睦在科学研究道路上迈出的扎实的第一步。

1950 年，25 岁的彭家睦光荣地成为中国科学院上海分院第一批发展的中国新民主主义青年团团员。

朴素的婚礼

人们常说："爱情是闲人的正业，也是忙人的闲情。"彭家睦是个忙人，他忙于社会工作，忙于科学研究，也忙里偷闲，谈情说爱。

不过，他对待爱情是非常质朴的。

那时候，夏叔芳在南京，他在上海，他们之间的"两地书"颇为频繁。

彭家睦常常在星期六坐夜车到南京，夏叔芳则到车站去接他[1]。星期天，他们上玄武湖划船，度过愉快的一天。当天晚上，他又会赶夜车返回上海。星期一上午 8 点，彭家睦准时出现在生理化学研究所的实验室里。

从上海到南京，那时候要坐八九个小时的火车。去一次南京，彭家睦要来回花十几个小时。

夏叔芳担心他太累，彭家睦却笑笑说："我一上车，就睡着了。在睡觉中坐车，不觉得累！"

有的时候，彭家睦并不事先通知，而是喜欢突然出现在夏叔芳面前。当看到夏叔芳满脸惊讶的神色时，他像个天真的孩子似的哈哈大笑起来，仿佛这时他是世界上最愉快的人。

恋人之间总是要互赠一点最心爱的礼物，以表达自己的爱慕之情。彭家睦早就想给夏叔芳送一样东西，但是一直对夏叔芳保密。一天，他突然骑着一辆天蓝色的崭新自行车来到夏叔芳面前，当夏叔芳正在为这位堂堂男子汉干吗买一辆女式车而感到奇怪时，彭家睦却笑

---

① 1980 年 7 月 7 日、8 日、9 日、16 日，叶永烈在新疆马兰核基地第一招待所采访了彭加木夫人夏叔芳。

着说："这是送给你的。"

从此，彭家睦在星期天来到南京，便改变了度假的方式：夏叔芳骑着那辆漂亮的新车，彭家睦从夏叔芳的亲友那里临时借一辆自行车，他们骑车旅行，几乎游遍了南京城！

彭家睦也真是一位怪人：他在星期六、星期天坐了两趟夜车，星期天又奔波了一天，居然毫无倦色。当时，他的恋爱还属于保密阶段，几乎很少有人知道他在星期天去南京。当他星期一出现在实验室里时，王应睐教授像平常一样跟他谈论科研问题，压根儿没有发觉面前的这位青年助手居然是刚从"南京——上海"的火车上跳下来的。

1950 年秋，夏叔芳从报上看到中国科学院上海分院招收科研人员的消息，便把自己的履历表以及过去在中央大学读书时的成绩单寄去了。这位"书虫"的成绩单是出色的。没多久，她便把好消息告诉彭家睦——她被录用了！不久，夏叔芳到中国科学院上海植物生理研究所报到，与她的哥哥夏镇澳在一起工作。

从此，彭家睦再也用不着在上海与南京之间像穿梭似地奔忙了。不过，到了星期天，他依旧是忙——与夏叔芳一起骑着自行车，游历上海城。

彭家睦与夏叔芳经过 4 年同窗，经过毕业之后的 4 年相处，他们之间的爱情从保密阶段转为公开，终于在 1951 年结婚了。

那时候，组织上在科学院宿舍大楼中腾出一间 10 来个平方米的房子，作为他们的新房。新房陈设很简单：一张木板床，一张书桌，一个小圆桌，两把椅子，仅此而已。这些家具都是公家借给他们的。

举行婚礼的那天，倒很热闹。两个研究所——生物化学研究所和植物生理研究所的好友们都来了，开了个联欢会。大家一边吃糖，一边喝茶，即席发表各种热情洋溢的祝辞，祝贺这对志同道合的新婚夫妇在科学的登攀之路上互相帮助，携手并进。

照理，结婚有 3 天婚假。可是，当时工作正忙，到了第二天，彭家睦就上班去了。

1952 年，彭家睦结婚的第二年，有了 1 个男孩。彭家睦给儿子取名“彭海”，用以表达他对浩淼无垠的大海的向往。他，喜欢游泳，喜欢搏风击浪，喜欢茫茫海疆。另外，取名“彭海”，也是纪念儿子是在上海诞生。

彭加木夫妇与年幼的彭海

入党的时刻

结婚以后，彭家睦更加忙碌。

他一直忙于科学研究工作。从 1952 年开始，他从事一项新的科学研究——原胶原的研究。原胶原是存在于动物结缔组织中的一种蛋白质。这项研究对于全面了解胶原组织以及生物纤维结构与功能，都具有一定的意义。他常常整天在实验室里埋头于宰兔子，剐兔毛。把兔毛刮净之后，再从兔皮中提取原胶原。他花了 4 年多时间研究，最终写成论文，发表于 1966 年的《中国科学》杂志。这篇论文对当时国际上关于原胶原的理论，提出了不同的见解。发表后，引起了国际上的关注。

彭家睦忙于各种社会工作。当鸭绿江边燃起战火，抗美援朝运动如火如荼的时候，彭家睦义愤填膺，向上级打了报告，坚决要求参加中国人民志愿军。组织上考虑到他是专业科研人员，祖国的科学事业更加需要他，况且他结婚不久，妻子刚刚分娩，因此没有批准他的申请。然而，彭家睦那高度的爱国主义和国际主义精神，那不畏险阻，要求到最艰苦的地方去战斗的精神，给人们留下了深刻的印象。

彭家睦被选为青年团和工会的干部。他很热心于这些工作，常找青年人谈心，发展了好几个青年团员。他一听说职工生活有困难，就连夜进行家庭访问，然后向工会反映，帮助解决困难。当上海轰轰烈烈开展"三反"、"五反"运动的时候，彭家睦在中国科学院上海办事处负责查账组的工作。他像对待科学研究工作一样，认认真真地查账。有一次，为了查核一笔账，彭家睦耐心地查阅了几十本单据，直到查明了结果，他才像得到了准确的科学数据似的，脸上浮现了笑容。

彭家睦忙于家务，有了家庭，自然就会有家务。夏叔芳在怀孕时，得了心脏病，心律不齐，彭家睦便挑起了家务重担。从买菜到买米、洗尿布、抱孩子、擦地板，他样样都干。这么一来，在星期天，他很少出去"漫游"了，匆匆做完家务之后，还常常要到实验室里刮兔毛。

彭家睦尽管忙碌，但是心里很愉快，他感到如今生活是那么美好，忙碌是正常的，不忙才是怪事。

彭家睦的思想不断进步，成为一位党外的积极分子。1953 年，彭家睦经过反复慎重的考虑，终于用笔端端正正写下了庄严的入党申请书。

彭家睦以非常诚恳的态度，向党组织说了自己的思想变化过程：他出身于一个工商业兼地主的家庭，小时候只知道勤奋读书。在大学里，他是一个不问政治的“糊涂虫”，一个爱打抱不平的血气方刚的青年。是中国共产党，使他逐渐觉悟，成为一个新民主主义青年团员。是中国共产党，使他决心把毕生献给人类最壮丽、最美好的事业——共产主义事业。

党组织对他的审查是严格的。当时，在生物化学研究所，除了原来的地下党员和从外边调入的党员之外，还从未在本所发展过一个党员，而彭家睦又是一个家庭出身不好的知识分子，何况他的四哥彭家颖又在台湾，因此对他的入党问题显得格外慎重。

党支部书记兼入党介绍人王芷涯主持了支部大会①，会议开得隆重而热烈。人们赞扬了彭家睦高度的政治热情，充沛的干劲，踏实的作风，不畏艰苦的毅力；然而，同事们也直率地指出，彭家睦有点固执、主观、急躁，有时讲话太冲，不注意工作方法。

彭加木与上海生物化学研究所的同事在一起（夏叔芳生前供稿）

① 1980年7月31日，叶永烈在上海采访彭加木入党介绍人、中国科学院上海分院党委委员兼办公室主任王芷涯。

1953年10月，王芷涯把好消息告诉彭家睦：组织上正式批准他加入中国共产党。他，成为中国科学院生物化学研究所第一个入党的党员。

从“家睦”到“加木”

生活像一位严峻的老师，常常向人们提出各式各样的问题，进行一次又一次的考试。彭家睦在入党之后，就遇上了一场“考试”。

那是在1956年初，中共中央发出了“向科学进军”的号召。在科学院里，人人振奋，个个争做向科学进军的闯将。

正在这时，王芷涯笑盈盈地来告诉彭家睦：“科学院要我们生物化学研究所派一个人到莫斯科留学，学习一项新技术——核磁共振。经过所领导研究，认为你去很合适。请你马上准备一下，很快就要办理出国手续。”

彭家睦高兴透了。他是一个很喜欢钻研技术的人，特别是对于新技术，总想多学点。

当时能去苏联留学，真是莫大的荣幸！那时候，在中国人看来，苏联的今天，就是中国的明天。能够到“老大哥”那里留学，学习苏联的先进科学技术，是极其难得的机会。再说，在当时，中国人除了前往苏联留学之外，几乎没有机会前往别的国家留学。彭家睦是中共党员，而且业务能力也不错，这才被组织上选入留学苏联的名单。

巧，真巧，就在这个时候，彭家睦听到了另一个振奋人心的消息：中国科学院为了开发祖国边疆的丰富资源，组织了综合考察委员会。这个委员会正在“招兵买马”，分别组成好多个小分队，准备分赴边疆各地进行实地考察。

究竟是去国外留学，还是到边疆考察？在彭家睦的脑海中，产生了激烈的斗争。

去留学吧，这是彭家睦盼望已久的。况且，这样的机会是不多的。一旦放弃了留学的机会，也许以后十年八载也不一定能遇上。年纪大了，出国留学的可能性就更小了。

去边疆吧，那也很重要，很需要。当然，到边疆去，要比去莫斯科艰苦得多，条件差得多。

彭家睦经过反复考虑，选择了后者——到边疆去。

为什么彭家睦到边疆去呢？他亲笔写下了这样感人肺腑的话语：

我必须在出国和到边疆两者之间立即作出抉择。我考虑的结果，认为出国学习的任务虽然需要，但是可以由别的同志来完成，别的同志也乐于去。为了让科学在祖国遍地开花，作为一个共产党员，应当选择到最艰苦的地方去……

彭家睦几次向王芷涯提出申请——到边疆去。

为了争取组织上批准自己的请求，彭家睦还直接写信给中国科学院院长郭沫若。

信中，彭家睦写下了这样一段铿锵有声的话：

……我志愿到边疆去，我这是夙愿。我的科学知识比较广泛，体格坚强。面对困难，我能挺直身子，倔强地抬起头来往前看。我具有从荒野中踏出一条道路的勇气！

后来，彭家睦正是用他自己的行动，证实了他的确“具有从荒野中踏出一条道路的勇气”！

令人不解的是，他在给郭沫若院长的信中，第一次署上了这样的名字——“彭加木”！

为什么要改名呢？

他笑着说：“‘家睦’，只是希望家庭和睦，着眼于小家庭，太狭隘了。我要跳出小家庭，到边疆去，为边疆‘添草加木’！”

他还咬文嚼字地解释道：“加木，合起来就是一个‘架’字，我要在上海与边疆之间架设桥梁！”

从“家睦”到“加木”，这名字之改，正深刻地反映了他思想上的飞跃——从小家庭飞跃到了广阔天地！

1956 年 3 月，组织上正式批准了彭加木的申请，办理了组织调动手续：从中国科学院上海生物化学研究所，调到中国科学院综合考察委员会工作，职务是助理研究员。

中国科学院综合考察委员会设在北京，彭加木的户口从上海迁到北京。在迁户口时，彭加木打了改名报告，正式把“彭家睦”改为“彭加木”。从此，他一直用“彭加木”这个名字，以至如今大多数人都不知道他原名“彭家睦”。

跳出小家庭

在给组织的报告中，彭加木多次这样写道：

> 到边疆工作，困难比较多。我身体健康，家庭又放得下，还是让我到边疆去吧！

彭加木一向对组织很忠实。然而，在这段话中，他却在撒谎：他并不是“家庭放得下”，而是家庭正需要他！他的家庭——妻子多病，孩子年幼。

在1955年6月6日，家里又添了一个小成员——女儿诞生了。当时，正是广东荔枝成熟的季节，在绿叶红果之时，为了寄托自己的思乡之情，彭加木给女儿取名“彭荔”。

彭加木一家（夏叔芳生前供稿）

1956年，当彭加木向组织打报告要求到边疆去的时候，他的儿子才4岁，女儿只有几个月，妻子因病常常只能上半天班。这样的家庭，是多么需要丈夫细心照料啊！难道彭加木不喜欢自己的家庭？难道他的胸膛里跳动着一颗铁石之心？难道他是一个不懂天伦之乐的怪人？不！不！彭加木爱自己的家庭，爱妻子，爱子女。

他与夏叔芳相爱，经过多年的考验。他们是志同道合的战友。他很爱惜体弱多病的妻子，在家里总是尽可能多做一些家务，以便让妻子能够休息一下。每天下班的时候，邻居们总是看到彭加木第一个回到家里，动手洗米、烧饭、炒菜，从厨房里常常发出菜刀剁肉的笃笃声。当夏叔芳从托儿所把孩子们接回来，彭加木已经把饭菜做好了。

彭加木也很爱孩子。他是有名的“孩子头”。他有一整套哄孩子的技术。正当彭海、彭荔号啕大哭的时候，他做一个鬼脸，很快就使孩子破涕为笑。彭加木什么时候在家，家里就充满笑声。

在上海肇嘉浜路417弄科学院新宿舍建成之后，彭加木乔迁了。他住的是3层的小楼房，第一层住两家，第二层是一家，彭加木住在第三层。他的新居很舒适，有好几个小房间——孩子们有他们的小天地，他也有自己看书、写作的地方。

彭加木的小家庭是幸福的，充满欢乐。然而，他却下了很大的决心，跳出小家庭，离开上海舒坦的生活。他的心不在“小夫小妻小家庭，书桌台灯穿衣镜”，他的心在天南地北、五湖四海。当别人问他为什么要报名到边疆工作，彭加木说出这样一段发人深思的话：

北京、上海都是乐园，我也很爱这样的乐园。但是祖国这么大，难道只有这两个乐园就够了吗？如果要把祖国各地都建设成乐园，我们青年人不去，让谁去呢？……我刚30出头，浑身是劲，虽然边疆的生活艰苦一些，但是，这正是要我们青年去奋斗建设的地方。当我们战胜困难，作出一些成绩的时候，就会感到一种说不出的幸福。

也有人为彭加木惋惜，说他“吃亏”了。理由是：彭加木年纪轻轻，精力充沛，他的学业基础扎实，上海的科研条件又好。当时，他已完成关于植酸酶、原肌球朊、原胶原等4篇论文。

彭加木深得他的导师、上海生物化学研究所所长王应睐的赏识。王应睐曾一再挽留他[①]。

---

① 1980年7月26日，叶永烈在上海中国科学院上海生物化学研究所采访彭加木导师王应睐教授。

他的另一位老师曹天钦教授也很希望彭加木能留下来①。当时，曹天钦正在做电泳实验，彭加木是他的得力助手：为了表示惋惜之情，曹天钦写下了一首打油诗，叹息"电泳走子龙"（子龙即三国名将赵子龙）！

彭加木在一篇文章中，作了这样的答复：

有人说我"吃亏"了，我想不存在这个问题。我没有吃亏……我今天做的工作就像耕耘，又像播种，一分耕耘终会得到一分收获的；如果有更多的人参加到科学研究工作中来，肯定比我一个人的力量大，成果也会出得更多，这对党、对祖国的科学事业有什么吃亏可言呢？如果说吃亏，那么许多革命先烈抛头颅、洒热血，为了革命事业流血牺牲，他们甚至连革命的胜利果实都没有看到，这不是更吃亏了吗？还有无数的解放军战士，在战场上英勇作战，负了伤，甚至残废了，他们是否吃亏了呢？当然没有，他们都没有说自己吃亏了。至于我个人，虽然是一个科学研究人员，但我是一个共产党员，是一个革命者。在入党的时候，我就向党宣誓：我要把党的利益放在第一位，为党的利益坚决斗争到底。党需要我干什么，我就干什么，这里也不存在什么吃亏的问题。

彭加木这些闪闪发光的言语，象征着他的思想逐渐成熟，成为一个名副其实的共产党员。

① 1980年7月26日，叶永烈在上海中国科学院上海分院采访彭加木导师曹天钦教授。

愿做铺路石子

叶圣陶先生在 1929 年，曾写过一篇著名的童话《古代英雄的石像》。

这篇童话描写一位雕刻家用巨石雕成古代英雄石像，却把凿下来的碎石在石像下面作为台子。人们向石像恭恭敬敬地鞠躬，石像骄傲起来，看不起垫在下面的小石头。小石头们生气地离开了，石像倒了，也碎成了小石头。人们就用这些小石头铺路。阳光照在新路上，块块石头都露出了笑脸。小石头们都很高兴，赞美自己道："我们集合在一块儿，铺成真实的路，让人们在上面高高兴兴地走！"

叶圣陶先生这篇童话的寓意是很深刻的：石头，与其做那空虚的石像而出人头地，倒不如作为平凡的铺路石子造福于人类，一点儿也不空虚。

彭加木非常赞赏铺路石子的风格，他愿一辈子做一颗铺路石子。

1964 年 4 月 6 日，彭加木在上海《新民晚报》上发表的《人活着究竟为了什么?》一文，表达了自己愿意做一辈子铺路石子的心声：

我认为党领导下的一切工作都是革命工作，任何岗位都是重要的、光荣的岗位。像建筑工人，自己住的常常是简陋的工棚，等到新房子盖好，他们却又要到别的地方去了；又像筑路工人，他们铺好路，自己却不再走这条路。我想建筑工人、筑路工人能够默默无闻地作一些专门利人的工作，我为什么不能做一些科学组织工作，起一些桥梁作用呢？我想愿作一颗铺路石子，让别人踏在自己的背上走过去，也是光荣的。我愿意一辈子作这样的铺路石子。

1956年5月，彭加木告别了工作了七八年之久的上海生物化学研究所的实验室，告别了共事多年的老师和同事，告别了温暖可爱的小家庭，踏上了新的征途。

在短短的半年多时间里，彭加木风尘仆仆，行程万里。

彭加木先是参加了中国科学综合考察队的云南生物考察队，来到了西南边疆。

云南，素有“植物王国”之称，既有寒带植物，也有热带、亚热带植物。云南的烟、茶、柚木、红木、楠木、榕树、紫檀、相思树以及热带水果，著称于世。

在这“植物王国”中，彭加木结识了云南昆明植物研究工作站的著名植物学家蔡希陶教授。

蔡希陶指着那浩瀚的森林，对彭加木说，这才是你的“用武之地”!

彭加木来到热带森林，仿佛回到自己度过童年时代的广东槎头。不过，如今他不是来爬树，不是来用弹弓打鸟，却是来开发这座绿色宝库。他在野外考察中总是抢干重活，同事们劝他休息一下，他笑笑说：“力气用不尽，越干越有劲!”

在昆明，彭加木负责建立生物学和化学实验室，开展对紫胶及芳香油等次生物质的研究、分析工作。

这年秋天，彭加木离开昆明奔赴新疆，参加了新疆综合考察队的科研工作。

新疆，那么辽阔，占全国面积的六分之一。那里有雪山，有绿洲，有沙漠，有盆地。然而，那里的科学研究工作，却几乎处于空白状态。

彭加木在乌鲁木齐帮助筹建中国科学院新疆分院。这种筹建工作，恰如“从荒野中踏出一条道路”那样艰难。做实验没有实验桌，彭加木把那些装运仪器的木箱竖起来，就算是实验桌；没有自来水，就把盛水的桶架高，用橡皮管把水引下来，算是“土自来水”……他以一个拓荒者的勇气，亲自帮助建立了新疆分院的第一个实验室。

彭加木来到大戈壁。汽车一边朝前开，他就一边进行考察。他的考察笔记，可以说是整个考察队中记得最详细的。沿途看到什么野生植物、动物，他都一一记入笔记本。

戈壁滩上荒无人烟，当然也就没有路。汽车在广袤无垠的沙漠中前进。有时，汽车的轮子陷了下去，彭加木总是第一个跳下汽车帮助推车。车轮向后溅起的沙粒常给彭加木淋了个“沙浴”，甚至连嘴里也满是沙粒。彭加木一边吐着沙粒，一边说：“不要紧，不要紧。”这“不要紧”3个字，差不多成了彭加木的口头禅。

深秋，戈壁滩上的夜晚寒气逼人。清晨，彭加木在帐篷中醒来，别人发觉他的头发都花白了。仔细一看，原来头发上结满冰霜。他毫不在乎地说：“那怕什么？太阳一晒，一会儿就化了。”

在野外，彭加木饱一顿，饥一顿。渴了，有时就喝一点河里的冰水。夜里，常常荷枪放哨。他并不觉得苦，反而认为野外的生活充满乐趣。

不久，他又从新疆千里迢迢回到昆明，参加了中国科学院副院长竺可桢亲自带领的华南热带生物考察队，奔赴广东雷州半岛及海南岛五指山麓，进行野外考察。

第六章

战胜癌症

秘密暴露了

1957 年初，一个意想不到的打击，落到了彭加木头上。

那时，彭加木刚从海南岛来到广州，参加一个学术会议。

在吃晚饭的时候，彭加木感到一阵头晕，脸色突然刷白。旁边一个同事发觉彭加木神色不对，便问他什么地方不舒服。彭加木朝他摇摇手，示意叫他别声张。

彭加木赶紧把饭碗里的饭吃完，勉强慢慢站起来，想独自到房间休息，心想躺一会儿就会好的。

谁知当他站起来时，眼冒金星，眼前一黑，顿时扑通一声，昏倒在地。

这下子，惊动了全体考察队员。与彭加木在一桌吃饭的中国科学院竺可桢副院长，赶紧把他扶起，请来了医生。

没多久，彭加木清醒了，才知道自己的秘密暴露了。

原来，彭加木是一个充满自信的人。虽然他是一个早产儿，可是他自幼注意锻炼身体，体质渐强。他自信疾病与他无缘，常以病历卡上一片空白为自豪，自诩为“保持不败纪录”。

不过，生、老、病、死是人生常事，一个人生点病总是难免的。

早在1956年8月，他从滇西的景东县南下，经普洱，到墨江、元江和玉溪，在山区密林中考察了1个月，刚刚回到昆明。有一天，全体考察队员要进行体格普查。在照X光时，医生发现他的心脏有点扩大，怀疑他患心脏病，劝他要注意休息。

“心脏病？我会生心脏病？”自信与疾病无缘的彭加木耸了耸肩膀，根本不在意医生的话。

没几天，他便离开昆明，奔赴新疆了。那时去新疆没有班机，火车只到甘肃，从那里还要换乘长途公共汽车。在这样长途颠簸之中，彭加木并不觉得有什么不适，便把医生的话抛到九霄云外。

到了新疆，彭加木埋头于阿尔泰山区的考察之中，没日没夜，披星戴月，栉风沐雨。这时，病魔又悄悄地向他袭来。有一次，他背着枪，骑着马，与另外一个同事正在群山之中奔驰。那位同事在前面轻快地骑着马。他在后面忽然感到极度疲乏，吃力地坐在马背上。

彭加木后来这样说过：“过去我曾和他比赛过举重，并且以一次举起70公斤的优势打败了这个对手，而现在他骑在马上那样自在，我却感到疲乏和劳累，这是为什么？莫不是我真的有病了？”

“也许是感冒了！”彭加木这么猜想。他咬咬牙，追了上去。

后来，他回忆起这件事时，曾这样说过：“当时满心想到的是边疆丰富的植物资源，简直来不及去想自己到底有什么病呵！”

渐渐地，他感到每天晚上躺下去睡觉的时候，气闷得很，很不舒服。他试着把枕头垫高，就好一些。

“瞧，古人说高枕无忧，真倒有点道理哩！”他安慰自己，把身体不适不当一回事。

当从新疆来到海南岛，他明显地感到身体不适。他常常咳嗽。每天晚上，光是高枕，已不能解决问题了。他呼吸急促，胸部有窒息的感觉。他把被子垫在背上，半躺半坐，才稍好些，这时，他用镜子照照自己，发觉脸上有点浮肿，颈部的青筋隆起。

他常常感到疲乏无力。

这时，一向自信无病的彭加木，也不得不承认自己的身体大不如前。不过，他不露声色，绝不对别人讲半句，也不找医生查看。

后来，咳嗽加重了。同事们有点发觉他的病情，他满不在乎地说："感冒，没事儿!"

他在给夏叔芳的信中，也从未透露半个病字。他总是对她报喜不报忧，生怕妻子挂牵他。

一直到他在广州昏倒，这才来了个大暴露。同事们把他送进了广州医院。这时，他猜测自己大约是心脏病发作了，暗自思忖道："我可能真的患了心脏病！不过，心脏病也不要紧，一时也死不了，我照样可以为党工作!"他对朋友们的关切问候，总是答复3个字——"不要紧"。

彭加木与中国科学院副院长竺可桢（夏叔芳生前供稿）

俗话说："有病瞒不过医生。"广州医院的医生经过初步检查，认为彭加木的病情不轻，应当赶紧回上海治疗，不再适宜考察队的野外工作。

尽管彭加木焦急万分，坚持留在考察队，但是，竺可桢副院长亲自找他谈话。竺可桢副院长拿出他亲笔签署的介绍信，嘱咐他回上海详细检查。

彭加木知道已经没有回旋的余地，只得答应暂时离开综合考察队。他心里想：“到上海检查一下也好，没什么病，我马上就归队。”

面熟的 “陌生人”

“笃、笃、笃！”“笃、笃、笃！”有人曲着手指敲门。

夏叔芳跑去开门。门开了，外面站着一个脸熟的“陌生人”：他的脸古铜色，胖乎乎的，笑嘻嘻地看着她。

夏叔芳揉了揉眼睛，仔细一看，失声惊叫起来：“加木！”

彭加木突然回来，顿时使全家处于高度兴奋之中，他半年多以来，第一次回家呢！彭加木一看，儿子长高了许多，女儿变化更大，开始牙牙学语了。

夏叔芳问：“你的脸怎么那样黑？”

彭加木答道：“野外晒的。”

夏叔芳又问：“你的脸怎么那样胖？”

彭加木答道：“胖还不好？难道瘦才好？”

夏叔芳感到奇怪，如果说他开始“发福”，为什么只“发”在脸上，身体还是那么瘦骨嶙峋？当夏叔芳再问他为什么突然回来，他支支吾吾把话岔开了。

彭加木放下行李，骑车到上海生物化学研究所去了，虽然他已调离那里，但是他就像媳妇回娘家似的，充满怀念之情。

王应睐教授一见彭加木，也差点认不出来了[①]。

他追问彭加木是不是生病了，彭加木说：“脸有点浮肿，不算病。”

接着，彭加木便把话题转到半年多来的所见所闻，娓娓而谈，有声有色。王应睐听了，当即约彭加木给全所作个报告，介绍考察中的见闻，介绍边疆的丰富资源。彭加木答应了。临走时，王应睐一再叮嘱彭加木要到医院去检查一下，彭加木这才拿出竺可桢亲笔签署的介绍信。王应睐一看，立即请有关朋友办理了医疗手续——因为彭加木当时户口、工作单位均不在上海，不办理手续，不能在沪治疗。

回到家里，彭加木有说有笑，把全家逗得乐呵呵。

晚上，彭加木在灯下整理考察笔记，为给全所作报告做些准备工作。

直到睡觉时，夏叔芳才发现彭加木病情不轻[②]：他无法像过去那样平卧着睡，只能倚着垫在背后的被子半躺着睡。他颈部青筋暴起，像筷子一样粗。他呼吸急促，睡眠不安。

夏叔芳问他：“到底生了什么病？”

彭加木笑笑：“没病！”

夏叔芳不相信，说道：“没病？没病会这个样子？”

彭加木解释道：“那是因为我稍微有点不舒服，过几天就会好的。我这个人，什么时候生过病？到现在为止，我还是‘不败纪录’的保持者！”

---

① 1980年7月26日，叶永烈在上海中国科学院上海生物化学研究所采访彭加木导师王应睐教授。

② 1980年7月7日、8日、9日、16日，叶永烈在新疆马兰核基地第一招待所采访了彭加木夫人夏叔芳。

打破 “不败纪录”

出乎彭加木的意料之外，这一次，他的“不败纪录”被打破了。

那天，彭加木来到上海中山医院，像一个普通病人一样，排队挂号，到内科看病。

内科医生稍作检查，便知道病情不轻，便把他转到急诊室。

在急诊室，一位30多岁的女医生，仔细检查了彭加木的病情。这位主治医生叫曹凤岗[①]，她富有经验。经过检查，她在病历卡上记下了彭加木的症状：

眼球突出，上半身已水肿，颈部及左胸静脉怒张，静脉压330毫米汞柱。不能平卧，呼吸急促，胸口作痛。

静脉压330毫米汞柱，这比正常人要高出一倍多呢！

曹医生初步诊断的结论是“上腔静脉压迫综合症”。

检查之后，彭加木坐在长椅上，等待曹医生给他开药方。谁知曹医生给他开的不是药方，却是一张住院通知单！

“住院?”彭加木愕然，这是他万万想不到的。

“是的。”曹医生用斩钉截铁般的口吻说道，“你必须马上住院。回家准备一下，明天就住进来!”

这时，彭加木感到有点不妙；他从普通门诊，一下子就“升级”到急诊；从急诊，又一下子“升级”到住院。当时，中山医院的病房相当紧。回到家里，夏叔芳关切地问他：“医生说些什么?”

---

① 1980年7月27日，叶永烈在上海中山医院采访为彭加木治疗癌症的主治大夫曹凤岗以及两位护士韩继文和郑幼明。

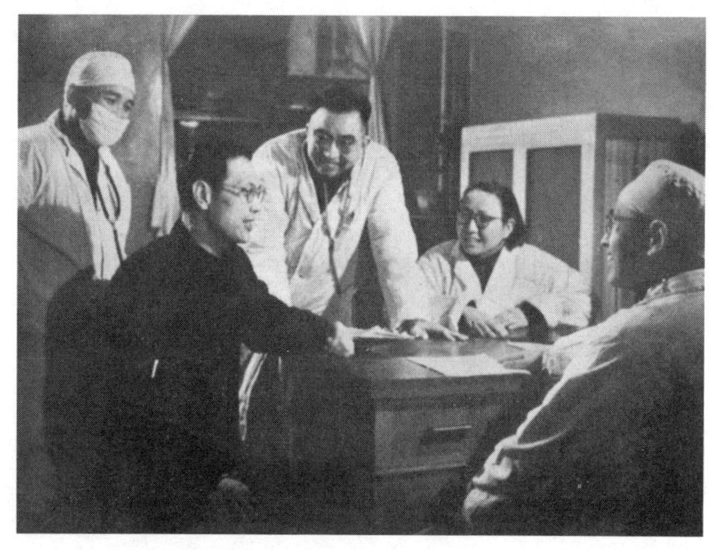

曹凤岗大夫（中，女）为彭加木诊治癌症（夏叔芳生前供稿）

彭加木轻描淡写地说道："她说没什么病，只是叫我住院详细检查一下。"

这真是天下奇闻："没什么病"居然要住院！彭加木住院了。用他自己的话来说："平生破天荒地第一次住院。"

曹医生对彭加木详细地进行检查，因为"上腔静脉压迫综合症"只是初步结论，引起这种病症的原因很多，只有查明病因才能对症下药。

曹医生用 X 光透视彭加木的胸部，她明白了！接着，她又对彭加木进行多方面的化验和临床观察。

不久，曹医生把诊断结果通知了上海生物化学研究所，托他们转告彭加木所在单位——中国科学院综合考察委员会。另外，曹医生还把夏叔芳请来了，把诊断结果告诉了她，并嘱咐她必须对彭加木严格保密，不许走漏半点风声。

曹医生的诊断结果是什么呢？她经过反复检查及与别的医生共同

会诊，确定彭加木患纵膈障恶性肿瘤。

恶性肿瘤，就是癌。纵膈部位，是气管、食道以及大血管等器官必经的通道，是要害部位。彭加木身上的恶性肿瘤，便长在气管、食道与心脏之间，当时已经有两个拳头那么大。

正因为这样，恶性肿瘤压迫呼吸，压迫静脉血管，造成“上腔静脉压迫综合症”。

曹医生如实地告诉夏叔芳[①]，根据医学文献记载，这种病人一般只能活半年，最多不过活两年。

曹医生劝夏叔芳给彭加木多买点好吃的东西，让他心情愉快点——他的余生已是屈指可数了。

夏叔芳的双腿像灌了铅似的。她家就在中山医院附近，这么一小段路竟走了好久，她的内心矛盾极了：知道丈夫病入膏肓，可是，在他的面前又要强作笑颜，不能流露丝毫悲伤之情。纵膈障恶性肿瘤，这真是晴天霹雳，打在她那幸福的小家庭头上。要知道她的丈夫才 32 岁，儿子才 5 岁，女儿才 2 岁！她，多么希望丈夫能够挣脱死神的魔爪！然而，医生的话，俨然像宣读死刑判决书似的，她的幻想破灭了。

回到家里，夏叔芳关上门，瘫倒在床上，热泪纵横……

出色的答卷

彭加木是一个敏感的人。他察言观色，从医生、护士、妻子的脸色之中（尽管她们都躲躲闪闪，假装太平无事），从他所住的是癌症

① 1980 年 7 月 27 日，叶永烈在上海中山医院采访为彭加木治疗癌症的主治大夫曹凤岗以及两位护士韩继文和郑幼明。

病房的事实中，已经明白了自己患了什么病。他几次三番向医生打听，医生总是顾左右而言他，答非所问。

一天，曹医生查病房，来到彭加木床前时，偶然看见他的枕边放着厚厚的一本书，封面上赫然印着3个大字：《肿瘤学》!

曹医生的脸上掠过惊讶的神色。她立即恢复常态，若无其事地劝告彭加木："不要胡思乱想!"

谁知彭加木却坐了起来，郑重其事地对曹医生说："请如实地告诉我，我经受得起！我手头还有许多事情要做，你把病情告诉我，我好安排时间。另外，我知道了自己得了什么病，也好跟你们更好地合作进行治疗。"

曹医生曾给许许多多癌症病人看病，像这样的病人却遇到不多！曹医生深受感动，正想把真情告诉他，话到嘴边又缩了回去。因为根据以往一般的情况，不把实情告诉病人，不会加重病人的思想负担，有利于治疗。于是，曹医生只好含含糊糊地对他说："你的胸口，有一个硬块。"

"是肿瘤?"彭加木立即追问道。

"你别一听肿瘤就害怕。"曹医生连忙安慰道，"肿瘤分为良性和恶性两种。大多数肿瘤都是良性的，很容易治的。你的肿瘤，经我们诊断，是良性的。"

彭加木敏锐地从曹医生那言不由衷的神色中，看出她的话是在安慰自己。

彭加木的心情是复杂的。生活，又给他出了一道严峻的考题。

彭加木在想些什么呢？他自己的话，是最真实的。他曾这样写道：

当时我的心情是十分沉重的，我正要为祖国的科学事业做一点事，却偏偏生了这种讨厌的病，而且我患的病是不能维持很久的，生命是有了限期的。

怎么办呢？当时，我想，既然病了，就要面对现实，怕，有什么用呢？如果在疾病面前害怕起来，意志消沉，一天到晚想着，吃不下，睡不着，那么小病也会变成大病，我想这决不是办法。那么怎么办呢？

吃得好一点，喝得好一点，马马虎虎等死吗？这种态度也是不正确的。人活着只是为了吃吃喝喝吗？不，我们共产党人有着崇高的革命理想，作为一个人，活着究竟是为了什么？我们应该为革命，为建设社会主义出力。一个人能力有大小，但是如果能够尽自己的力量为革命事业作出贡献，那他就活得有意义，哪怕只有一天、一小时，我也要把工作做好。当时，我又想起了许多前辈同疾病搏斗的英雄事例，像吴运铎、高士其，这些不是我学习的榜样吗？同时也想起了我入党时在志愿书上写下的决心：我准备接受最严峻的考验。我想既然已经病了，就应当一不要怕，二要积极治疗，争取让体力恢复到一定程度时，就抓紧时间努力工作，把应该做的事情赶快做好，至少也作个交代。我想作为一个革命者，对待疾病应该有革命者气概。

我查了查医学文献资料，对疾病前途作了分析估计，得出三种可能性。第一种可能是彻底治好，成为医学上的特例；第二种可能是病时好时发，这样也可以争取时间再到边疆去做一些工作；最后一种是最坏的估计，那就是只能延长时间。即使这样，我也要尽量争取时间，能干一天就干一天。

这，就是彭加木在生死关头，写下的一份出色的答卷！

病危时的诗

遵照曹医生的嘱咐，大家对彭加木实行严格的保密，不让他知道病情。然而，彭加木自己尽管已经猜到了患什么病，却又反过来对大家进行保密，装作自己什么都不知道。

于是，仿佛在一出悲剧之中，却夹杂着几分喜剧的色彩：夏叔芳来探望彭加木了，坐在床头，强装笑颜，说他很快就会出院，很快就能见到孩子（医院规定，幼儿是不许带到病房中来的）。彭加木呢?脸上堆笑，说自己正在一天天好起来，很快就会回家的，一回家就给孩子们来一颗“糖衣炮弹”！他们俩有说有笑，其实，他们俩心里都明白，癌症患者生还，特别是像彭加木那样严重的病症，几乎绝无仅有！

治疗开始了。这种治疗不是一般的打针吃药，而是给病人在精神上带来莫大的痛楚。

在当时，对付恶性肿瘤主要有两种治疗方法：一是注射氮芥，二是深度 X 光照射。

氮芥是一种具有强烈毒性的药物。用它治疗恶性肿瘤，可以说是一种以毒攻毒的方法。氮芥是白色的药粉，溶解在葡萄糖溶液中，滴入静脉。在注射之后，引起莫大的副作用：病人恶心，一吃东西就呕吐。打一次氮芥，要接连呕吐几天！

彭加木住的是大病房，有 15 张病床。病人们打了氮芥之后，病房里充满呕吐之声。有时，一个病人吐了，引起大家恶心，产生连锁反应，纷纷呕吐起来。正因为这样，许多病人请求护士不要打氮芥，或者减少剂量。

然而，当护士问彭加木反应怎么样，他却笑笑说：“没什么，反应不大，一切都照常，用药剂量可别减少，继续治下去，没关系，我吃得消!”

彭加木真的“反应不大”吗？其实，他也在不断地呕吐。他吃了吐，吐了又坚持吃。

他把吃饭当作一项战斗任务来完成，忍着苦痛往下咽。刚咽进去又哇哇吐了出来。

他打了氮芥，稍微好一点，便在病房里进行现身说法，劝别的病人坚持打氮芥。他与别的病人同病相怜，他讲的话比医生的话作用大得多！至于深度X光照射，也不好受。强烈的X光，能够杀死癌细胞，可是，X光是不长“眼睛”的，往往也误伤了许多正常的体细胞。每照一次，血液中的白血球明显减少，患者感到疲倦不堪，浑身乏力。另外，在照射前要口服一种酸性的药物。这种药很酸，勉强吃了进去，才几分钟，便常常吐了出来。后来，彭加木想办法在规定的时间内分几次把药吃进去，每次又同时服两片小苏打，中和了酸性，这样终于使药不吐出来。

曹医生看着他用惊人的毅力，忍受病痛，深为感动。一边用X光治疗他，一边流下热泪。

彭加木躺在那里，额上渗着豆大的冷汗珠，诚挚地对曹医生说道：“一切肉体上的痛苦我都能忍受，只要把病治好，使我能多工作一些时候!”

不久彭加木发起高烧来，连续几天体温达40摄氏度，彭加木又“升级”了。曹医生填写了病危通知单，护士们把彭加木送进了抢救室。

抢救室是专门接待病危病人的，那里由护士日夜守在旁边看护。彭加木不知道为什么把他从大病房送进了单人病房，吵着要回去，说是这里太孤单，不如在大病房里可以跟病友有说有笑。

护士们只能瞒着他，说道："你患了流行性感冒，要隔离，所以叫你住单间。"

不久，彭加木明白了单间的含义。这些单间是用薄板隔成的。他听见隔壁的单间里传来了痛哭之声。从人们的对话中，他知道了那里一个病人刚刚死去，知道这种单间的名称叫作"抢救室"。

彭加木发着高烧，昏昏沉沉。偶尔他侧过身来，从窗口望出去，他看到了上海生物化学研究所的实验大楼！他多么希望自己能够插翅高飞，飞到那里去，飞到边疆去！

诗言志。平常虽然爱诗，但不大写诗的彭加木，此时此刻触动了诗兴。他在生命垂危时刻，在抢救室里，写下了这样豪情感人的诗篇：

昂藏七尺志常多，
改造戈壁竟若何？
虎出山林威失恃，
岂甘俯首让沉疴！

这首诗后来发表在1964年3月6日出版的第5期上海《支部生活》半月刊上。

祸不单行

真是"屋漏偏逢连夜雨，船迟又遇打头风"，就在彭加木病危的时刻，祸不单行，家里又出了大乱子！

那时候，女儿彭荔被传染了猩红热，不能上托儿所。医生要夏叔芳把女儿送到上海市传染病医院隔离。夏叔芳心里想，丈夫住抢救室，女儿再住隔离室，每天两头跑，怎么吃得消?

没办法，夏叔芳只好把女儿放在家中。可是，又怕儿子彭海被染上猩红热。如果让女儿单独住一个房间，她才两岁，怎么放心呢? 夏叔芳只好把自己的卧室用白布隔起来，女儿住在一边，她带着五岁的儿子睡在床上。

那天清晨，儿子吵着要起床。夏叔芳由于这几天累了，在迷迷糊糊之中听见儿子的喊声，便对他说："你把床头的衣服拿过来，我帮你穿。"

儿子在床上爬着，正要伸手去取衣服，谁知他一不小心，摔了跤，头撞在床头柜的玻璃板上。

"哇!"儿子一声大哭，惊醒了夏叔芳。她抱起儿子一看，只见殷红的鲜血涌了出来，血肉模糊，头发上沾满鲜血。

夏叔芳把女儿交给老阿姨，自己背着儿子，一脚高，一脚低地朝中山医院跑去。彭海被送进了急诊室，医生给他缝了 8 针，伤口的血才算止住了。

夏叔芳一边送儿子看病，一边心中忐忑不安。她生怕碰上彭加木。万一这件事给丈夫知道了，只会加重他的病情。

真是无巧不成书，正当夏叔芳背着儿子走出急诊室，从医院的走廊上走过时，迎面推来一辆手推车。

夏叔芳定睛一看，车上坐的不是别人，正是高烧未退、奄奄一息的彭加木! 此时，护士们正推着他去照 X 光。

夏叔芳躲闪不及，彭加木已经看见她了。

夏叔芳战战兢兢地走过去，生怕丈夫为此担忧。

幸亏彭加木是个乐天派，他看了看儿子，只说了一句他的口头禅："不要紧!"

夏叔芳松了口气，赶快背着儿子回家了。

到了家里，夏叔芳只觉得双腿一软，也病倒了。

此时，小家庭的每一个成员，都病了：

彭加木，病危。

夏叔芳，病倒。

儿子，头部缝了8针。

女儿，猩红热。

也就在这个时候，医院来人通知，彭加木随时都可能发生危险，请家属安排后事!

夏叔芳的心，碎了。小家庭的命运，正处于千钧一发的时刻。

特别的病号

就在这时，党组织和同志们伸出温暖的手，竭尽全力抢救彭加木。

打从彭加木住院的第一天，中国科学院上海分院以及上海生物化学研究所的领导和同志们就非常关心彭加木的病情。

上海生物化学研究所党支部书记和所领导冯德培、王应睐，多次到中山医院看望彭加木。党支部指派了一位熟悉医学的党员，经常去中山医院，同医生保持密切联系。还有的同事查阅了国外医学文献，查出治疗癌症的新药。冯德培教授亲自写信给国际友人，托买这种新药。

党支部领导知道彭加木病重，便赶到医院，同医生商议抢救办法。

彭加木的邻居们，大部分都是生物化学研究所或者植物生理研究所的同事，自动到彭加木家里帮助照料。

经过医生和护士昼夜精心护理，彭加木的热度退了下来。曹医生高兴地告诉生物化学研究所的同志，彭加木离开了抢救室，重新回到大病房。

紧张的气氛总算暂时得到缓和。

然而，好景不长。没多久，彭加木又持续高烧不退，在40摄氏度以上。彭加木再度被送进抢救室。

彭加木的生命力是顽强的。当他第二次从抢救室回到大病房时，尽管他筋疲力尽，却用微弱的声音笑着说道："我死不了！上帝说我现在去报到，还太早！"

彭加木又开始接受氮芥和X光深度照射，双管齐下。他坦然地说："来吧！什么厉害的都来，没关系！"

不久，冯德培教授收到国外寄来的新药，立即送到中山医院。这样，"三管齐下"进行治疗。

经过几个月的生死搏斗，彭加木奇迹般活了下来。渐渐的，他的病情略微好转。

彭加木是一个惜时如金的人。他的枕头下边、床头柜里，塞满各种科学书籍。有一次，曹医生准备给他打针，彭加木正埋头看书。曹医生用蒸馏水冲稀针药，不小心把药水撒在他的书上。彭加木赶紧用挂在枕头的毛巾擦去书上的药水，小心翼翼把书放好。曹医生见他这种爱书如宝的样子，心里不由得充满敬意，连声道歉。他呢？还是用那句口头禅答复道："不要紧！"

在病床上，彭加木看了不少科学书籍，也向医生、护士借看了许多关于肿瘤的书籍。他总以为，病人应该懂得疾病的知识，这样才能"知己知彼"，打主动战。有时，彭加木还看起英文版的莎士比亚的剧本。他的外语不错，在大学里学习了英文、俄文。后来，又自修了法文、日文和德文。他一边看外文版的文艺书，一边从中学习外文。他知道，外文要经常用，不用就会生疏。在病床上，他所想的总是出院后的工作。

彭加木也喜欢跟医生、护士、病友聊天。不过，他的“山海经”，那“山”总离不了天山，那“海”总离不了海南岛。他开口闭口“乌鲁木齐”，一位俏皮的年轻病友便给他取了个外号，叫作“乌鲁木齐”！彭加木干脆请人把家里的新疆照片、画册拿来，他一边给病友们看，一边说：“到了新疆，才会真正感到我们祖国的伟大！”

正说着，一位护士问他：“老彭，你在新疆是干什么的？”

彭加木抓了抓了头皮，诙谐地答道：“我是抓小虫的！”

顿时病房里充满了爽朗的笑声。

彭加木跟病友交上了朋友。有个中学生来住院，害怕打针，彭加木就鼓励他要勇敢些；有的病人知道自己活不了多久，心灰意冷，彭加木就讲笑话给他听，鼓励他顽强地跟病魔斗；有位农村来的病人不愿意输氧气，彭加木就耐心地把其中的科学道理讲给他听……彭加木渐渐能下床走动了。这时他成了“半个护士”。哪个病友要喝水，如果护士不在，他就代劳。夜里，护士给病人打针，怕开灯影响别的病人睡眠，彭加木就手持手电筒，给护士照亮。彭加木天天看报。看到什么好消息，就读了起来，使大家都知道。报上有什么好的小说，他也常念给病友听。不过，这时他发觉自己的视力差了，记忆力也差了。

经过四五个月的精心治疗，彭加木居然战胜了不治之症。那纵膈障恶性肿瘤，已明显地萎缩了。经医生们会诊，同意他出院，回家休养。

彭加木的诗兴又发了，哼了这么几句：

冬去春来物候新，
百花齐放草如茵。

鬼病缠绵今欲去，
抬头西望逐飞尘。

医生、护士们都称誉彭加木是“特别的病号”、“硬汉”、“从头到脚没有一根软骨头”。曹医生在总结为什么能治好彭加木的病的时候，深有所感地说道：“我看，除了药物的作用之外，必须考虑精神的作用。彭加木充满革命乐观主义，积极配合医生治疗，这是他战胜癌症的重要因素。”

“你还活着？”

1957 年 7 月，一个阳光明媚的日子里，夏叔芳搀扶着彭加木，出现在上海肇加浜路中国科学院上海分院的宿舍里。

彭加木终于回来了！唐朝诗人贺知章在外乡住了多年，晚年归乡，曾写下过这样的诗句：

少小离家老大回，
乡音无改鬓毛衰。
儿童相见不相识，
笑问客从何处来？

彭加木虽然只住院数月，居然也“儿童相见不相识”！

这是因为彭加木已经今非昔比，由于连续用 X 光治疗，他的头发脱落，差不多成了秃头！他双眼无光，眼球凸出，骨瘦如柴，行动迟缓。

出院时，医生在他的病历卡上写着四条意见：

1. 每周注射；

2. 医生定期随访；

3. 休养为主，轻工作为次；

4. 需要留沪休养。

一回到家里，便躺在床上。他依旧不能平卧，要半躺半坐。

窗，敞开着。一阵风吹来，彭加木“弱不禁风”，顿时浑身起鸡皮疙瘩。夏叔芳一见，赶紧把窗关上。

尽管彭加木把出院看作是一个很大的胜利，但是医生们并不认为他的病已经完全好了。中山医院在给上海生物化学研究所党组织的信中，明确指出：“彭加木的恶性肿瘤虽然暂时受到控制，但随时可能复发，因此不得离开上海。”

据医生们估计，彭加木充其量只能再活 3 年。

彭加木对自己的估计却是乐观的。他认为从此“放虎归山”！医生问他归什么“山”？他哈哈笑道：“归天山！”

彭加木回家之后，每天仍要定时打针。曹医生和护士常来他家看望。

最初，彭加木只能半躺着看书。他感到视力差了，配了近视眼镜。他本来并不近视。病后却不得不戴上眼镜了。

后来，他挣扎着起床，进行最初步的锻炼——练毛笔字。在中学时代，他跟那位廖老先生练字，是为了学书法，如今，他磨墨、练字，主要都是为了恢复体力，而且也从练字之中得到一种乐趣。他先是坐着练字，不久，能够站着练字。

他欣然用毛笔写下了李白气壮山河的诗句：

长风破浪会有时，

直挂云帆济沧海！

本来，彭加木是不大相信中医的，以为西医才科学。这时，听说有一种中药能增进视力，便请中医试开了几服。服用中药之后，果真视力有所改善。从此，彭加木开始相信中医，服用中药治癌。他自己也置了一大堆中医、中药的书，钻研起来。他“久病成良医”，无师

大病初愈的彭加木在写作（夏叔芳生前供稿）

自通，后来竟然能给自己开起中药处方来，有时也给别人看点小毛病，博得了“半个郎中”的雅号。

经过一段时间的休养，彭加木已能在家种花，或领着小女儿慢慢在院子里散步了。他又当上“孩子头”。他一出现在院子里，身后马上响起一片“彭叔叔”的喊声。他的口袋里总不忘带着“糖衣炮弹”，一见孩子们便来它几颗。有时，他拿起女儿的香蕉形状的玩具口琴，吹起欢乐的歌曲给孩子们听。

一天，他沿着马路，慢慢散步。半路上，一个姑娘朝他上下打量了一番，突然吐了吐舌头，惊喊道："你……你还活着？"

彭加木看了看对方，似乎有点面熟。他细细一想，哦，记起来了：她是中山医院的护士，在抢救室里曾见过几面。

彭加木笑笑："你瞧，我不是活得很不错嘛！"

姑娘远去了。

她那句吃惊的问话，给了他很大的触动。他说，在别人的眼里，似乎我应当早就向上帝报到去了。如今，我不仅活了下来，而且体力渐渐恢复。我要抓紧时间，我要工作，我要到边疆去！

请求"放虎归山"

就在党支部书记王芷涯到家里看望他的时候[①]，彭加木正式向她提出了请求："我身体已经好了，让我到新疆去吧！"

王芷涯熟悉彭加木的脾气，他一旦下定了决心，用十头牛拉他，也拉不回来！

经过研究，组织上决定让王芷涯把病情如实告诉彭加木，以便说服他安心在上海休养。

直到这时，彭加木才第一次知道，自己患的是纵膈障恶性肿瘤。尽管他早就猜到自己患了癌症，可是那只是猜测而已，况且也不知道确切的病症名字。

王芷涯还拿出了中山医院给上海生物化学研究所的公函，说明"不得离开上海"，这不仅是党组织的意见，而且也是医生们会诊后的结论。

---

① 1980年7月31日，叶永烈在上海采访彭加木入党介绍人、中国科学院上海分院党委委员兼办公室主任王芷涯。

本来，王芷涯以为，这下子彭加木会打消去边疆的念头，会说：“好吧，那我就留在上海。”

谁知彭加木真的是十头牛拉他，也拉不回来的人。他看了公函，很坦然地说：“这情况过去我也知道一点，对我去新疆不会有什么影响。”

听了彭加木的话，王芷涯深为感动①。她想，有的人没病装病，有的人小病大养，有的人想方设法要留在上海，有人甚至说彭加木如果不到边疆去就不会得癌症！而彭加木呢，医院明确认为他“不得离开上海”，他却再三请求要到边疆工作！这两种人的思想境界，真是天壤之别！

彭加木是一个“一不做，二不休，不达目的不罢手”的人。他人在上海，心儿早就飞到边疆。他接二连三地向组织上请求“放虎归山”。

请读一读彭加木当时所写的报告。原文照录，一字未易。字里行间，渗透着一股多么感人的力量！

1957年9月9日，彭加木给组织写了这样的报告：

近期间总是想着如何能早日到乌鲁木齐去，因为现在病已基本上好了。治疗已暂告结束，体力上已可担任一些工作。新疆方面的工作，由于在1956年已订了计划，各方面已作好准备，如果我不去，而一时又找不到代替的人，那么那些准备工作就要落空，整个工作也将受到影响。此外，也会影响到动员更多的人去新疆工作。

问题关键在于身体健康状况是否允许到乌鲁木齐工作？我的看法

① 1980年7月31日，叶永烈在上海采访彭加木入党介绍人、中国科学院上海分院党委委员兼办公室主任王芷涯。

是，在乌鲁木齐工作与在北京、上海工作，对体力上的要求来说，没有什么差别……我的病与所在地区无关，留在上海，未必就不会发病；去到乌鲁木齐，未必就会发病，即使发病，可以先行在乌鲁木齐治疗，必要时可以回上海治疗，这样做对病情无大影响。

在上海，各方面的条件当然都是很优越的，但是一个共产党员，难道可以畏难退缩？在建设社会主义、建设边疆的道路上摔过一跤（引者注：彭加木把患癌症称为“摔跤”），可是爬起来了，拍拍灰尘，又要继续前进。只是应当吸取教训，眼睛更敏锐些，脚步更小心些，争取不再摔跤。因此，已经向综考会简焯坡（引者注：中国科学院综合考察委员会的一位负责人）提出，希望在取得医生同意后，在九月中旬后回北京，并尽可能早日到乌鲁木齐……

也就在这一天，彭加木又同时给简焯坡写了一封信，请求赴新疆工作：

我正以最大的努力来和疾病作斗争，以期早日取得完全的胜利。8日拍摄了胸部正面及侧面的X光照片，结果很好。

……新疆的工作，没有疑问是急切等着人去做。我认为实际可行的办法是，我尽可能早些去乌鲁木齐，做一些体力所能胜任的准备工作。我对那儿的情况是摸熟了些，而且如要争取沿海一带的有经验的人去协助工作，也得有人在那里联系、准备。……如果我能够在上海做一些轻微的工作，没有理由就不能到乌鲁木齐做一些轻微的工作。一年多来，我深深体会到争取人去边区工作的困难。人们对边疆有过多的、认为是十分荒凉艰苦的误解，我更不愿意由于我生了一场病而加深人们的误解。这种情况事实上已开始产生了。

医生们曾经认为我的病情十分险恶，这是我知道的，最近王芷涯同志曾经代表组织告诉我真实的情况。其实，在医院时从各方面的观察，我也已知道一些，只是没有那么系统罢了。不过，我是十分乐观的，无论任何严重的疾病或是各式各样的困难，都不能摧毁我对工作的信心。我相信必定能获得胜利。我甘愿忍受一切痛苦，为了社会主义事业，能做五分就做五分，活一天就要干一天。我还准备留出百分之五十或更多的力量来应付疾病，我有把握做到这一点，因为这是客观上的需要。关于这点，我有不同的看法：

（一）病与地区无关，发病的可能性到处一样。与其消极地在上海等待，不如作积极的打算，如加以适当注意，在外也不一定会发病。

（二）在上海对工作的作用不是很大，对人对己的影响均不好，一个人如久受消极因素的侵蚀，容易消沉，而留在上海事实上已增加了动员人去边区参加工作的困难。

（三）我的病所需要的医疗条件，在乌鲁木齐是能够满足的。

……

由于有人过去一阶段患病的经验，我对于如何能适当的控制，已觉得很有把握。

因此，我要求：在取得医生的同意之后，我就立即去乌鲁木齐，如果工作上确实不需要在明春以前去，那么就在这期间内先去昆明，一方面可以把工作交代清楚，另一方面可作为体力上的一个试验阶段。

彭加木在寄出这两份报告之后，急切地期待着组织上的批准。他一边治病，一边开始在上海生物化学研究所做实验，以尽快恢复自己的体力。

然而，组织上并没有马上批准彭加木的请求。彭加木焦急万分，一次又一次地向党支部书记王芷涯请战。

1958 年 2 月 9 日，彭加木写信给中国科学院副院长竺可桢，再一次提出恳切的请求：

经长时间的调理休养后，现已恢复健康。这是由于生活在社会主义的新中国里……严重的病才能迅速痊愈。

现在我抱着像一个士兵等待着重返前线的焦急心情，恳切地请求你准许我立即回到边疆去参加进攻科学堡垒的战斗！

彭加木的信条是“不达目的，誓不罢休”。为了让他安心留在上海养病，医生劝告过他，党支部劝告过他，妻子劝告过他，同事劝告过他。然而，彭加木以“面对困难，我能挺直身子，倔强地抬起头来往前看”的豪迈气概，坚持自己的请求。

他一再要求重返边疆，他在给党支部书记王芷涯的信中写道：

分配我什么工作都可以，人家不愿干的给我干。最好是对其他同志来说带有危险性的工作给我来做。或者是短期的，或流动性的，或紧急需要完成的，让我来做。

经过组织上与医生反复磋商，考虑到彭加木的多次请求，在 1958 年 2 月底，终于通知彭加木：同意“放虎归山”！

第七章

铺路石子

33 岁时写的 “遗言”

1958 年 3 月，一个险些被癌症夺去生命的人，奇迹般踏上了漫长的征途。

彭加木取道北京前往乌鲁木齐。彭加木的“胃口”可真不小，刚到北京，又记挂起昆明的工作来了。3 月 17 日，彭加木在京给云南昆明植物研究所所长蔡希陶教授写了这样的信：

……如有可能则在年底再到昆明。

……我决心只要还有一点力量就要为边疆多做一份事情。

彭加木恨不得来个“分身法”——一半在新疆工作，一半在昆明工作。

乌鲁木齐毕竟遥远，大病初愈毕竟力不从心，彭加木从甘肃天水坐长途汽车赴新疆时，病倒了。他感冒，发着高烧，咬着牙坐在颠簸不已的汽车上。他自己鼓励自己：“大江大海都闯过来了，还能被小河沟难倒?”

一到乌鲁木齐，他不得不躺倒在床上。休息了几天，烧才退了。从此他反而从中得出了“经验”：“病倒了，睡它几天就能恢复。我摸到了规律，不怕它!”

当时，乌鲁木齐寒气袭人，中国科学院新疆分院又正处于创建时期，条件很差。朋友们让彭加木住到宾馆去，那里有暖气，伙食也好一点。彭加木说什么也不肯，宁愿住在新疆分院一间堆放杂物的平房里。那里连炉子也没有。一只大木箱，算是写字台。此外，一张木板床、一把椅子，便是他的全部家具了。彭加木以艰苦为乐，他说：“如果要享福，就用不着到新疆来了。我到这里，就是准备要吃苦的!”

为了发展新疆的科学事业，彭加木甘当一颗铺路石子。他在那里整天忙于筹建实验大楼、购置仪器、安装仪器、培养人才，还进行野外考察、科学研究；甚至在化学楼建筑工地上抬土、运砖。当仪器从内地运来时，他和大家一起打开了几百只箱子！……当地的朋友赞誉彭加木为建立中国科学院新疆分院立下了汗马功劳。

中国科学院新疆分院化学研究所外貌（彭加木摄，夏叔芳生前供稿）

中国科学院新疆分院外貌（1969 年，夏叔芳生前供稿）

为了发展新疆的科学事业，彭加木亲手架设新疆与内地之间的科学桥梁。他在上海做了许多动员工作，鼓励上海的科学家们调到新疆来工作，或者来新疆作短期的讲学、考察。

彭加木在这次出发之前，便找了他的老同事陈善明谈心[①]，向他介绍新疆的风貌，翘起大拇指说新疆“亚克西”（维语，“好”的意思）。

在 1959 年，彭加木还动员了上海的老科学家王应睐、殷宏章、苏元复、曹天钦、周光宇、焦瑞身等 6 位先生到新疆讲学、考察。

后来，经彭加木亲自动员来新疆工作的上海科学家，就有生理学家胡学初和徐科，化学家柳大纲（研究盐湖）和生物化学家戚正武……

另外，通过彭加木架设的这座桥梁，新疆的许多年轻科学工作者不断到内地实习、培训，迅速提高了自己的业务水平。新疆的朋友们

① 1980 年 7 月 10 日，叶永烈在新疆 720 基地采访了中国科学院新疆分院副院长陈善明。

称赞彭加木是架设新疆与内地之间科学桥梁的“工程师”。彭加木，是一个出色的科学研究工作的组织者！

为了发展新疆的科学事业，彭加木甚至准备献出自己的生命，他在1958年7月19日写给党支部书记王芷涯的信中，写下了献身边疆的誓言：

……我极盼陈善明能到新疆来。因为除了我一人力量不足外，我的身体情况是不够有十分把握的。虽然我在离沪时已下了最大的决心，一定要把工作搞起来，并准备让我的骨头使新疆的土壤多添一点有机质（关于这一点请不必告知夏叔芳）。但是，假如在我体力不能支持的时候，没有人管这儿的工作，就将会引起重大的损失。陈善明来到以后，我就可以放心了……

信中的这些类似于“临终遗言”的话，彭加木是经过深思熟虑之后才写下来的。因为在当时，尽管别人每天看到他忙碌于工作，而在深夜里他却深深受到病痛的折磨。他已经预感着不祥，置个人生死于度外。他写这些话的时候，只有33岁！他抓紧分分秒秒，秒秒分分。他没有节日，没有假日，不看电影，也不看戏。他有一种极为强烈的时间紧迫感。他说：“既然生命的期限已如此短促，那时间对我来说就更宝贵了，我一分一秒也不能浪费呵！我自己早知道可能活不长了，正因为这样，更应当趁我能做些事的时候，尽最大努力替党做些工作，特别是艰难困苦的工作。”

彭加木爱诗。此时此刻，他最爱读的，是著名诗人臧克家在1949年为纪念鲁迅逝世13周年所写的诗——《有的人》。他，不知吟诵过这首诗多少遍：

有的人活着，
他已经死了，
有的人死了，
他还活着。
有的人
骑在人民头上：
“呵，我多伟大！”
有的人
俯下身子给人民当牛马。
有的人
把名字刻入石头想“不朽”；
有的人
情愿作野草，等着地下的火烧。
有的人
他活着别人就不能活；
有的人
他活着为了多数人更好地活。
骑在人民头上的
人民把他摔垮；
给人民作牛马的
人民永远记住他！
把名字刻入石头的
名字比尸首烂得更早；
只要春风到的地方
到处是青青的野草。
他活着别人就不能活的人，

他的下场可以看到；

他活着为了多数人更好地活着的人，

群众把他举得很高，很高。

彭加木每一次吟诵这首诗，都仿佛增添了力量，把有限的时间抓得更紧更紧。

陈善明在彭加木的精神影响之下，也愿做一颗铺路石子，为发展边疆的科学贡献力量①。陈善明调到了新疆，担任了新疆分院化学研究所副所长，后来成为中国科学院新疆分院副院长。陈善明的到来，使彭加木在新疆有了得力的助手。

马不停蹄

1958年底，彭加木把新疆的工作暂告一段落，回到了上海。

在上海的马路上，彭加木又有两次被人细细端详，人们发出了“你没有死”、“你还活着”的惊呼！

回到家里，小女儿跑去开门，头一句话便使彭加木吃了一惊。她问道：“叔叔，你找谁？”

回来了，回来了，彭加木奇迹般去边疆，又奇迹般凯旋归来了。

彭加木购置了一架幻灯机，到处放幻灯。那些幻灯片都是他自己拍的新疆照片，解说词也是他自己编的。他到处宣传新疆“亚克西”，常说：“一个新疆就有16个浙江省那么大，这真是一个大有可为的天地呵！”他在家里放幻灯，在研究所里放幻灯，就连走访亲友，也在他们的家里放起幻灯来。他的幻灯机很轻便，放在手提包里一拎行

---

① 1980年7月10日，叶永烈在新疆720基地采访中国科学院新疆分院副院长陈善明。

了。放映时，把墙壁当银幕，随地可以放映。人们又开始叫起他的绰号——“乌鲁木齐”了。

彭加木来到曹凤岗家里[①]。这一次，倒过来了，不是曹医生给彭加木治病，恰恰相反，却是彭加木帮助曹医生总结经验。彭加木带来许多他服用过的中药药方，给她讲述哪几种药方比较有效，建议对别的病人也采用中西医结合的方法治疗。

彭加木在上海只工作了一个来月，连曹医生要他到中山医院复诊，他都来不及去，又马不停蹄地奔赴边疆了。

他没有失约，在1959年初来到了昆明，来到了蔡希陶教授那里。云南的生物化学实验室也正在建设之中，许多青年缺乏经验，正需要他的帮助。

彭加木在昆明工作了3个月之后，第三次来到新疆。他参加了北疆阿勒泰地区以及玛纳斯河流域的野外考察。他还协助新疆分院筹划开展伊犁河流域综合考察和新疆盐湖考察工作。

彭加木在新疆（夏叔芳生前供稿）

当时，中国科学院综合考察委员会正准备在北京建立中心化验室，由于彭加木是学农化的，身体又不好，想把彭加木留在北京，主持中心化验室工作。为此，中国科学院综合考察委员会负责人简焯坡写信

① 1980年7月27日，叶永烈在上海中山医院采访为彭加木治疗癌症的主治大夫曹凤岗以及两位护士韩继文和郑幼明。

征求彭加木的意见。彭加木在1959年4月，郑重其事地复信简焯坡，再一次申述了愿在边疆长期战斗的心愿：

关于我以后的工作问题，我个人的意见，首先是坚决服从组织调配，派往哪里就去哪里，交下什么就做什么。关于工作地点问题，有一点提出请领导上考虑的，就是希望能在边区工作。最好不要留在北京或至少不要长期留在北京。漆主任（引者注：中国科学院综合考察委员会副主任漆克昌）提到综考会要建立中心化验室，这事情我觉得也可以做，只是用不着花太多的时间，有三个月到半年左右就可以把化验室建立起来开展工作了，长期继续主持化验室的工作，可以另找更合适的人选。北京比边区更容易找人些。现在我仍然愿意在向科学进军的道路上，在攻克边疆地区科学堡垒的战斗中，接受当一名爆破手的任务，我有信心保证完成任务。

就这样，彭加木继续在边疆“铺路”、“架桥”，为边疆添砖加瓦，添草加木。

1959年8月14日下午，彭加木亲自来到乌鲁木齐车站，迎接前来新疆指导工作的上海科学家王应睐、殷宏章、苏元复、曹天钦、周光宇、焦瑞身。尽管当时的新疆分院还正在施工、建设之中，却使这几位老科学感叹不已！

彭加木的导师应睐教授，曾写下了这样的观感[①]：

在乌鲁木齐市中国科学院新疆分院，我亲眼看到了彭加木同志在那里的工作情况。使得我大为惊奇的是，当时新疆分院虽还处在建院

① 王应睐：《我所了解的彭加木同志》，1964年4月7日《文汇报》。

时期，但实验室设备已相当齐全，有些现代化的精密仪器也已安装起来，真是琳琅满目。问起分院的同志，才知道原先的工作条件是极为困难的，连玻璃管、酒精这种实验室常用物品都很缺乏，工作几乎无法开展。多亏彭加木同志帮助他们设计实验室，采购仪器，安装设备，以至培养干部，掌握技术，才取得了像现在这样的成绩。当时新疆分院已经开展了一些研究工作，彭加木同志是重病初愈的人，但依旧干劲十足地投入糠醛生产试验等研究工作。这一切都使我十分感动，使我认识到他支持边疆的行动是对的。他的辛勤劳动，对边疆的科学事业起了一定的推动作用。

本来，彭加木是王应睐教授的得意门生和助手。当彭加木在3年前打报告要到边疆工作时，王应睐教授有点舍不得，一再挽留他在身边工作。如今，他亲眼看到了彭加木对边疆的贡献，赞扬他的“铺路石子”精神，称誉他是名副其实的科学事业中的“建筑工”、“铁道兵”、“铺路石”。

原先对彭加木离开上海深表惋惜、叹为“电泳走子龙”的曹天钦教授[①]，此时此刻，也深受感动。他认为彭加木“看得远，想得更广，而且以实际行动，在条件还不具备的地方赤手空拳创造条件，在广阔的荒地上开垦播种。他的贡献不只是一个点或几个点，而是面的贡献”。

彭加木奔走不息。1960年，他在北京协助建设中国科学院综合考察委员会的中心化验室，并指导工作。这一“铺路”任务完成之后，他又“起锚”了。

1960年8月，彭加木离开北京，风尘仆仆应邀来到陕北榆林治沙试验站，在那里参加了治理沙漠的生物固沙试验。经过几个月的奋

---

① 1980年7月26日，叶永烈在上海中国科学院上海分院采访彭加木导师曹天钦教授。

战，他写出了题为《生物固沙试验》的科学论文。

在1960年底，彭加木回到上海。意想不到的是，他的身体又遭到了病魔的袭击，一场新的考验开始了！

再斗病魔

从西北回来，彭加木感到异常疲倦，周身乏力。他的视力，又明显地减退了。

夏叔芳深知彭加木的牛脾气，非到万不得已，他是不肯上医院的。他把曹医生请到家里来。曹医生一看，发觉苗头不对，无论如何要彭加木到中山医院来复诊检查。曹医生还给彭加木施加“压力”——如果不来复诊检查，就正式通知你的领导！这下子，彭加木没有办法，只好来到中山医院。

这一次检查，非常严格、认真。

曹医生为了检查彭加木的上腔静脉情况，进行了血管造影。为了注射造影剂，所用的针头比较粗。造影剂是从手臂上的静脉打进去的。由于彭加木多次注射氮芥，以致手臂的静脉血管壁比较硬，针头滑来滑去，扎不进血管。曹医生急得汗水、泪水一起流了下来，彭加木却一声不吭，面不改色，鼓励曹医生道：“不要紧，慢慢打，再换个地方打。”另外，曹医生还抽取了彭加木的骨髓，进行细致的化验。

没想到，几天之后，中山医院通知彭加木——住院治疗！

彭加木预感到可能是病情恶化了，不得不住进了中山医院。

发现了什么异常情况？原来，曹医生在做了血管造影之后，发现彭加木上腔静脉严重阻塞。更使她吃惊的是，在彭加木的骨髓涂片中，查出了少数“异常网状细胞”，推断他可能患有“网状细胞性淋巴瘤”。

网状细胞性淋巴瘤是一种更为危险的恶性肿瘤。医学文献指出，这种恶性肿瘤患者，除了特例之外，一般只能活3个月。

彭加木又一次面临着死神的挑战。

彭加木向曹医生打听，自己这次究竟又患了什么严重疾病？这一次不同了，经过曹医生与组织上商量，认为彭加木经受过4年前那场生死考验，他的毅力是惊人的，可以把病情告诉他。

彭加木知道自己剩下的时间不多，便更加抓紧工作。

3个月过去了，彭加木依旧活了下来。当医生和护士向他投来惊异的眼光时，他风趣地说："我是不会死的！死了阎王爷也不敢收留！"

他一出院，又投入了紧张的战斗。当时，上海正在举办全国性的"高级生物化学训练班"，彭加木主动要求担任辅导工作，经常忙到深夜。

这时，中国科学院综合考察委员会领导得知彭加木又一次濒临险境，为了照顾他的健康，劝他调离中国科学院综合考察委员会，在上海安排适当工作。彭加木却念念不忘新疆，在1961年4月18日复信中国科学院综合考察委员会办公室的领导：

我在医院查的问题主要有两个：一是上腔静脉阻塞，一是在骨髓检查中发现少数异常网状细胞，有患网状细胞瘤的可能。

网状细胞瘤是一种比较讨厌的病，病情的发展常常是快的，往往在一二月之内可以达到十分严重的地步。现代医学尚无根治此病的方法。……

我目前病情幸而尚无显著的发展。

……余留下来让我能继续工作的时日，恐怕未必会有很长久。按一般而论，似目前状况再维持一两年或三五年，即属十分罕有的例子，如不能善于利用此短促时光，为社会主义建设多尽一分力量，实堪惋惜，内心亦常为此焦急不安。

现在天气已经转暖，新疆地区的气候亦已将成为我可以在该地区工作的季节，未悉我现在是否可以作前往新疆的准备？

经过中国科学院综合考察委员会与上海生物化学研究所领导共同研究，考虑到考察队的生活异常艰苦，彭加木的身体已不能适应，决定自 1961 年 4 月底，把彭加木调回上海生物化学研究所工作，户口也由北京迁回上海。但是，领导上也考虑了彭加木再三要求去边疆工作的强烈愿望，同意彭加木在身体允许的情况下，在合适的季节中，去新疆工作几个月。1961 年夏天，彭加木又奔赴新疆了。从此，他不顾身患重病，每年夏天差不多都抽出 3 个月的时间，坚持去新疆工作。有一次他去南疆考察生物资源，一连坐了 16 天汽车，终于翻过了高耸入云的天山。尽管他是咬紧牙关才度过那漫长而艰辛的 16 天，但他为自己闯过了这一难关而感到无比欢欣。

征服 “科学之眼”

我没有听彭加木同志说过“难”字，也没有见过他开过空头支票。只要工作需要，他就有这么一股子劲——总要细心探索，刻苦钻研，不彻底解决不肯罢休。当电子显微镜安装后验收时，由于国内还没有鉴定高分辨率技术的经验，我们受了不少肮脏气。为了永远摆脱这种被动情况，为了对人民负责，看看这台仪器的鉴别率到底是多少，是否符合厂方所开列的规格，彭加木同志硬是花了一个月的功夫，通过顽强的探索，掌握了铂铱粒法，测出了仪器的鉴别率。这仅仅是他刻苦钻研业务技术的许多事例中的一个。

以上，是上海生物化学研究所曹天钦教授在回忆彭加木的文章中所写的一段话。

彭加木是学农业化学的。当他在中央大学农学院读书时，别说没摸过电子显微镜，连看都没看过哩！

他，怎么会跟电子显微镜打上交道呢？

原来，1962 年，当他在上海休养期间，上海生物化学研究所进口了一台高分辨率电子显微镜——当时国内的第一台。由于没有经验，在安装、调试工作中，遇到许多棘手的问题。彭加木一听说，尽管他自己也是第一次接触这种新技术，却知难而进，主动求战。领导上同意了，派彭加木主持建立电子显微镜实验室的工作。电子显微镜是一种崭新的现代化科研工具。

人们常常把自己的眼睛称为肉眼。人的眼力不够，肉眼只能分辨大小为0.1—0.2 毫米左右的东西。

自从在 16 世纪出现了光学显微镜，打开了微观世界的大门。人们用光学显微镜把物体放大几十、几百倍，发现了微生物和细胞。恩格斯在《自然辩证法》一书中，把细胞的发现称为 19 世纪的三大发现之一。

不过，光学显微微镜的放大倍数最大只有 1500 倍左右，最高分辨率大约为两千埃。一埃，就是一百万分之一厘米。

在 20 世纪 30 年代，随着电子技术的进步，人们开始试制新型的显微镜——电子显微镜。

1932 年，世界上第一台电子显微镜诞生了，放大倍数只有 12 倍而已。然而，它飞跃发展着。如今，它的放大倍数已达几十万倍，甚至达上百成千万倍，分辨本领高达一埃。人们借助于电子显微镜，可以观察分子、原子。

电子显微镜被誉为“科学之眼”。它广泛地应用于生物学、冶金学、化学、地质学、半导体、物质结构学等许多学科。

然而，要掌握这“科学之眼”，却并不容易：

它结构精密、复杂，十分娇气。稍微一疏忽，拍出来的照片便是虚的。

它的内部要抽成高真空，实验室要求一尘不染。

它的观察范围比针尖还小。样品一定要切成极薄极薄，厚度只有50埃，即二十万分之一毫米。要知道，薄的打字机用纸的厚底，大约为二十五分之一毫米左右！

彭加木有一股子牛劲——越是被别人说成神乎其神、困难重重的事情，他倒越是要干。

他最喜欢跟困难较量，比个高低。

彭加木埋头在图书馆里，查看了许多国外的电子显微镜文献，弄清楚它的基本原理与操作技术。接着，他花费了30多个日日夜夜，厮守在电子显微镜旁，忙碌于制作样品、调试、拍片……

在一开始，大家都是新手，仿佛是一群新兵练习射击打靶，要花费大量子弹。为了节省底片，彭加木从别的实验室里找来几盒过期的光谱胶片作为试验品。不过，他就连这样的过期胶片，也舍不得整张使用，而是把它裁成一小条、一小条。

经过几十次、几百次的调测、试拍，彭加木终于征服了神秘的“科学之眼”，用它拍出了合格的显微照片，从外行变成了内行。

有趣的是，连他自己都意想不到，从此人们竟把他当作国内屈指可数的电子显微镜专家！而他自己呢？从来不把技术当成自己私有的东西，总毫不保留地教给别人。正因为这样，后来他不断被邀请到外地，帮助广州、福州、乌鲁木齐等地建立了电子显微镜实验室。

更为可贵的是，彭加木对于国家的科学仪器，一向爱护备至。那台在1962年进口的电子显微镜，现在早已过时，成为“老爷货”。可是，由于彭加木使用很细心，给实验室制订了一整套严格的使用注意事项，所以这台电子显微镜在很多年之后仍在使用。用它拍摄的照片，质量并不亚于用新式电子显微拍的照片。

用曹天钦教授的话来说："彭加木把这台电子显微镜的'老本'都用出来了！"

其实，在彭加木身上，这样的事例多着呢：

他的那架照相机，早就老掉牙了。可是，用它拍出来的照片，却相当不错。

他的那辆自行车，人称"老坦克"。可是，骑着它作长途旅行，却安然无事。

彭加木常说："秃笔也能画出好画来——关键在于你会不会画画。"

也有的时候，他一边修理着"老爷"照相机或那辆"老坦克"，一边自得其乐，摇头晃脑，背诵起几句唐朝作家刘禹锡的名作《陋室铭》："山不在高，有仙则名；水不在深，有龙则灵。斯是陋室，惟吾德馨……"

过去，彭加木喜欢郊游，喜欢看电影。自从忙于掌控电子显微镜，彭加木说："我的精力有限，要用到最需要的地方。如果还有精力，我情愿做实验。当我拍出好的电子显微镜照片，我就很高兴，这就是我最好的娱乐！"

捉拿"小魔王"

本来，彭加木的主要研究课题是酶化学和原胶原。自从他征服了"科学之眼"，便用这新式武器研究病毒，特别是植物病毒。他的研究工作，得到了中国科学院副院长竺可桢的赞许。

从此，他就把研究植物病毒作为自己的主攻方向，成为国内一流的植物病毒专家之一，以至如今人们提到他，便称之为“植物病毒专家彭加木教授”了。

病毒学的发展，是与电子显微镜技术的进步息息相关的。没有电子显微镜的发明，也就不会有病毒学，这正如没有光学显微镜的发明，就不会有微生物学一样。

自从人们发明了光学显微镜，发现了各种各样的病菌，才知道很多疾病原来是这种肉眼看不见的“小魔王”在那里捣乱。

然而，后来人们发现，牛的口蹄疫和烟草的花叶病是传染病，而人们用光学显微镜观察，怎么也找不到致病的病菌。

有人猜想，也许有一种比病菌更小的“小魔王”在捣乱。他把这种用光学显微镜看不到的“小魔王”称为“病毒”。

直到电子显微镜发明之后，这种猜想才得到了证实。人们用电子显微镜查出了病毒——它确实比细菌小得多，一般只有200至2600埃。

病毒的发现，是现代科学的一大突破。于是，许多人开始使用电子显微镜，寻找各种各样的病毒。好家伙，没多久便查出400多种病毒!

这些病毒之中，有的会使人或动物患病，叫作“动物病毒”，如开花病毒、流感病毒、狂犬病毒、鸡瘟病毒、马脑炎病毒、家蚕的多角体病毒等。

也有的会使植物患病，叫作“植物病毒”，如烟草花叶病毒、菜豆花叶病毒、西红柿丛矮病毒、枣疯病毒、柑桔空心病毒、葡萄锐叶病毒等。

还有的病毒居然会侵害细菌，叫作“噬菌体”。

甚至有几种动物癌，如鼷鼠的乳癌、鸡和鼷鼠的血球癌，经查明，也是病毒所致。

研究病毒，成了一门新兴的科学——病毒学。

就在这时，彭加木借助于“科学之眼”，成为这门新兴科学的研究者之一。

彭加木用电子显微镜研究动物病毒——新疆马脑炎病毒，拍出了清晰的照片。1963 年，彭加木的论文《新疆疑似马脑炎病原体的电子显微镜观察》，发表在《生物化学与生物物理学报》。

另外，彭加木还在《生物化学与生物物理学报》上发表了论文《原肌球蛋白和副肌球蛋白晶体的电子显微镜观察》及《用电子显微镜直接观测原肌球蛋白和副肌球蛋白分子》。与此同时，彭加木更着力于植物病毒的研究工作。他深知，植物病毒是农业的大敌，研究植物病毒将为消灭植物病毒，提高农业产量起重大的作用。

例如，马铃薯的绣球病毒，曾一度使河北省的马铃薯减产 50%—70%，发病率高达 85%—92%！油菜的花叶病毒，曾使长江流域的油菜减产 30%—50%，平均发病率达 42.7%，严重的达 94%！

内蒙一带的甜菜受黄化病毒危害，含糖量减了 27%—31%！

此外，玉米条纹病毒、枣疯病毒、西红柿花叶病毒、白菜孤丁病毒、萝卜花叶病毒……也曾使我国农业受到莫大损失。

彭加木借助于“科学之眼”广泛地研究了危害柑桔、桑树、水稻、小麦、玉米、甜瓜、哈密瓜等的各种病毒，作出了不少贡献。为了研究植物病毒，他走南闯北，什么地方发生病害，他就跑到哪里采集样品，然后带回上海用“科学之眼”观察、拍照、研究。

就这样，彭加木从 1961 年之后，忍受着病痛，每年夏天奔赴新疆工作，其余时间多次到广州、福州、郑州、南京、杭州、昆明等地，深入到田间，进行植物病毒研究。他本人就像他的那架老掉牙的照相机和那辆“老坦克”自行车那样，大大超出了癌症病人的生存期。他用那病弱的身体四处奔波，同样把“老本”都用出来了。

成为上海先进标兵

彭加木的毕生志愿，就是默默地“想作一颗铺路的石子，让别人踏在自己的背上走过去”。

他乐于作铺路石子，安于作铺路石子，然而，他又是一颗闪光的铺路石子！

彭加木的铺路石子精神，受到了人们的赞扬。

在1964年初，他光荣地成为中国科学院的先进标兵。

在1964年春节前夕，中国科学院上海分院党委召开了一个青年科研人员迎春座谈会，在会上向大家介绍彭加木的先进事迹，并宣读了中共中央华东局第一书记、中共上海市委第一书记、上海市市长柯庆施写给彭加木的一封信，全文如下[①]：

亲爱的彭加木同志：

听说你的病情已经有了很大的好转，我十分欣慰。

你自从一九五七年身患重病以来，一直遵循党的教导，革命意志十分坚定，战斗精神十分顽强。你不但发扬了革命的乐观主义精神，同严重的疾病进行了坚决的斗争；而且在疾病折磨的极其困难的情况下，仍然生龙活虎，赤胆忠心，英勇顽强，奋不顾身，把党的事业看得比自己的生命还要宝贵，一再拣重担挑，抢重活干，带病奔赴祖国边远地区开创科学研究工作，考察祖国自然资源，始终坚持为党工作。经过长期的艰苦的工作，你不但做好了革命工作，而且制服了严重疾病的折磨。你这种一心为公、不怕牺牲，全心全意地把自己的青

① 1964年4月6日《文汇报》。

春和自己的生命贡献给党的事业的火热的革命感情和崇高的革命品质，是广大党员学习的榜样。我衷心地祝愿你，在伟大的毛泽东思想指导下，进一步发扬这种无产阶级的革命感情和大无畏精神。我衷心地祝愿你，早日完全恢复健康，对党对人民作出更大更好的贡献。

当前形势十分令人鼓舞。我们伟大的祖国、伟大的人民，在党和毛主席的英明领导下，正在革命化的大道上高歌猛进。趁春节来到的时候，我特向你致以最亲切的问候！

柯庆施

一九六四年二月十一日

翌日，彭加木给柯庆施写了一封回信，全文如下[①]：

敬爱的柯书记：

衷心感谢您的亲切关怀和良好祝愿。我的心情十分激动。请允许我向您汇报一下近况。

我自一九五七年患病以后，时时刻刻得到党组织和同志们最热情的鼓励和巨大的帮助，使我能够坚定地与严重的疾病作斗争，勇敢地面对着一切困难，挺身向前。现在，我的健康状况良好，可以在实验室里做科研工作，也可以在野外进行一些科学考察工作。在今年夏天，我将要和生物化学研究所的几位同志一起去新疆，结合本所的科研任务，协助中国科学院新疆分院建立实验室和共同做一些科研实验。以后，我还希望继续参加两项曾经因为我患病而暂时离队的工作，那就是协助开展热带、亚热带地区生物科学方面的科研工作，以及在拉萨建立科研基地的工作。

① 1964年4月6日《文汇报》。

我做过的工作不多，取得的成绩很有限，与党的要求距离尚远。今后我决心要遵循您亲切的教导，学习毛主席著作，努力学习解放军，以伟大的毛泽东思想来武装自己，发挥无产阶级的革命感情和大无畏精神，全心全意为人民服务，团结群众，在亲爱的党和毛主席所指引的革命化大道上奋勇前进。

我特在此向您保证，绝不辜负党的多年培养和教育，立誓要做一个真正名副其实的共产党员，做人民的勤勤恳恳的勤务员。鼓足干劲，为攻克科学堡垒、攀登科学高峰而献出个人的一切。

请接受我真诚的革命敬礼！

彭加木

一九六四·二·十二

1964年4月，上海《解放日报》《文汇报》《新民晚报》都以大量篇幅报道了彭加木顽强抗击病魔侵袭、赤胆忠心为革命事业拼搏的先进事迹。

当时，上海树立了一系列先进标兵，其中有全身89.3%的皮肤被灼伤的上钢一厂“钢铁英雄”邱财康、断手再植成功的上海第六人民医院医师陈中伟、成功试制高压电桥的工人王林鹤、小学先进教师吴佩芳、少先队先进辅导员刘元璋等，彭加木也名列其中。

彭加木的事迹引起主管科技工作的聂荣臻元帅的注意，写下了这样的题词：

向彭加木同志学习。

学习他的革命乐观主义精神，

学习他克服一切困难、埋头苦干的精神，

学习他全心全意地为发展我国科学事业，为社会主义建设服务的精神。

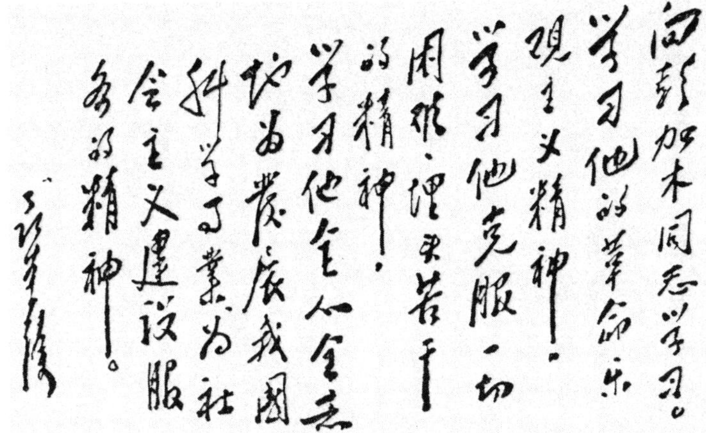

向彭加木同志学习！学习他的革命乐观主义精神！学习他克服一切困难、埋头苦干的精神！学习他全心全意地为发展我国科学事业为社会主义建设服务的精神。

聂荣臻

聂荣臻题词

中国科学院院长郭沫若早在1956年收到彭加木要求到边疆工作的报告，便曾为之感动。此时，触发了他的诗兴，写下了一首词《满江红》：

大学之年，
科研界，
雷锋出现。
彭加木，
沉疴在体，
顽强无限，
驰骋边疆多壮志，
敢教戈壁良田遍。
铁道兵，
铺路满山川，
为人便。
病魔退，

英雄显；

乐工作，

忘疲倦，

老大哥，

永远令人钦赞。

活虎生龙专爱国，

忠心赤胆常酣战。

望大家，

都向彭看齐，

比帮赶！

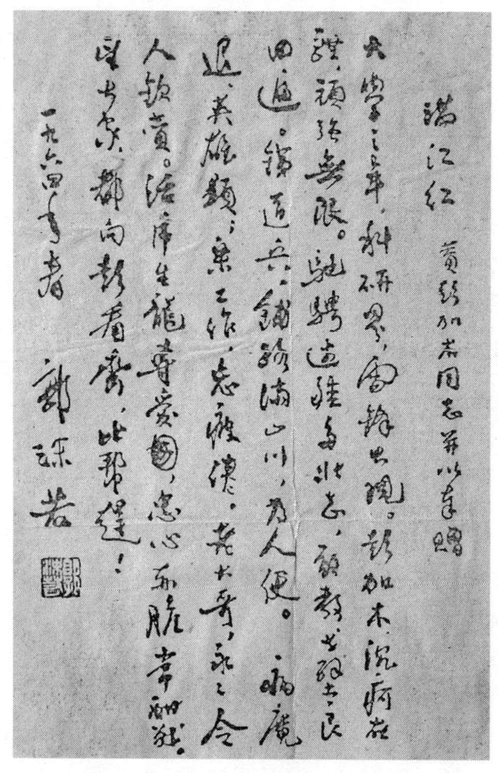

满江红　赞彭加木同志并以奉赠

大学三年，科研界，雷锋出现。彭加木，沉疴在体，顽强无限。驰骋边疆多壮志，愿教戈壁良田遍。[illegible]边兵，铺锦满山川，为人便。两广遍，英雄显；乐工作，忘疲倦。老大哥，永远令人钦赞。活虎生龙专爱国，忠心赤胆常酣战。望大家，都向彭看齐，比帮赶！

一九六四年春　郭沫若

郭沫若题词

彭加木的甘当铺路石子的精神，鼓舞了成千上万的人。他们用这样炽烈的语言，赞扬彭加木：

他是一位革命者。在他的身体里好像有一只共产主义的马达，使他永远不知疲倦。

彭加木同志用自己的行动说明他热爱党的事业胜过自己的生命，真正做到了古人所说的“鞠躬尽瘁”。

学习彭加木同志，就要学习他那种远大的革命志向，坚定的革命意志，豪迈的革命气概！

彭加木是生活中的萧继业！

彭加木同志身上所具有的品质，是一个优秀的共产党员的品质，是创业者的品质。

这里提到的萧继业，是当时上海电影制片厂摄制的影片《年青的一代》中的男主角，他把青春奉献给了边疆的地质勘探事业。

直到这时，人们才认识到彭加木的“铺路石子”精神的含义。曹天钦教授深刻地指出了这一点：

科学研究最困难的阶段是建立起必要的技术和打开研究的局面。一旦突破了难关，成果便不难接踵而来。彭加木在实验室中也是一个话剧《年青的一代》中热爱边疆事业的英雄人物、垦荒者。他付出了巨大的劳动，突破了一个又一个难关，建立了一个又一个技术系统。

但随着工作的需要，在得到第一批成果后，他教会了别人，使后来者可以比较容易获得更多更好的成果，自己又去挑新的重担了。

直到这时，人们历数彭加木在科学的道路上如何“铺路”，才看清了他那不平凡的“铺路石子”精神：

1956年，在昆明帮助建立化学实验室。建好之后，他走了。

1956年，在乌鲁木齐筹建化学实验室。建成之后，交给别人使用。

1960年，在北京指导建成中国科学院综合考察委员会中心化验室。建成之后，他走了。

1962年，在上海生物化学研究所指导建立第一台电子显微镜实验室。后来，他又帮助广州、福州、乌鲁木齐等地建立电子显微镜实验室……

确确实实，彭加木如同他自己所说的那样：

像建筑工人，自己住的常常是简陋的工棚，等到新房子盖好，他们却又要到别的地方去了；又像筑路工人，他们铺好路，自己却不一定再走这条路。

然而，真正要当一个科学的建筑工、铺路工，又没有自私自利之心，却并不那么容易做到！彭加木甘愿“自己种树，让别人乘凉”！

在过去，不少人不了解彭加木，总以为他“只会东奔西跑，科学成果不大”。正因为这样，当提职升级的时候，彭加木正在边疆工作，而所里又有这种舆论，便没有提拔他，所以他一直是助理研究员。尽管彭加木本人并不介意此事，但是当大家都了解彭加木感人的“铺路石子”精神时，便一致同意为他提级。这样，在1964年底，彭加木被提升为副研究员。

曹天钦教授在当时公正评价了彭加木的学术成就：

在去边疆工作之前和1962年迄今，彭加木同志在酶、纤维状蛋白与畜牧业有关的病毒方面，发表过八篇学术论文，还有一篇即将整理就绪。其中，由他负责进行的五篇，参加进行的四篇；在参加的工作中，有些技术关键也主要是由他解决的。九篇论文，不能算多，可也不能算少。如果考虑到这些成果都是在开辟研究基地、建立技术系统、进行综合考察、同恶性肿瘤作斗争的情况下，六出玉门、两下海南的间歇中获得的，就知道产量是很可观了。和他经常接触的同事和朋友，有人没有从这个角度来认识彭加木同志。是不是论文不够水平，以致无人注意呢？上述的例子和国外杂志对有些成果的援引，国内有关单位看到文章后写信要求交流协作等，都说明不是如此。对彭加木同志来说，论文只是从事科学工作的一小部分；论文，从未限制过他的远见，也不是什么工作动力。他的动力是全心全意为党为人民工作。

人活着究竟为了什么？

在彭加木成为科学战线上的先进标兵，在学习彭加木的热潮中，上海《新民晚报》的记者访问了彭加木。

1964年4月6日，署名“中国科学院生物生化研究所助理研究员彭加木”的文章《人活着究竟为了什么？——献给〈新民晚报〉的读者》，发表于上海《新民晚报》。

《新民晚报》编辑部为彭加木的文章加了编者按：

彭加木同志身患重病，仍赤胆忠心地坚持做好党的事业。他的“活着就为闹革命”的动人事迹在报刊上发表以后，本报记者特地访问了彭加木同志，请他向本报读者谈他是怎样对待革命工作和对待自己疾病的。彭加木同志答应了记者这个要求，向本报读者发表了谈话。下面是彭加木同志的发言。

这篇《人活着究竟为了什么？——献给〈新民晚报〉的读者》，道出了彭加木的心声，是一篇了解彭加木内心世界的很重要的文章。本书前面曾经摘引这篇文章个别段落，现全文收录于下，以使读者全面了解彭加木的精神世界：

我是一个普普通通的科学工作者，在党的领导下，仅仅做了作为一个革命者、一个共产党员应该做的一些工作，但是党和同志们都那样鼓励我、关心我；柯庆施同志还特地给我写了一封信。这使我很激动，同时也使我很惭愧，感到我距离党的要求还很远，需要不断地作出更多的努力。如果说，我能够在突如其来的严重疾病面前，直起腰来和疾病作斗争，为党的事业尽一分自己应尽的责任，那首先是党，亲爱的党给了我力量。特别是因为党的无微不至的关怀，同志们的热情帮助和中西医的精心治疗，使我的疾病得到抑制，至于我自己，仅仅是在治疗的过程中起了配合作用。我想，这种和医生的配合也是每一个病人最起码的和应该做到的。现在我可以在实验室做科学研究工作，也可以到野外进行一些科学考察工作了。所以，我首先要感谢党，没有党就没有我的一切。

记得八年前，党发出了向科学进军的号召。当时，中国科学院组织了综合考察委员会，到边疆各地调查资源。那时我想，作为一个共产党员，我应该积极地响应党的号召，到祖国最需要的地方去。我认真地考虑了党的事业的需要和自己各方面的条件后，就向组织上正式提出了到边疆去的要求。恰巧，在这个时候，组织上告诉我有一个机会去国外学习一门新技术。出国学习也是党的需要，而且要学习的正是我向来很感兴趣的一门技术。我必须在出国和到边疆这两者之间立即作出抉择。我考虑的结果，认为出国学习的任务虽然需要，但是可以由别的同志来完成，别的同志也乐于去。我已经决定要去边区工作了。为了让科学在祖国遍地开花，作为一个共产党员，应当选择到最艰苦的地方去，一个革命者应该具有从荒野中踏出一条道路的勇气。经过我一再要求，领导上终于批准我参加了中国科学院综合考察委员会，到边疆去工作。

一九五六年的五月，我怀着满腔的热情离开了工作七八年的实验室，离开了上海，先后到了云南、新疆、海南岛。到了边疆，使我真正感到祖国的伟大，祖国地大物博，有多少资源需要去开发，有多少事情需要我们去做呀，北京、上海都是乐园，但是祖国这么大，难道只有这两个乐园就够了吗？如果要把祖国各地都建成乐园，我们青年人不去，让谁去呢……当时，我刚三十出头，浑身是劲，虽然边疆的生活艰苦一些，但是，这正是要我们青年去奋斗建设的。当我们战胜困难，作出一些成绩的时候，就会感到一种说不出的幸福。

正当这个时候，可恶的疾病向我进攻了。开始，我还不大注意，但病情发展得非常迅速。一九五七年初，我在广州时，突然晕倒了。领导要我回上海治疗。

我生的是什么病呢？几次问医生都不肯讲，我爱人表现也吞吞吐吐，不大自然，后来我实在忍不住，就跟医生说："你告诉我吧，我知道生了什么病，也好跟你们更好地合作进行治疗。"这时医生才告诉我，说我的胸口里有一个硬块。我立刻意识到自己患了肿瘤。当时我的心情是十分沉重的，我正要为祖国的科学事业做一点事，却偏偏生了这种讨厌的病，而且我患的病是不能维持很久的，生命是有期限的。

怎么办呢？当时，我想，既然病了，就要面对现实，怕，有什么用呢？如果在疾病面前害怕着，吃不下，睡不着，那么小病也会变成大病，我想这决不是办法。那么怎么办呢？吃得好一点，马马虎虎等死吗？这种态度也是不正确的。人活着只是为了吃吃喝喝吗？不，我们共产党人有着崇高的革命理想，作为一个人，活着究竟为什么？我们应该为革命，为建设社会主义出力，一个人能力有大小，但是如果能够尽自己的力量为革命事业作出贡献，那他就活得有意义，哪怕只有一天、一小时，我也要把工作做好。当时，我又想起了许多前辈同疾病搏斗的英雄事例，像吴运铎同志、高士其同志，这些不正是我学习的榜样吗？同时，也想起我入党时的志愿书上写下的决心：我准备接受最严重的考验。我想既然已经病了，就应当治疗，争取让体力恢复到一定程度时，就抓紧时间努力工作，把应该做的事情赶快做好，至少也作个交代。我想作为一个革命者，对待疾病也应该有革命者气概。

我查了文献资料，对疾病前途作了估计，得出了三种可能性。第一种可能是彻底治好，成为医学上的特例；第二种可能是病时好时坏，这样也可以争取时间再到边疆去做一些工作，最后一种是最坏的估计，那就是只能延长时间，即使这样，我也要尽量争取时间，能干一天就干一天。

我觉得争取最好的前途是有可能的，文献上记载有特例，何况新中国成立后祖国的医学事业也在日新月异的发展着，特别是党组织无微不至的关怀，千方百计地为我弄来各种药品，这些都是我战胜疾病的最有利的条件和力量的源泉。我感到战胜疾病虽然有困难，但是有办法，也有希望，我决心要用坚强的革命意志来和严重的疾病作斗争。为了争取早日恢复健康，我愿意和医院密切合作，愿意接受一切治疗。

治疗的过程确实十分痛苦，像在深度X光照射的时候，为了减轻对疾病的副作用，需要照射之前吃一种酸性的药物，由于药太酸，勉强吃进去以后，过不了几分钟就翻肠倒肚地吐出来。为了换得长远的、重新投入工作的快乐，我忍受了这种暂时的肉体上的痛苦，我也想到革命先烈和解放军他们在敌人面前不怕牺牲、不怕拷打、不怕杀头，我只不过是生病，又算得了什么呢？当时我把药在规定时间内分成几次吃完它，同时每次再吃两片小苏打，以中和酸性，这样药吃下去以后终于不再吐出来了，医生也可以大胆地给我治疗。

由于组织上的亲切关怀，医生们的精心治疗，虽然还有些后遗症，但是病情逐渐好转了，体力也逐渐增强了，这时我心里真是高兴极了。于是我就向医生请求，让我出院；向组织上请求，允许我到边疆去。我这样想：留在上海，条件虽好，但不一定不发病，到边疆去虽然条件差一点，但也不一定就会发病。

一九五八年五月，我终于又出发到新疆去了。我回到了离别两年的新疆。回到那里，我感到一切都那样新鲜，那样生气勃勃，尤其当我看到来自各地的许多青年在边疆向大自然开战的时候，我真恨不得能多生几双手，一天能有三十六小时、四十八小时。在雪山上有一种美丽的草花，叫“雪莲”，它不声不响地开在严寒的、人迹稀少的天山上，我爱雪莲花，更觉得我们年青人应该像雪莲花那样能经得起严峻的考验，不怕艰难，为祖国科学事业献出自己的青春。

一九六〇年年底，新的考验又来了，我去中山医院复查时，在骨髓涂片检查中发现有少数异常网状细胞，医生提示有患网状细胞癌的可能。我到图书馆查医学文献，知道这种病除了特例外，一般只能活三个月。这又是一次打击，三个月是九十天，时间更加有限了，我抓紧时间工作。

正因为我的生命有限了，就更不能等死，要考虑怎样更好地利用这段时间，尽可能为党多做一些工作，使生命过得更有意义。

三个月又过去了，病情没有新的发展，我又一次去到了新疆。

通过这几年实际工作的锻炼，我更加感到祖国的富饶，到处都是广阔的天地，有着无数的研究课题，这是在实验室里找不到的，在上海找不到的，在前人和外国文献里找不到的。

有人说我“吃亏”了，我想不存在这个问题。我没有吃亏。要发展祖国科学事业，就需要有更多的人参加到科学队伍中来。我今天作的工作就像耕耘，又像播种，一分耕耘终会得到一分收获的，如果有更多的人参加到科学研究工作中来，肯定比我一个人的力量大，成果也会出得更多。这对党、对祖国的科学事业有什么吃亏的呢？如果说吃亏，那么许多革命先烈抛头颅、洒热血，为了革命事业流血牺牲，他们甚至连革命的胜利果实都没有看到，这不是更吃亏了吗？还有无数的解放军战士，在战场上英勇作战，负了伤，甚至残废了，他们是否吃亏了呢？没有，当然没有。至于我个人，虽然是一个科学研究人员，但我是一个共产党员，是一个革命者。在入党的时候，我就向党宣誓，我要把党的利益放在第一位，为党的利益坚决斗争到底。党需要我干什么，我就干什么，这里也不存在什么吃亏的问题。我认为党领导下的一切工作都是革命工作，任何岗位都是重要的、光荣的岗位。建筑工人，自己住的常常是简陋的工棚，等到新房子盖好，他们却又要到别的地方去了；又像筑路工人，他们铺好路，自己却不一定再走这条路。我想建筑工人、筑路工人能够默默无闻地作一些专门利人的工作，我为什么不能做一些科学组织工作，起一些桥梁作用呢？我想作一颗铺路的石子，让别人踏在自己的背上走过去，也是光荣的，我愿意一辈子作这样的铺路石子。

我为党所作的贡献还很少，今后我要更加认真地，听党的话，读毛主席的书，学习解放军，继续努力改造自己，做人民的勤勤恳恳的勤务员，只要一息尚存，便要为攻克科学堡垒、攀登科学高峰而献出自己的一切。

在1964年，彭加木被选为第三届全国人民代表大会代表。在出席第三届全国人民代表大会时，他又被选入会议主席团。

1965年1月3日，彭加木在会议期间见到了毛泽东主席，紧握着毛主席的手，激动得说不出话来。

他还见到了周恩来总理和邓颖超。周总理关切地握着他的手，嘱咐他："要注意身体，好好工作。"

在会议期间，广东省委书记陶铸见到彭加木，很热情地邀请他到故乡广东来协助解决柑橘黄龙病害问题。

1965年4月9日，柯庆施病逝。彭加木发表了《牢记柯庆施同志的教导，"一心为公，不怕牺牲"》，表示对柯庆施的怀念：

今年春节，我在广州过年。初一那天，参加中南局组织的团拜，看见我们全党和全国人民爱戴的柯庆施同志。谁想到，4月10日上午，突然传来柯庆施同志逝世的噩耗。我心情十分沉重。

柯庆施同志对我的亲切教诲，我终生不会忘记。去年2月里，他在百忙之中，还写给我一封信，鼓励我全心全意把自己的青春和自己的生命贡献给党的事业。其实，柯庆施同志身体力行，他的一心为公，不怕牺牲的崇高革命精神，正是我们学习的光辉榜样。他的教导一直鼓舞着我，他写的那封信，我一直珍贵地保存着，我把它抄在笔记本上，出差时，带在身边，时时温习他的亲切教导。

去年，我绝大部分时间都在外地，6月到11月在新疆，以后回来了一星期，即去南方。这样的走南闯北，虽然工作和生活比较艰苦，但是柯庆施同志的革命精神，给了我无穷的力量和信心，使我克服了工作上的困难，身体也得到了锻炼。

我在新疆，大多数时间在野外搞盐湖的考察工作，有时要爬上海拔4000米的高山，但是，我觉得精神比以前好，没有很大的反应，既不呕吐，也不头晕。有时我们到深山密林去考察，从早到晚骑着马，腰也酸，脚也麻。而下马步行，遍地是“盐壳”，戳得脚底痛，更是寸步难行。这时候，是柯庆施同志的一心为公，不怕牺牲的教导激励着我，去排除万难，坚持到胜利完成任务。

4月13日上午，我在北京公祭大会的灵堂前，对着敬爱的柯庆施同志的遗像，心里有多少话要讲呀！敬爱的柯庆施同志，我们一定要继承你的遗志，学习你对党对人民无限忠诚的高贵品质，学习你艰苦朴素、联系群众的优良作风。坚决做一个一心为公、不怕牺牲的革命战士。

正当彭加木受到表彰，准备在科学上大干一番的时期，他却遭到了第二次沉重的打击，一场政治风暴正朝他袭来……

第八章

跌入谷底

两颗 “重磅炸弹”

1966 年，一场史无前例的风暴席卷中国大地，一场史无前例的浩劫开始了。

这场风暴的最大特点，可以用“颠倒”两字来概括：人颠倒为妖，妖又颠倒为人；白颠倒为黑，黑颠倒为白；真颠倒为假，假颠倒为真；善颠倒为恶，恶却颠倒为善；美颠倒为丑，丑反而颠倒为美……

在风暴刚刚掀起的时候，那“横扫一切”的“铁扫帚”，便扫到彭加木头上了！

在上海生物化学研究所的大院里，出现一张话虽不多、“质量”却高的大字报。这张大字报一下子击中了彭加木的“要害”。它揭发：彭加木说：“‘毛泽东思想是当代最高最活的马克思列宁主义，是当代马克思列宁主义的顶峰’，这句话不对，不能这么提。马列主义是不断发展的，毛泽东思想也是不断发展的。到顶了，就不能发展了。我认为，不能提‘顶峰’。”

有人本来就想搞彭加木的，认为他是标兵，搞他影响大。然而，罗织了许多罪状，都未击中“要害”。自从这张大字报贴出来之后，一下子轰动了，被称为“爆炸了一颗重磅炸弹”！策划者得意洋洋地说：“揭发的材料不在于多，在于有分量！”

“毛泽东思想是当代最高最活的马克思列宁主义，是当代马克思列宁主义的顶峰”，这是谁的话？这是当时不可一世的“大人物”林彪的话，是赫然写在《毛主席语录》“再版前言”中的话。彭加木敢于反对林彪，真可谓是“冒天下之大不韪”！

于是，大字报铺天盖地而来。“彭加木反对毛泽东思想，罪该万死”之类的标题，比比皆是。彭加木成了“全党共诛之，全国共讨之”的对象。彭加木成了“黑标兵”！彭加木犯了“疯狂攻击毛泽东思想”的“滔天大罪”！

彭加木细细一想，他确实讲过大字报上所摘引的那段话。那是在一次党小组会上，讨论“再版前言”，彭加木觉得其中提法不对，就直率地谈了自己的看法。彭加木是一个胸无城府的人，心中搁不住话，有什么就说什么。谁知那一席话却被记录下来，成了他的“罪行”。其实在党内的会议上，本来就允许发表不同的意见，更何况彭加木的意见是完全正确的。然而，在当时迷信泛滥的年头，在“顶峰论”占据统治地位的时候，哪里还讲民主？哪里还讲真理？就这样，彭加木遭到了数以百计的大字报的点名“批判”。批来批去，所批的“黑话”就是那么一段话。

策划者们渐渐感到那颗“重磅炸弹”虽有分量，但是只有一颗，未免太少了。于是，深入“发动群众”进行“揭发”。

不久，又一颗“重磅炸弹”在彭加木头上爆炸了。

这颗“炸弹”也够厉害，标题是：“彭加木骂马克思‘该死’！”

哼！彭加木不仅疯狂攻击毛泽东思想，还攻击马克思，真是“狗胆包天”、“狂犬吠日”！于是，又一批大字报开始“批判”彭加木。

如果说，第一颗“重磅炸弹”还算是依据事实进行“揭发”的话，那么第二颗“重磅炸弹”则纯属造谣了！

事情是这样的：彭加木是学农化的。在1703年，德国有个化学家施塔尔，提出错误的燃素论[①]，彭加木曾说过他“真该死”。想不到，此时却张冠李戴，把施塔尔误为卡尔，被说成是咒骂马克思——卡尔·马克思！这，真是“欲加之罪，何患无辞”?!

彭加木的名字，被列入了“反党集团”名单之中。

居然当上了“头头”

风暴是一阵一阵的，当第一阵“十二级”的“红色台风”刮过去之后，稍稍安静了一下。

这时，中国科学院上海生物化学研究所里，王应睐、冯德培、曹天钦等被作为“反动学术权威”赶进“牛棚”；王芷涯等被作为“走资派”，也扫进“牛棚”。“造反派”们已经夺得了大权。可是，要实行“三结合”，总得结合个“头面人物”来坐在台上，摆摆样子。

找谁呢?

找“反动学术权威”们，不行！找“走资派”们，也不行！

找来找去，在矮子里面拔将军，结果找到彭加木头上：

第一，彭加木自1964年春天之后，已成为全国知名的人物，有一定的社会影响；

第二，彭加木刚被提拔为副研究员不久，算不上“反动学术权威”；

① 燃素论是一种错误的关于燃烧的理论，创始者为德国化学家施塔尔（G. E. Georg Ernst Stanl，1659—1734）。

第三，尽管彭加木被两颗“重磅炸弹”炸了一下，可是除此之外并无别的把柄可抓。

内中，最为重要的一点是，彭加木被视为中共上海市委第一书记柯庆施当年树立的标兵，而柯庆施在“文革”中被誉为“毛主席的好学生”。

于是，在那风云变幻莫测的年头，彭加木被变戏法似的，一下子从“反党集团”成员变成了“三结合”的“革命干部”。

1967 年 12 月，一张大红纸贴出来了，上面除了写着“革命的根本任务就是要夺取政权”之类的话之外，还宣告：彭加木担任上海生物化学研究所革命委员会负责人，担任中国科学院华东分院革命委员会筹备会召集人。

彭加木不是“反林副统帅”、“反马克思”吗？

为了重树彭加木，当时的上海《文汇报》发表了长篇报道《红太阳照亮了彭加木前进的路》，强调彭加木是“红太阳”毛主席接见过的，是“柯老”（柯庆施）鼓励过的，强调彭加木依然是标兵。

彭加木尽管当上了头头，牛脾气依旧，还是那样心直口快，经常“走火”。

他走马上任才几天，在 1967 年 12 月 25 日中午，便接到一个紧急电话：在一个研究所有一批“造反战士”正在那里抢档案。

彭加木搁下电话听筒，就心急火燎地出门了。

有人在旁边听说这一情况，知道彭加木一去，准会发火，便拦阻他：“他们现在正在‘火’头上，你到那里，一定会被‘弹’回来！”

彭加木不理这个茬。他风风火火地跑到现场，硬是制止了这场抢档案的风波。

有人不服，跟彭加木争吵。彭加木嫉恶如仇，大声斥责他们是在抢国家机密，是“暴徒”！这下子捅了马蜂窝，他们群起而攻之，把彭加木围在中心。

彭加木也激动万分，颈部的青筋怒张，像一根根筷子似的。

经过一场激烈的舌战，经过许多人从中调停，才算暂且画上了“休止符”。

彭加木回到家里，气得整夜未合一眼！

一波刚平，一波又起。一天，墙上写满斗大的字：“老朽滚蛋！”有的图省事，干脆写成“老朽滚〇！”

于是，一场游斗“老朽”的闹剧开始了。

彭加木一听，又火了。彭加木一向很尊重老科学家，特别是敬重那些所谓的“老朽”，在彭加木的心里，“老朽”就是国宝。

他跑到现场，硬是使游斗半途而散，以致他被一些人骂为“老朽们的孝子贤孙”！令人感动的是，即使在那样的多事之秋，科学事业横遭摧残的年月，彭加木依旧经常出入实验室，坚持他的研究工作。

彭加木办事，总是一板一眼，非常认真。在那年头，开会念语录，发言背语录，写大字报引语录，彭加木的口袋里也成天装着一本《毛主席语录》。他对毛主席是挚爱的，竟把整本《毛主席语录》认认真真地背了下来。有人不相信，对他进行了“考试”。考试的方法颇为奇特：“考官”说第几页第几段，彭加木则立即背出那一段全文；考官念一段，问彭加木是第几页第几段，彭加木也马上背出。考官手持语录，随手翻到哪一页，便考这一段。如此考了十几次，彭加木居然对答如流，未出半点差错，使满座皆惊！有人赞扬他有一颗忠心，有人笑他书呆子气，有人说他形式主义……不管怎么说，这件事十分生动地反映了彭加木在那种在特殊历史条件下的精神面貌，反映了他那鲜明的性格——纯朴而又带有几分天真，认真而又带有几分执拗。

从“座上客”到“阶下囚”

电影演员赵丹曾画了一幅画赠给白杨，画上无诗，正巧相声演员侯宝林在旁，灵机一动，便题诗一首，其中有这么两句：

莫道常为座上客，
有时也作阶下囚。

这两句诗，本是侯宝林描写赵丹、白杨在史无前例中的遭遇。然而，如果移花接木，用于彭加木身上，倒也十分贴切。

彭加木当了一年“头头”，已被内定为中共九大代表，忽然一阵狂风平地而起，他又从“座上客”一下子变为“阶下囚”！其实，这样的事并不足为奇：“四人帮”今天根据“三结合”的需要拉你点缀一下门面，明天又可以根据“阶级斗争”的需要把你踢出去。倘若不是这般变化多端，玩人命于股掌之间，翻手为云，覆手为雨，又怎堪称“史无前例”呢？

戏剧性的一幕，发生在1968年11月30日下午。那天正值星期六。

在那种年月，每逢星期六下午，“逍遥派”们早就回家，提前过星期日了。然而，在那天，在中国科学院上海分院，人们接到来自上面的通知，今天下午有重要会议，谁都不许回家！开会的时候，济济一堂，座无虚席。因为凡是“重要会议”，“革命派”们积极参加，“牛鬼蛇神”押着参加，“逍遥派”们不敢不参加，这3类人都参加了，出席率也就近乎100%了。

那天的会议，果真重要。会议的开场锣鼓早就开始了——全体到会者在那里一段又一段地齐声念“阶级斗争”语录，可是台上还不见动静。按照那时开会的规律，这意味着台上准会有“大人物”出现。

经过“千呼万唤”，不错，姗姗来迟的一位“大人物”，穿着不戴领章的军装——那时最时髦的革命服，出现在主席台上。此人姓戴，名立清，在那鱼龙混杂的风暴之中，扯起“造反”旗号，成为王洪文的把兄弟，受到“四人帮”在上海的余党的重用，从“阶下囚”一跃而为“座上客”，成为掌管上海科技系统大权的第一把手。

在欢迎的掌声平息之后，沉默了一下，戴立清清了清喉咙，念了语录“阶级斗争，一抓就灵”。台下的听众们一听，便知道今天的大会上肯定要抓人了。

究竟抓谁呢？戴立清并不马上抓人，却先讲了一通关于科学院系统的“敌情”的严重性，说这里是“庙小妖风大，池浅王八多”。戴立清拍案惊呼：“据我所知，科学院里的特务，不是一个两个，而是像香蕉一样，一串一串的！”此时，台下鸦雀无声，人们屏着呼吸，知道他的下一步棋，便是“一抓就灵”了。

果然，接下去便宣布了一个惊人消息：“把老反革命、老特务分子彭加木揪出来！”

全场顿时骚动起来。人们几乎不相信自己的耳朵了——堂堂的“革命委员会筹备会”召集人，怎么转眼之间成了“反革命”、“特务”，何况在“反革命”、“特务”这些罪名之前还加上一个“老”字？

彭加木被“揪”上台了。连他自己都仿佛在梦中似的，闹不清楚怎么会跟“老反革命”、“老特务”这样的字眼联系在一起！要知道，在上午，他还正以“革命委员会筹备会”召集人的身份，在那里主持会议呢！

就从这一天起。不，就从这天下午起，彭加木被“隔离审查”了。据那位戴立清透露：隔离审查的决定，“来头可大呢！是‘首长’

(引者注：戴立清所谓“首长”，便是指“四人帮”及其在上海的余党）亲自批的”。

这件事，最鲜明地体现了颠倒两字：彭加木从先进标兵变为“阶下囚”，而那位刑满释放的戴立清则从“阶下囚”变为“座上客”。

“老特务” 的由来

彭加木怎么会成为“老反革命”、“老特务”的呢？原来，在1968年秋天，“四人帮”及其上海的余党开始在中国科学院上海的各研究所清理阶级队伍，炮制了一起大冤案，叫作“‘两线一会’特务集团”。

什么是“两线一会”呢？那就是新中国成立前的中央研究作为一条线，把日本帝国主义占领时期的上海自然科学研究作为一条线，同国民党溃退前夕组织的中央研究院接应安全小组委员会连在一起，称为“两线一会”。

其中中央研究院一线，是因为在新中国成立前夕，朱家骅代替蔡元培先生担任中央研究院院长。朱家骅是国民党的特务头子。按照“四人帮”的爪牙们的逻辑，既然院长是大特务，那么凡是那时在中央研究院工作过的人，都是特务！

这一冤案涉及面极广。在上海的14个科学研究单位内，约有200多人被“隔离审查”，1000多人受到牵连。正因为这样，怪不得戴立清在大会上声称：“据我所知，科学院里的特务，不是一个两个，而是像香蕉一样，一串一串的。”

彭加木是在1948年秋天，才来到中央研究院医学研究所筹备处担任技佐工作，当时只有23岁。过了半年多，上海便解放了。照理，这样的青年，怎么会是“老特务”呢？说来颇为有趣，那“两线一会专案组”竟认为，越是在新中国成立前夕进入中央研究院的，越是年轻的，越是“危险人物”，因为那是反动派安插的“潜伏特务”，准备在新中国成立后长期“潜伏”，伺机而动！

更为荒谬的是，有的人是新中国成立后才调来工作的，也被算进“特务集团”。因为那些中央研究院的“老特务”们会不断扩大组织，会发展“新特务”！这么一来，“特务”帽子满天飞，弄得到处都是“老特务”、“潜伏特务”、“新特务”。

彭加木的妻子夏叔芳没有在中央研究院工作过，照理，她没有“特务”之嫌了吧？然而，她却在彭加木之前，进了“抗大学习班”。所谓“抗大学习班”，就是变相隔离审查的美称。凡是进“抗大学习班”的“学员”，都必须住在研究所里，不得回家，不得串联，一边“学习”，一边交代。

夏叔芳意想不到，她的大名竟被“专案组”列入了“特务名单”之内，成为一名“女特务”。

明眼人一看就明白，这伙迫害狂把魔爪伸向夏叔芳，伸向一个无辜的普通的科学工作者头上，不过是肆意迫害彭加木的前奏，一个不大不小的“试探气球”，一场必不可少的“演习”。

事实也正是如此，“专案组”早就把彭加木列为“重点”，暗中开展内查外调了。碍于他是分院“革命委员会筹备会”的召集人，碍于他曾受到过党与人民的表彰，不便于过早惊动他，直到“专案组”掌握大量“材料”，又经“四人帮”及其在上海的余党“批准”，这才终于来了个突然袭击，一下子“揪”了出来，“老反革命”、“老特务”彭加木，成为当时震动上海的“爆炸性新闻”！

“抄家专家” 导演大抄家

“好戏”连台。就在宣布“隔离审查”彭加木的当天晚上，又连夜演出了一出“好戏”——大抄家。

这出“好戏”的导演，便是有着“抄家专家”之称的戴立清。

这次抄家，事先曾颇费苦心。“抄家专家”声称，他并不是抄彭加木的家，而是抄夏叔芳的家！因为在当时尽管私自抄家成风，《中华人民共和国宪法》关于公民住宅不受侵犯的规定遭到任意践踏，但是由于私自抄家已引起公愤，已规定要征得当地公安部门同意才可抄家。“抄家专家”知道，彭加木在群众中拥有很高的威信，擅自去抄他的家，可能会遭到居委会和群众的干涉，而借口抄夏叔芳的家，夏叔芳是个普通群众，遇到的麻烦可能会少些。

那天下午，尽管规定“全院大会，不得缺席”，他们却故意不通知夏叔芳，让她坐在那里写交代，毫无思想准备。

直到大会结束了，夏叔芳才被叫去，说是要执行一项重大的“政治任务”，请夏叔芳“协助”①。

夏叔芳呆住了。她，一个审查对象，哪有资格去“协助”执行重大“政治任务”呢？

哦，经过一个头头的解释，夏叔芳明白了。原来，这重大的“政治任务”，便是到她家进行一次“扫四旧”。那年月，在正式的场合，是不提“抄家”二字，而代之以美妙动听的新名词——“扫四旧”，也就是“扫除旧思想、旧风俗、旧道德、旧文化”，多么“革命”的

---

① 1980 年 7 月 7 日、8 日、9 日、16 日，叶永烈在新疆马兰核基地第一招待所采访了彭加木夫人夏叔芳。

行动啊！

下午5点，浩浩荡荡的“扫四旧”队伍，在“抄家专家”的亲自带领之下，坐满了一辆大型客车，押着夏叔芳，向着上海肇浜路417弄的科学院宿舍驶来。

夏叔芳已经多日未回家了，女儿彭荔见了妈妈带着一车“客人”回来，兴高采烈。很快的，女儿看到妈妈那拉长了的脸以及“客人”凶神般的脸，意识到事情不妙。没多久，女儿彭荔听见妈妈在“客人”的大声呵斥下站在那里，低头念着毛泽东的《南京政府向何处去?》《敦促杜聿明等投降书》。

13岁的女儿彭荔平生第一次看到妈妈挨斗，泪水模糊了她的视线。她想：爸爸怎么还不回来？爸爸快来救救妈妈吧！接着，“抄家专家”开始训话。他对夏叔芳交代了“政策”：“胁从不问，反戈一击有功！”

“抄家专家”的逻辑颇为颠倒，明明来抄夏叔芳的家，怎么她反而成了“胁从”？她要向谁“反戈一击”呢？在演完以上这些“开场戏”之后，“抄家专家”把“造反战士”们叫来，亲自进行“示范表演”。

“抄家专家”把披在身上的军大衣一撂，把袖子一捋，来到烟囱面前。那烟囱本是生炉子取暖用的，已经多年废弃不用了。“抄家专家”敲开砖砌的烟道，伸手进去一摸，摸出一个什么东西。

大家连忙伸长脖子一看，呵，原来是一只布做的小沙袋！

彭荔一看，明白了：这是她小时候玩的小沙袋，自从掉进烟囱之后，没办法拿出来。想不到过了那么多年，却给“抄家专家”找出来了！

此时“抄家专家”的脸相当尴尬。他本想能找出个发报机之类，作个“示范”，谁知找出来的是这么个叫人哭笑不得的东西！

好在“抄家专家”经验丰富，他早就作好了另一手准备。

只见他趁大家不注意，把手伸进口袋，然后，又伸进烟囱，摸呀，摸呀。忽然，他摸到了什么，把手缩了回来。啃，就像变魔术似的，他手中拿着一张撕碎了的照片！是什么照片呢？

经“抄家专家”一拼凑，可看出是彭加木与家人的合影。

“他为什么把照片撕碎？这里有鬼！这是重要的罪证！”经这么一“提示”，这么一“上纲”，顿时，“造反战士”都感到“敌情严重”，纷纷效法。

于是，彭加木家中仿佛成了建筑工地，到处响起乒乒乓乓的声音。

有人在挖墙洞，有人在撬地板，有人在翻抽斗，有人在开箱子……

正在这时，在上海中学上学的彭海回来了。他平时住校，每逢星期六晚上才回家。他一看家里乱成这个样子，大吃一惊，他一进门，立即被人拉住，被看管起来。

抄家者们似乎颇为细心。他们就连彭加木患病时拄的拐杖，也要劈开来看看，检查一下里面是否暗藏着“联络图”；一架多年不用的破收音机，也被拆开来了，查看一下里面是否暗藏着“发报机”；彭加木为了治好癌症，曾收集了许多治癌中医药方，这些药方同样被用“警惕”的目光逐一审查，看看是否隐藏着黑诗、黑话或者联络暗语。

最使抄家者们费神的，要算是彭加木那丰富的藏书。彭加木平素最喜欢买书。他的兴趣非常广泛，家中即有《唐诗》《宋词》，也有古典小说、史籍，还有五线谱、科技书、字典和外文书……

起初，抄家者们一本一本地翻着，看看书里是否夹着什么特务名单之类的东西。后来，不耐烦了，决定干脆全部运走，带回去研究研究！

就这样抄家者们从下午 5 点一直抄到深夜 12 点，才在“抄家专家”的带领下，押着夏叔芳，开车扬长而去。

车上，堆满了各种“战利品”，其中最醒目的是成箱成箱的书。他们抄得真彻底呀，在他们走后，彭荔连小学课本都找不到了——也被抄走了。家中剩下的唯一的书便是红宝书《毛泽东选集》《毛泽东语录》。他们名曰抄夏叔芳的家，其实车上装的，尽是彭加木的笔记本、论文底稿、信件、照相册……

此时，夏叔芳还蒙在鼓里。她曾担心过彭加木的命运。她回家后，看到彭加木的牙刷还插在口杯中，他的手巾还挂在那里，被子放在床上，她放心了，以为他大概太平无事。因为如果彭加木也进“抗大学习班”的话，他的日常用品总应拿去吧。

深夜，有位头头指着植物生理研究所门口的大字标语要夏叔芳看，夏叔芳这才一下子惊呆了。那标语上，用八仙桌桌面那么大的字写着：“打倒老反革命分子彭加木!”

汽车停了下来，这位头头得意地指了指地上。夏叔芳一看，水泥地上用墨汁刷着大字：“打倒老特务彭加木!”

这位头头还指了指高音喇叭。夏叔芳一听，喇叭里正在哇喇哇喇叫喊着：“揪出彭加木，是无产阶级文化大革命的重大胜利!”

尽管夜已深了，“造反战士”们吃完夜宵，正发扬“连续作战”的精神，在那里清理抄彭加木家所得的“战果”。

天下奇闻

第二天清早，上海市民一觉醒来，便看到各主要街道上刷着“打倒老反革命彭加木”之类的大字标语。彭加木是上海人民熟悉的名字。他，一个曾是科技战线上先进标兵的人，居然是“老反革命”?

这一消息，顿时轰动了上海。不久，便传遍了全国。

经过“造反战士”们的通宵作战，在第二天，抄家“战果”被初步整理出来，一张张墨迹未干的大字报贴了出来。

这下子，彭加木的“反革命罪证”被大量揭发，用当时最流行的“大批判”语言来形容，叫作“铁证如山，岂容抵赖?”

彭加木有哪些“反革命罪证”呢？试举几例：

其一，在彭加木家中（请注意，此时不再提什么是抄夏叔芳的家之类借口，也不用“扫四旧”之类文绉绉的美名了），抄得英文版的地图一张，上面写着“HongKong”，此乃香港地图也。这说明彭加木早就想“叛国投敌”。

（作者注：其实，彭加木有个收集各种地图的癖好。因为他天南地北到处跑，每到一地，便尽量收集当地的地图。这张香港地图，是他去广州时，一个朋友知他有此癖好，送给他的。他家中收有数十张国内各省、市地图，“造反战士”们视而不见，唯独将这张香港地图当成宝贝，上纲上线。）

其二，在彭加木家中，抄得杀人武器——匕首，共十多把。这是特务活动的用具。

（作者注：维族等少数民族常在马靴中藏匕首，一则防野兽，二则可供切瓜宰羊之用。在新疆各地的百货商店里，均公开出售匕首。这些匕首常装饰着美丽的花纹，是富有地方色彩的工艺品。彭加木每到一地，喜欢买当地的匕首或其他工艺品作纪念。正因为这样，家中才会有许多匕首，而且形状、花纹各异。他在野外工作时，身边也总带着一把匕首，以防野兽。这本是很正常的事，却也被当作罪证。另外，彭加木家中还有许多少数民族工艺品，则同样被视而不见，却抓住匕首大做文章。）

其三，在彭加木家中，抄得子弹壳20发。这也是彭加木的特务罪证。

（作者注：这是彭加木的儿子彭海在青岛拾到的，当作玩具玩。跟彭加木毫无关系。）

其四，在彭加木的照相册上，发现彭加木的许多照片，有些是以公路或铁路桥梁为背景，这是他刺探情报的罪证。

（作者注：这是生活小事。谁的影集里，没有那么几张以公路或铁路桥梁为背景的照片呢？检查者能从一大堆照片中找出彭加木喜欢在桥梁前拍照，并从中作出大胆而富有幻想色彩的推论，足见审查者是颇费苦心，并有一种编撰惊险故事的能力。）

其五，在彭加木家中，搜出小方铁盒一只，内有大量全国粮票及金、银首饰，是他准备潜逃时用的应变物资。

（作者注：此乃彭加木家的老保姆张宗泉多年以来的积蓄。如果不是抄家，彭加木还不知道老保姆有此“私房”哩！）……

诸如此类的天下奇闻，不一而足。今天的许多青年读了这些奇闻之后，会以为在看惊险小说。请注意，这是 20 世纪 60 年代末，在中国确确实实发生过的荒唐事！

“奇文共欣赏，疑义相与析。”陶渊明的这两句诗，倒可以在这里引用一下。

颠　倒

种种奇闻，轰动了生物化学研究所，轰动了上海。

于是，更多的奇闻，被“创作”出来了。

有人煞有介事地说，就在彭加木被“隔离审查”的第二天，台湾的电台以及“美国之音”就马上广播了这一消息。哼！如果彭加木不是“老特务”，不是与台湾、美国有着密切的联系，他们怎么会如此迅速得知彭加木被“隔离审查”，并为之“鸣冤叫屈”呢？

也有人确有其事般描述道，在宣布彭加木“隔离审查”的那一刹那，见彭加木要咬自己的衬衫领子，旁边的人立即把他的领子拉住了。后来一检查，发现领子里藏有一小瓶剧毒的氰化钾。这充分说明彭加木是“老特务”，他早就准备好这一手，以便在他的真面目暴露时自杀。

……

这些奇闻，很快就在社会上流传开来，几乎家喻户晓。从此，这位科技战线上的先进人物被抹上了神秘的色彩，成为一个老奸巨猾、隐藏多年、狡诈多变的“老特务”的形象。奇闻越来越多，越来越离奇，以致后来经过综合加工，经过“再创作”，终于出现了以彭加木为“主角”的“惊险小说”——“梅花党”。此是后话，暂且按下不表。

如果说那种种荒诞绝伦的事情还未让人引起重视，那当时“彭加木专案组”的所作所为，足以是天下奇闻。

“彭加木专案组”采用什么办法来“审查”彭加木呢？概括起来，也不过是两个字——颠倒！

其一，彭加木忍受着病痛，为开发祖国的边疆而四处奔走，这被颠倒为四处“搜集情报”，进行“特务活动”！

为了查清彭加木的“特务活动”，“专案组”派出了大批外调人员，沿着彭加木走过的脚印“外调”。由于彭加木工作过的地方实在太多，以致“彭加木专案组”的“外调”开支在各专案组之中遥遥领先，成为绝对冠军！在报销这些浩大的“外调”费用时，上海生物化学研究所朝分院推，说彭加木是分院“革命委员会筹备会”召集人，当然应是在分院报销；分院则朝上海生物化学研究所推，说彭加木是你们的“革委会”负责人，当然应该在你们那里报销。推来推去，到底分院是上级机关，上海生物化学研究所只得服从，在所里报销。

在报销时，财务人员看到数字太大，问了一句跑那么多地方干什么，便被“专案组”训斥：“这是机密，你打听它干什么?”财务人员一边不得不给他们办理报销手续，一边摇头叹息：“唉，如果这些钱花在科学研究工作上，该出多少成果啊!”

在1964年，彭加木曾到新疆罗布泊地区进行资源考察。这件事成了“外调”的重点。

“专案组”认为，罗布泊地区是重要国防基地，“老特务”到了那里，首先是进行“特务活动”。于是派出“专员”，千里迢迢从上海到那里“外调”，查来查去，没有捞到半根稻草！当地的朋友回答道：“彭加木进入这些地区，是办理过手续，经过有关部门同意的，有的则是当地公安部门派人陪同前往的。”

可笑的是，彭加木身患重病，尚能在罗布泊地区坚持考察，而那两位“专员”到那里外调，回沪后却大病一场！这么一来，连“专员”自己也不得不暗暗承认，到那种不毛之地进行科学考察，可不是闹着玩儿的!

其二，彭加木甘当铺路石子，在全国各地培养了一批新手，这被颠倒为发展“特务组织”，建立“情报网”。

于是，“外调”人员到了哪里，哪里的彭加木的好友便遭殃，受到株连，被戴上“特务”帽子。各地因彭加木而受株连的人，达数十人之多。这，从某种意义上讲，倒正好说明了彭加木为边疆培养的科研人才之多!

就拿中国科学院新疆分院生物土壤沙漠研究所的一位年轻人来说，她在1959年被分配到新疆工作。那时，中国科学院新疆分院正在进行艾丁湖等盐湖考察，领导上让她对考察采来的样品进行化学分析。她在大学里没有学过化学分析，感到力不从心。正在这时，彭加木来了。她听说彭加木是学农化的，便向他请教。彭加木很热情地帮助了她，介绍她查看了有关的科学资料。其中特别是从盐湖样品中测定溴、硼、锂、钾等元素的含量，实验技术比较复杂，彭加木都一一帮助她解决了。有时，她把化验报告单送给彭加木审看，彭加木认为化验数据不准确，便要她重做实验，直到得出准确、可靠的数据为止。其实，当时彭加木来新疆，并不负责生物土壤沙漠研究所内的工作。然而，他有求必应，热心地做好这种分外事，培养了边疆的土壤化学分析人才。后来，她成为这方面的专家，开办了多期训练班，为新疆各地培训了100多位土壤化学分析人才。然而，她居然受到牵连，被责令交代如何为"老特务"彭加木在新疆"搜集情报"，被大字报说成是"老特务"彭加木"安插"在新疆的"干将"。

其三，彭加木勇斗病魔、征服癌症，就连这也被颠倒，被污蔑为假装癌症，捞取政治资本。

真是"城门失火，殃及池鱼"，那20世纪60年代的中国株连术，竟发展到"病人出事，殃及医生"！那位中山医院的曹凤岗医生，由于给彭加木治病，竟也遭株连[①]。

"外调"人员来到曹凤岗医生那里，气势汹汹地要曹医生写揭发材料，说彭加木患的不是癌症。曹凤岗医生拿出彭加木当年的癌症病历以及论断书说，这不光是我个人的诊断，而且是几位医师共同会诊的结论。从这些病历材料来看，他的癌症临床症状是很明显的。

那些"外调"人员无法从曹凤岗医生那里捞得半根稻草，恼羞成怒，竟指着曹凤岗医生大骂，说她是"老特务"，是彭加木的"同党"，是"特务集团"的成员。

① 1980年7月27日，叶永烈在上海中山医院采访为彭加木治疗癌症的主治大夫曹凤岗以及两位护士韩继文和郑幼明。

“外调”人员几次三番到中山医院来，从曹医生的档案中查出，原来曹凤岗医生是中央大学医学院毕业的。这下子，他们如获至宝。尽管那时彭加木在中央大学农学院，曹凤岗在中央大学医学院，可他们并不认识，却因同校被作为早有“特务”联系的“证据”！

他们责骂曹凤岗医生是“鸵鸟”，说她把头埋在沙中，不敢正视现实，也是“老特务”！

经过这么一番“内查外调”，一切都颠倒了，彭加木面目全非了：

他不是支持边疆，而是刺探军情；

他不是培养人才，而是安插特务；

他不是战胜癌症，而是假装癌症。

一句话，他不是先进标兵，而是“老特务”！

《羊城暗哨》的启发

人们把林彪、“四人帮”比作长在党的身上的恶性肿瘤，这个比喻既形象又妥帖。

彭加木平生第一次大搏斗，是与肉体上的癌细胞搏斗。如今，第二次大搏斗开始了——与政治上的癌细胞搏斗。彭加木挨骂受打，拳头、耳光、脚踢、低头、弯腰、揪头发……彭加木受尽了种种人间最野蛮、最残酷的刑罚。

彭加木依旧还是那么倔、那么犟，他还是像他还在1956年给郭沫若院长的信中写的那样：“面对困难，我能挺直身子，倔强地抬起头来往前看……”

那时，不时从隔离室里传出毒打声、拷问声，也传出这样的怒吼声：“我抗议！我不是特务！我反对！我抗议你们侮辱人格！”

即便在公开批斗的场合，彭加木像一架喷气式飞机似的被反剪着双臂，依旧大声疾呼："我抗议！你们纯粹是捏造！"

为了"啃"下彭加木这块"硬骨头"，"专案组"的组员们分为几班，车轮大战，24 小时不停地审讯彭加木。

几天几夜过去了。审讯者自己都已经支持不住了，彭加木还在那里喊着"我抗议"！

被隔离的人，越来越多。渐渐地，"牛棚"里的"牛"，竟比看"牛"的人还多！有的人今天还在看"牛"，第二天忽然连他自己也成了"牛"，被关押起来了。

一件意想不到的事情发生了：彭加木家里的老保姆张宗泉居然也成了"牛"，关进了"牛棚"。

怎么会殃及老保姆呢?

原来，那些富有想象力的"专案"人员，居然从反特电影《羊城暗哨》中得到启发，认为彭加木家的老保姆和《羊城暗哨》中那个扮演成佣人的老特务——梅姨一样，是一个隐藏得很深的"潜伏特务"!

老保姆被抓走了，一群凶神似的"专案"人员开始了审讯。

"你回答，彭加木家里有什么机?"

老保姆从未见过这样的世面，紧张地苦苦思索着，然后用浓重的苏北口音答道："有…有收音机!"

"还有什么机?""专案"人员追问道。

"还有……还有缝纫机。"

"还有呢?"

"还有……还有照相机。"

"还有呢?"

老保姆哆哆嗦嗦，实在想不起还有什么机，便用苏北话答道："呒得机，呒得机，他们家里不养鸡!"

这下子，把那些"专案"人员气得哭笑不得。他们拍案大骂，说老保姆“不老实”。老保姆做梦也没有想到，原来“专案”人员要她交代的是发报机！天哪，她连见都没见过，听都没听过什么发报机！

那些“专案”人员受到《羊城暗哨》的启发，加上丰富的想象，曾认为老保姆是彭加木的“发报员”，懂得中文、英文，会熟练地发报，枪也打得很准。这老保姆是从南京来的，而南京过去是国民党反动派的老巢。正因为这样，逼着她交代发报机藏在哪里。

说到这里，不能不把老保姆是什么样的人，略写几笔：她，一个60多岁的小脚老太婆，有点驼背，老花眼，一字不识的文盲。

这样的人，居然会被当成发报员，足见当时的冤案、错案、假案之多。

老保姆被关进地下室，那里是水泥地，又冷又潮。没有床，只得用草垫铺地，苟且安身。没有窗，终日阴暗。在这样的“牛棚”里，老保姆被关押了好几个月，始终交代不出什么发报机，只得不了了之。

老保姆张宗泉被释放后，不得不被迫离开了彭加木的家。她临走时，依依不舍。她曾这样对人说过：“彭加木是好人哪，他对老年人很尊敬。我在他家十几年，就像在自己家里一样。他那么忙，自己的衣服还总是自己洗。他是好人哪！”

离奇的“梅花党”

老保姆走了。

彭加木家中，只剩下两个孩子。

1969年，17岁的彭海中学毕业了，被分配到吉林省四平专区林树县插队落户。

这时，父亲被隔离了，母亲被隔离了，只有14岁的妹妹彭荔含着眼泪帮他整理行李。

彭海请求在临走前见一见父亲。

彭加木身居隔离室，一知道儿子要去边疆，却很高兴。他的心，依旧向着边疆！他脱下身上的大衣，送给了儿子。

就这样，儿子踏上了征途。家里，只剩下彭荔一个人！

幸亏邻居们与彭加木相处多年，打心里敬佩彭加木。他们不顾被株连的危险，照料着彭荔。

就这样，一家四口，分居四方：

彭加木，被隔离在生物化学研究所；

夏叔芳，被隔离在植物生理研究所；

儿子彭海，在吉林；

女儿彭荔，在家。

也就在这个时候，发生了件怪事：看管彭加木的人，忽然增加到了8个。他的隔离室，戒备更加森严了。“专案”人员不再打他了。他的生活也比原来好多了，给他吃橘子，给他吃苹果，伙食也改善了。彭加木要求晒晒被子，允许了；彭加木要求看看报纸，同意了。

这，究竟是怎么回事呢？彭加木不得而知。

原来，彭加木“升级”了！本来，他只是作为一般的特务而隔离审查。这时，“专案”人员经过“内查外调”，查出彭加木既是中统特务，又是军统特务，而且还是重要骨干。一句话，他成了要犯。

这下子，上面传下话来，要“专案”人员好生看管彭加木，切不可让他自杀——因为他是要犯，一旦自杀，许多重要的线索就中断了。随着彭加木不断被“升级”，他变得越来越神秘。

就在这时，经过多次“艺术加工”的传说，一个纯粹的谣言——“梅花党”出笼了。

据说，在中国大陆，潜伏着一个重要的特务集团。这个集团由于以梅花作为联络暗号，故称“梅花党”。梅花，是国民党的象征。

“梅花党”的重要成员之一，据说是远渡重洋归来的李宗仁夫人郭德洁女士。她，有一枚梅花形的胸针。

“梅花党”的另一重要成员，据说是刘少奇夫人王光美。

还有一个“梅花党”重要成员，据说就是彭加木。他与王光美保持“单线联系”。

这个谣言荒诞离奇，在社会上流传甚广，添油加醋，越传越神。甚至有人说，彭加木胸部长的不是肿瘤，那是一台暗藏在身体内的袖珍发报机！

这个谣言传到了“专案”人员的耳朵里，他们信以为真，商量之后，决定用这样的办法试一试：把“梅花党”的传说稍微讲一点给彭加木听听，看看他的脸色如何。

试验开始了：

“专案”人员把“梅花党”的故事从头说起：“解放初，在上海的西郊公园，正当梅花盛开的时候，来了几个神秘的人物，来这里悄悄聚会……”

谁知彭加木听了，不仅没有一点惊讶的神色，反而直摇头，说道：“这个故事一开头就错了。刚解放的时候，上海哪里有西郊公园？你去西郊公园问问，他们是哪一年建立的？这简直是胡诌！”

彭加木的回答，弄得“专案”人员哑口无言。

然而，在背地里，“专案”人员又一次仔仔细细检查了一下从彭加木家里抄来的东西。检查的重点，是与梅花有关的物品。查来查去，一朵梅花也未查到。

不过，有趣的是，后来当彭加木落实政策时，领回了被抄去的东西。女儿彭荔突然发现，其中有两卷画轴，似乎不是他们家的东西。打开一看，见上面画着梅花！

这些梅花画轴是谁家的？为什么会混到彭加木的抄家物资中，不得而知。不过，它至少说明这样一个事实："专案"人员对彭加木与梅花之间的关系有着莫大的兴趣！

王洪文的"批示"

由于进行逼供信，上海科研单位的"两线一会"冤案越搞越大。

发生了触目惊心的悲剧：

一对夫妻都在上海科研单位工作。"专案"人员逼着那位丈夫按他们规定的调子写揭发妻子的材料。接着，"专案"人员把揭发材料拿到女方那里，说连你丈夫也揭发你是"特务集团"成员。妻子经受不住刺激，在深夜里吊死，愤然离开了人世。

接着，又发生了令人捧腹的讽刺剧：

一个"专案"人员每天逼着一个"老特务"，要他交代在解放之后发展了哪些"新特务"，特别是在最近又发展了哪些"新特务"。那个"老特务"火了，便当着好多人面前承认自己最近发展了一个"新特务"。至于"新特务"是谁？他指着那个"专案"人员说道："就是他！"从此，那个"专案"人员被撤销了从事"专案"工作的资格。

这下子，弄得"专案"人员也人心惶惶，看"牛"的人居然也怕起"牛"来了，生怕那些"老特务"指到自己头上来。

悲剧、讽刺剧，闹得沸沸扬扬。上面一看，再这样闹下去，越来越不好收拾。于是，敲响了收场锣鼓。

彭加木整整被隔离审查了15个月，"事出有因，查无实据"，不了了之。什么"老反革命"，什么"老特务"，全是凭空捏造的罪名。

不过，彭加木的"专案"来头颇大。既然把他进行隔离审查是"上面"批示的，那么，撤销他的隔离审查，也是经过"上面"批示的。

所谓“上面”，就是王洪文。他对关于彭加木的审查报告，作了如下“指示”：“解除隔离，送干校劳动，继续审查，内部控制使用。”

在全院大会上，宣读了王洪文的“指示”。不过，只是最后“内部控制使用”6 个字没有宣读。

1970 年 3 月，彭加木终于获释，回到家里。那时，夏叔芳已经解除了隔离审查。多时不见，当彭加木出现在夏叔芳面前时，她深为震惊：他因为好久不见阳光，脸色苍白，双眼呆滞无光，胡子很长（在隔离室里，刮胡刀片被拿走了，怕他自杀），人消瘦无力。

当天，彭加木就被送往设在上海郊区奉贤县的上海科技“五七干校”。

又遭“猛轰”

一般的科技人员在“五七干校”经过为期半年的轮训，便回上海了。彭加木在那里却度过了 3 年岁月。

这所“五七干校”面临杭州湾，建在一片盐碱荒滩上。这里离上海 100 多公里，每月集中休假 4 天，让学员们回上海。

彭加木离开了隔离室，像鸟儿飞出了樊笼。然而，15 个月的隔离生活，使他的身体变得非常虚弱。那时，他连晒太阳的权利都被剥夺了，只好在监视人员不注意的时候，做做体操，或者练练下蹲。初到干校，他仿佛手无缚鸡之力，干起活来比普通的女同志还不如！彭加木开始每天跑步，加强锻炼，拼命干活，以恢复体力。渐渐地，他的体力增强了，以致能够双臂各夹起一袋 50 公斤的水泥，疾步如飞。

好景不长。不久，开始清查“5·16 分子”，一查，又查到彭加木头上。大字报又开始围攻彭加木。这时，他们用一个崭新的名词称呼彭加木——“双料反革命”。

何谓“双料反革命”呢？因为彭加木本是“老反革命”、“老特务”，如今旧账未清，又欠新账，成为“5·16分子”、“现行反革命”，于是，新账、老账一起算，成为“历史加现行”的“双料反革命”。

唉，那时候人们的创造力，不是用在科学研究工作中，却花费在大字报上，花费在数不清、没个完的政治运动中。彭加木的命运，真是多劫多难。

其实，彭加木被指责为“5·16分子”的依据，只不过是因为他当分院“革命委员会筹备会”头头的时候，在社会上参加过几次会议，据说与会者中有“5·16分子”。尽管会议的内容与“5·16分子”活动无关，但是，“专案”人员便按照如此逻辑加以推理了：

彭加木与“5·16分子”有联系→“5·16分子”与会的会议，当然是“黑会”→彭加木参加了“5·16分子”的黑会→彭加木是“5·16分子”。

大字报的一阵“猛轰”，并没有在彭加木身上打开缺口。

随着时间的推移，清查了“5·16分子”的高潮过去了。对彭加木的审查，又是不了了之。所谓“历史加现行”，都查无实据。

彭加木埋头在劳动之中。对他的审查稍一放松，他又去长跑、游泳。一个月难得回家4天，他却没有耽在家中，而是骑着他那辆破自行车去旅行了。他骑车到苏州、杭州。尽管自行车已经老掉牙了，由于彭加木总是随车带着修理工具，所以即使作长途旅行，也未在半途之中抛锚——哪儿坏了，自己动手修一下，几分钟之后，又骑着车前进了。

有的人以为，大约彭加木长期住在干校，心境不好，想乘休假之际，外出旅游一番，散散心。

万万没想到，从彭加木嘴里，蹦出了这么一句话：“我在锻炼身体，我要为重回边疆作准备！”

“啊，你还想去边疆？”人们都以为他为被打成“老特务”、去边疆被说成“搜集情报”而寒心，谁知他的心里还在念叨着边疆。

彭加木点点头：“我还想去边疆！”

就这样，彭加木差不多每次休假，都骑车旅行。

如果刮风，他逆风而骑，笑着：“阻力越大，我越要前进。这叫‘风游’。”

如果下雨，他更高兴，称之为“雨游”。

如果下雪，他最高兴，称之为难得的“雪游”。

吡啶中毒

直到1972年，彭加木离开了干校，回到了上海生物化学研究所。

不过，彭加木并没有回到实验室，却被分配去做煤渣砖。那时候，上海流行把煤渣与泥拌在一起，做成煤渣砖。这种煤渣砖作为燃料烧过之后，泥变成了砖，可供砌墙之用。

就在这时候，彭加木的母亲严秀和病逝。

彭加木做了一阵子煤渣砖，又被分配去蒸馏吡啶。吡啶是一种常用的有机化学试剂，有毒。彭加木在一间小小的不通风的房间里，整天蒸馏吡啶。本来，这项工作是由好多人轮流做的，此时硬要他独力承担。他的脸浮肿了，剧烈地咳嗽。

后来，让他和另一个“牛”轮流，一星期做煤渣砖，一星期蒸馏吡啶。

浓烈的吡啶蒸气，使彭加木咳嗽越来越厉害，牙龈出血，四肢无力，食欲不振。他发烧了，依旧去上班。他没有去医院看病，除了他本来不大愿意上医院之外，还由于他的病历卡上盖着一个“黑章”。

这“黑章”，表示患者是“牛”，提醒医生“千万不要忘记阶级斗争”。

夏叔芳着急了，去请一个熟悉的医生帮助想想办法。这个医生深知彭加木的倔脾气，便附在夏叔芳耳边，吩咐如此……

晚上，彭加木正在家看书，响起了敲门声。夏叔芳装着没听见，彭加木放下书本，便去开门。

门开了，来访者就是那位医生。她多日不见彭加木，刚坐下来，便细细打量起他来，惊讶地说道：“老彭，你脸色不对呀，是不是生病啦?”

彭加木强忍着咳嗽，摇头说：“没病，好好的。”

那医生便用手摸他的前额，连连说：“没病？你好像在发烧!”

医生转身问夏叔芳：“家里有体温表吗?”

说时迟，那时快，夏叔芳一拉开抽斗，就拿出了体温表。

彭加木没办法，只好坐在那里，量了体温。

医生一看体温表，又吃了一惊：“唷，都快 40 摄氏度了，怎么还不去看病?”

这时，夏叔芳在一旁，也连连催促彭加木去看病。

谁知彭加木来了个缓兵之计，说道：“现在，医生们都下班了，明天去看吧。”

医生早料到这一手，说道：“医院规定，体温 39 摄氏度以上，就可以挂急诊。我陪你去，现在就挂急诊。”

这下子，彭加木无可奈何，只好在医生和夏叔芳的陪同之下，到中山医院去了。

夏叔芳一边走，一边暗暗佩服医生的妙计。倘若不用此妙计，即使用拖拉机拖，恐怕也难把彭加木拖到医院里来。

后来，夏叔芳背着彭加木，把他的病情反映到中国科学院上海生物化学研究所，请求不要再让他蒸馏吡啶[①]。但是，上海生物化学研究所根本不理，仍然叫彭加木蒸馏吡啶。尽管他早已知道吡啶慢性中毒越来越严重，大大损害了他的健康。

"只有一个人也干！"

直到1973年，彭加木才结束了蒸馏吡啶的生活，回到科研岗位上来。

领导找彭加木谈话，问他愿意干什么工作。

出人意料之外，彭加木提出了正式申请："我愿到西藏工作！"

领导一听，怔住了。因为他牢牢记住，王洪文的"指示"中有"内部控制使用"这6个大字，这样的人怎能让他到西藏去呢？可是，又不好把话讲明，便故意制造障碍，说道："到西藏去，户口也得迁去！"

谁知彭加木一听，很痛快地答道："行，把我的户口也迁去，我愿意在那里干一辈子！"

领导无话可答，只好在屋里来回踱着方步。半晌，才说道："这件事，我们再研究研究。你再考虑一下，如果把你留在所里，你想干什么？"

"继续过去的工作，研究植物病毒。"彭加木答道。

"研究植物病毒？在运动中，植物病毒组不是散伙了吗？现在，这个组连一个人也没有。"领导以为，彭加木在"牛棚"中关了多年，消息一点也不灵通。

---

① 1980年7月7日、8日、9日、16日，叶永烈在新疆马兰核基地第一招待所采访了彭加木夫人夏叔芳。

“只有我一个人，我也干。”彭加木深知研究植物病毒，在农业上有着重要意义，所以无论如何要坚持这项研究工作。

就这样，彭加木又回到了电子显微镜实验室，用这“科学之眼”探索植物病毒的奥秘。不过，植物病毒是庄稼的大敌。要研究它，第一步就是到田间去观察庄稼病状，采集样品。不下乡，不到农业第一线去，研究植物病毒就成了无米之炊。这时“内部控制使用”这6个字，像紧箍咒似的，束缚着彭加木。

彭加木来了个“以子之矛，攻子之盾”，当时，正刮起“开门办科研”之风，彭加木要求下乡，他们没有理由可以阻拦。

于是，植物病毒组又恢复了，被锁困多年的彭加木，终于又在祖国各地奔忙了：

他来到江苏、浙江，考察桑树萎缩病；

他来到广东、福建，调查柑桔黄龙病；

他来到山东泰安，了解枣疯病；

他来到河南新乡，探索小麦黄矮病；

他来到北京、河北，研究小麦丛矮病；

他来到上海郊区，探讨蔬菜病毒……

彭加木以“植物病毒组”的名义，在短短的几年之中，连续发表了许多科学论文：

《柑桔黄龙病病原体的研究Ⅰ，与柑桔黄龙病有关的一种线状病毒》，发表于《中国科学》1973年第3期；

《水稻黑条矮缩病病原体的研究Ⅰ，传毒灰飞虱中类似病毒的质粒》发表于《中国科学》1974年第2期；

《桑树萎缩病病原体的研究Ⅰ，桑树黄化型萎缩病病原体的电子显微镜研究》，发表于《中国科学》1974年第3期；

《桑树萎缩病病原体的研究Ⅱ，桑树萎缩型及花叶型萎缩病病原体的电子显微镜研究》，发表于《中国科学》1974 年第 7 期；

《枣疯病病原体的电子显微镜研究》，发表于《中国科学》1974 年第 6 期；

《西安地区的番茄为什么发病?》，发表于《生物化学与生物物理学报》1975 年第 2 期；……

请注意，彭加木的这一系列论文，绝大部分是在《中国科学》杂志上发表的。这一点本身便说明了这些论文是具有较高的学术水平的。

其中，特别是详细研究了柑桔黄龙病。为了调查这种植物病害的病因，仅福建一地，彭加木便去过多次：

1964 年，到了福州、龙溪；

1965 年初夏，到龙溪工作了 1 个月；

1965 年下半年，到龙溪采集柑桔黄龙病样品；

1966 年，到龙溪；

1967 年，到福州、龙溪；

1973 年，又来龙溪。

1974 年、1977 年、1978 年、1979 年，又多次到福州、龙溪……

彭加木的论文，正是在这样反复考察、深入研究的基础上写出来的。他的关于柑桔黄龙病的论文，引起了学术界的注意。

所谓柑桔黄龙病，是指柑、桔得病之后，树梢的叶子全部发黄，看上去像条黄龙。得病之后，根系腐烂，全树衰竭，产量大减，是柑、桔生产中的大患。

早在 1943 年，我国科学工作者陈其，首次对华南柑桔黄龙病作了研究，发表了论文。但是，柑桔黄龙病是由什么原因引起的，一直未能弄清楚。从此，人们开始探索这种病害的病因，多年悬而不解。

1965 年初，陶铸邀请彭加木到广东考察柑桔黄龙病，他便开始着手深入研究这个问题。当彭加木用电子显微镜观察样品时，初步看出可能是病毒感染引起的，可是，当时大部分人认为，这是由于一种“类菌原体”引起的。

彭加木在政治上、生活上是倔强的，在科学上也是那股倔脾气。他不随波逐流。他到各地采集柑桔黄龙病的病叶，终于初步分离出病毒。就在这时，那场政治风暴打断了他的研究工作。

当他重操旧业，首先便着手重新研究柑桔黄龙病。他与持“类菌原体”感染的科学工作者展开了激烈的争论。

在科学上，彭加木有一股子“牛劲”。他轻易不服输。他鲜明地坚持自己的观点。经过好多个日日夜夜，他用电子显微镜拍出了清晰的柑桔黄龙病线状病毒的照片！这是在国内首次用事实证明，柑桔黄龙病的病因是线状病毒引起的。

这么一来，连那些支持“类菌原体”论的科学工作者，也不能不在事实面前承认，的确存在着柑桔黄龙病的病毒。不过，他们也并不轻易放弃自己的论点，因为他们也有许多事实证明，“类菌原体”引起了柑桔黄龙病。

经过双方多年激烈的论战，双方得出共同的结论：柑桔黄龙病的病因是复杂的，既有“类菌原体”感染，也有病毒感染——这叫“复合感染”。

彭加木是倔强的。正因为倔，他坚持了下去，找到了病毒；也正因倔，他有时听不进别人的意见。不过，当他的牛脾气转过弯来了，真正感到别人说的也在理时，他就听进去了。正因为这样，他最后还是同意了“复合感染”的理论，认识到“病毒论”与“类菌原体论”并不是对立的，而是相辅相成的。

“我就是不签名！”

正当彭加木沉醉于科学王国之中探胜求宝时，“四人帮”把矛头指向周恩来总理。

在制订10年科学规划时，周总理曾说过：“在广泛深入实际的基础上，把科学研究往高里提。”

“四人帮”反其道而行之，大砍基础科学研究。上海生物化学研究所的7个基础科学专题小组，被解散了6个，只剩下彭加木的植物病毒组还在那里工作，不断写出科学论文。于是，种种流言蜚语，向彭加木袭来：

“植物病毒组是一个针插不入、水泼不进的独立王国！”

“植物病毒组是打着联络实际的旗号，干着脱离实际的工作！”

彭加木没有理睬。他的回答是：“他说他的，我干我的！”

1976年春，在周恩来总理不幸逝世之后，“四人帮”刮起了“反击右倾翻案风”的妖风，矛头直指邓小平。

对于“四人帮”的这些阴谋，彭加木是看得很清楚的。当时，“四人帮”在上海的余党强令党员要带头“反击右倾翻案风”，要求每一个人都要写“批邓”大字报。

在“四人帮”的淫威之下，有些党员便照抄“大报”，写了“批邓”大字报，应付了事。然而，彭加木却一张“批邓”大字报也不写。这时，一位好心人给彭加木通风报信：“市里派来两个人，正在所里统计哪些党员写了‘批邓’大字报，哪些党员没有写。据说，查下来只有你没有写。你赶紧写一张吧，不然会惹麻烦的。”

彭加木笑笑，摇摇头。

下班之后，另一位好友到他家里去。彭加木毫不掩饰地谈了对

“天安门事件”的看法。他说：“群众纪念周总理，有什么不对？怎么会成为‘反革命事件’？以三项指示为纲，错在哪里？”

风声越来越紧。大约是那两个人的调查报告送上去了，“四人帮”在上海的余党开始注意彭加木，注意“阶级斗争的新动向”。

于是，在一次全所大会上，一个头头就声嘶力竭地叫嚷道：“到现在为止，还有这样的共产党员，连一张大字报也没有写！他的党性到哪里去了？”

尽管这个头头没有点名，人们一听，心里都明白——这不是指彭加木，还会指谁呢？人们都暗暗替彭加木担心。

这次大会，又动员写“批邓”大字报。会后，有几位同事合写了一张“批邓”大字报，把彭加木拉住，好心劝他道：“你来签个名算了，免得麻烦。”

彭加木非常倔强地说：“我彭加木的名字，就是不签在这样的大字报上！”

这件事，被上面知道了。他们准备继“清队”、“清查5·16”之后，第三次揪斗彭加木。

就在这时，中国大地发生了一场翻天覆地的变化……

第九章

重返新疆

重回第二故乡

“四凶”肆为的日子，终于一去不复返了。

风暴、动乱，结束了。被颠倒的历史，恢复了本来的面目。

此时此刻，彭加木的心情既兴奋，又焦急。他急于想把被“四人帮”耽误了的时光夺回来。

他郑重其事地向党组织诉说了自己的心愿：“重上边疆，重当‘铺路石子’。无论是去西藏、去云南、去新疆、去青海，我都高兴！”

如今，那“内部控制使用”的紧箍咒，再也不会念了。彭加木可以展翅高飞了。尽管他在那史无前例的风暴中受了那么多磨难，他却不埋怨、不后悔、不观望、不犹豫，他的目光总是向前，向前。

组织上慎重研究了彭加木的要求，觉得西藏高原气压低，彭加木的身体恐怕吃不消；青海他没去过，开展工作较困难；云南和新疆他去过多次，比较合适。

新疆方面一知道彭加木要重上边疆，立即发出了邀请，于是，组织上决定让他去新疆工作。不过，考虑到彭加木年过 50，又有严重的上腔静脉后遗症，因此只同意他在每年夏天去新疆，其余时间回内地工作。

1977年，中国科学院新疆分院给彭加木汇来了路费（他每次去新疆，都是新疆分院给他寄路费的）。7月，彭加木离开了上海，奔赴阔别了10多年的新疆。

一路上，他的感触颇深：在50年代，他从上海去新疆，只能坐火车到甘肃，再换长途汽车进疆；在60年代，火车可以直达乌鲁木齐了；如今，他坐着飞机进疆，花六七个小时（中停兰州），便可从上海抵达乌鲁木齐了。

一路上，彭加木兴致勃勃地透过飞机的圆形舷窗，观看着祖国那广袤无垠的大地。机翼下出现巍峨耸立、顶上戴着白皑皑“雪帽”的博格达峰——天山的山峰，彭加木全身的血液都沸腾起来了。他的心在激烈地跳动：“哦，新疆——我的第二故乡，我又回到你的怀抱。”

唐朝诗人王维在《渭城曲》一诗中，曾感叹道：“劝君更尽一杯酒，西出阳关无故人。”如今，彭加木却是“西出阳关多故人”。当他走下飞机，老朋友们蜂拥而来，紧握着他的手久久不放，热泪夺眶而出。

是呵，在那乌云压城的岁月，新疆的老朋友们听到了关于“梅花党”的传说，听到了彭加木遭到批斗的消息，他们心急如焚——彭加木为了新疆的科学事业呕心沥血，怎么反而被颠倒为到边疆“刺探军情进行特务活动”呢？这是多大的冤枉啊！

正因为这样，老朋友们一听说彭加木劫后余生，仍重返边疆，何等欢欣，奔走相告。他们都巴不得早一点看到虎口逃难的彭加木究竟怎么样了？

想不到阔别重逢，彭加木却只字未提那痛苦的遭遇，一个劲儿打听中国科学院新疆分院的现况如何，需要解决什么问题。

严　师

彭加木劫后重返新疆，自然引起了记者们的关注。

有一次，一位记者问起了这样的问题："你在新疆分院担任什么工作?"

彭加木一听，便知记者在打听他在新疆分院的"头衔"。

他幽默地答道："我在新疆分院，担任铺路工作!"

彭加木的回答，使记者愕然。

确实，说来颇为使人难以相信：彭加木多次来疆，是新疆分院的"开国元勋"之一，可是他唯一的"头衔"只是"上海生物化学研究所副研究员"，从未在新疆分院担任过一官半职！在别人看来，这几乎不可理解，而在彭加木看来，却理所当然!

过去，彭加木来新疆是为了"铺路"；如今，彭加木来新疆也是为了"铺路"。

彭加木深知，人才是发展科学的基础。要推进边疆的科学事业，必须悉心培养一批科学人才。于是，彭加木在新疆，带了 4 个助手，开展植物病毒研究工作。

这 4 个助手，在植物病毒研究方面都是新手：小李（李维奇），她虽是农业大学的毕业生，可是从来还没摸过电子显微镜；小赵，新疆大学化学系毕业的，工农兵大学生，在大学里没有学过多少专业知识；吾尔尼沙，维族姑娘，新疆医学院的毕业生，连讲汉语、看中文书籍，都感到吃力；小关，高中毕业生。

彭加木以他自己的行动，实践了自己的格言："我想作一颗铺路的石子，让别人踏在自己的背上走过去……"

彭加木与三位新疆助手（夏叔芳生前供稿）

他，正是让这4个年轻人“踏在自己的背上走过去”，走上了攀登植物病毒学高峰的道路！

李维奇还清楚地记得[①]，在1977年夏天，陈善明带着她去见彭加木。当时，彭加木正在电子显微镜旁边忙碌，小李心里可紧张呢，双手不知往哪儿放才好。谁知彭加木一见，便拿来一堆病毒照片给她看，又领着她参观电子显微镜，小李看到电子显微镜构造那么复杂，操作又是那么精细，害怕自己难以胜任。

彭加木却鼓励她道：“没关系，慢慢做，就会的。我在学校里，也没用过电子显微镜。”过了几天，小李很快就熟悉彭加木了，知道他是一个没有架子的人，也就不再拘谨了。

小李是个急性子的人。她在家里用缝纫机做衣服，缝错了，照理

① 1980年7月15日，叶永烈在新疆马兰核基地采访彭加木的助手李维奇。

应当用刀片把线一点点拆开，然后重新再缝。小李一急，索性用手扯，一扯便把布扯破了，结果做成的新衣虽然一次也未穿过，却已打上了补丁！然而搞电子显微镜，却要非常细心、耐心。要拍一张病毒照片，从田间采样开始，到切碎、浸取、差速离心、提纯、成膜，一直到拍摄，要经过几十道工序。不论哪一环节出了毛病，都无法拍出清晰的照片。

彭加木技术熟练，一个上午能拍 90 张电子显微镜照片。可是，小李拍了一个上午，连一张都拍不好。小李着急了，越急越是乱了套！

彭加木见了，总是安慰她："急事要慢做，欲速则不达。你要学好电子显微镜，先要改掉你的急性子！"

一开始，小李每拍一张照片，送到彭加木那里，总是被打回。彭加木是很严格的，不是说照片焦点不清，就是说反差太小，凡不合乎要求，绝不会"通融"的。

有一次，小李费了九牛二虎之力，总算拍出一张清晰的病毒照片，得意极了，拿给彭加木审看。彭加木这次点了点头，说"拍得不错"，紧接着，他又摇了摇头，说道："裱照片用的纸，不合格，说明词也写得太潦草。俗话说，'赖货也要好包装'。你重新裱一下，说明词也要重写！"

小李写起实验报告来，常爱把"为害"写作"危害"，把罗马数字"Ⅳ"写成"ⅠⅤ"。彭加木见了，总是逐字帮她改正。

彭加木写出了论文初稿，也总是请助手们审看。有一次，小李看到彭加木把"沉淀"写成"沈淀"，便指出他写错了。彭加木二话没说，立即改正。

有一次，师生俩为了一个名词，发生了一场有趣的争论：在一篇论文中，彭加木谈到了新疆的一种小麦品种，写作"塔拉姆"。小李一看，说写错了，应当是"勃塔姆"。彭加木听了，马上打开自己的笔记本，见上面写着“塔拉姆”，便指给她看。谁知小李也打开自己的笔记本，见上面写着“勃塔姆”。这下子，彭加木不作声了。他并不轻易认为自己错了，但也不轻易否定小李的意见。这种小麦，是他们在石河子农场考察时听说的。于是，便挂长途长话查问，对方答复道，应当是“勃塔姆”。彭加木就照改了。

彭加木一向是个不轻易服输的人。这一次，他却很高兴，因为他培养了一个严格的学生。

小李呢？她很高兴，因为她知道这种严格的科学态度，是从她的严师——彭加木那里学来的。

“你是维吾尔族的骄傲”

跟小李相比，吾尔尼沙学习电子显微镜技术，更加困难。

吾尔尼沙 30 来岁[①]。她本是学医的，1970 年从新疆医学院毕业后，分配去哈密工作。直到 1975 年，才调到中国科学院新疆分院。她连中文资料都看不大懂，而掌握电子显微镜技术却还要懂得英文！

彭加木花费了很大的心血，来培养这位维吾尔族的科学工作者。

尽管彭加木对吾尔尼沙的要求很严格，可是却跟培养小李的方法不一样。他知道，吾尔尼沙胆子小，常怕自己不能胜任工作，所以彭加木总是热忱地鼓励她，使她对事业充满自信。

当吾尔尼沙第一次用电子显微镜观察病毒的时候，尽管彭加木为她放好样品，调好焦点，可是她怎么也看不见。

吾尔尼沙的脸上，出现了焦急的神色。

---

① 1980 年 7 月 22 日，叶永烈在乌鲁木齐中国科学院新疆分院采访彭加木的维吾尔族助手吾尔尼沙。

彭加木自己观看了一下，告诉她病毒在什么地方，安慰她道：“尼沙，看不见没关系。我最喜欢说真话的人。你看到什么，就说看到什么。别紧张。”

吾尔尼沙看了好久好久，总算看到了。

彭加木马上翘起大拇指，说道：“你进步了！只要多看、多做、多拍，就会成功的。”

过了几天，彭加木把样品放好，让吾尔尼沙用电子显微镜拍照。经过多次失败，吾尔尼沙终于拍出了清晰的照片。

彭加木拿着这张照片，高兴地对她说：“尼沙，你拍得好，你成功了！我在照片上写上你的名字——这，是你拍出来的！”

渐渐地，吾尔尼沙学会了拍摄电子显微镜照片。这时，彭加木又对她说：“尼沙，你会拍照片了，这是很大的进步。现在，你还要进一步学会看懂照片，分析照片……”

彭加木总是对吾尔尼沙这么说：“不要怕困难，要刻苦学习。不懂，不要怕，有问题尽管来问我。你是维吾尔族的骄傲！将来，你要当师傅，要培养出一大批维吾尔族的科学家！”有一次，彭加木写好一篇论文，把初稿交给吾尔尼沙，请她审看，吾尔尼沙一看，见把她的名字也写在上面，连连说：“不行，不行。彭先生，这是你的论文，怎么好把我的名字也写上去？”

彭加木指着论文中的照片，说道：“这照片不就是你拍的吗？这篇论文是我们小组共同写的，其中有你的贡献，你是这篇论文的作者之一！”

1979 年，中国生物化学学会在杭州屏风山举行年会，彭加木提议让吾尔尼沙作为新疆化学研究所植物病毒组的代表，在会上宣读论文。

这下子，吾尔尼沙可犯愁了，她说：“我怎么能在那么多专家面前作报告呢?”

彭加木鼓励她道：“专家有什么可怕的?他们搞科研，你也在搞科研哪！如果你讲错了，也没有什么关系，他们会帮助你的。”

虽然吾尔尼沙答应了，可是到了第二天，她又变卦了。她跟彭加木说，不愿离开新疆到内地开会。

彭加木不明白，吾尔尼沙从未到过内地，怎么会不愿去呢?

一调查，原来是这么回事——她的丈夫不同意！

原来，吾尔尼沙的丈夫叫卡德尔，在仪表厂工作。他们有两个孩子，大孩子凯撒尔 8 岁，小女儿薇丽亚 4 岁。在维族家庭中，家务主要是由妇女承担。如果吾尔尼沙出差了，谁来照料孩子呢?彭加木就来到吾尔尼沙家里，和卡德尔谈心，告诉他这是很难得的机会，应当支持尼沙去，这是维吾尔族的光荣！

卡德尔听了，非常感动。后来，卡德尔又从吾尔尼沙那里知道，彭加木自己不去参加这么重要的会议，让给尼沙去。卡德尔激动地对妻子说：“听彭先生的话，你去吧！彭先生是内地人，那么远跑到我们新疆来支持工作。彭先生是我们的好榜样。你去吧，家务事我来干！”

在卡德尔答应之后，吾尔尼沙就高高兴兴地走了。

在中国生物化学学会的年会上，吾尔尼沙作为第一个走上讲台的维族科学工作者，深受大家欢迎。吾尔尼沙用汉语作完学术报告之后，全场响起热烈的掌声。这时，曹天钦教授对她说：“你讲得很好，希望你进一步进行研究，下一届年会时再来作报告！”吾尔尼沙听了，受到莫大鼓舞。后来她在作报告时的照片，登在《生物物理与生物化学学报》上。卡德尔看了，非常高兴。

1979 年秋天，为了进一步提高 4 个新手的业务水平，彭加木给他们办好了到上海生物化学研究所进修的手续。这一次，卡德尔积极支持妻子前去学习，说道："多学一点东西，不要空手回来!"

来到上海之后，这 4 个新手就在彭加木领导的电子显微镜实验室学习。

彭加木担心吾尔尼沙人生地不熟，生活不习惯，便请她到自己家里住。彭加木很尊重维族的民族习惯，特地买了一套新的炊具，让吾尔尼沙烧牛、羊肉吃。这件事使吾尔尼沙深为感动，同时也很不安。住了 1 个星期，吾尔尼沙看到彭加木的工作是那么繁忙，生怕给他多添麻烦，一定要搬到旅馆去住。

搬到旅馆之后，彭加木常去看望吾尔尼沙，叮嘱她："你是个小丫头，要抓紧时间多学习、少逛街。除了星期天之外，不要去逛街。"

吾尔尼沙在上海学习了几个月，彭加木先回新疆了。

刚到乌鲁木齐，彭加木便去看望卡德尔，问他和孩子们好。

当吾尔尼沙实习结束，回到家中，发现一件怪事：孩子们一见到她，便说上次她托彭伯伯带来的上海糖果和巧克力真好吃。可是，吾尔尼沙并没有托彭加木带过东西呀！一打听，她才明白：原来是彭加木自己花钱买了糖果和巧克力，送给孩子们，却说是妈妈带来的!

吾尔尼沙把这件事告诉卡德尔，卡德尔连连说："彭先生真是一个关心同志的好人哪!"

挚友 · 同志

彭加木对小李从难从严，对吾尔尼沙热情鼓励，对小赵、小关则把着手教。彭加木培养小李和吾尔尼沙掌握电子显微镜技术，培养小赵、小关掌握样品的浸取、抽提技术，这两方面的技术，都是进行植物病毒研究必不可缺的基本功。

彭加木跟小赵接触不久，很快就发现，小赵跟小李的性格迥异，小李直爽、敢说，而小赵则胆子小，做事有点不踏实。有一次，彭加木把论文初稿交给小赵，请他提意见，小赵一字未看，便说："您是老专家，我能提啥意见?"彭加木听了，很不高兴，他认为这不是一个科学工作者应有的态度，便说："下次再不许讲这种话了。这论文是我们共同做的，是用我们几个的名义共同发表的，我们都是作者，有啥说啥，谁说得对就照谁的办!"

这次谈话，引起了小赵的注意，从那以后，小赵有了进步。他不再把彭加木当作那种家长式的权威，而是看成挚友、同志。这时他又表现出有点得意洋洋，喜欢在别人面前吹嘘，说什么："彭先生真不错，真平易近人，常跟我们这样的小助手平起平坐，写了文章还叫我帮助他改哩!"

尽管小赵有一些缺点，彭加木对他却毫不嫌弃，而是从各方面关心他、帮助他。在外出考察途中，给他讲历史、讲故事。有一次，彭加木在汽车上一连讲了好多个关于阿凡提的故事，大家听了笑痛肚皮。小赵感到奇怪：彭先生不是新疆人，怎么对阿凡提的故事那么熟悉?彭加木告诉他，新疆人民出版社刚出版了一本《阿凡提的故事》，他只是个"贩子"而已，那些故事都是从这本新书中"贩卖"来的。

彭加木劝青年人不要只看科技书，也应当看些历史、文学、音乐、美术方面的书，要扩大自己的知识面。他向小赵推荐人民文学出版社出版的赵朴初的诗集《片石集》，并说："如果你有兴趣看，将来我送你一本。"过了很久，小赵来上海实习，彭加木仍记得自己在汽车上对小赵许下的诺言，从家里拿来一本《片石集》，送给了小赵。

工作上，彭加木对年轻人要求严格，从不马虎。实习结束了，4个新手中，3个完成了实习任务，只有小赵一人没有完成。小赵很着急，想跟大家一起走。彭加木知道了，要小赵一个人留下，再学几天，完成任务再走。他语重心长地说："来实习，就得把本领学好，要培养独立工作的能力。回新疆，你们都将要独当一面，不会独立工作是不行的！”

对年轻的助手，彭加木不仅言教，更注意身体力行，作出榜样。如研究植物病毒的第一步是从样品中提取病毒，然而这一工序当时仍处于手工操作的落后状态。每次从田间采到有病的枝叶（数量往往达几百个）之后，送回实验室，要马上用菜刀剁碎枝叶。然后放在石臼中捣烂（把植物细胞的细胞壁捣破，使其中的病毒能用抽提液提取出来）。这工作，也是很繁重的体力劳动。取样一次，往往要用石臼捣几千次之多！这样才能提取到较多的病毒。接着，还要加缓冲液，用纱布过滤，低速离心，去渣，用氯仿处理滤液，高速离心，提纯病毒……

这一系列繁重的工作，一般都是由彭加木和助手小赵负责。他们常常干到深夜，甚至通宵。经过连续几天的剁呀、捣呀、滤呀、离心呀，最后才提取到了一点点纯净的病毒。

在结束一次提纯病毒的实验之后，还要把工作过程中用过的几十个试管及烧杯等仪器一个个洗净（要用自来水洗，去污粉擦，最后用蒸馏水洗 3 遍）。而且每提取一种病毒，很少一次成功。常常要走“失败——重做——再重作”直至胜利的道路。每重做一次，要在石臼中多捣几万次。如抽提甜瓜花叶病毒，就是失败了 20 多次才获得成功的。

这种繁重、琐碎、单调的工作，有的研究人员交给助手去做。而彭加木在这方面却从来不撒手，他总是身体力行，与助手一起做。有时，他甚至还骑着自行车，到一两百公里之外，亲自采集样品。

就这样，彭加木和助手们一起处理过上百个病毒样品，从中提取了玉米、甜瓜、大丽菊、苹果、燕麦、小麦等作物的病毒。如果要统计这一过程中彭加木手持菜刀剁了多少次，用石臼捣了多少遍，洗了多少支试管、多少个烧杯，恐怕不得不求助于电子计算机了！

1978年8月，彭加木在戈壁滩上采集若豆子花叶及球状丛枝

至于对小关，彭加木更加耐心地从头教起。因为小关是个高中毕业生，基础较差。有一次，彭加木和小赵经过多次抽提，得到一小试管样品。试管中上半部分是溶液，下半部分是渣。要提取的病毒，是存在于溶液之中的。小关不懂，竟把千辛万苦得来的上半部分溶液倒掉了，剩下无用的残渣。对此，彭加木并没有斥责小关，而是耐心地把原理讲给小关听。

由于彭加木针对4个助手的不同特点因材施教、循循善诱，所以助手们进步很快，不久就能独立工作了。彭加木对助手们的进步内心感到十分高兴，但是为了使他们不致自满，除了对吾尔尼沙之外，他很少当面表扬，相反总是严格要求。

在彭加木的带领下，助手们奔赴新疆各地，行程万里，他们的足迹遍及塔城、奎屯、石河子、伊犁、阿克苏、吐鲁番等地。他们共同努力，写出了许多关于新疆植物病毒的论文，填补了中国植物病毒学上的空白，并为发展新疆的农业生产起了一定的作用。

他的助手曾用这样发自内心的话语称誉彭加木：

不曾见过彭先生畏惧困难，也不曾见过他颓废懊丧。结果不满意时，他总是说：“我再做做看。”“我来做给你看看！”“不要急，好事多磨嘛。”

不曾见过彭先生摆架子，也不曾见过他支使别人。虽然他是研究员，可是从田间采样、刷洗试管到冲洗照片，他都乐于亲自动手去做。他常讲：“我们干的是实验科学，就是要多动手，不能轻视平凡的劳动。”

不曾见过彭先生下车伊始，哇哩哇啦，也不曾见过他信口开河，别人向他请教问题，他总是说：“等我们做做看。”

不曾见过彭先生居功自傲，也不曾见过他停车靠站。他总是向前看，每当我们获得了一点进展，彭先生总是兴高采烈，但跟着总是说：“下一步……”在他的笔记本上又列上了新的计划。

不曾见过彭先生有片刻的懈怠，也不曾见过他虚度片刻光阴。就在他要乘飞机回上海的当天上午，还在和我们一起进行电子显微镜观察；就是在漫长的旅途中，也很少见他打一个盹儿。我们知道他患过癌症，我们知道他天天都在服药，我们常常听到他那阵阵干咳。

他常说：“艰苦的劳动会带来丰收的喜悦。”在彭先生的帮助指导之下，我们国内的生物化学家认为新疆的植物病毒研究“打开了局面”，我们寄出、发表了9篇论文。

“彭先生是一团火”

彭加木不仅是一个科学家，更是一个中国共产党党员。他常常从政治上关心同志，做了许多政治思想工作。

就拿小李来说，她出身于清华大学一位教授之家，大学毕业后主动要求到边疆工作。她在大学读书的时候，就写过入党申请报告。可是，由于她父亲在 1957 年被错划为“右派分子”，她一直未能入党。在粉碎“四人帮”之后，她父亲的政治问题得到了纠正，但是人们仍用老眼光看她。为了这事，小李感到苦闷，常常影响工作情绪。彭加木知道了她的心事后，多次找她谈心，鼓励她继续写入党申请报告，争取进步。小李感动地说：“彭先生是一团火，把别人冷掉了的心烤热了!”

陈善明是在彭加木热情鼓励之下，于 1958 年毅然离开上海，到新疆工作的。当时，他的妻子不在上海，家中有 3 个孩子。彭加木和夏叔芳便主动关心这 3 个孩子。晚上，彭加木常给这些孩子辅导功课，教他们写字。每隔一两个月，彭加木会给孩子拍张照片，寄给陈善明，使他安心在新疆工作。

彭加木很关心陈善明的入党问题[①]，从 20 世纪 50 年代起，一直到粉碎“四人帮”之后，彭加木多次鼓励陈善明写入党报告。

他几乎每次来疆，都问及陈善明的入党问题解决了没有。

中国科学院新疆分院生物土壤沙漠研究所的一位研究人员，由于在“四害”横行时，曾被污蔑为彭加木在边疆“搜集情报”的“特务”，她丈夫又因其他问题受到冲击，因而不幸得了精神分裂症。

1977 年，彭加木重返新疆，立即去看望他们夫妇。这时，他俩正在联系调往南京或成都工作，彭加木一听，连忙劝他们：“粉碎了‘四人帮’，我们国家有希望了，新疆也有希望了。内地需要人，边疆更需要人。在边疆，培养一个科学工作者，不容易啊！你们在这里工作多年，熟悉这里的情况，最好还是留在这里工作，为边疆的科学事业作出贡献。”彭加木的一席话，使夫妇俩打消了调离边疆的念头。他们说：“老彭受了那么大的冤枉，还坚持来新疆工作，我们怎么好

---

① 1980 年 7 月 10 日，叶永烈在新疆 720 基地采访中国科学院新疆分院副院长陈善明。

意思离开新疆呢?”

1980年3月，彭加木来到广州，与阔别多年的哥哥彭浙重逢[①]。彭加木发觉，哥哥因在“四害”横行时，被打进“牛栏”（广东称“牛棚”为“牛栏”）达八九年之久，为此事，有一股埋怨情绪。

彭加木鼓励哥哥：“别灰心，要朝前看！集中力量先把手头的工作做好。过去的时间被荒废了，剩下的时间更宝贵。要抓紧时间，为四化出把力!”

彭加木从手提包中拿出幻灯机，在哥哥家里放映。哥哥知道彭加木受到的委屈比他大得多，可是彭加木斗志昂扬，在边疆做了那么多工作。他一边看幻灯，一边受到了教育，决心不怨天，不尤人，从现在做起，赶紧为四化做点力所能及的工作。

彭加木像一团火，温暖着别人的心，使许多被“四人帮”迫害得心灰意冷的同志，振奋起精神，扬起风帆，朝着四化的大目标前进。

于细微处见精神

窥一斑而知全豹，一滴水可以见太阳。在这里请允许我用白描的手法，罗列许多在采访中了解的关于彭加木的小事。这些事虽小，但于细微处见精神，从中可以使我们更了解这位传奇式的人物。

有一次，彭加木到一位新疆朋友家里去做客。告别时，那位朋友拉住彭加木的助手，悄悄地问他：“彭先生怎么穿那么破的皮鞋?”原来，彭加木是个从来不讲究衣着的人，那天他去做客，穿的是一双野外考察用的“老K皮鞋”（翻毛高帮皮鞋），鞋面上还打着显眼的补丁（补丁是彭加木在野外考察时自己补的）。这双破皮鞋，引起了新疆朋

① 1980年7月18日、22日，叶永烈在乌鲁木齐采访彭加木胞兄彭浙。

友的注意。他们感到奇怪："堂堂的著名科学家，怎么穿这么破的皮鞋?"

彭加木心灵手巧，样样事情都喜欢做，为此人们给他起了个雅号"万能博士"。星期天，如果他在家休息，邻居们常来"抓差"，请他修自行车。他备有一套修车工具，本来是供自己骑"老坦克"外出时修理用的，此时便用来替邻居修车。只见他捋起袖子，满手油污，在那里聚精会神地修车，宛如一位道地的修车工，没有半点架子。

彭加木不仅会骑自行车、修自行车，还会开汽车、修汽车。1963年，彭加木去南疆莎车治沙站考察，快到目的地时，汽车突然发生故障。司机检查了一下，认为毛病较大，一下子修不好，便跑到治沙站去求援，请他们来一辆汽车，把坏车拖去修理。治沙站的汽车开出后，忽然遇见彭加木驾驶着汽车前来了。原来在司机走开之后，他试着动手修理，不仅把车修好了，而且亲自驾车前往治沙站!

彭加木常常笑称自己是条"毛驴子"。他往返于上海与乌鲁木齐之间，总是尽力为朋友们捎带东西。他每次离疆时，都是大包、小包七八个，其中大部分是别人托带的东西。比如，哈密瓜是新疆的特产，回沪时他很想带点给亲友们尝尝，可是他自己很少能有机会带哈密瓜回来，因为临走时别人也托他带哈密瓜，而坐飞机每人所带的行李是限定重量的，于是他宁可替别人带，自己也不带或少带。

有一次，上海生物化学研究所的一位工人，想买一辆童车。彭加木在北京出差时，看到有一种童车式样好看，价格又便宜，便买好带回上海，亲自推到这位工人家中。这位工人见到彭加木这样忙，居然会把一个工人的小事放在心上，感动至极。

还有一次，一位彭加木的"朋友的朋友"，托他在新疆买一种中药。彭加木未能买到，心中颇为歉疚。后来，当他赴海南岛考察时，偶然见到野生的这种中药，如获至宝，立即亲手采集、晒干，回沪时交给朋友，由朋友交给那位不相识的“朋友的朋友”。

彭加木在担任中国科学院新疆分院副院长、研究员之后，每次回到上海，照样提着菜篮子去买菜，回家后洗菜、做饭，样样都干。为了节省时间，他家常买皮蛋、咸蛋、肉松、咸肉、板鸭之类。1979年，轮到他当宿舍代表（一年轮一次，宿舍代表负责整幢宿舍楼的公益工作），他常常打扫宿舍楼梯、走廊，从3楼扫到1楼。走廊上的公用灯泡坏了，他悄悄的拿自己家的灯泡换上。

彭加木自幼喜爱花木。他的屋前、宅后种了许多夹竹桃、月季花、枇杷、葡萄……孩子们常跟他捣乱，不是把幼苗拔掉，便是把花摘掉。彭加木知道了，既不埋怨，更不呵斥，而是给孩子们讲道理，使他们懂得爱护花木。经过他耐心教育，后来这类侵犯花木的事情就减少了。有的孩子甚至从“小捣蛋”转变成保护花木的“哨兵”，一看到谁偷摘花果，立即向彭伯伯“通风报信”。

彭加木家买了一架黑白电视机，当时有的邻居家里还没有电视机，彭加木便对孩子们说：“来，晚上到我家里看电视！”彭加木很喜欢孩子，从来不嫌他们“烦”。

彭加木喜欢书。他买的专业书、文学书，常放在实验室里。同事们向他借，他总是说：“借什么？拿去看就是了。你们愿意看书，我心里很高兴！”

不过，彭加木对那些爱占公家便宜的人，却不宽容。1977年，他重返新疆不久，有一次发现电子显微镜实验室的暗室中，有许多刚洗印好的个人生活照片。彭加木一看，火了，把管暗室的助手叫来，问道：“公家的暗室，怎么好印私人照片？”

助手满不在乎地说：“在我们这儿，历来如此！”

彭加木一听，颈部的青筋立即怒张，他大声地说道：“怎么历来如此？历来不如此！这暗室是我亲手创建的，从1963年以来，从未洗过私人照片，哪有什么‘历来如此’?”

打这以后，彭加木当众宣布，谁都不许在公家暗室里冲洗私人照片。

事有凑巧。有一次，彭加木与几个外地朋友合影，嘱托助手送到照相馆冲洗，而这几个外地朋友马上要走，等照相馆里冲印出来，就来不及了。助手就瞒着彭加木，在公家暗室里洗印，以便及时送给外地朋友。谁知彭加木看到照片时，一下就认出来用的是实验室的相纸，他严肃地对助手说：“下不为例!”

在周总理不幸逝世之后，彭加木给邓颖超写了一封信，表示对周总理的怀念。

彭加木是一个不轻易挥泪的人。在癌症和“四人帮”的迫害面前，他没有流过泪。然而，有一次在看电视剧《失望人的希望》里，看到青年们受到“四人帮”毒害，心灵空虚，走上犯罪道路时，他激动地哭了，他噙着泪水说道：“如果党不能挽救他们，我们的党是干什么的？我们应当挽救这一代人!”

1979 年夏天，彭加木即将出发到新疆去，上海生物化学研究所的一位朋友托他从新疆带一点羊的胎盘，以便研究活性多肽用（因为羊胎盘中含有许多的活性多肽）。彭加木满口答应。他想，新疆有的是羊，弄个羊胎盘还不容易。可是到新疆之后一打听，才知道这是道难题！原来，羊一般都在四、五月下羊羔。当时已是七、八月，羊不下羔，到哪里去弄羊胎盘呢？这正像在冬天找荷花、夏天找梅花一样，时令不对头呀！但彭加木是个轻易不肯摇头的人。他千方百计打听到在阿克苏，正在搞人工授精试验，有几只羊最近将要下羊羔。正巧彭加木原计划要到阿克苏进行考察，便高兴地驱车前往。

到了阿克苏，打听到确实有几只羊将要下羊羔。不过，不知道究竟什么时候分娩。彭加木只好一边做别的工作，一边耐心等着。一天，好不容易等到一只羊将在半夜下羊羔，他高兴极了。不料半夜分娩时，牧工睡着了，母羊把胎盘吃掉了。这下子，真急坏了彭加木。

过了几天，另一只羊要下羔了，时间又在半夜，彭加木怕再失良机，闻讯后奔到羊棚，在满是羊膻味儿的厩里总算拿到了羊胎盘。

回到招待所，他连夜用水冲洗羊胎盘，弄得满身都是浓烈的羊膻味儿。然后，他把羊胎盘消毒，装入冰瓶，用飞机托运到上海。

彭加木锻炼身体的小故事，也颇为有趣。他是早产儿，又受过癌症折磨，而去边疆工作必须具有强健的体魄，所以他很注意体育锻炼。彭加木曾这样说过："我从来就是个体育运动的爱好者。除特殊情况外，可以说我一直始终不懈地坚持锻炼。"

彭加木每次出差回来，邻居们马上就会知道。因为一到清早，他就在院子里跑步了，天天如此，常年不懈。邻居的孩子们受他影响，也跟在他后边跑。遇上下雨天，彭加木就在走廊跳绳，一跳就是几百下。他的家里，有四五根跳绳用的绳子呢！

星期天，彭加木常从上海骑自行车到淀山湖去，来回 120 多公里。夏天，他在清澈的湖水中畅游，感到痛快极了。中午，就在淀山湖畔的小镇——朱家角一家饭店里吃饭。由于常来常往，那里的服务员都认识他。

1976 年春节，彭加木骑自行车绕着太湖转了一圈。然后又骑车到莫干山去，到达时正是夜里。莫干山是避暑胜地，而春节时值隆冬，旅客甚少，特别是春节期间，旅店大门紧闭，彭加木只得到服务员家里，请她拿钥匙开门。服务员对这位不速之客甚为惊讶。而彭加木却为自己是莫干山旅店唯一的旅客深为高兴。

在新疆，彭加木还曾参加过乌鲁木齐举行的群众性登山运动。当他跟大家一起登上海拔 1230 米高的妖魔山顶峰时，他情不自禁地脱口说出了口头禅："今天我真得意！"

“两栖动物”

彭加木一面在新疆指导开展植物病毒研究工作，一面在上海生物化学研究所任植物病毒组组长，有人笑称他是“两栖运动”，他倒很高兴接受这样的“美称”。

彭加木领导的上海生物化学研究所植物病毒组，在“四害”横行的日子里，仍坚持科研，有很好的基础。这样，在粉碎“四人帮”之后，这个组上得快，成果也最为显著。那几年，这个组发表的论文之多，在全所名列前茅。

其中，彭加木执笔写成的论文便有：

《桑树萎缩病病原体的研究，桑树萎缩型萎缩病病原体在病树中一年内的消长》，发表于《科学通报》1977 年第 2 期；

《桑树萎缩病病原体的研究，桑树黄化型萎缩病媒介昆虫萎缩病虫——秋图菱纹叶蝉的传毒作用及其带毒情况》，发表于《生物化学与生物物理学报》1977 年第 3 期；

《我国禾谷类病毒的病原问题Ⅰ，水稻普通矮缩病、水稻黄矮病和大麦土传花叶病的病原问题》，发表于《科学通报》1977 年第 2 期；

《我国禾谷类病毒的病原问题Ⅱ，小麦丛矮病的病原问题（1）》，发表于《科学通报》1977 年第 3 期；

《我国禾谷类病毒的病原问题Ⅲ，小麦丛矮病的病原问题（2）》，发表于《科学通报》1977 年第 4 期；

《我国禾谷类病毒的病原问题Ⅳ，用血清学方法测定水稻普通矮缩病媒介昆虫的带毒率》，发表于《生物化学与生物物理学报》1978 年第 4 期；

《我国禾谷类病毒的病原问题Ⅴ，小麦丛矮病病原的鉴定》，发表于《中国农业科学》1978年第1期；

《我国禾谷类病毒的病原问题Ⅵ，水稻黄矮病病原的鉴定及其分离提纯》，发表于《生物化学与生物物理学报》1978年第4期；

此外，还写了《我国禾谷类病毒的病原问题Ⅶ，小麦丛矮病病毒抗原的分离提纯、制备抗血清以及检测单株麦苗、单只传毒虫带毒率的方法》、《柑桔黄龙病病原体的研究Ⅱ，线状病毒质粒的净化和免疫血清的制备》等论文。

有一次，全组在讨论研究计划时，有人提出，应当争取在10年内，每人到美国考察一次。彭加木却笑着说道："美国，当然应该去。不过，我提议，应当争取在10年内，每人到新疆考察一次！"

彭加木曾多次说过这样的话："我们中国人也不笨嘛，我们在科学上也要做出几样成绩来，让外国人到我们这儿瞧瞧嘛！"

1956年，彭加木曾把去莫斯科留学的机会，让给了别人。在粉碎"四人帮"之后，他再一次把出国考察的机会，让给了别人。他并不是不想到外国考察，他平时很注意阅读外国文献，学习国际先进经验，但是在他的心目中占第一位的，却始终是发展边疆的科学事业！

彭加木是"两栖动物"，一身两用，工作异常紧张。

请看他在1979年的工作时间表：

4月至5月初，到福建考察甘薯虫枝病；

5月中旬至6月，在云南西双版纳考察水稻橙叶病；

6月底，赶到江苏、浙江，考察那里正在蔓延的小麦丛矮病；

7月至8月上旬，应甘肃农业科学院之邀，沿着河西走廊，考察了苦谷、天水、成县、武都、舟曲、迭部、郎木寺、玛曲、碌曲、合作、夏河、临夏、兰州等地；

回沪后不久，又飞往新疆工作。

1978年10月，当彭加木从新疆归来，上海生物化学研究所对彭加木进行了学术考核，除主考者外，还有几十位科研人员参加。

为了使广大读者了解彭加木的学术水平与贡献，请允许我一字不易、全文引用考核时彭加木对这一问题的自述：

彭加木在甘肃南部玛曲草原考察植物病毒途中与陈作义和甘肃农科院朱福成、史小龙在一起（1979）

擅长进行蛋白质及植物分离提纯研究，电子显微镜技术用于蛋白质植物病毒形态、结构的研究。

自1973年以来，担任病毒组组长，全组进行植物病毒的病原鉴定、分离、提纯免疫血清及形态结构方面的研究工作，在国内处在领先地位，在国际上达到同专业的水平，而有自己的特点。

例如：

(1) 对小麦丛矮病病原体的研究，系统地进行了病原鉴定、病毒的分离提纯、形态结构、免疫血清的制备与应用的研究，澄清了国际上对此类病毒在形态结构上的模糊认识，在血清诊断方面也成功地提供了检测单株麦苗、单只传毒昆虫带毒率的方法，以配合农业生产上为进行合防治采取适时、有效措施。

(2) 在桑萎缩病病原的研究上，尽管国际上已认为其病原体是类兰质体，排除了病毒病原的看法。但我们根据自己的科学实验结果，力排众议，提出确凿的证据，作出病毒与类菌质体复合感染的论点，受到国内、国外同行的重视。

(3) 对水稻普通矮缩病病毒的研究，日本科学工作者做过长期深入、大量的工作，但我们根据自己的实验结果，否定了所谓质粒外部包着一层脂质膜的设想，因而提出简便的分离提纯病毒的方法，成功地制备出高效的抗血清，提供了检测单株、单只传毒昆虫带毒率的方法。

(4) 1973 年，有一批转口的外国小麦被上海动植物检疫站检出有矮腥病。后来外国检疫专家来华狡辩，我们积极配合，在短短几天内做出了矮腥病麦子超薄切片电子显微镜观察结果，打下了某国检疫专家的嚣张气焰，取得胜利。

在考核时，专家们除了肯定彭加木的学术成就之外，还一致赞扬了他所作的大量的科学组织和科学普及工作，赞扬他为发展边疆的科学研究事业作出了贡献。

经过上级批准，1979 年初，彭加木被正式提升为研究员。

第十章

献身边疆

撩开 “神秘之地” 的面纱

1979 年冬，彭加木被任命为中国科学院新疆分院副院长。

这项任命是经过了将近 1 年的酝酿之后，才正式决定的。

前面已经提到，彭加木去新疆工作，前后达 20 多年之久，但在那里并无一官半职。他自认为在那里的任务就是“铺路”。

然而，为了有利于开展工作，中国科学院新疆分院提出，希望彭加木兼任新疆分院院长。彭加木再三推托。经反复磋商，并经中国科学院批准，宣布了这项任命，兼任中国科学院新疆分院副院长。

彭加木走马上任之后，他就不再局限于植物病毒组，而是着眼于全院工作。

这时，彭加木着手制订了向罗布泊地区进军的规划。

罗布泊地区，一向被认为是“神秘之地”。彭加木决心撩开这“神秘之地”的面纱。1959 年彭加木曾到过罗布泊北部地区，采集过土壤标本。1964 年，彭加木曾来到过罗布泊畔的孔雀河下游一带，那时，罗布泊已经开始干涸，但还有湖水。

如今，罗布泊完全干涸了，变成一片坚硬的盐泽，甚至连直升机也可以降落在湖底，不会陷下去。

彭加木为什么要对罗布泊进行考察呢？

这里，乍一看上去，是不毛之地；然而，实际上却是聚宝盆。

罗布泊北岸的土堆群（彭加木摄）

早在1959年，彭加木第一次来到这里，采集了土壤标本。回北京后经过化验，发现其中含钾量特别高。这是什么原因呢？原来，罗布泊水中含有许多钾盐。干涸以后，钾盐就析出来了。钾盐是很重要的肥料。钾肥能使庄稼茎秆粗壮，不易倒伏。钾还能提高庄稼的耐寒、耐旱能力。“氮、磷、钾”，被称为庄稼特别需要的“三大要素”。如今，人们从海水、从盐卤、从盐湖中提取钾肥。罗布泊干涸了，这等于大自然已经帮助人们除去了水分，可以从析出的盐层中直接提取钾肥。据我国科学工作者对青海湖的盐层进行化验，查出其中含有10％—40％的氯化钾，其余主要是食盐——氯化钠。食盐本身是重要工业原料，而氯化钾则是农业上大量需要的钾肥。

在盐层中，还含有宝贵的原料，如制造飞机的原料之一——镁，稀有金属锂、铷、铯等，以及硼砂、石膏。

另外，那里还有重水资源。重水从哪里来的呢？原来，在天然水中，便含有少量重水。重水的沸点比普通水高，在 101.42 摄氏度沸腾。在湖水被大量蒸发时，重水较难蒸发。因此，在地下残余的水中，重水所占的比例就较大。重水，如今是重要的中子减速剂，不论建造原子能反应堆，或是制造原子弹，都要用到它。随着它成为制造氢弹的原料，成为热核燃料的原料，就显得更为重要。

罗布泊地区的动植物资源，也相当丰富。

野生动物有骆驼、黄羊、野鸡、黄鼠狼，甚至有碗口那么粗的四脚蛇。

这里最著名的野生植物是罗布麻。罗布麻抗旱耐盐，不怕严寒酷暑，所以能在这里生长。1952 年，我国科学工作者董正钧在这一带考察时，发现这种野生的麻的纤维长、柔韧，是纺织工业很好的原料，便把它以“罗布”地名命名，称“罗布麻”。罗布麻的叶子，具有显著的降血压的作用，是治高血压的特效药。如今，上海南昌制药厂便以罗布麻叶为原料，生产“复方罗布麻降压片”，畅销全国。除罗布麻外，这里还有中药材柽柳。

罗布泊地区是一个“早穿皮袄午穿纱”的地方，日夜温差很大。常刮大风，气候条件恶劣。

对于罗布泊地区，彭加木早就发生莫大的兴趣。正因为这样，他于 1959、1964 年两度来此考察。尽管“四人帮”横行时，他被污蔑为到罗布泊地区“刺探军情”，但是，他并不因此怯步。他，决心大踏步地向罗布泊地区进军，揭开那里的自然之谜，开发那里的丰富资源。

三进罗布泊

1979年11月，彭加木三进罗布泊地区。

这一次考察，是中国科学院考古研究所、地理研究所等许多单位共同组织的，有考古、地理、化学、气象、生物、土壤、沙漠等各学科的人员参加，近20人。彭加木闻讯，便要求参加，受到各单位的欢迎。彭加木此行，想为翌年组织“新疆罗布泊洼地科学考察”探索道路。

11月16日，考察队从乌鲁木齐出发，沿着南疆公路，朝罗布泊前进。

车队在柏油马路上行驶了几天之后，便离开了公路，在没有道路的荒野上前进。这是因为罗布泊是人迹罕至的地区，哪有现成的道路可走呢?

渐渐地，汽车进入一片奇异的地区：这里密布着一个个圆形的土丘，小土丘之间是一道道沟槽。汽车只能在沟槽中七拐八弯地前进。人坐在车中，时而向左倒，时而向右倾，时而一颠簸，头顶碰到车顶，简直要把五脏六腑都倒出来似的。有人计算了一下，汽车在两小时内，拐了186个急转弯，却只前进了11公里！考察队员们称这一地区为“拦路虎”。

原来，这“拦路虎”就是“雅丹”。科学家们认为，雅丹是因暴流侵蚀，再经强烈的风蚀作用而成。如今，雅丹已成为世界地理学上的专门术语，外国的同类型地貌也被称为雅丹。

汽车在雅丹中爬行着，一不小心，就陷在泥沙之中。

于是，大家就要下来“嗨唷”“嗨唷”地推车。

这次考察的主要目标，是位于罗布泊西畔的古城楼兰。早在2150

年前的史书上，便已记载着“楼兰”这一名字。尽管考察队员借助于罗盘，查明了楼兰所在的地方，可是，汽车在雅丹中七拐八弯，很难接近目标。

经过整整 3 天的寻找，总算找到了一条通往楼兰的路。考察队的汽车开到离楼兰 17 公里的地方，再也无法前进了。因为前面的土丘更为密集，汽车很难通行。

大家决定就地宿营，第二天清早徒步前进到楼兰，当天天黑之前返回。

第二天，考察队员们都尽可能轻装，身上只背水壶、照相机、笔记本之类；而彭加木与众不同，背了一个包，手里还拎着一个包。

在这支队伍中，要算彭加木与另一个同事年纪最大，年轻人都争着替彭加木拿包，可是，仿佛包里放着什么宝贝似的，彭加木连碰都不给碰，一定要自己拿。

考察队员们在雅丹中东转西弯，步行 4 个小时，呵，终于看到了古城楼兰的城廊。这时，彭加木竟像小孩似的，跑到一个小土丘顶上，高举着双手，跳跃着，连声高喊：“我们胜利了！我们胜利了！”

大家一看这位年近花甲的教授，竟是如此天真，便喊他“老天真”。确实，彭加木容易激动，他直爽、达观，总是“喜形于色”，却不会“不动声色”。

楼兰古城虽然名声甚大，实际上地方并不大，只有 300 米见方，比现在一个普通的村庄还小。楼兰的中心，是一座佛塔，周围有 19 幢房子的遗址。

考察队员们分头进行各自的工作，生物学家们在遗址中挖出古代的铜币。经鉴定，是公元 2 世纪贵霜王朝的钱币。所谓贵霜王朝（Kushan Empire），是当年由大月氏的主要部落贵霜所创建的王朝，在今巴基斯坦、阿富汗一带。铜币上已满是绿色锈斑，边缘印着奇特的“法卢文字”，当中是一个手舞足蹈的人，牵着一只骆驼似的走兽。

彭加木一向对考古颇感兴趣。他拿着照相机拍摄古迹，以便制成幻灯片，向别人介绍楼兰风貌。

另外，他还采集了许多土壤、植物、昆虫标本，以便带回去研究。

下午，大家肚子里唱起了“空城计”，只好拿出冷馒头，啃了起来。正在此时，彭加木打开了他的背包，呵，像变魔术似的，从包里拿出花生糖、巧克力、苹果罐头、上海水果糖，分送给每位队员。大家这才明白，彭加木的背包为什么那样重，却又不愿交给别人代劳，原来，这些东西都是彭加木在出发前买好的，准备在“关键时刻”拿出来送给大家。

在回去的时候，大家的步子变慢了，因为劳累了一天，已很吃力。天很快就要黑了，凉风阵阵迎面吹来，队员人都感到有点冷。半途中，彭加木打开了他手提的那只包，呵，从里面拿出了大家意想不到的东西——酒！彭加木请每位队员都喝上几口，以抵御风寒，果真，大家喝了酒，精神抖擞，步伐加快了。队员们都很感谢彭加木准备的“礼物”，夸奖他为大家想得那么周到。

回到宿营地，天已经黑了。尽管彭加木疲乏不堪，但是，他又情不自禁地说出了他的口头禅：“今天我真得意！”

12 月初，考察队进入了罗布泊地区库鲁克山的兴地峡谷。这里，是我国屈指可数的“旱极地带”，年降水量只有几毫米到几十毫米。库鲁克山，意即“干山”。考古工作者提出，据了解，有人在这里看见过一种刻在山岩上的古代岩画，希望能去考察。然而，岩画究竟在哪里，向导也只知道大概的位置。

为了寻找岩画，彭加木和队员们一起在峡谷中奔波。意想不到的事情发生了——在那么干旱的地方，居然也有小河，叫作“兴地河”。

时值冬令，水寒刺骨，彭加木急于找到岩画，连鞋子都不脱，涉水过河。

后来，大家终于找到了珍贵的岩画，它高 3 米，宽 10 米，刻有象形文字、人物、骆驼。彭加木“得意”极了，拿出照相机，左一张、右一张，一口气拍了几十张照片。

经过 20 多天的考察，队员们胜利返回乌鲁木齐。尽管这一次考察，没有直接进入罗布泊，但是彭加木初步摸清了穿过雅丹的途径。彭加木着手制订了“新疆罗布泊洼地科学考察”的计划，呈报上级机关。

彭加木决心四进罗布泊地区！

纵穿罗布泊

当彭加木回到上海时，他收到了一位陌生人寄来的珍贵礼物。

这位陌生人是上海郊区的一位退休老工人，他从报纸上看到新华社发的消息：彭加木“同新疆科技人员一起在西汉年间被风沙淹没的楼兰古城遗址进行科学考察”。这位老工人对那一地区曾发生过莫大的兴趣，收集过许多资料。他把那些发黄了的旧书寄给了彭加木。信中说，也许对你的工作有点参考价值。

彭加木收到这份珍贵礼物，心情久久不能平静。他感到，人民群众是非常关心祖国的科学事业的，是非常关心科学工作者的。他立即复信老工人，表示深切的谢意，并表示一定要揭开“神秘之地”的秘密，开发这个聚宝盆。

1980 年 3 月 19 日，彭加木离开上海，到海南岛进行科学考察。在那里，他调查了胡椒花叶病、橡胶坏皮病、西瓜花叶病、柑桔黄龙病，还考察了椰子、油棕等作物。

1980 年 4 月，彭加木在海南岛考察（陈作义摄）

4 月 12 日，彭加木回到上海。他忙着把采集的植物枝叶样品切碎，捣烂，忙着整理考察笔记，连星期天都没有休息。他在上海工作了 13 天，于 4 月 25 日匆匆飞往乌鲁木齐进行对罗布泊地区的第四次考察。

彭加木在乌鲁木齐度过了紧张的 7 天，作好出发前的准备工作，便于 5 月 3 日率科学考察队向罗布泊进发了。

彭加木的计划是大胆的，他打算率队从北至南，亦即从北面的 720 基地进入湖区，纵穿罗布泊，到达湖区南岸的米兰。

纵穿罗布泊，这在历史上还是第一次！彭加木是“具有从荒野中踏出一条道路的勇气”的人，敢于这样做。他认为，只有纵穿罗布泊，才能弄清“神秘之地”的真面目。“不入虎穴，焉得虎子”？

然而第一次纵穿时，没有成功，彭加木曾这样写道：

我们在 5 月 3 日出发到南疆考察，5 月 9 日开始进入湖区，由一个七人探路小分队，自北往南纵贯罗布泊湖底。湖表面已没有水，有些地面松软陷车，有些地面则比较平整坚硬，有些地面覆盖着一层沙子，有些却是碱土、硝土。有时经过风带，风速在每秒十米以上。白天最高气温达 48℃，地表温度 55℃，晚上最低气温则在 10℃以下。进入湖区第二天晚上，遇到高大、坚硬、锋利的盐结皮（盐壳）竖起在地面上有 60 至 80 公分高，像一道墙壁一样，堵住前进的道路。汽车轮胎由于锋利的盐晶块切割，被啃去一小块一小块的，损耗过大，无法继续前进，当晚就只好露宿在盐结皮的小窝窝上。次日侦察周围情况，还找不到合适的出路，而所带的油、水又消耗不少，只得原路返回，准备重新补充以后再度前进。

那天，他们是在深夜 12 点决定停止前进的。当时，在夜色苍茫之中，只听见车外发出“咔嚓、咔嚓”的声音，后来砰的一声，汽车撞在什么东西上，无法前进了。下车一看，才知陷入了高大盐壳的包围之中。起初，他们想用榔头砸盐壳，砸出一条道路来！然而，高大的盐壳望不到边，而且轮胎在盐壳上磨损很厉害，这才使他们不得不调头回师。

笔者摘录了阎鸿建在笔记中的记录，也与彭加木的记录相似[①]：

一路上都是正六边形的硬盐壳，网状面，汽车非常难走。这些结晶体，最高的达八十厘米。大卡车一度歪了！

5 月 12 日，行进到夜二时，盐壳越来越硬，越来越高，轮胎磨损太大，只好停车休息，等天亮再前进。

清早六时，派人出去探路。前方是一大片高大、锋利的盐壳，无

① 1980 年 7 月 11 日，叶永烈在新疆罗布泊库木库都克大本营帐篷采访中国科学院新疆分院的阎鸿建。

法前进。

彭加木召集会议。经过议论，决定分两组行进，马仁文、汪文先等一组，彭加木与我等一组，分别向南、向西南前进。每前进三百至四百米，插一个路标，以备实在走不通时能够沿原路退回。

前方依然是高大的结晶体，高达七十至八十厘米，最低的也有二十厘米。用锹挖到地下一米六十，才见黑色淤泥。

实在无法继续前进。休息了一下之后，集体决定沿原路返回，另找途径。

在另找途径时，又曾经两次迷路，多走了 40 公里。

就这样，第一次纵穿罗布泊，以失败告终。

彭加木没有灰心，去吐鲁番，打算借一辆履带式拖拉机来开路。然而，到了那里，拖拉机手提出了疑问——拖拉机怎么能穿过雅丹地区呢？拖拉机无法穿过雅丹地区，也就无法到达罗布泊。

彭加木只得作罢，与全队一起总结初征失败的教训，决定再次出师，征服罗布泊。

这一次，彭加木精减人员，把 11 人的科学考察队中的 5 位队员，留在了罗布泊西北部的咸水泉宿营地。这样，彭加木率 6 人组成的科学考察队，尝试第二次纵穿罗布泊。

关于这次纵穿罗布泊，彭加木曾经在写给友人的 3 封信中详细谈及。现综合彭加木这 3 封信，把当时最真实的情景呈现给诸位读者：

回到咸水泉宿营地之后，5 月中、下旬，又组织了一次向北部地区的探路，直上吐鲁番，然后再返回咸水泉营地，往返花了八天时间，收获不小。到过野骆驼粪很多的山沟，也到过铁岭铁矿。在山里常常找不到路，只是凭地图及罗盘定向。遇到刮大风沙，五十米以外的大山都看不见。在湖里则是一望无边，没有一个可以定位前进的目标，也是凭罗盘指路。

我们在补充装备，经过休整之后，又组织了一个比较精干的小分队，再次作纵贯湖底的尝试。出发前一天在咸水泉营地气温达到38℃的时候，突然来了一阵大风，接着是一厘米直径的冰雹，随后又是暴风雨袭来，帐篷差一点被掀倒，洪水灌进了帐篷。我们紧紧抱住帐篷柱子，和冰雹、风、雨搏斗了一阵，总算安全度过了，身上给冰雹打得又痛又冷，赶快穿上皮大衣也就没事。打了一阵冰雹，给我们添了点麻烦，但是也带来了一点好处，就是湖区的气温降低了一些。上次进湖区，最高气温达38℃，地表温度50℃，口唇干裂出血，而此次最高气温多半在30℃—36℃，晚上最低温度则在15℃以下。

我们在5月30日从咸水泉出发，沿着上次走过的路，走了两天，到达上次受高大盐壳挡道的地带，走了大约110至120公里。第三天对附近环境作了一点探索，周围都是干涸湖底，见不到一点目标，能见度特好的时候可以望见南方远处的阿尔金山低矮的影子。地面的变化，对汽车来说，主要是受各种结构的盐壳影响，行走困难。那天往东西向各十公里左右探索了一下，决定向西南方向，绕过大盐壳地带，寻找古河道，对着米兰作为目标前进。是日只前进了十公里多点。

第四天，穿越过一些较为狭窄的高大盐壳地带，有些时候我们要用八至十二磅的大铁锤把盐壳打碎，给汽车开路，终于到了古河道的入湖口，开始看见枯树枝，是发洪水时冲下来的。接着发现有干死的水鸭遗骸，随后又见死老鹰、死鸟、死羊、破布、绳子、挎包等物，又见到两堆烧过火堆的残迹，肯定是有人到过的地方。这时候，地面上的枯枝枯树越来越多，可以肯定是进入古河道了。大约一共走了十多公里，前面看见有干枯的红柳的红丘。表示这里过去是水份比较多的地方。沿着古河道又走了两天，中间有些时候在古河道迷失了，又陷进盐壳地带。走了一阵，又终于走出来了，而我们又有了新的收获——研究了“罗布洼地高大盐包和盐壳的发育”，提出了一些从自己实践、认识中得出的结论。

第四、五、六天分别走了24、42、74公里，这时已经到了阿尔金山前戈壁沙子地带与山脚下红柳沙丘交界之处。在正要扎营休息之时，忽然前面刮起大风，沙风迎面扑来，稍过一会，离开30米远的高大红柳包就看不见了，等到风势减弱一些，就地宿营时，天已经黑下来，幸好晚上风停，睡了个好觉，翌日一走出帐篷，迎面又扑来一阵“小咬”（一种吸血的蚊子，连翅膀全长不到一毫米），在脸上、手上、鼻孔、耳孔乱钻乱叮，令人穷于应付，涂上蚊油，可是却一点都不起作用。不幸汽车又出了点毛病，两位驾驶员在修车，但受不了“小咬”的侵袭，只得开车往山上逃，到离开红柳沙丘比较远一些，“小咬”少一些的戈壁沙滩上修车。我们则在戈壁滩上捡石头，阿尔金山的石头可真美，做盆景上的假山再好不过了，千姿百态，奇峰突兀，多是风沙侵蚀碳酸钙岩石生成的。在上海花木商店就看不着这么好的东西，我真想捡它两大卡车带回上海。

修车时，发现远处有解放牌卡车走动的影子，见过几次。车修好后，朝有车走过的方向前进，不久就见到测量的三角标，接着又见到电线杆，终于上到从青海茫崖到新疆若羌的简易公路上来了。大家喘了一口气，就在路边生火做饭，煮了一锅挂面，吃饱了再走，沿公路走了大约40公里到达米兰国遗址。过米兰遗址再走五至六公里，就到达米兰第三十六团农场的最东沿，开始见到人家，真是满心高兴。

中国科学院新疆分院用笺

陷进盐壳地带，走了一阵，又终于走出来了。而我们又有了新的收获——研究了"罗布泊盐壳的发育"，提出一些从自己实践认识出发的论点。第4、5、6天分别走了24、42、74公里，这时已经到达阿尔金山前戈壁砂子地带与山脚下红柳沙丘交界之处。在这里扎营休息之时，忽见前面刮起大风，沙风迎面扑来，稍过一会，离开30米远的高大红柳包就看不见了。等到风势减弱一些，就地宿营时，天已经黑下来，幸好晚上风停，睡了个好觉。翌日一早出帐篷，迎面又扑来一阵"小咬"（一种吸血的小虻子，其翅膀全长不到一毫米），脸上、手上、鼻孔、耳孔到处乱钻乱叮，令人穷于应付，涂上驱蚊油，可是却一点儿都不起作用。不幸63车又出了毛病，两位驾驶员在修车，但受不了"小咬"的侵袭，只得开车往山上逃，到达离开红柳沙丘比较远一些，"小咬"少一些的戈壁沙滩上修车。我们则在戈壁滩上捡石头，阿尔金山的石头可真美，做盆景上的假山真好不过了，千姿百态，有些实在是经过风沙侵蚀 $CaCO_3$ 岩石形成的。在上海花木商店就见不着这么好的东西。我真想捡它两大卡车带回上海。修车时，发现远处有解放牌

第 3 页

彭加木谈罗布泊探险的亲笔信（1）

中国科学院新疆分院用笺

卡车走动的影子，只过几次，车修好后，朝有车走的方向前进，不久就见到测量的三角标，接着又见到电线杆，终于上到从青海茫崖到新疆若羌的简易公路上来了。大家喘了一口气，就在路边生火做饭，煮了一锅挂面，吃饱了再走。沿公路走了大约40公里，到达古米兰国遗址。后来听说有几个日本人在前几天来过，他要写一本书，批驳以前英国斯坦因的错误论点（关于米兰王国一带语系来源问题）。斯坦因认为该处语系和印度有关，而日本科学家则认为其渊源在中国。1964年我曾经拍了一些古米兰王国遗址的照片，已制成幻灯片放过，这次又补拍了几张镜头。过米兰遗址再走5~6公里，就到达米兰第36团农场的营区，开始见到人家，真是满心高兴！

在36团场招待所刚住下，场领导一位同志主动前来向我们问来向及有何困难需要什么帮助——我们原在基地里活动，没有带给地方上的介绍信和证明信，我身边原有一张给基地司令部的证明信，但因给了另一个小分队，他们从库尔勒南下铁干里克、若羌，而未到达米兰，我只好作自我介绍，他听到名字之后，似有所感触，于

第 4 页

彭加木谈罗布泊探险的亲笔信（2）

也就是说，自 5 月 30 日从罗布泊西北部山前咸水泉营地出发，经过 7 天的艰难纵穿，终于在 6 月 5 日到达罗布泊南岸的米兰。

彭加木的确是满心高兴，因为彭加木和他的战友们有史以来第一次胜利地纵穿罗布泊！

彭加木曾这样评价：

此次胜利地穿越盐壳地带，自北而南纵贯罗布泊干涸湖底成功，是一很大收获，这是前所未有的，对罗布洼地中心区域已有一些了解，可算得是已经敲开了罗布泊的大门，揭开了它那神秘的面纱，为今后进一步的考察工作打下了基础，这是值得庆贺的！

为了庆贺胜利，彭加木自己动手杀羊。一边宰羊，一边口中念念有词。彭加木在一封信中，曾写下了当时欢乐、风趣的情景：

今天就由我来操刀吧！先把我的猎刀磨快了，动手一割，赶快叨念着自己编的经文：

“羊羔子呀羊羔子，你快点断气吧！你也不要埋怨老彭呀！你可知道，这是为人类作了贡献呀！你给我们增加营养，我们身体健康、精力充沛，好为四化多出力呀！

“羊羔子呀羊羔子，你快点断气呀！如果以后还做羊羔子，你见到了草可要多多的吃呀！不要太挑嘴，养得肥肥的，好给人类作贡献呀！

“羊羔子呀羊羔子，你快点断气吧！”

经文念完，血也放尽了，大家动手，剥皮破肚，剔骨切肉，煮汤红烧，炒腰花，凉拌肚丝，吃完肉汤面条，再啃两块大骨头，腰花肚丝则最后下葡萄酒，美味异常，妙极！

考察队员的生活，有时可也是挺愉快的！

就在米兰休整的日子里，彭加木还到附近的果园、农场进行了考察，发现了苹果绿叶斑症、小麦花叶病、玉米条纹矮缩病及粗缩病，大蒜花叶病等。

也就在米兰休整的时候，彭加木制订了本书第一章中所谈到的东进考察古代丝绸之路的计划：由米兰东进，经过东力克、落瓦塞、山兰子、库木库都克、羊塔克库都克、红十井、开元、新东一号，然后取道吐尔逊北上，返回乌鲁木齐。这样，往东绕了一个大圈，路途当然远了，然而这一带正是古代丝绸之路经过的地方，彭加木认为很值得考察一下。

失踪前 10 天寄出最后的长信

到达米兰之后，彭加木在 1980 年 6 月 7 日，亦即他失踪前 10 日，写了一封长信给中国科学院新疆分院领导哈林，汇报工作。

我在哈林那里看到了彭加木这封最后的信，当即全文抄录。2016 年 2 月，我在整理当年彭加木采访资料时，看到这封非常重要的信件，首次全文披露于下——

哈林同志：

五月二十七日陈百禄同志从乌市（引者注：乌鲁木齐市）带回咸水泉补充的装备，如汽车轮胎、十万分之一地形图等物资后，我们研究工作计划，决定组织一个精干的小分队再作纵贯湖底的尝试，余下五位同志则作洼地西边的考察。

五月三十日进入湖区，三十一日到达湖南端，上次受高大盐壳阻道的位置北面不远。翌日向东探了一下路，然后往西走一段，绕过高大盐壳地带。第四日即沿西南角的古河道向米兰推进，不时穿过距离较短，高度略矮且较疏松的盐壳带。不久就进入古河道，遇见冲积下来的枯树枝、死鸟、羊、破布、绳子、挎包等物，以及两处烧火的遗迹。第五天开始见到竖立在阿尔金山北面的测量点三角标，以后基本上顺着三角标的指示（方向），终于在第七天到达米兰 36 团农场。人、车安全，仅 F3—63 车（引者注：指苏联生产的那辆嘎斯 63 军用大卡车），在第六、七天汽缸发生故障，其中一只汽缸的“卡夫”脱落，只有五个汽缸工作。现已在米兰找到修车材料，打算在两天内把车维修好，补充汽油、粮食等以后，在十号左右再出发往东，到疏勒河下游地区考察。预计在六月底以前可以结束第一阶段的野外考察工作。

此次胜利穿越盐壳地带，自北而南纵贯湖底，沿西南角的古河道安全来到米兰，这是一个很大的收获，对罗布洼地的中心地带已有所了解，初步揭开了罗布泊神秘的面纱，敲开了进入罗布泊考察的大门。为了以后的工作打下基础。

进湖区考察的小分队内一部五座（引者注：指越野车），一部 63 车（引者注：指嘎斯 63 军用大卡车），带 5 桶水、3 桶汽油、帐篷、粮食等物，共六个人（彭加木、汪文先，陈百禄，电台工作一人，驾驶员两人）组成。人员少，消耗的水、汽油也相对减少，这就等于加强了装备条件。保证纵贯湖底成功。

生土所（引者注：即中国科学院新疆分院生物土壤沙漠研究所）、化学所（引者注：即中国科学院新疆分院化学研究所）各两人乘八座车经库尔勒往南到铁干里克（引者注：位于新疆若羌县城东北）等地考察，亦已在今天（六月七日）来到米兰，我们已会合在一起，十号左右出发往东考察。

由于所带的经费都存放在马兰人民银行，进入湖区携带大量现款不方便，因此未带现款，但在米兰需补充汽油、粮食，维修车辆等，故在昨日所发的电报中恳请速电汇1000元来米兰，以便采购汽油、粮食等。

进入罗布洼地考察，虽然因为自然环境比较严酷，高温、干旱、风沙大、没有水、远离居民点，给工作带来许多困难。但是，从此次考察取得的经验看来，只要作好充分准备，是完全可以进行工作的。当然，工作人员也必需作好接受艰苦锻炼、考验的思想准备。

队里全体同志的健康情况良好，谷景和同志因工作需要，已留在33团和生土所动物组的几位同志一起工作。

谨致

敬礼

彭加木上

1980.6.7，米兰

从彭加木写给哈林的信中可以看出，彭加木原本率领的罗布泊科学考察队是6人，即：

彭加木　队长，中国科学院新疆分院副院长

汪文先　副队长，中国科学院新疆分院地理研究所助理研究员

陈百禄　中国科学院新疆分院行政处保卫干事

王万轩　中国科学院新疆分院司机

包纪才　中国科学院新疆分院司机

萧万能　中国人民解放军某部无线一连分队长、报务员

在米兰，增加4人：

阎鸿建　中国科学院新疆分院化学研究所助理研究员

沈观冕　中国科学院新疆分院生物土壤沙漠研究所助理研究员

马仁文　中国科学院新疆分院化学研究所助理研究员
陈大华　中国科学院新疆分院生物土壤沙漠研究所司机

陈大华所驾驶的是 8 座中型吉普。这样，彭加木所率领的罗布泊科学考察队增加到 10 人、3 辆汽车。

从这封信也可以看出，彭加木充分认识到这回再度进入罗布泊考察的艰巨性："自然环境比较严酷，高温、干旱、风沙大、没有水、远离居民点，给工作带来许多困难"。尽管他"作好接受艰苦锻炼、考验的思想准备"，然而就在东进罗布泊、到达库木库克的时候，彭加木为了寻找水井，在茫茫戈壁滩中失踪了——彭加木失踪，离在米兰写这封信，只有 10 天而已！

全国人民的关怀

在彭加木不幸失踪之后，消息传开，党和人民极为关切。

中共中央对彭加木的安全极为关怀。6 月 23 日，中共中央主席华国锋就对空军和地面部队配合搜寻彭加木作了具体批示。中共中央政治局委员、国务院副总理、中国科学院院长方毅，多次询问彭加木的情况，具体过问寻找工作。

全国人民关心彭加木，怀念彭加木，函电纷纷飞向新疆，飞向彭加木家属。我在中国科学院新疆分院摘录了大批来信、来电。

中共广东省委、省人民政府来电指出：

彭加木同志是广东人。他一贯热爱党，热爱社会主义，热爱科研事业，成绩卓著。他不怕艰苦，不顾个人安危，一心一意为祖国的四化建设作出更大的贡献。他这种高贵的品质，是我们学习的榜样。

当时，广东省科协第二次代表大会正在召开，全体代表也来电慰问彭加木家属。

彭加木的足迹遍及全国。他的各地好友纷纷来函诉说怀念之情，表彰彭加木的“铺路石子”精神。人们称颂他是“新时代的王昭君”。

新疆自治区团委副书记杨永青特地来看望彭加木家属，深情地说道：“去年，我到北京出席人代会时，彭加木同志托我向邓颖超副委员长问好。我见到了邓副委员长，转达了彭加木同志的话。邓副委员长很高兴地托我转告：‘我记得他，我希望他能去新疆工作。’回疆之后，一直没机会与彭加木同志见面，未及转告邓副委员长的问候。想不到，如今已经晚了……”

各地群众来信来电，还对搜寻工作提出许多建议。

辽宁桓仁县农用机械厂行政组来电：“建议向西寻找。我们分析彭加木从东返回可能经过原出发点走到西边去了。特电供参考。”

新疆布尔津一位同志来电：“建议在疏勒河故道四处生火，火边放水和食品，使彭看到火、水、食品、生存。”

上海一位工人来电：“建议以军用犬在失踪现场找寻彭加木。”

西安铁路局材机厂一位工人来信，附了地图，信中说：“主要在西北、东北方向，其次才是西南方向。”

最有趣的是，彭加木失踪的消息，竟引起了一位算命先生的关切，来信询问彭加木的生辰八字，以便算出彭加木朝哪个方向走了。尽管信中说的卜算方法颇为荒唐，但言辞甚为真挚。

这充分地说明，连算命先生也在关心彭加木的命运，愿为彭加木出力！

新疆巴音郭楞蒙古自治州工交局桑坚榆在 1980 年 6 月 28 日的来信中回忆说：

加木叔5月2日中午在我家吃了午饭，然后离库米什（我家在库米什22团石棉营）去马兰（89800部队），再去罗布泊考察。我与他1964年见面后，相隔16年才又重逢，我还等待他考察完了在库尔勒相聚，谁知这短暂的相见成为永别。这是我万万所想不到的。……继承加木叔的鞠躬尽瘁的革命精神，安心边疆，建设边疆，完成加木叔的未竟之业，为祖国四化献身奋斗！

北京中关村中国科学院动物研究所虞佩玉在来信中回忆：

我是彭加木同志的老朋友了。1948年，他在北大带过我土壤课实习。1953年他参加中苏云南考察队，来到北京，我们又见了面。“文革”前，中国科学院开先进分子大会，他来北京我家做过客。“文化大革命”以后，他出差来北京，我去微生物所接他，在我家谈得很晚。最后的这次谈话，他表示坚决要离开上海到边疆去工作。我问到他“文化大革命”中的一些事，他的讲话给我留下极深的印象，他并没有去怨天尤人，相反的，对一些问题有些感慨。我觉得他并没有把自己打扮成什么英雄，他很实事求是，最后这些谈话给我留下深刻印象……彭加木同志是一个好同志，平日他严于要求自己，有坚强的革命意志，对工作认真负责，为祖国科学事业发展有着很大的抱负……全国科学工作者都在关心着彭加木失踪的事，都在关怀着你们。后天，我们的小组就要进入神农架，现在我们在湖北省西部的房县。

上海东方半导体器件厂罗地鸿在来信中说：

党中央和各有关部门十分珍惜像彭加木同志那样的人民科学家，……我相信曾与病魔和林彪、“四人帮”作坚强斗争的彭加木同志一定能返回家园。

上海植物生理研究所司稚东在 1980 年 6 月 30 日的信中说：

深望此次加木同志征服巨大困难，创造奇迹，平安返回，为党、为国家、为人民作出重大贡献。

最感人的是少先队员们的来信。他们向彭伯伯倾诉了最亲切的话语。

浙江临安县横路公社丁村小学少先队四大队来信说：

我们少先队员相信彭伯伯一定能像当年的工农红军一样在艰难困苦的情况下长途跋涉，胜利回到大本营。敬爱的彭伯伯，我们一定像您那样为祖国为人民为四化去攻文化难关。今天是红领巾，明天是科学迷。

安徽淮北百善煤矿全体少先队员给彭伯伯寄来了最珍贵的礼物——红领巾，附了一封热情奔放的信：

我们恨不得变成孙悟空，一个筋斗翻到罗布泊，睁大火眼金睛，寻找彭加木伯伯。我们恨不得像孙悟空那样，拔下一根毫毛，吹口气，说声“变”，变成千万个孙悟空，千万只火眼金睛，把彭加木伯伯找回来。我们永记您的英名，永远激励我们少先队员去攀登科学的高峰。

为科学事业英勇献身

彭加木为了找水，为了祖国的科学事业，英勇献身了。

彭加木牺牲了。他死在边疆，死在大戈壁。

这，不禁使人们想起他 33 岁时——1958 年 7 月 19 日在新疆写给党支部书记王芷涯的信：

……我在离沪时已下了很大的决心，一定要把工作搞起来，并准备让我的骨头使新疆的土壤多添一点有机质（关于这一点请不必告知夏叔芳）。

谁知在 22 年之后，竟被他自己的话不幸而言中。他实践了自己的诺言："让我的骨头使新疆的土壤多添一点有机质！"他生爱边疆，死在边疆！

在生前的一次闲谈中，他还曾对自己的女儿彭荔说过[①]：

我患过癌症，我又战胜了癌症，成为医学史上的特例。我死了之后，请把我的遗体献给医院解剖，以对医学科学作出我的最后一点贡献！

这些话，如果不是一个无私的人，一个心胸宽的人，一个总是为别人考虑的人，是说不出来的。

1980 年 5 月初，在他率队奔赴罗布泊的前夕，他对助手李维奇嘱

① 1980 年 7 月 6 日，叶永烈在新疆马兰核基地第一招待所采访了彭加木的女儿彭荔。

咐道[①]：

我要走了，实验工作你自己搞吧。我这次去考察，那里是很艰苦的，是骆驼也要渴死的地方！

对于死，彭加木是无所畏惧的。他曾与死神斗过多次。不论在癌症面前，在隔离审查室里，他都没有向死神屈服过。尽管他常开玩笑地说："我早就可能死了。我现在的时间是'捡'来的！"

但是，他毕竟还是死得太早。他离开我们的时候，只有 55 岁！

他，还有多少事，来不及做完哪。

他曾经许下过自己的 5 大心愿：

第一，到西沙群岛去考察；

第二，到青海高原考察；

第三，到世界屋脊——西藏考察；

第四，到祖国宝岛——台湾考察；

第五，到南极洲考察。

他并非空许愿。1979 年，当他听说有一条船要从上海开往南极洲，他马上跑去联系，希望能去南极洲考察。他对领导同志说："我不晕船，我不怕艰苦！"

然而，他这 5 大心愿，没有一个来得及实现，他就匆匆离开了人世。

他失踪之后，同事们怀着沉痛的心情清理他的遗物。他在考察时，带了 5 个手提包，这些手提包是装在一个大麻袋之中。

这些手提包里装的是标本、样品、笔记、资料，就连一双皮鞋

---

① 1980 年 7 月 17 日，叶永烈在新疆马兰核基地采访彭加木助手李维奇。

中，也装着岩石标本。然而，他自己的衣服，却没有放进手提包，都是随随便便放在麻袋之中。

在他的遗物中，有这么几本书：杨振宁博士著的《基本粒子发展史》，还有《大自然的趣闻》、《植物学拉丁文》和《病毒名称》。

当他失踪的消息传到中国科学院上海生物化学研究所，那里正在进行调整工资的工作。经领导批准，群众审议，已经给他提了一级，使他每月的工资可增 24 元。然而，他本人还不知道这一消息，就失踪了。

彭加木，这个传奇式的人物，在传奇的色彩中，结束了他的一生。

英灵永存

为了寻找彭加木，先后进行了 4 次大规模的寻找。党和人民尽了大力寻找这位忠诚的儿子。

在彭加木失踪 1 周年之际，1981 年 6 月 19 日，中国科学院给中共中央书记处写了报告，在报告中把彭加木失踪定为“不幸遇难，以身殉职”。

1981 年 7 月 20 日，中国科学院第 36 期简报发表《彭加木同志罗布泊考察遇难寻找工作已经结束，近期将举行追悼会》，对搜寻彭加木工作进行了总结，并且对彭加木作出全面评价：

我院新疆分院副院长、上海生物化学所研究员彭加木同志去年六月十七日在新疆罗布泊洼地进行科学考察时不幸遇难已经一年。经报请国务院批准，拟于近期在上海举行追悼会。最近，新疆分院就彭加木同志遇难和寻找情况进行了全面总结，现摘要刊登如下：

罗布泊洼地是我国古代沟通东西方文化的丝绸之路的要冲。对这块既有考古价值又有丰富资源的宝地，近百年来中外科学家都十分感兴趣。由于环境恶劣，交通困难，长期以来一直未进行过系统的科学考察。彭加木同志知难而进，一九六四年曾到罗布泊西南边缘的米兰进行过考察。一九七九年初冬，又进入罗布泊北部及楼兰古址一带作初步踏勘。一九八○年五月九日，他带领一支由化学、水文地质及从事动植物研究的各类专业人员和后勤、通讯联络人员共十一人组成的综合考察队，第一次进入罗布泊作试验性考察。从五月九日到六月十六日的一个多月中，考察队有四次比较大的行动，克服重重困难，行程几千公里，胜利地穿过了罗布泊湖盆，比原计划提前二十多天完成了第一次考察任务。为了多做一些工作，给下次考察创造更好的条件，彭加末同志提出利用余下的时间，再作一次东进考察。考察队六月十一日从米兰出发，一开始就遇到了大风高温，风沙弥漫，热浪滚滚。夜间刮大风，帐篷经常被吹翻，同志们不得不一人抱一根柱子坐待天明。六月十六日，考察队到达库木库都克附近时，汽油和水只能再维持两天了。经过联系，国防科委二十一基地同意给予支援。但彭加木同志希望能自力更生解决用水，以减轻部队运水的负担。因此，当六月十七日上午同志们在帐篷内休息时（六昼夜没有很好休息，都很疲困），他不顾疲劳，冒着五六十度高温，毅然独自一人外出找水，不幸遇难。

事件发生后，党中央、国务院十分关切，多次指示要尽最大努力设法寻找彭加木同志。在党中央、国务院的亲切关怀、指示下，在总参、国防科委，兰州、乌鲁木齐部队的大力支持和新疆自治区党委、政府、军区的直接领导下，由我院新疆分院与当地驻军协同配合，组织专门力量，从六月十八日到十二月二十日，以彭加木同志遇难地点库木库都克为中心，在东西长二百公里、南北宽二十公里的范围内，采取地空配合、点面线结合以及大密度的耕地式仔细寻找等方式，先后组织了四次大规模的寻找。直接参加寻找的（不包括负责后勤物资供应的空中、地面运输的人员）有二百四十多人，四次在现场寻找的时间累计为六十六天。出动大小汽车六十六辆，出动飞机二十九架次。飞行约一百小时，寻找的面积累计为四千多平方公里。此外，兰州军区还曾专门派出部队到甘肃后坑一带寻找。在第三次寻找中，公安部还曾派上海、南京、山东省市有经验的公安干警携带警犬参加了现场寻找。

对彭加木同志遗体的寻找工作，各方面都尽了最大努力，无论从寻找的时间、规模、使用手段，还是从投入的人力、物力来说都是空前的，这充分体现了党和国家对科学事业和科学家的高度重视、关怀和爱护。但是，除第一次寻找中，在出事地点东北方向大约十公里处发现彭加木同志脚印、坐印及一张糖纸外，没有发现其他线索。据记载，历史上曾多次发生类似事件，但大都未能获得肯定的结果。根据当地地理环境、气候特点，同时根据这次寻找工作的实际情况，可以判定是在彭加木同志迷路昏倒后，被狂风吹动的流沙掩埋了。这样判定的具体理由是：

1. 由于病魔的折磨和“文化大革命”中受迫害，彭加木同志身体不好，而在他出走前已连续六昼夜没有很好休息，体力更加不支，因而他不可能走得太远；而且只带了一壶水，未带其他常备的食物、药品，说明他根本没准备远走。

2. 彭加木出走的第二天下午和晚上就有八九级大风，流沙活动相当频繁。

3. 遇难地周围数百公里是渺无人烟的荒漠地带，除有野骆驼、野兔之外，从未发现过其他可以伤人的野兽；土匪、坏人在此无生存条件，因此，既不可能被野兽伤害，也不可能被坏人劫持。

彭加木同志是一位有成就的科学家，是一位坚强的共产党员和革命战士。新中国一诞生，他就以满腔热情和百折不挠的意志投身于社会主义的科学事业。三十年来，他兢兢业业、艰苦奋斗、忘我工作，为开发利用边疆资源，建立边疆科研基地，他不顾多年的病体，曾先后十五次到新疆帮助工作和进行考察，对新疆科学事业的发展作出了贡献。六十年代中期他被树为上海市党员学习的标兵。同时，中国科学院也曾多次系统地介绍宣传他的模范事迹，号召广大科技工作者向他学习。他与病魔斗争的顽强意志和“甘当铺路石子”的精神，激励着广大科技工作者不畏劳苦，努力攀登科学高峰。十年动乱期间，面对林彪、“四人帮”的残酷迫害，他不妥协、不屈服，坚持战斗在科研第一线，表现了一个共产党员应有的优秀品质。粉碎“四人帮”以后，他由衷地拥护党的三中全会的路线、方针、政策，对祖国的未来充满信心，以对党、对人民高度负责的精神，把全部精力倾注在“四化”建设上。他最后一次带领考察队对罗布泊的考察，胜利地穿过干涸湖盆，在近代史上第一次打开了罗布泊神秘大门，为今后的考察奠定了基础，具有重大意义，也是他为发展我国的科学事业作出的最后一次贡献。

为了表彰彭加木同志忠诚党的事业、全心全意为人民服务的革命精神和英雄行为，1981 年 8 月 24 日，上海市人民政府特授予彭加木同志“革命烈士”光荣称号。

1981 年 10 月 19 日，彭加木烈士追悼大会在上海龙华革命公墓隆重举行。人们在一个透明的纪念盒里，装着新疆库木库都克的沙土。纪念盒安放在上海烈士陵园，象征着烈士的英灵永存。

上海彭加木之墓（衣冠冢）

彭加木遇难处的石碑（范书财摄）

与此同时，新疆维吾尔自治区党委和政府在乌鲁木齐市举行了悼念彭加木同志大会。这位为边疆科学事业献身的英雄，受到了边疆人民的尊敬和爱戴。

中国科学院新疆分院决定在彭加木失踪的地点，建立一个永久性标志，上面刻着："1980 年 6 月 17 日彭加木同志在此进行考察时不幸遇难。"

1983 年 3 月 13 日，胡耀邦同志在中共中央召开的卡尔·马克思逝世 100 周年纪念大会上的讲话中，高度评价了彭加木，指出：

在新时期中，我们希望我国知识分子，以马克思、恩格斯这样的最完全的知识分子作为自己的崇高典范，继承和发扬五四运动和"一二·九"运动以来中国革命知识分子的光荣传统，学习彭加木、栾茀、蒋筑英、罗健夫、雷雨顺、孙冶方等同志的献身精神，更加努力地学习马克思主义，精益求精地掌握新的知识，脚踏实地地到群众中去、到实践中去，自觉地增强组织性和纪律性，在改造客观世界的伟大斗争中，努力改造自己的主观世界，做到又红又专。

随着时间的推移，根据 1986 年 4 月 12 日六届全国人大四次会议通过的《中华人民共和国民法通则》第三节关于“宣告失踪”和“宣告死亡”的规定，彭加木已由“宣告失踪”转为“宣告死亡”：

公民下落不明满二年的，利害关系人可以向人民法院申请宣告他为失踪人。

公民下落不明满四年的，利害关系人可以向人民法院申请宣告他死亡。

迄今，三十几年时间已经过去，彭加木依然杳无音讯，已确切地宣告死亡。

彭加木牺牲了。他的死使人们记起了他最爱吟诵的诗人臧克家的名句：

有的人活着，
他已经死了；
有的人死了，
他还活着。

彭加木死了，但是他活在千千万万人民的心中。

我愿借用方志敏烈士在《可爱的中国》一书中的几句话，结束本书。方志敏烈士的遗言，仿佛道出了彭加木最后的心声：

……假若我还能生存，那我生一天，就要为中国呼喊一天；假若我不能生存——死了，我流血的地方，或者我瘗骨的地方，或许会长出一朵可爱的花来，这朵花你们就看作是我的精诚的寄托吧！在微风的吹拂中，如果那朵花是上下点头，那就可视为我对于中国民族解放奋斗的爱国志士们在致以热诚的敬礼；如果那朵花是左右摇摆，那就可视为我在提劲儿唱着革命之歌，鼓励战士们前进啦！

附录一

彭加木的学术档案

叶永烈说明：1979 年，彭加木从副研究员晋升为研究员。在晋升时，按照规定，必须由本人提出申请，叙述自己的学历以及学术成就。我当时在中国科学院上海分院查到了彭加木在 1978 年 5 月 17 日亲笔所写的申请研究员档案，全文抄录。通过这一珍贵的历史档案，可以见到彭加木的详尽而准确的学术履历。

学历：

1932 年　广州北郊石井公社槎龙大队第十一生产队乡村小学，私塾。

1933—1934 年　广东省佛山市私立有恒小学三、四年级。

1935 年 2 月—1938 年 7 月　广东佛山市私立华英中学，小学四、五、六年级及初一。

1938 年 8 月—1940 年 7 月　香港新界东涌私立华英中学初中二、三年级。

1940 年 8 月—1942 年 3 月　香港新界沙田私立华英中学高中一、二上年级。

1942 年 3 月—1943 年 9 月　广东曲江市（韶关）钟元中学高中二下、三年级。

1943 年 10 月—1947 年 9 月　重庆（1943—1946 年）；南京（1946—1947 年）：中央大学农学院，农化系。

1947 年 8 月—1948 年 7 月　北京大学农学院土壤系助教。

彭加木

19　年　月　日　　第　页共　页

简历（1930—1948）

1930—1931 村中桂溪小学读一、二年级

1932 村中私塾读书

1933—1934 佛山私立育恒小学读三年级、四年级（上）

1935.2—1938.7 佛山私立华英中学，小学部读四年级（下），五、六年级
初中部读一年级

1938.9—1940.8 香港新界东涌华英中学初中部读二、三年级

1940.8—1941.12 〃〃〃〃沙田〃〃〃高中部读一年级，二年级（上）
（1941.6．父病逝返乡）

1941.12—1942.2．太平洋战争爆发，从沙田转至九龙华英中学初
中部暂住

1942.2—3 从香港回广州，返乡，转道至曲江

1942.3—1943.9 曲江私立仲元中学读高中二年级（下），三年级

1943.10—1946.4 重庆 国立中央大学农化系

1946.4—6 中大由重庆迁回南京

1946.6—1947.10 南京 国立中央大学农化系四年级

1947.10—1948.8 北京大学农学院土壤系助教

1948.10月— 上海中央研究院医学研究所筹备处，技佐

装 订 线

彭加木简历（抄自彭加木档案）

1948 年 10 月—1949 年 5 月　上海伪中央研究院医学研究所筹备处，技佐。

1949 年 6 月—1956 年 3 月　中国科学院生理化学研究所，助理员，助理研究员。

1956 年 7 月—1961 年 4 月　北京中国科学院综合考察委员会，助理研究员。

1961 年 4 月—1978 年 11 月　上海生物化学研究所助理研究员，副研究员。

学术研究：

擅长进行蛋白质及植物病毒分离提纯研究，电子显微镜技术用于蛋白质植物病毒形态、结构的研究。

自 1973 年以来，担任病毒组组长，全组进行植物病毒的病原鉴定、分离提纯、免疫血清及形态结构方面的研究工作，在国内处在领先地位，在国际上达到专业水平，而且有自己的特长。

比如：

1. 对小麦丛矮病病原体的研究，系统地进行了病原鉴定，病毒的分离提纯，形态结构，免疫血清的制备与应用的研究，澄清了国际上对此类病毒在形态结构上的模糊认识。在血清论断方面也成功地提供了检测单株麦苗，单只传毒昆虫，带毒率的方法，以配合农业生产上为进行综合防治采取适时、有效措施。

2. 在桑树萎缩病病原的研究上，尽管国际上已认为其病原原体是类菌质体，排除了病毒病原的看法，但我们根据自己的科学实验结果，力排众议，提出确凿的证据，作出病毒与类菌质体复合感染的论点，受到国内、国外同行的重视。

3. 对水稻普通矮缩病病毒的研究，日本科学工作者做过长期、深入、大量的工作，但是我们根据自己的实验结果，否定了所谓病毒质粒外部包着一层脂质膜的设想，因而提出简便的分离提纯病毒的方法，成功地制备出高效价的抗血清，提供了检测单株、单只传毒昆虫带毒率的方法。

4. 1973 年有一批转口的美国小麦被上海动植物检疫站检出有矮腥病。后来美国检疫专家来华狡辩，我们积极配合，在短短几天内做出了矮腥病孢子超薄切片电镜观察结果，打下了美国专家的嚣张气焰，取得胜利。

科学研究、科学考察成果：

1947 年 10 月—1948 年 7 月，北京大学农学院担任土壤调查及土壤物理学助教，独力编写了土壤物理实验讲义及带领实验，进行研究中国土壤的一部分化学分析及机械分析工作。

1948 年 10 月—1952 年 3 月，黄豆芽酸酶的研究。

1952 年 4 月—1956 年 2 月，原胶原的研究。

1956 年 3 月—1961 年 4 月，进行科学考察：参加野外考察及建立科学实验基地。

云南生物考察队——在昆明负责建立实验室，进行紫胶及芳香油等次生物质研究、分析工作。

新疆综合考察队（1956 年—1959 年）——参加北疆阿勒泰地区及玛纳斯河流域的野外考察，在乌鲁木齐建立实验基地，协助新疆分院筹划开展伊犁河流域综合考察和新疆盐湖考察工作。

华南热带生物考察队（1957 年）——参加海南岛及雷州半岛野外考察。

治沙队（1960 年）——在陕北榆林治沙试验站参加生物固沙试验。

综合考察委员会中心分析室（北京）——协助建立中心分析室并

指导分析工作。

1962年5月2日－1967年2月，上海生物化学研究所——肌肉蛋白及病毒形态、结构的研究，建立电子显微镜实验室并参加实验操作。

1962年－1964年，新疆化学研究所——协助建立化学所并进行盐湖考察及病毒研究（罗布泊以西及南部地区）。

1965年，广州中国科学院中南分院真菌室——协助建立电镜实验室，进行柑桔黄龙病的研究。

1973年－1978年，上海生物化学研究所——植物病毒研究，课题组长，参加实验工作。

1977年7月－9月，新疆化学研究所——植物病毒研究。

论文目录：

1. 黄豆芽植酸酶的研究，1953－1954年7月《中国科学》杂志发表

2. 原胶原的研究，1966年《中国科学》

3. 新疆疑似马脑炎病原体的电子显微镜观察，（1962－1965年），生物化学和生物物理学报

4. 不同来源的原肌球朊物理化学性质的比较研究，1955年生理学报（19，389）

5. 原肌球蛋白和副肌球蛋白晶体的电子显微镜观察，1963年生理化学与生理物理学报（3，206）

6. 用电子显微镜直接观测原肌球蛋白和副肌球蛋白分子，1965年生物化学与生物物理学报（1965，5，7－16）

7. 新疆盐湖考察报告，阿克苏盐山盐溶洞的考察，1965年地质地理方面的内部刊物

8. 紫胶的净化、加工方法的研究）（未）

9. 生物固沙试验（实验报告），1973 年以“病毒组”名义发表的论文，有关柑桔黄龙病病原体的研究：

(1) 与柑桔黄龙病有关的一种线状病毒，《中国科学》，1973 年 3 期（313－315）

英文发表在 *Scientia Sinica*，1974 年 13 期 No. 3（421－438）

(2) 水稻里条矮缩病病原体的研究

传毒灰飞虱中类似病毒的质粒，《中国科学》，1974 年 2 期（158－163）

(3) 桑树萎缩病病原体的研究

桑树黄化型萎缩病病原体的电子显微镜研究，《中国科学》，1974 年 3 期（283－291）

(4) 在桑树萎缩型及花叶型萎缩病病原体的电子显微镜研究，《中国科学》，1974 年 7 期

(5) 桑树萎缩病病原体的研究

桑树萎缩型萎缩病病原体在病树中一年内的消长，《科学通报》，1977 年 2 期

(6) 桑树萎缩型萎缩病病原体的研究

桑树黄化型萎缩病媒介昆虫——科目菱纹叶蝉的传毒作用及其带毒情况，《生物化学与生物物理学报》，1977 年

(7) 枣疯病病原体的忾显微镜研究，《中国科学》，1974 年 6 期

(8) 西安地区的番茄为什么发病，《生物化学与物理化学学报》，1975 年 2 期

(9) 我国禾谷类病毒的病原问题

水稻普通矮缩病、水稻黄矮病和大麦土传花叶病的病原

问题，《科学通报》，1977年1、2

（10）我国禾谷类病毒的病原问题

小麦丛矮病的病原问题（1），《科学通报》，1977年1期

（11）我国禾谷类病毒的病原问题小麦丛矮病的病原问题（2），《科学通报》，1977年3期

（12）我国谷禾类病毒的病原问题

用血清学方法测定水稻普通矮缩病媒介昆虫的带毒率，《生物化学与生物物理学报》，1978年10卷4期

（13）我国禾谷类病毒的病原问题

小麦丛矮病病原的鉴定，《中国农业科学》，1978年1期

（14）我国禾谷类病毒病的病原问题

水稻黄矮病病原的鉴定及其分离提纯，《生物化学与生物物理学报》，1978年10卷4期

（15）小麦丛矮病病毒抗原的分离提纯、制备抗血清以及检测单株麦苗、单的传毒虫带毒率的方法，《医学报》

（16）柑桔黄龙病病原体的研究

线状病毒质粒的净化和免疫血清的制备（此工作坚持研究14年，现已解决了提纯问题，获得了大量较纯净的病毒质粒，制备出抗血清。

（17）指导并协助新疆化学的病毒组进行新疆哈密瓜、玉米、小麦病毒病病原体的电子显微镜观察，《生物化学与生物物理学报》，1978年10卷3期

外语水平：

英文：阅读较流畅，可作科技写作及口语，但较生疏。

俄、德、日、法可借助字典阅读专业科技书籍。

附录二

叶永烈采写《追寻彭加木》日程

1980 年 6 月 17 日，彭加木在新疆罗布泊失踪。

1980 年 6 月 23 日，新华社首次披露彭加木失踪的消息。

1980 年 6 月 30 日，上海人民出版社编辑曹香秾前来拜访，聘请我为上海人民出版社特约作者，专程飞往新疆采访彭加木事迹并力争前往罗布泊实地采访。我欣然答应。

1980 年 7 月 3 日，在上海采访中国科学院生物化学研究所彭加木的助手长陈作义。他与彭加木共事多年，花了一上午的时间，向我介绍彭加木的人生历程，使我对彭加木有了全面的了解。下午，在上海采访彭加木多年的同事朱本明。他也详尽地介绍了彭加木的感人事迹。

1980 年 7 月 4 日，从上海飞往乌鲁木齐，早上 7：15 起飞，经停兰州，于下午 2 时到达乌鲁木齐，入住昆仑宾馆。得知前往罗布泊必须途经 21 基地，需经国防科委批准。经与新疆军区马申参谋长联系，请他致电北京国防科委科技部副主任柳鸣。稍后，柳鸣电话通知新疆军区，经请示国防科委副主任钱学森，同意叶永烈进入罗布泊。同日，在乌鲁木齐采访了新疆军区副政委康立泽。他告诉我从各地调集公安人员前往罗布泊侦察的情况。

1980年7月5日，在乌鲁木齐中国科学院新疆分院采访马仁文（中国科学院新疆分院化学研究所助理研究员）。在彭加木失踪时，他与彭加木同在一个科学考察队。他的谈话使我对彭加木失踪前后的情况有了第一手的详细了解。同日，在乌鲁木齐中国科学院新疆分院采访汽车司机。当天晚上乘车从乌鲁木齐前往马兰核基地。

1980年7月6日，我不顾一夜没有休息，在马兰核基地第一招待所采访了彭加木的儿子彭海以及彭加木夫人的哥哥夏镇澳。此后几天，在马兰多次采访彭加木的夫人夏叔芳。

1980年7月10日上午，从马兰核基地的永红机场飞往720基地。在那里采访了中国科学院新疆分院副院长陈善明。陈善明是彭加木多年的老朋友。陈善明毕业于浙江大学生物化学专业。在1958年至1960年这3年间，陈善明与彭加木共同主持中科院新疆分院的筹备和建立工作。他的谈话，使我对彭加木热情支援边疆科研工作，有了具体的了解。

1980年7月11日，乘直升机从720基地飞往罗布泊库木库都克。下午，在库木库都克大本营的帐篷里，采访中国科学院新疆分院的阎鸿建。彭加木失踪前，他就在彭加木率领的科学考察队。他谈了关于彭加木失踪前的详细情况，而且在我的采访笔记本上画了彭加木的科学考察队行进路线图。他还拿出他的工作笔记，让我摘抄有关记录。

1980年7月12日上午，在库木库都克大本营的帐篷里采访中国科学院新疆生物土壤沙漠研究所研究员夏训诚。下午，在库木库都克大本营的帐篷里采访了中国科学院新疆生物化学研究所刘铭庭。夜，在库木库都克大本营采访彭加木所率领的科学考察队的副队长汪文先。

1980年7月13日上午，在库木库都克大本营的帐篷继续对新华社新疆分社记者赵全章进行采访。中午，有一架直升机要从库木库都克返回720基地。我搭这架直升机，回到了720基地。下午，在720

基地采访21基地的作战处处长周夫有以及21基地调度室主任乔文鹤，请他们谈中国人民解放军营救、搜寻彭加木的历程，作了数千字的记录。周夫有实际上就是营救、搜索彭加木的现场总指挥，所以他的谈话非常重要。

1980年7月13日晚，我来到720基地值班室，抄录了中国人民解放军营救、搜寻彭加木的工作记录以及720基地与彭加木所率科学考察队之间的往返电报。

1980年7月14日上午，我在720基地采访了搜索彭加木的46561机组，其中有机长黄先清、驾驶员坎哈尔曼·土尼牙孜（维族）。下午，再度对21基地的作战处处长周夫有以及21基地调度室主任乔文鹤进行采访。晚7时，我乘坐飞机从720基地返回马兰核基地。到达那里的永红机场时，已经是晚上9时，天还亮着。夜，在马兰基地采访新疆分院副院长、党委副书记王熙茂。

1980年7月15日，在马兰基地采访了中国科学院新疆分院化学研究所政工组的郭新言以及彭加木的助手李维奇，他们都是彭加木多年的同事。另外，还在马兰基地摘抄了在彭加木失踪之后许多写给彭加木夫人的信件。

1980年7月16日，在马兰，继续对彭加木夫人夏叔芳进行采访。

1980年7月17日上午10时45分，我乘飞机从马兰核基地返回乌鲁木齐。到达乌鲁木齐的时候，已经是中午了。同日，采访彭加木老同事郑亚全以及赵民安。

1980年7月18日，采访彭加木同事李培清。下午，采访彭加木胞兄彭浙，直至夜深。

1980年7月19日，在乌鲁木齐采访新疆维吾尔自治区团委副书记杨永青，请她回忆彭加木。

1980年7月20日，在乌鲁木齐采访彭加木领导的10人科学考察队成员之一、中国科学院新疆分院化学研究所助理研究员马仁文。同日又采访彭加木领导的10人科学考察队成员之一、中国科学院新疆分院行政处后勤人员陈百禄。还采访了新华社新疆分社记者宋政厚。

1980年7月21日，在乌鲁木齐再度采访新华社新疆分社记者赵全章。

1980年7月22日，在中国科学院新疆分院采访潘仲安、王仲田。同日，采访彭加木胞兄彭浙。采访彭加木的维吾尔族助手吾尔尼沙。

1980年7月24日，我乘飞机从乌鲁木齐返回上海。

1980年7月26日，在中国科学院上海生物化学研究所采访彭加木的导师王应睐教授。同日，在中国科学院上海分院采访彭加木的另一位导师曹天钦教授。

1980年7月27日，在上海中山医院采访为彭加木治疗癌症的主治大夫曹凤岗以及两位护士韩继文和郑幼明。同日，采访戎绩圻。

1980年7月31日，采访彭加木的入党介绍人、中国科学院上海分院党委委员兼办公室主任王芷涯。

1980年8月3日—8月15日，写出《追寻彭加木》初稿（当时书名为《彭加木传奇》）。

1980年10月17日，对彭加木的夫人夏叔芳作补充采访并听取她对《追寻彭加木》的意见。

1980年10月21日，改毕《追寻彭加木》初稿。此书在当时许多报纸、杂志上连载、选载，却因故未能出版。

2006年4月13日—5月7日，对《追寻彭加木》进行全面修改、补充，重新出版。

2006年5月12日，在北京对彭加木好友夏训诚进行又一次采访。

2006年8月，作家出版社以20天的速度出版《追寻彭加木》。

2016年2月，再度修订、补充《追寻彭加木》，由四川人民出版社出版。

后记

《追寻彭加木》的曲折历程

我是1980年唯一获准前往罗布泊参加搜索彭加木的作家。在库木库都克的那些日子，我一边参加搜索，一边进行实地采访，获得极其可贵的大量第一手资料。

在新疆我进行深入采访之后，乘飞机从乌鲁木齐返回上海。在上海，我又对彭加木的许多同事进行采访。前前后后，我采访了彭加木的亲朋好友和相关人员达50多人。

结束采访之后，我闭门写作，以日写万字的速度，赶写《追寻彭加木》（当时书名为《彭加木传奇》）。

8月15日，我写下《彭加木传奇》一书的后记，讲述了这本书的采写历程：

1980年6月30日，上海人民出版社的有关编辑来到我家说："彭加木同志不幸失踪了，全国人民很关心，很想知道他的一生。我们约请您写作这本书。"

当时，寻找工作正在紧张进行，彭加木生死未卜。我和大家一样，也很关心他的命运。每天看报，都随手把有关他的消息剪了下来，收集一起。于是我欣然答应了上海人民出版社的热情约稿。于7月4日飞往乌鲁木齐，翌日奔赴现场。在新疆度过了二十天，到了罗布泊、库木库都克以及彭加木那坐印处，到了中国科学院新疆分院的电子显微镜实验室以及彭加木的卧室、工作室。经过实地采访，以及向五十多位彭加木的家属、亲戚、好友、领导等了解情况，我深为彭加木的献身精神所感动，开始酝酿怎样写作这本书。

想不到，当我回到上海，却听到许多关于彭加木的谣言，仿佛是在编《梅花党》续集！我强烈地感到，人们对彭加木的思想境界以及动人事迹，是多么不了解！这些谣言之所以能在社会上广泛流传，原因之一便是因为“四害”横行时那凭空捏造的谣言《梅花党》的流毒没有肃清。这件事加深了我写好这本书的责任感。我想，应当通过这本书，使广大群众了解彭加木，学习彭加木。这样，我憋着一口气，赶写了这本书《彭加木传奇》。

在这里，首先应当感谢彭加木爱人夏叔芳及其子女。当我在新疆向她采访时，正是她由于失去最心爱的人而万分痛苦的时刻。我实在不忍心在这样的情况下去打搅她，可是，她是最了解彭加木的人，从大学同窗到毕业后同甘苦、共命运，如果不请她回首当年，是无法写作这本书的。她的哥哥夏镇澳同志也给了不少帮助，回忆了与彭加木的长期交往。

另一位值得深切感谢的是彭加木的哥哥彭浙。长兄如父，他在父亲病逝之后，曾竭尽心力照料彭加木。他是如今健在的唯一最了解彭加木童年时代、少年时代的人。他已是六十六岁的老人了。他从广州飞到乌鲁木齐，我曾去机场接他。他到住地刚放好行李，就不顾路途劳累，开始同我畅谈，当天竟一口气谈到夜里十一点多。他的女儿彭泥也帮助回忆了一些情况。第二天一早，彭浙又找我长时间地谈话。我劝他先休息一会，他却说：“在这最悲痛的时刻，回忆童年的欢乐，会减轻我的痛苦!”

中国科学院上海分院王应睐教授，是彭加木的启蒙老师，指导过他写作毕业论文和一系列科学研究；中国科学院上海生物化学研究所副所长曹天钦教授也曾指导过彭加木的科学研究工作，与他共事多年；中国科学院新疆分院副院长陈善明副教授与彭加木是至交，多年来保持亲密的友谊；中国科学院上海分院党委委员兼办公室主任王芷涯同志，是彭加木的入党介绍人，并多年担任彭加木所在支部书记。他们都在百忙之中接待我，介绍了彭加木同志的感人事迹。

当年为彭加木治好癌症的主治医师曹凤岗，对我详细述说了当年为彭加木治病的经过。在谈话中，她五次重复说：“他是个很机灵、很聪明的人，他会回来的。”当年护理过彭加木的护士，也提供了许多宝贵材料。

中国人民解放军新疆军区、中国科学院新疆分院、中国科学院上海分院、上海生物化学研究所等部门同志，曾热情介绍了彭加木的事迹及搜寻彭加木的工作情况。

新华社新疆分社记者赵全章、宋政厚、李广宽，新疆人民广播电台邵强，《文汇报》沈定、张德宝，臧志成，《解放日报》贾宝良，《青年报》钱维华，《上海科技报》郁群，上海生物化学研究所宣传科朱克华、李建平以及施建平同志，都曾给予作者许多帮助。

本书是在短时间内赶写而成，限于作者水平，还很粗糙。对彭加木的事迹，反映也很不全面。不当之处，敬请诸位读者指正。

谨以本书献给彭加木同志!

叶永烈

1980年8月15日

8 月 16 日，我把《彭加木传奇》初稿送往上海人民出版社。上海人民出版社将此书列为重点书，迅速进行编辑、审读。

上海人民出版社审阅之后，热情肯定了我的这部长篇新著，认为这是关于彭加木的第一部长篇传记，全面、详尽、如实地反映了他的一生。

1980 年 10 月 17 日，我在上海对彭加木夫人夏叔芳作补充采访并听取她对《彭加木传奇》一书的意见。

根据上海人民出版社和彭加木夫人夏叔芳的审阅意见，我对《彭加木传奇》作了修改、补充。上海人民出版社发排了《彭加木传奇》。

没有想到，一场风波突然袭来，使《彭加木传奇》一书搁浅。

那是在 1980 年 11 月 11 日，香港《中报》头版头条刊载了一则天下奇闻：据云，在 9 月 14 日，一个名叫周光磊的“中国留美学者”和中国驻美大使馆管理留学生的戴莲如等人，在华盛顿的一家饭馆里吃晚饭的时候，竟然看见了在中国新疆罗布泊失踪了的科学家——彭加木！

我的《彭加木传奇》全面反映了彭加木为科学、为边疆献身的可贵品格，原本是驳斥这一谎言的最有力的作品。按照当时的规定，这本书要报彭加木所在单位——中国科学院上海分院党委审查。意想不到，《彭加木传奇》在报送中国科学院上海分院党委审查时，却出乎意外要我作许多删节和修改，据说“避免给海外的谣言提供证据”！

虽然我据理力争，但是不得不根据审查意见进行删改。

删改之后，再出清样，那时候已是 1981 年 10 月 20 日了。

再度报中国科学院上海分院党委审查。报审之后，又要删改。

不得已，第三次作了删改，排出第三稿，已是 1982 年 2 月 17 日了。

这时候，上海人民出版社决定不再报审，打了纸型，决定出版。

然而，就在付印前夕，又一次受到中国科学院上海分院党委干涉。上海人民出版社无可奈何，放弃了出版计划！

我以满腔热情投入采访、创作的一本新书，就这样流产，不仅我想不通，上海人民出版社也极感遗憾。

我手头保存着当年上海人民出版社的清样。当此书在无法出版之际，我曾经在清样前面写了一个简短的说明，作为“备忘录”。真是“好记性不如烂笔头”，这篇简短的说明，记录了一系列年月日，记录了这本书无法出版的经过：

此排印稿为初稿。为写《彭加木》一书，我于 1980 年 7 月 4 日——7 月 24 日赴疆采访，深入罗布泊现场。1980 年 8 月 3 日——8 月 15 日写出初稿。8 月 16 日送上海人民出版社。10 月 13 日谈审查意见。10 月 21 日改毕。1980 年 12 月 13 日发排。1981 年 3 月 5 日校毕初稿清样。

1981 年 10 月 20 日改定二稿清样。1981 年 12 月 11 日又改清样。1982 年 2 月 17 日根据审查意见，排出第三稿，打了纸型。付印前夕因故暂停。1983 年 11 月 9 日收到此校样，告知决定不出。

叶永烈

1983 年 11 月 19 日

一本好书，无端地无法出版。所幸上海人民出版社送给我一份《彭加木传奇》清样。我把清样装订成书，贴上封面，放在我的书架上。这一放，就是 26 年！

我坚信这本用第一手资料写成的《彭加木传奇》迟早会出版，曾请妻抽空按照手稿（不是按照曾被几度删改的《彭加木传奇》清样）

录入电脑。

当2006年4月13日新华社发出关于在罗布泊发现疑似彭加木遗骸的干尸消息之后，彭加木重新引起广泛关注。然而，毕竟事隔26年，年轻一代对于彭加木已经非常陌生。于是，从4月16日起，我着手在电脑上对26年前所写的《彭加木传奇》一书作大修改，对照当年的采访笔记作了全面的补充，书名改为《追寻彭加木》。

我一边修改《追寻彭加木》，一边开始联系出版社。

4月20日，致电华文出版社编辑黄鲁，告知在写《追寻彭加木》，她大约没有关注在罗布泊发现疑似彭加木遗骸的干尸消息，所以没有反应。

4月25日，我在致时代文艺出版社编辑赵岩的电子邮件中谈及“我正忙于《追寻彭加木》一书”，同样没有反应。

4月27日，致电江苏文艺出版社编辑陈敏莉，她表示可以接受《追寻彭加木》一书。翌日，她又来电告知，由于社长不同意，取消《追寻彭加木》出版计划。

4月28日，广西人民出版社编辑李克平来电跟我谈别的事，我顺便告知《追寻彭加木》在修改中，他表示愿意出版，但是此后没有后续消息。

也就是说，我一连联系了4家出版社的编辑，都对《追寻彭加木》一书没有兴趣。

那时候，“五一”放长假，从5月1日放至5月7日。我在“五一”长假期间，终于全部完成《追寻彭加木》的修订工作，全书达30万字，比1980年的原稿增加了十几万字。我决定试着跟作家出版社联系，因为作家出版社出版过我的6卷本《叶永烈自选集》，也出版过我的50万字的纪实长篇《商品房白皮书》以及上、下卷的《黑红内幕》。

“五一”长假刚刚结束，我在5月8日上午给作家出版社编辑张亚丽小姐打电话，告知我完成《追寻彭加木》一书。她很敏感，马上意识到这是一本重要的著作，当即说，请把这本书给我们作家出版社吧！过了半小时，她来电话说，已经请示了领导，决定以最快的速度出版《追寻彭加木》一书，以赶上6月中旬在新疆乌鲁木齐举行的第十六届全国书市，作为重点书推出。她要我用电子邮件把《追寻彭加木》一书电子文档发去。我随即发去。

5月9日，编辑张亚丽告知，《追寻彭加木》已经打出清样，她正全力以赴编辑《追寻彭加木》一书。

5月11日，我应香港凤凰电视台之邀飞往北京，担任《一虎一席谈》嘉宾，做“寻找彭加木”节目。5月12日，在北京与作家出版社编辑张亚丽、王正见面，签订《追寻彭加木》一书出版合同，交给他们《追寻彭加木》的照片光盘。当时，我看到张亚丽、王正手持《追寻彭加木》一书清样，上面已经画满各种编辑符号以及改正的错别字。他们告诉我，作家出版社把《追寻彭加木》一书列为急稿，他们以高效率工作着。

5月13日，我从北京飞回上海之后，张亚丽隔三岔五跟我电话联系，或者发来电子邮件，交换着《追寻彭加木》一书的版式、内容方面的种种意见。

5月22日，我收到《追寻彭加木》一书封面小样，以彭加木脸部大特写作为封面，很醒目。

5月23日，张亚丽来电，交换对于封面的意见并校对若干文字。她告知，下月一定能够在全国书市推出。

6月1日，张亚丽告知，已经出书，并准备运往新疆，并安排在新疆全国书市签名售书。这时，距离我在5月8日第一次告知张亚丽完成《追寻彭加木》，连头带尾也只不过22天！

6月5日，我在给一位编辑的电子邮件中写及：“作家出版社这次只用了20天，就印出了我的30万字的长篇纪实《追寻彭加木》——我是在‘五一’长假结束之后才完成书稿，现在书已经运往乌鲁木齐了。”

6月16日，全国第十六届书市在新疆乌鲁木齐开幕。我在6月14日下午到达乌鲁木齐，住在中银大厦1704房间。所幸我住的是大套间，因为在6月15日，大批记者涌到我所住的这个房间，采访《追寻彭加木》一书写作经过以及我当年在罗布泊搜寻彭加木的第一手见闻。

《追寻彭加木》一书引起媒体的广泛关注，因为第十六届全国书市开幕的翌日——6月17日，恰好是彭加木在新疆罗布泊失踪26周年的纪念日，这届全国书市又恰巧在新疆举行，而《追寻彭加木》一书又是“雪藏”了26年终于出版，这“恰好”+“恰巧”+“雪藏”，使这本书成为新闻焦点。作家出版社正是预见了这本书的“新闻眼”，所以以20天的速度赶出了这本书。

记得，我刚到达乌鲁木齐，新华社记者就来电联系采访。接着，新疆电视台、乌鲁木齐电视台进行采访。接着，中国新闻社、《新疆日报》《乌鲁木齐日报》前来采访。15日晚上，北京《京华时报》《北京青年报》《新京报》《信报》《中华读书报》5家报纸的文字记者、摄影记者不约而同来到我的房间，进行采访。这天，我还接受诸多记者的电话采访，内中有记者是从北京、上海、青岛打来的。

6月16日以及17日，全国诸多报纸刊登《追寻彭加木》一书出版消息以及我的专访。几家报纸以整版篇幅刊登了我关于《追寻彭加木》创作经过的谈话。

6月17日，我为作家出版社出版的《追寻彭加木》签名售书。《追寻彭加木》这本书成为书市上最受关注、报道最多的一本书，成为关注度最高的新书。

作家出版社的责任编辑张亚丽小姐对我说，为了在20天之内赶出《追寻彭加木》，她日夜加班，值！

回想当年《追寻彭加木》一书遭到否定，打入“冷宫”，直至26年之后“解冻”，成为新闻热点，我不胜感慨。

媒体对于《追寻彭加木》一书的种种评价，给我印象最深的一句是：“这是关于彭加木、关于彭加木失踪事件的最权威的独家著作。”

《追寻彭加木》一书遭遇的风波，使我意识到敏感题材的纪实文学作品的风险性。即便如此，我仍无怨无悔地进行采访、创作。我相信，只要是好作品，迟早总会与读者见面的。

写作长篇报告文学（后来被称作纪实长篇）《追寻彭加木》，也使我意识到，从事纪实文学创作，必须不畏艰辛，深入第一线，获得第一手创作素材。也就是说，报告文学、纪实文学是“跑”出来的。

从此，我非常注重“跑”，注重“第一手”，使我的作品中的原创性、独家性分量不断增加。

在本书出版之际，需要说明的是，本书大部分照片是彭加木夫人夏叔芳生前供稿，而且是我与她在上海彭加木家中共同选定的。这些照片，有的注有摄影者姓名，有的没有注明。凡是注有摄影者姓名的，收入本书时我都一一标明，并与能够取得联系的摄影者联络，获得同意。也有的照片因当时没有标明作者姓名，或者虽有作者姓名但是事隔多年未能找到联系方式，在本书出版之后，望知情读者给予帮助，以便与摄影者及时联系，在重印时补上遗漏者姓名，并支付摄影稿酬。

在本书出版之际，谨向已故的上海人民出版社责任编辑曹香秾女士以及已故的上海人民出版社编辑室主任马嵩山先生表示深切的谢意。在1980年6月，如果不是他们聘请我为上海人民出版社特约作者从上海赶往新疆罗布泊采访，也就没有《追寻彭加木》一书。

在本书出版之际，我也对作家出版社及编辑张亚丽女士和四川人民出版社及编辑汤万星先生、谢寒女士表示感谢。

叶永烈

2016年2月23日改定于上海沉思斋